TERR

Le plus grand humoriste anglais depuis P.G. Wodehouse est un auteur de Fantasy : est-ce l'effet du hasard ? Terry Pratchett est né en 1948 dans le Buckinghamshire ; nous n'en savons pas davantage sur ses origines, ses études ou sa vie amoureuse. Son hobby, prétend-il, c'est la culture des plantes carnivores, mais ceux qui croient ce qu'il dit s'exposent à un rectificatif : d'après lui ce jardin secret l'intéresse, mais nettement moins qu'on ne l'imagine ; on ne peut pas vraiment le considérer comme accro à ce périlleux passe-temps. Que dire encore de son programme politique ? Il s'engage sur un point crucial : augmentons, dit-il, le nombre des orangs-outans à la surface du globe, et les grands équilibres seront restaurés. Voilà un écrivain qui donnera du fil à retordre à ses biographes !

Sa vocation fut précoce : il publia sa première nouvelle en 1963 — à quinze ans ! — et son premier roman en 1971. Hélas, il fut très tôt pressé par le souci de gagner sa vie : journaliste (jusqu'en 1980) puis publicitaire au Central Electricity Generating Board (1980-1987), il apprit l'écriture sur le tas. D'emblée, il s'affirma comme un grand parodiste : *La Face obscure du soleil* (1976) tourne en dérision *L'Univers connu* de Larry Niven — avec une touche plus personnelle de chatoiements à la Jack Vance ; *Strata* (1981) ridiculise une fois de plus la hard S.-F. en partant de l'idée — soutenue par Ptolémée — que la Terre est effectivement plate.

Mais le grand tournant est pris en 1983. Pratchett publia alors le premier roman de la série du Disque-Monde, qui n'est pas seulement une variation (dans l'ordre des mots) sur *L'Anneau-Monde* de Niven, mais surtout un pastiche héroï-comique (dans l'ordre des choses) de Tolkien et de ses imitateurs. Pourquoi eux ? Parce que, répond notre auteur, « la S.-F., c'est la Fantasy... avec des boulons ». Et il le prouve !

LES ANNALES DU DISQUE-MONDE

ACCROS DU ROC

DU MÊME AUTEUR
CHEZ POCKET

LA FACE OBSCURE DU SOLEIL
STRATE-À-GEMMES

LE DISQUE-MONDE :
1. LA HUITIÈME COULEUR
2. LE HUITIÈME SORTILÈGE
3. LA HUITIÈME FILLE
4. MORTIMER
5. SOURCELLERIE
6. TROIS SŒURCIÈRES
7. PYRAMIDES
8. AU GUET !
9. ÉRIC
10. LES ZINZINS D'OLIVE OUED
11. LE FAUCHEUR
12. MÉCOMPTES DE FÉES
13. LES PETITS DIEUX
14. NOBLIAUX ET SORCIÈRES
15. LE GUET DES ORFÈVRES
16. ACCROS DU ROC
17. LES TRIBULATIONS D'UN MAGE EN AURIENT
18. MASQUARADE

SCIENCE-FICTION

Collection dirigée par Bénédicte Lombardo

TERRY PRATCHETT

Les annales du Disque-Monde

ACCROS DU ROC

Traduit de l'anglais
par Patrick Couton

L'ATALANTE

Titre original :
SOUL MUSIC

Patrick Couton a obtenu le Grand Prix de l'Imaginaire 1998 pour l'ensemble de ses traductions des *Annales de Disque-Monde*.

ISBN 2-266-13699-2

HISTORIQUE

Le présent récit traite de la mémoire. Et, pour autant qu'on se rappelle...

... la Mort du Disque-monde, pour des raisons personnelles, a un jour sauvé une petite fille et l'a ramenée chez lui* entre les dimensions. Il l'a laissée grandir jusqu'à ses seize ans parce qu'il croyait plus facile de s'occuper d'adolescents que de jeunes enfants, ce qui prouve bien qu'on peut être une personnification anthropomorphique immortelle et quand même se fourrer la phalange dans l'orbite, comme qui dirait...

... il a engagé par la suite un apprenti du nom de Mortimer – Morty pour les intimes. Ysabell et Morty ont éprouvé l'un pour l'autre une antipathie immédiate mais tout le monde sait ce qu'il en résulte à long terme. Comme suppléant du Faucheur, Mortimer s'est révélé d'une nullité retentissante, semant une pagaïe qui s'est soldée par un vacillement de la Réalité et un duel entre son patron et lui, duel qu'il a perdu...

... et, pour des raisons personnelles, la Mort l'a épargné avant de le renvoyer dans le monde en compagnie d'Ysabell.

Nul ne sait pourquoi la Mort a entrepris de s'intéresser de près aux êtres humains avec lesquels il travaillait depuis si longtemps. Sans doute par simple curiosité. Même le plus efficace des ratiers manifeste tôt ou tard de l'intérêt pour les rats. Il peut regarder des

* Il n'y aura plus de note du traducteur (NdT).

rats vivre et mourir, et noter chaque détail de leur existence, bien qu'il ne risque jamais lui-même de connaître la joie de courir dans un labyrinthe.

Mais s'il est vrai que l'observation modifie l'observé*, il est encore plus vrai qu'elle modifie l'observateur.

Morty et Ysabell se sont mariés.

Ils ont eu un enfant.

Le présent récit traite aussi du sexe, de la drogue et de la musique de rocs.

Enfin…

… un sur trois, ce n'est pas si mal.

A vrai dire, ça ne fait que trente-trois pour cent, mais ça pourrait être pire.

* A cause du quantum.

Où finir ?

Une nuit sombre, orageuse. Une diligence sans chevaux qui franchit la barrière délabrée et inutile, puis qui bascule et plonge dans la gorge en contrebas. Elle ne heurte même pas de corniche rocheuse avant de s'écraser loin en dessous dans le lit asséché de la rivière et de voler en mille morceaux.

Mademoiselle Derches remua nerveusement les papiers.

Ah, un devoir de la jouvencelle à six ans :

Ce que vous avez fait pendant vos vacanses : Moi, ce que j'ai fait pendant les vacanses j'ai resté avec grand-père il a un grand chevale et un jardin même qu'il est tous noir. On a mangé des eufs et des frites.

Puis l'huile des lampes de la diligence prend feu et il se produit une seconde explosion d'où s'échappe en roulant – parce qu'il faut respecter certaines conventions, même dans une tragédie – une roue en feu.

Une autre feuille, un dessin réalisé à sept ans. Tout en noir. Mademoiselle Derches renifla. Si encore la jouvencelle n'avait pas eu le choix. Mais on ne la privait pas, le Collège de jeunes filles de Quirm disposait de crayons de toutes les couleurs, payés d'ailleurs assez chers.

Puis, après un ultime crachotement et crépitement des braises, il ne reste plus que le silence.

Et le spectateur de la scène.

Qui se retourne pour s'adresser à un interlocuteur dans les ténèbres :

« OUI. J'AURAIS PU FAIRE QUELQUE CHOSE. »

Et s'en repart à cheval.

Mademoiselle Derches brassa une nouvelle fois ses papiers. Elle se sentait nerveuse, en proie à l'affolement, une impression courante chez quiconque côtoyait régulièrement la jouvencelle. D'ordinaire, le papier la rassurait. On pouvait lui faire confiance, à lui.

Puis il y avait eu la question de… l'accident.

Mademoiselle Derches avait déjà annoncé de semblables nouvelles par le passé. On passe de temps en temps par de telles épreuves quand on dirige un grand pensionnat. Nombre de parents d'élèves se trouvaient souvent à l'étranger pour affaires diverses, parfois de celles où les perspectives de fortes rémunérations vont de pair avec le risque de croiser de sales individus.

Mademoiselle Derches savait comment opérer en de telles circonstances. C'était pénible, mais il fallait attendre que ça se passe. A l'horreur succédaient les larmes, puis tout finissait par se calmer. L'être humain a les moyens de faire face. Il existe comme un scénario inscrit dans son subconscient. La vie continue.

Mais l'enfant était restée assise sans mot dire. Trop de politesse, voilà ce qui flanquait une peur bleue à mademoiselle Derches. Ce n'était pas une méchante femme, même si elle avait passé sa vie à se dessécher tout doucement sur le fourneau de l'éducation, mais elle était consciencieuse, à cheval sur la bienséance, croyait savoir comment ce genre de scène aurait dû se dérouler et se sentait vaguement contrariée de s'être fourvoyée dans ses prévisions.

« Hum… si vous voulez rester seule pour pleurer… lui avait-elle soufflé dans un effort pour redonner aux choses leur cours normal.

— Ça ferait du bien ? » avait répliqué Suzanne.

Ç'en aurait fait à mademoiselle Derches.

Tout ce qu'elle avait pu articuler, c'était : « Je me demande si… peut-être… vous avez bien compris ce que je viens de vous dire ? »

L'enfant avait fixé le plafond comme si elle s'efforçait de résoudre un problème d'algèbre ardu, puis avait répondu : « J'espère que je vais y arriver. »

C'était comme si elle connaissait déjà la nouvelle et l'avait surmontée d'une façon ou d'une autre. Mademoiselle Derches avait demandé aux professeurs de la surveiller de près. Ils avaient répondu que ce serait difficile parce que…

On frappa timidement à la porte du bureau comme si on tenait à ne pas être entendu. Mademoiselle Derches revint au présent.

« Entrez », dit-elle.

La porte s'ouvrit.

Suzanne ne faisait jamais de bruit. Tous les professeurs l'avaient remarqué. Ça leur donnait le frisson, assuraient-ils. On la trouvait toujours devant soi quand on s'y attendait le moins.

« Ah, Suzanne », dit mademoiselle Derches tandis qu'un sourire contraint lui parcourait précipitamment la figure comme une tique nerveuse sur un mouton préoccupé. « Asseyez-vous, je vous prie.

— Bien sûr, mademoiselle Derches. »

Mademoiselle Derches remua ses papiers.

« Suzanne…

— Oui, mademoiselle Derches ?

— Je suis au regret de dire qu'encore une fois on ne vous a pas vue en cours.

— Je ne comprends pas, mademoiselle Derches. »

La directrice se pencha en avant. Elle s'en voulait confusément, mais… la jeune fille avait un côté franchement peu attachant. Brillante sur le plan scolaire dans les domaines qui l'intéressaient, bien entendu, mais ça s'arrêtait là ; elle était brillante comme l'est un diamant, tout en angles et en froideur.

« Est-ce que vous… avez recommencé ? demanda-t-elle. Vous avez promis de mettre un terme à ces sottises.

— Mademoiselle Derches ?

— Vous vous êtes une fois de plus rendue invisible, n'est-ce pas ? »

Suzanne rougit. Mademoiselle Derches aussi, mais en moins rosé. Enfin quoi, songea-t-elle, c'est parfaitement ridicule. Ça n'a pas de sens. C'est… oh, non…

Elle tourna la tête et ferma les yeux.

« Oui, mademoiselle Derches ? » fit la jeune fille juste avant que la directrice lui dise : « Suzanne ? »

Mademoiselle Derches frissonna. Encore un phénomène qu'avaient signalé les professeurs. Suzanne répondait parfois aux questions juste avant qu'on les lui pose…

Elle se ressaisit. « Vous y assistez toujours, n'est-ce pas ?

— Evidemment, mademoiselle Derches. »

Ridicule.

Ce n'était pas de l'invisibilité, se dit-elle. Elle s'arrange tout bonnement pour passer inaperçue. Elle… qui…

Elle se concentra. Elle avait rédigé à sa propre intention une petite note pour ce cas précis, note épinglée au dossier.

Elle lut :

Tu interroges Suzanne Sto Helit. Tâche de ne pas l'oublier.

« Suzanne ? hasarda-t-elle.

— Oui, mademoiselle Derches ? »

Si mademoiselle Derches se concentrait, la jeune fille se tenait assise devant elle. Si elle faisait un effort, elle entendait sa voix. Il lui fallait seulement lutter contre une propension impérieuse à se croire seule.

« Mademoiselle Lencombre et mademoiselle Grègue se sont plaintes, j'en ai peur, parvint-elle à dire.

— Je suis toujours en classe, mademoiselle Derches.

— Sans doute. Mademoiselle Letraître et mademoiselle Estampille attestent vous y voir tout le temps. » Leur témoignage avait suscité des débats houleux dans la salle des professeurs. « Est-ce parce que vous aimez la logique et les mathématiques davantage que les langues et l'histoire ? »

Mademoiselle Derches se concentra. La fille n'avait pas pu quitter son bureau, impossible. En forçant vraiment sur ses méninges, elle parvint à saisir un soupçon de voix qui disait : « Sais pas, mademoiselle Derches.

— Suzanne, c'est vraiment extrêmement ennuyeux quand… »

Mademoiselle Derches marqua un temps. Elle fit du regard le tour de son bureau et jeta un coup d'œil à la note épinglée aux papiers sous son nez. Elle donna l'impression de la lire, parut une seconde intriguée, puis elle la roula avant de la flanquer à la corbeille. Elle prit une plume et, après avoir fixé un instant le vide, s'attaqua aux comptes de l'école.

Suzanne attendit poliment un instant, puis elle se leva et sortit aussi silencieusement que possible.

Certains événements doivent se produire avant d'autres. Les dieux se livrent à des jeux avec les destins des hommes. Mais il leur faut d'abord mettre l'ensemble des pièces en place et chercher partout les dés.

Il pleuvait dans le petit pays montagneux de Ker-Gselzehc. D'ailleurs, il pleuvait toujours dans le Ker-Gselzehc. La pluie était la principale exportation du pays. Il disposait de gisements entiers.

Le barde Kreskenn était assis sous le feuillage persistant, davantage par habitude que dans l'espoir d'échapper à la pluie. En réalité, l'eau s'égouttait des feuilles en pointes et ruisselait le long des petites branches, si bien que l'arbre tenait plutôt de l'aqueduc. De temps en temps, un paquet de pluie s'écrasait sur sa tête : *floc*.

Il avait dix-huit ans, beaucoup de talent et, pour le moment, se trouvait mal dans sa peau.

Il accorda sa harpe, sa superbe harpe neuve, et regarda la pluie tandis que larmes et gouttes d'eau mêlées lui coulaient sur les joues.

Les dieux sont friands de mortels de cette trempe.

A ce qu'on raconte, les dieux rendent d'abord fous ceux qu'ils veulent détruire, quels qu'ils soient. En réalité, ils tendent aux malheureux l'équivalent d'un bâton estampillé au nom d'Acme Dynamite Company et que prolonge une mèche grésillante. C'est plus marrant et ça prend moins de temps.

Suzanne se traînait le long du couloir qui empestait le désinfectant. Elle ne se souciait pas trop de ce que mademoiselle Derches allait penser. Ce n'était pas dans ses habitudes de se soucier de ce que pensaient les autres. Elle ne savait pas pourquoi les gens l'oubliaient chaque fois qu'elle le désirait, mais ils hésitaient ensuite, comme gênés, à mettre le sujet sur le tapis.

Certains professeurs avaient parfois du mal à la voir. Ce qui lui convenait parfaitement. Elle apportait la plupart du temps un livre en classe et bouquinait tranquillement pendant que les autres subissaient les « principales exportations de Klatch ».

C'était indéniablement une harpe superbe. Il est très rare pour un artisan de réaliser un ouvrage d'une qualité si haute qu'on n'imagine pas comment on pourrait l'améliorer. Il n'avait pas perdu son temps à la décorer. Il y aurait vu comme un sacrilège.

Et elle était neuve, chose peu courante en Ker-Gselzehc. La plupart des harpes étaient anciennes. Elles n'étaient pas fichues pour autant. Elles avaient parfois besoin d'un nouveau cadre, d'une nouvelle table ou de nouvelles cordes – mais elles vivaient toujours. Les vieux bardes affirmaient qu'elles se bonifiaient avec l'âge, mais les vieux ont tendance à tenir ce genre de propos que contredit l'expérience quotidienne.

Kreskenn pinça une corde. La note resta suspendue en l'air puis s'évanouit. La harpe avait un son frais, clair, elle résonnait déjà comme une cloche, s'enflammait de joie entre ses bras. Ce qu'on en tirerait dans un siècle dépassait l'entendement.

Pour son père, c'était de la bêtise, l'avenir était inscrit dans les pierres, pas dans les notes. Voilà par quoi avait commencé la dispute.

Son père avait eu des mots, et lui aussi, puis Kreskenn avait soudain trouvé le monde aussi étranger qu'insupportable, parce qu'on ne peut pas effacer ce qui a été dit.

« Tu n'y connais rien ! avait-il craché. Tu n'es qu'un vieillard imbécile ! Mais ma vie, c'est la musique ! Un jour, tout le monde dira que j'étais le plus grand musicien du monde ! »

Des idioties. Comme si un barde se souciait d'opinions autres que celles d'autres bardes, lesquels mettaient une existence à savoir écouter la musique.

Mais il les avait tout de même prononcées. Et, quand la passion adéquate les anime et que les dieux s'ennuient, l'univers se transforme parfois autour de telles paroles. Les mots ont depuis toujours le pouvoir de changer le monde.

Il faut se méfier des vœux qu'on exprime. On ne sait jamais l'oreille de qui est à l'écoute.

Ou de quoi, en l'occurrence.

Car quelque chose peut parfaitement vadrouiller parmi les univers, et deux ou trois mots de la mauvaise personne au bon moment risquent fort de lui faire changer de cap…

Loin de là, dans la métropole trépidante d'Ankh-Morpork, des étincelles coururent brièvement sur un mur par ailleurs complètement nu et…

… une boutique apparut. Un vieux magasin d'instruments de musique. Personne ne remarqua son arrivée. Dès qu'il surgit, ce fut comme s'il avait toujours été là.

La Mort, assis, fixait le vide, le menton posé sur les mains.

Albert s'approcha avec un luxe de précautions.

La Mort s'était toujours étonné dans ses moments de grande introspection que son serviteur suive constamment le même chemin de la porte au bureau.

TOUT DE MÊME, songea-t-il, VU LES DIMENSIONS DE LA PIÈCE…

… qui s'étendait à l'infini, ou si près de l'infini que ça ne faisait guère de différence. Elle voisinait pour tout dire les deux kilomètres. C'est grand pour un bureau, alors que l'infini, on a du mal à le distinguer.

La Mort s'était un peu laissé griser lorsqu'il avait conçu la maison. Le temps et l'espace, il faut les manipuler, non leur obéir. Les dimensions internes étaient un brin trop généreuses. Il n'avait pas prévu l'extérieur plus grand que l'intérieur. Même chose avec le jardin. Quand il avait commencé à s'intéresser à la question, il avait compris le rôle que les gens semblaient attribuer à la couleur dans des concepts tels que, par exemple, les roses. Mais lui les avait faites noires. Il aimait le noir. Ça se mariait avec tout. Un jour ou l'autre, ça se mariait avec tout.

Les hommes qu'il avait connus – et il en avait connu quelques-uns – avaient réagi curieusement aux dimensions invraisemblables des salles : ils les avaient tout bonnement ignorées.

Tenez, Albert, par exemple. La grande porte s'était ouverte, Albert était entré en portant prudemment en équilibre une tasse et une soucoupe…

… et un instant plus tard se trouvait déjà loin dans la salle, à la limite du morceau de tapis relativement petit qui entourait le bureau de la Mort. La Mort renonça à se demander comment Albert avait couvert la distance depuis la porte quand il lui vint à l'esprit que, pour son serviteur, il n'y avait pas de distance…

« J'vous apporte une camomille, monsieur, dit Albert.

— HMM ?

— Monsieur ?

— PARDON. JE RÉFLÉCHISSAIS. TU DISAIS ?

— Une camomille ?

— JE CROYAIS QUE C'ÉTAIT UNE ESPÈCE DE SAVON.

— On peut en mettre dans du savon ou en faire une infusion », expliqua Albert. Il était inquiet. Comme toujours quand la Mort se mettait à réfléchir. Ce n'était pas le bon métier pour réfléchir. Et il ne réfléchissait pas comme il aurait fallu.

« TRÈS UTILE. PROPRE EN DEDANS ET AU-DEHORS. »

La Mort se posa de nouveau le menton sur les mains.

« Monsieur ? fit Albert au bout d'un moment.

— HMM ?

— Ça va refroidir si vous la buvez pas.

— ALBERT…

— Ouim'sieur ?

— JE ME DEMANDAIS…

— Monsieur ?

— A QUOI ÇA RIME, TOUT ÇA ? FRANCHEMENT ? QUAND ON Y RÉFLÉCHIT BIEN ?

— Oh. Euh… Difficile à dire, monsieur.

— JE NE VOULAIS PAS FAIRE ÇA, ALBERT. TU LE SAIS. MAINTENANT JE COMPRENDS CE QU'ELLE VOULAIT DIRE. ET PAS SEULEMENT POUR LES GENOUX.

— Qui donc, monsieur ? »

Pas de réponse.

Albert se retourna une fois revenu à la porte. La Mort fixait à nouveau le vide. Personne ne savait aussi bien fixer que lui.

Ne pas être vue ne posait pas un gros problème. Ce qu'elle voyait, elle, à longueur de temps lui causait davantage de soucis.

Les rêves, d'abord. Il ne s'agissait que de rêves, bien entendu. Suzanne connaissait la théorie moderne selon laquelle les rêves sont des images rejetées par le cerveau qui classe les événements de la journée. Elle aurait été davantage rassurée si des chevaux blancs volants, d'immenses salles obscures et des monceaux de crânes avaient participé desdits événements.

Au moins, ce n'étaient que des rêves. Mais elle voyait pire. Par exemple, elle n'avait jamais parlé de la femme étrange dans le dortoir, la nuit où Rébecca Snell avait glissé une dent sous son oreiller. Suzanne l'avait regardée entrer par la fenêtre ouverte et s'arrêter près du lit. Elle ressemblait un peu à une fille de ferme et ne faisait pas peur, pourtant elle était passée à travers les meubles. Puis un tintement de pièce de monnaie avait suivi. Le lendemain matin la dent avait disparu et Rébecca s'était retrouvée plus riche d'une pièce de cinquante sous.

Ces histoires-là, Suzanne les avait en horreur. Elle savait que des gens mentalement instables parlaient aux enfants de la fée ou de la petite souris qui ramasse les dents, mais ce n'était pas une raison pour qu'elles existent. Pareils boniments dénotaient des esprits confus. Elle détestait les esprits confus, lesquels relevaient de toute façon de l'infraction grave sous le régime de mademoiselle Derches.

A part ça, ce régime n'était pas particulièrement mauvais. Mademoiselle Eulalie Derches et sa collègue mademoiselle Delcroix avaient fondé le collège sur une idée ahurissante : puisque les jouvencelles n'avaient pas grand-chose à faire en attendant qu'on les épouse, autant qu'elles emploient leur temps à se cultiver.

Il existait un tas d'écoles dans le monde, mais elles dépendaient toutes des églises diverses ou des guildes. Mademoiselle Derches récusait les églises pour une question de logique et déplorait que l'éducation des jeunes filles n'intéresse que deux guildes seulement : celle des voleurs et celle des couturières. Mais le monde était vaste et dangereux, et une jouvencelle serait moins bien armée pour l'affronter sans une solide connaissance de la géométrie et de l'astronomie sous son corsage. Car mademoiselle Derches croyait sincèrement qu'il n'y avait pas de différences fondamentales entre les garçons et les filles.

Du moins, aucune qui vaille la peine qu'on en parle.

Aucune dont mademoiselle Derches tenait à parler, en tout cas.

Elle croyait donc qu'il fallait encourager la pensée logique ainsi qu'un esprit animé d'une saine curiosité chez les jeunes femmes en bouton dont elle avait la garde, une entreprise, question discernement, qui tenait de la chasse à l'alligator dans un canot de carton à la saison des basses eaux.

Par exemple, quand elle donnait un cours, son menton pointu frémissant, sur les périls que recelait la ville hors de l'enceinte de l'école, trois cents esprits animés d'une saine curiosité décidaient 1) qu'ils allaient y goûter à la première occasion, puis la pensée logique se demandait 2) comment mademoiselle Derches pouvait bien les connaître. Et les hauts murs hérissés de piques qui entouraient le parc du collège n'avaient pas l'air insurmontables pour quiconque jouissait d'un esprit tout frais farci de trigonométrie et d'un corps sainement affûté par l'escrime, la gymnastique et les bains froids. Mademoiselle Derches arrivait à rendre les périls franchement fascinants.

Bref, revenons à l'incident de la visiteuse de minuit. Au bout d'un moment, Suzanne conclut qu'elle avait dû l'imaginer. C'était la seule explication logique. Et Suzanne s'y entendait en explications logiques.

Tout le monde, à ce qu'on dit, cherche quelque chose.

Kreskenn cherchait quelque part où aller.

La charrette de ferme qui l'avait transporté durant le dernier bout de chemin s'éloignait en grondant à travers champ.

Il regarda le poteau indicateur. Il pointait d'un côté vers Quirm et de l'autre vers Ankh-Morpork. Tout ce qu'il savait, c'est qu'Ankh-Morpork était une grande ville, mais bâtie sur du terreau et donc sans intérêt pour les druides de sa famille. Il possédait trois piastres morporkiennes et un peu de monnaie. Ça ne valait sans doute pas grand-chose à Ankh-Morpork.

Il ignorait tout de Quirm sauf qu'elle se situait sur la côte. La route de Quirm paraissait en assez bon état alors que celle d'Ankh-Morpork était creusée de profondes ornières.

Il serait raisonnable d'aller à Quirm afin d'avoir un avant-goût de la vie citadine. Il serait raisonnable d'en apprendre un peu plus sur la façon de penser des citadins avant de gagner Ankh-Morpork, la plus grande ville du monde, à ce qu'on disait. Il serait raisonnable de se trouver un petit boulot à Quirm et d'augmenter sensiblement son pécule. Il serait raisonnable d'apprendre à marcher avant de se mettre à courir.

Le bon sens souffla tous ces conseils à Kreskenn, aussi prit-il d'un pas assuré la direction d'Ankh-Morpork.

Côté silhouette, Suzanne rappelait une aigrette de pissenlit sur le point de semer à tout vent. Le collège habillait ses jouvencelles d'amples blouses en lainage bleu marine qui les emballait du cou au ras des chevilles – pratiques, hygiéniques et aussi séduisantes qu'une planche de bois. La taille voisinait le niveau des genoux. Suzanne commençait cependant à remplir la sienne, en vertu des lois antiques auxquelles mademoiselle Delcroix avait fait allusion par à-coups hésitants en biologie et hygiène. A la sortie du cours, les jouvencelles avaient eu le vague sentiment qu'elles devaient épouser un lapin. (Suzanne, elle, avait trouvé que le squelette de carton pendu à un crochet dans l'angle de la classe ressemblait à une ancienne connaissance…)

C'étaient ses cheveux qui poussaient les gens à s'arrêter et se retourner pour la regarder. Ils étaient d'un blanc pur, à l'exception d'une mèche noire. Le règlement de l'école imposait de les tresser en deux nattes, mais ils avaient une tendance mystérieuse à se dénouer tout seuls pour reprendre leur coiffure de prédilection, tels les serpents qui tenaient lieu de système pileux à la Méduse*.

Et puis il y avait la tache de vin, s'il s'agissait bien d'une tache de vin. Elle se voyait uniquement quand elle rougissait : trois lignes pâles lui apparaissaient sur la joue et donnaient l'impression qu'on l'avait giflée. Chaque fois qu'elle se mettait en colère – ce qui lui arrivait souvent, contre la stupidité du monde – les lignes rougeoyaient.

En théorie, elle suivait présentement le cours de littérature. Suzanne détestait la littérature. Elle préférait lire un bon livre. Elle avait pour l'instant *Logique et paradoxe* de Hauteplaine ouvert sur son bureau et elle le parcourait, le menton dans les mains.

Elle écoutait d'une oreille distraite ce que faisait le reste de la classe. Qui étudiait un poème sur les jonquilles.

Visiblement, le poète les avait beaucoup aimées.

Ce qui laissait Suzanne froide. On était dans un pays libre. On pouvait aimer les jonquilles si on en avait envie. Mais, et sur ce point elle avait un avis bien arrêté, on n'avait pas le droit de gâcher une page pour le dire.

Elle se faisait sa propre éducation. De son point de vue, l'école s'acharnait à vouloir lui mettre des bâtons dans les roues.

* Pour ce qui est de son système pileux, on se demande rarement où exactement la Méduse avait des serpents. Imaginez des poils sous les bras qui n'arrêtent pas de mordre le goulot du flacon de déodorant, voilà qui serait horripilant.

Autour d'elle, des médecins légistes novices disséquaient la vision du poète.

La cuisine obéissait aux mêmes proportions gargantuesques que le reste de la maison. Une armée de cuisiniers aurait pu s'y perdre. Les murs se fondaient dans l'ombre et le tuyau du fourneau, que des chaînes et des bouts de corde graisseux soutenaient à intervalles réguliers, disparaissait dans les ténèbres à quelque cinq cents mètres dans les airs. Du moins pour l'œil du visiteur.

Albert passait son temps dans un petit secteur carrelé assez grand tout de même pour contenir le buffet, la table et le fourneau. Et un fauteuil à bascule.

« Quand un type vous sort “A quoi ça rime, tout ça, franchement, quand on y réfléchit bien ?”, c'est qu'il file un mauvais coton, fit-il en se roulant une cigarette. Alors j'sais pas ce que ça veut dire quand c'est lui qui le demande. Encore une de ses lubies. »

L'autre unique occupant des lieux hocha la tête. Il avait la bouche pleine.

« Toute cette histoire avec sa fille, reprit Albert. Enfin quoi… une fille ? Ensuite il a entendu parler des apprentis. Y a rien eu à faire, l'a fallu qu'il s'en trouve un ! Hah ! Que des embêtements, ça nous a valu. Et vous aussi, à bien y réfléchir… vous êtes une de ses lubies. Sans vouloir vous offenser, ajouta-t-il, conscient de l'interlocuteur auquel il s'adressait. Vous vous en êtes bien tiré. Vous faites du bon boulot. »

Un autre hochement de tête.

« Il se goure tout l'temps, poursuivit Albert. Voilà l'ennui. Comme la fois où il a entendu parler de la nuit du Porcher. Vous vous rappelez ? On a eu droit au grand jeu : le chêne dans un pot, les saucisses en papier, et lui qui restait assis là, un chapeau en papier sur la tête, à répéter CE QU'ON S'AMUSE ! Je lui ai bricolé une babiole pour décorer son bureau, et lui m'a offert une brique. »

Albert porta la cigarette à ses lèvres. Une cigarette roulée par un expert. Seul un expert pouvait rouler une cigarette à la fois aussi fine et aussi mouillée.

« Une bonne brique, remarquez. Je dois toujours l'avoir quelque part.

— COUIII, fit la Mort aux rats.

— Voilà, vous mettez le doigt dessus, fit Albert. Du moins, vous l'auriez mis si vous en aviez un. Il comprend jamais rien. Vous voyez, tout ce qui lui arrive lui reste sur le cœur. Il peut pas oublier. »

Il téta sa roulée pitoyable jusqu'à ce que son regard s'embue.

« "A quoi ça rime, tout ça, franchement, quand on y réfléchit bien ?" répéta Albert. Oh là là. »

Il leva les yeux vers la pendule de la cuisine par une espèce d'habitude typiquement humaine. Elle n'avait jamais marché depuis qu'il l'avait achetée.

« Il est normalement rentré à cette heure, dit-il. Vaut mieux que je lui prépare son plateau. J'vois pas ce qui le retient. »

Le saint homme se tenait en tailleur sous un saint arbre, les mains sur les genoux. Il gardait les yeux fermés afin de mieux discerner l'Infini et ne portait rien d'autre qu'un pagne afin d'exprimer son mépris des choses de ce disque.

Un bol de bois était posé devant lui.

Il prit conscience, au bout d'un moment, qu'on le regardait. Il ouvrit un œil.

Une silhouette indistincte était assise à quelques pas. Plus tard, il ne douterait pas qu'il s'agissait de la silhouette de… quelqu'un. Il se rappellerait mal son signalement, mais la personne devait forcément en avoir un. Il était à peu près… grand comme ça, et disons… sûrement…

« EXCUSEZ-MOI.

— Oui, mon fils ? » Son front se plissa. « Vous êtes un homme, n'est-ce pas ? ajouta-t-il.

— CE N'EST PAS FACILE DE VOUS TROUVER. MAIS JE SUIS FORT À CE JEU-LÀ.

— Oui ?

— VOUS CONNAISSEZ TOUT, PARAÎT-IL. »

Le saint homme ouvrit l'autre œil.

« Le secret de l'existence, c'est de mépriser les attaches terrestres, de fuir la chimère du bien matériel et de chercher à ne faire qu'un avec l'Infini, dit-il. Et n'approchez pas vos mains de voleur de ma sébile. »

Il avait du mal à bien distinguer le solliciteur.

« J'AI VU L'INFINI, fit l'étranger. ÇA N'A RIEN D'EXTRAORDINAIRE. »

Le saint homme jeta un coup d'œil autour de lui.

« Ne racontez pas de sottises, dit-il. Vous ne pouvez pas voir l'Infini. Parce que c'est infini, justement.

— SI, JE L'AI VU.

— D'accord. A quoi ça ressemblait ?

— C'EST BLEU. »

Le saint homme bougea, mal à l'aise. L'entretien ne suivait pas le schéma prévu. Une allusion rapide à l'Infini et un coup de coude éloquent en direction de la sébile, voilà comment ça devait se passer.

« S'noir, marmonna-t-il.

— PAS QUAND ON LE VOIT DU DEHORS, dit l'étranger. LE CIEL

DE LA NUIT EST NOIR. MAIS CE N'EST QUE DE L'ESPACE. L'INFINI, EN TOUT CAS, EST BLEU.

— Et vous savez, j'imagine, quel bruit fait une seule main qui applaudit, hein ? lança perfidement le saint homme.

— OUI. *APPL.* L'AUTRE MAIN FAIT *AUDIT*.

— Ah-ha, non, là tu te trompes », fit le saint homme qui se sentait revenu sur un terrain plus sûr. Il agita une main décharnée. « Aucun bruit, voyez ?

— ELLE N'APPLAUDISSAIT PAS. ELLE FAISAIT BONJOUR.

— Si, elle applaudissait. Seulement, je ne me servais pas des deux mains. Quel genre de bleu, d'ailleurs ?

— VOUS AVEZ JUSTE BOUGÉ LA MAIN. JE NE TROUVE PAS ÇA TRÈS PHILOSOPHIQUE. BLEU-VERT. »

Le saint homme jeta un coup d'œil vers le pied de la montagne. Plusieurs personnes approchaient. Elles avaient des fleurs dans les cheveux et portaient ce qui ressemblait beaucoup à un bol de riz.

« OU PEUT-ÊTRE EAU-DE-NIL.

— Ecoutez, mon fils, dit en hâte le saint homme, qu'est-ce que vous voulez exactement ? Je n'ai pas toute la journée.

— SI, VOUS L'AVEZ. CROYEZ-MOI SUR PAROLE.

— Mais qu'est-ce que vous voulez ?

— POURQUOI FAUT-IL QUE LES CHOSES SOIENT CE QU'ELLES SONT ?

— Ben…

— VOUS N'EN SAVEZ RIEN, HEIN ?

— Pas vraiment. Tout ça doit rester un mystère, voyez ? »

L'étranger fixa un moment le saint homme, lequel eut l'impression que sa tête était devenue transparente.

« DANS CE CAS, JE VAIS VOUS POSER UNE QUESTION PLUS SIMPLE. COMMENT FONT LES HUMAINS POUR OUBLIER ?

— Oublier quoi ?

— OUBLIER N'IMPORTE QUOI. TOUT.

— Ça… euh… se fait automatiquement. » Les servants potentiels avaient passé le virage du sentier de montagne. Le saint homme ramassa prestement sa sébile.

« Mettons que ce bol, ce soit votre mémoire, dit-il en agitant vaguement le récipient. Sa contenance est limitée, voyez ? Si on y verse de nouveaux éléments, certains anciens débordent…

— NON. JE ME SOUVIENS DE TOUT. DE TOUT. DES BOUTONS DE PORTE. DU JEU DU SOLEIL DANS LES CHEVEUX. DES RIRES. DES PAS. DU MOINDRE PETIT DÉTAIL. COMME S'ILS NE DATAIENT QUE D'HIER. COMME S'ILS NE DATAIENT QUE DE DEMAIN. DE TOUT. VOUS COMPRENEZ ? »

Le saint homme gratta son crâne chauve et luisant.

« Traditionnellement, dit-il, il existe diverses manières d'oublier, comme s'engager dans la légion étrangère klatchienne, boire les eaux d'une rivière magique, mais personne ne sait où elle se trouve, et ingurgiter de grandes quantités d'alcool.

— AH, OUI.

— Mais l'alcool affaiblit le corps et c'est un poison pour l'âme.

— MOI, ÇA ME PARAÎT BIEN.

— Maître ? »

Le saint homme tourna la tête avec irritation. Les servants étaient arrivés.

« Une minute, je parle à… »

L'étranger avait disparu.

« Oh, maître, nous avons parcouru des kilomètres… fit le servant.

— Fermez-la une minute, vous voulez bien ? »

Le saint homme tendit la main, paume à la verticale, et l'agita plusieurs fois. Il marmonnait tout bas.

Les servants échangèrent des regards. Ils ne s'étaient pas

attendus à ça. Finalement, leur chef retrouva une miette de courage.

« Maître… »

Le saint homme se retourna et lui allongea une claque sur l'oreille. Le bruit évoquait sans conteste un applaudissement.

« Ah ! Ça y est ! s'exclama le saint homme. Bon, qu'est-ce que je peux faire pour… » Il s'arrêta : son cerveau avait comblé son retard sur ses oreilles.

« Comment ça, les *humains* ? »

La mine songeuse, la Mort traversa la colline et rejoignit un grand cheval blanc qui contemplait le paysage d'un œil placide.

« VA-T'EN », dit-il.

Le cheval l'observa d'un air prudent. Il était considérablement plus intelligent que la plupart de ses congénères, même si cela ne relevait pas de l'exploit. Il paraissait comprendre que ça ne tournait pas rond chez son maître.

« J'EN AI PEUT-ÊTRE POUR UN MOMENT », dit la Mort.

Qui se mit en route.

Il ne pleuvait pas à Ankh-Morpork. Kreskenn en avait éprouvé une vive surprise.

Il était aussi très surpris de voir à quelle vitesse filait l'argent. Jusqu'à présent il avait perdu trois piastres et vingt-sept sous.

Il les avait perdus parce qu'il les avait déposés dans un bol devant lui pendant qu'il jouait, de la même façon qu'un chasseur se sert d'appeaux pour attirer les canards. Lorsqu'il avait ensuite baissé les yeux dessus, ils avaient disparu.

On venait à Ankh-Morpork chercher fortune. Hélas, on n'était pas le seul dans ce cas.

Et on n'avait pas l'air de vouloir de bardes, même ceux qui avaient gagné le gui d'or et la harpe du centenaire au grand concours de musique traditionnelle de Ker-Gselzehc.

Kreskenn s'était trouvé un coin sur une des grandes places, avait accordé son instrument et s'était mis à jouer. Personne ne lui avait prêté attention, sauf de temps en temps quand des passants pressés le bousculaient et, visiblement, lui vidaient son bol. Finalement, à l'instant même où il commençait à douter d'avoir pris la bonne décision en venant dans cette ville, deux hommes du Guet s'étaient approchés d'un pas nonchalant.

« C'est un instrument guère courant qu'il joue là, Chicard, fit l'un après avoir observé un moment Kreskenn. C'est un genre de harpe, on en reverra pas de sitôt.

— De cithare.

— Non, de sitôt, j'te... » Le gros garde fronça les sourcils et baissa les yeux. « Ça doit faire une éternité que t'attends de la placer, celle-là, hein, Chicard ? fit-il. J'parie que t'es né en espérant qu'un jour quelqu'un dirait "sitôt" à propos d'un instrument pour que tu puisses répliquer "cithare", histoire de sortir un calembourre, un jeu de mots, quoi. Bon, alors ha ha ha. »

Kreskenn s'arrêta de jouer. Impossible de continuer dans ces conditions.

« C'est effektivement une harpe, dit-il. Je l'ai gagnée au...

— Ah, vous êtes de Ker-Gselzehc, c'est ça ? fit le gros garde. Je reconnais votre accent. Très musiciens, les Ker-Gselzehciens.

— Moi, ça m'rappelle un gargarisme avec des graviers, fit le second auquel l'autre avait donné le nom de Chicard. T'as un permis, mon pote ?

— Un permis ? s'étonna Kreskenn.

— Très à cheval sur les permis, la Guilde des Musiciens, fit

Chicard. S'ils te chopent à jouer d'la musique sans permis, ils t'attrapent ton instrument et ils te l'fourrent…

— Allons, allons, le coupa l'autre agent du Guet. T'amuse pas à faire peur au p'tit.

— Disons que c'est pas très marrant si tu joues du piccolo, fit Chicard.

— Mais la musike est kand même libre comme l'air et le ciel, voyez, dit Kreskenn.

— Eh ben, pas par chez nous. J'te conseille de faire gaffe, l'ami, fit Chicard.

— Je n'ai jamais entendu parler d'une Guilde des Musiciens, dit Kreskenn.

— C'est dans la ruelle Montmeurtre, le renseigna Chicard. Pour être musicien, faut t'inscrire à la Guilde. »

On avait appris à Kreskenn à obéir au règlement. Les Ker-Gselzehciens étaient très respectueux des lois.

« Je vais y aller tout de suite », dit-il.

Les gardes le regardèrent s'éloigner.

« Il porte une chemise de nuit, fit observer le caporal Chicque.

— Une robe bardique, Chicard », rectifia le sergent Côlon. Les gardes reprirent leur déambulation. « Très bardiques, les Ker-Gselzehciens.

— Combien de temps tu lui donnes, sergent ? »

Côlon eut le mouvement de main ballottant de l'expert se risquant à une estimation.

« Deux, trois jours », répondit-il.

Ils contournèrent la masse de l'Université de l'Invisible et enfilèrent tranquillement la rue Par-Derrière, une petite voie poussiéreuse peu commerçante, à la circulation réduite, et donc très appréciée des agents du Guet qui aimaient y musarder en fumant une cigarette et en s'essayant aux activités de l'esprit.

« Tu connais le saumon, sergent ?

— C'est un poisson dont j'ai entendu parler, oui.

— Tu sais qu'on l'vend en tranches dans des boîtes…

— C'est ce que j'ai compris, oui.

— Eh beeen… comment ça s'fait que toutes les boîtes soient de la même taille ? Il est plus p'tit aux deux bouts, le saumon.

— Un détail intéressant, Chicard. Je crois… »

Le sergent s'interrompit et fixa l'autre côté de la rue. Le caporal Chicque suivit son regard.

« Cette boutique, fit Côlon. Cette boutique, là-bas… elle était là, hier ? »

Chicard observa la peinture écaillée, la petite fenêtre encroûtée de crasse, la porte branlante. « 'videmment, répondit-il. L'a toujours été là. Ça fait des années. »

Côlon traversa la rue puis essuya un carreau. On distinguait vaguement des formes obscures dans la pénombre.

« Ouais, d'accord, marmonna-t-il. Seulement… j'veux dire… est-ce qu'hier elle était là depuis des années ?

— Tu vas bien, sergent ?

— On s'en va, Chicard, dit le sergent qui ficha le camp aussi vite qu'il put.

— Où ça, sergent ?

— N'importe où ailleurs qu'ici. »

Au milieu des marchandises sombres entassées, quelque chose sentit leur départ.

Kreskenn avait déjà admiré les bâtiments des guildes : la façade majestueuse de la Guilde des Assassins, les colonnes splendides de la Guilde des Voleurs, le trou fumant mais encore impressionnant où se dressait encore la veille la Guilde des Alchimistes. Il fut donc déçu en découvrant, lorsqu'il finit par la localiser, que la Guilde des Musiciens n'était même pas un bâtiment. Mais qu'elle se réduisait à deux pièces exiguës et sombres au-dessus d'un salon de coiffure.

Il s'assit dans la salle d'attente aux murs bruns et... attendit. Un écriteau était accroché sur le mur d'en face. Il disait : *Pour votre confort et votre agrément, prière de ne pas fumer*. Kreskenn n'avait jamais fumé de sa vie. Tout était trop humide en Ker-Gselzehc pour qu'on le fume. Mais il se sentit soudain l'envie d'essayer.

Les seuls autres occupants de la salle d'attente étaient un troll et un nain. Il n'était pas à l'aise en leur compagnie. Ils n'arrêtaient pas de le dévisager.

« T'es elfique ? finit par demander le nain.

— Moi ? Non !

— Tu m'as l'air un peu elfique du côté des oreilles.

— Pas elfik du tout. Je vous jure.

— D'où t'es ? demanda le troll.

— De Ker-Gselzehc », répondit Kreskenn. Il ferma les yeux. Il savait ce que les trolls et les nains infligeaient traditionnellement aux elfes présumés. La Guilde des Musiciens pouvait prendre des leçons.

« Quoi ça, que t'as là ? » fit le troll. Il portait deux grands carrés de verre sombre devant les yeux, fixés à des montures métalliques accrochées autour des oreilles.

« C'est une harpe, voyez.

— T'en joues ?

— Oui.

— Druide, alors ?

— Non ! »

Un autre silence suivit tandis que le troll triait ses pensées.

« Pourtant l'air d'un druide dans ta chemise de nuit », gronda-t-il au bout d'un moment.

Le nain de l'autre côté de Kreskenn se mit à ricaner.

Les trolls n'aimaient pas les druides non plus. Toute espèce intelligente qui passe beaucoup de temps en position fixe, comme qui dirait minérale, supporte mal celles qui la transportent pendant cent kilomètres sur des rouleaux pour l'enterrer jusqu'aux genoux dans un cercle. Elle trouve qu'il y a là matière à mécontentement.

« Tout le monde s'habille komme ça en Ker-Gselzehc, voyez, dit Kreskenn. Mais moi, je suis un barde ! Pas un druide ! J'ai horreur des roc'hers !

— Hou-là », fit le nain à voix basse.

Le troll toisa Kreskenn, lentement, posément. « Ça fait pas longtemps en ville ?

— Je viens d'arriver », répondit Kreskenn. Je n'aurai même pas le temps d'atteindre la porte, songea-t-il. Il va me réduire en bouillie.

« T'as besoin de conseils et j'vais te donner gratos. Conseils gratos je donne à l'œil pour rien. Dans cette ville, “roc” est un mot qui désigne trolls. Un sale mot pour trolls qu'emploient humains imbéciles. Traite un troll de caillou ou de roc, attends-toi à chercher un bon moment ta tête. Surtout si t'as air un peu elfique du côté des oreilles. Conseil gratos vu t'es un barde et tu fais la musique, comme moi.

— D'ackord.! Merci ! Oui ! » fit un Kreskenn submergé par le soulagement.

Il saisit sa harpe et joua quelques notes. Ce qui parut détendre un peu l'atmosphère. Tout le monde savait que les elfes n'avaient aucun talent de musicien.

« Lias Trapp, se présenta le troll en tendant une chose massive plantée de doigts.

— Kreskenn Kelenn, fit le jeune barde. Me suis jamais ockupé de déplacer des roks de toute ma vie ! »

Une main plus petite et plus noueuse s'avança soudain vers Kreskenn, venant de l'autre côté. Ses yeux remontèrent le bras qui la prolongeait, propriété du nain. Un nain petit, même pour son espèce. Un gros cor de bronze reposait sur ses genoux.

« Nore Noresson, dit le nain. Tu joues que de la harpe ?

— N'importe kel instrument avec des kordes, répondit Kreskenn. Mais la harpe, c'est la reine des instruments, voyez.

— Moi, je souffle dans tout ce que je peux me mettre en bouche, assura Nore.

— Ah bon ? » fit Kreskenn. Il chercha un commentaire poli. « Vous devez faire beaucoup d'heureux. »

Le troll souleva un gros sac de cuir posé devant lui.

« C'est ça moi je joue », dit-il. Un certain nombre de gros cailloux ronds dégringolèrent par terre. Lias en ramassa un et lui donna une chiquenaude. *Bam*, fit le caillou.

« De la musike avec des kailloux ? s'étonna Kreskenn. Komment vous l'appelez ?

— On l'appelle *Ggrouhauga*, répondit Lias. Ça veut dire : musique faite avec du roc. »

Les cailloux étaient tous de taille différente, soigneusement accordés grâce à de petites encoches taillées ici et là dans la pierre.

« Je peux ? demanda Kreskenn.

— T'en prie. »

Kreskenn choisit un petit caillou et lui donna une pichenette. *Bop*. Puis un encore plus petit. *Bing*.

« K'est-ce ke vous faites avek ?

— Je les cogne ensemble.

— Et après ?

— Comment ça, "et après" ?

— K'est-ce ke vous faites une fois ke vous les avez kognés ensemble ?

— Je les cogne encore », répondit Lias, batteur dans l'âme.

La porte de l'autre pièce s'ouvrit et un homme au nez pointu passa la tête. « Z'êtes ensemble ? » lança-t-il sèchement.

Il existait bel et bien une rivière dont, d'après la légende, une seule goutte d'eau privait un individu de sa mémoire.

Beaucoup supposaient qu'il s'agissait de l'Ankh dont l'eau se boit, voire se découpe et se mâche. Un verre d'Ankh priverait sûrement son consommateur de sa mémoire, ou du moins lui causerait des désagréments qu'il n'aimerait en aucune façon se rappeler.

A vrai dire, il existait une autre rivière qui avait cette faculté. Bien entendu, il y avait un os. Nul ne savait où elle se trouvait car les voyageurs qui tombaient dessus crevaient toujours de soif.

La Mort porta son attention ailleurs.

« Soixante-kinze piastres ? s'étonna Kreskenn. Unikement pour jouer de la musike ?

— Vingt-cinq piastres de droits d'inscription, vingt pour cent des cachets et quinze piastres de cotisation annuelle volontaire obligatoire au fonds de retraite, expliqua monsieur Clete, le secrétaire de la Guilde.

— Mais on n'a pas autant d'argent ! »

L'homme eut un haussement d'épaules éloquent : le monde avait des tas de problèmes, mais celui-là n'était pas le sien.

« Mais on pourra peut-être payer kand on en aura gagné un peu, fit Kreskenn d'une petite voix. Si vous pouviez, vous savez, nous ackorder une semaine ou deux…

— On ne vous laissera jouer nulle part si vous n'êtes pas membres de la Guilde, dit monsieur Clete.

— Mais on peut pas être membres de la Guilde tant qu'on a pas joué, fit Nore.

— Exact, reconnut monsieur Clete en s'esclaffant. Hou. Hou. Hou. »

C'était un rire étrange, dépourvu de joie, qui évoquait vaguement un oiseau. Il ressemblait beaucoup au bonhomme, résultat qu'on aurait obtenu en extrayant quelques éléments génétiques d'une bestiole fossilisée dans de l'ambre et en l'affublant d'un costume.

Le seigneur Vétérini avait encouragé le développement des guildes. Elles formaient les gros rouages qui assuraient la bonne marche mécanique d'une ville bien réglée. Une goutte d'huile par-ci… un bâton par-là, évidemment… et *grosso modo* le système fonctionnait.

Et favorisait l'émergence, tout comme le compost favorise celle des vers, d'individus dans le genre de monsieur Clete. Ce n'était pas, selon la définition courante, un mauvais homme ; de la même façon qu'un rat porteur de la peste n'est pas, objectivement parlant, une mauvaise bête.

Monsieur Clete travaillait dur à la défense des intérêts de ses collègues. Il y consacrait sa vie. Car le monde ne manque pas de corvées dont nul ne veut se charger, et on savait gré à monsieur Clete de s'y coller. Rédiger les comptes rendus, par exemple. Tenir à jour la liste des adhérents. Classer. S'occuper de tout.

Il avait travaillé dur pour le compte de la Guilde des Voleurs alors qu'il n'était pas voleur, du moins au sens habituel du terme. Puis il y avait eu un poste vacant plus élevé à la Guilde des Fous, et monsieur Clete n'était pas un fou. Et enfin le secrétariat des Musiciens.

Techniquement, il aurait dû être musicien. Aussi avait-il acheté un peigne et du papier de soie. Mais comme avant son arrivée la Guilde était dirigée par de vrais musiciens et qu'en conséquence la liste des membres allait à vau-l'eau, que quasiment plus personne ne payait ses cotisations et que l'association devait plusieurs milliers de piastres à Chrysoprase le troll à un taux d'intérêt dissuasif, il n'avait même plus besoin de passer une audition.

Sitôt que monsieur Clete avait ouvert le premier des registres négligés et mis le nez dans le fouillis indescriptible, il avait éprouvé un sentiment à la fois intense et merveilleux. Depuis, il ne regardait plus en arrière. Il passait son temps les yeux baissés. La Guilde avait à sa tête un président et un bureau, mais elle avait aussi monsieur Clete qui rédigeait les procès-verbaux, faisait tourner la boutique et souriait tout seul en douce. Le fait est aussi curieux que réel : chaque fois qu'on brise le joug des tyrans et qu'on entreprend de gouverner soi-même, des messieurs Clete éclosent tels des champignons après la pluie.

Hou. Hou. Hou. Monsieur Clete riait en proportion inverse du comique de la situation.

« Mais c'est absurde !

— Bienvenue dans le monde fantastique de l'économie de la Guilde, dit monsieur Clete. Hou. Hou. Hou.

— Et k'est-ce ki se passe si on joue sans faire partie de la Guilde ? demanda Kreskenn. Vous nous konfiskez nos instruments ?

— Pour commencer, répondit monsieur Clete. Et ensuite on vous les redonne, en quelque sorte. Hou. Hou. Hou. A propos… vous n'êtes pas elfique, dites ? »

« Soixante-kinze piastres, c'est du vol, fit Kreskenn alors qu'ils suivaient d'un pas lourd les rues en ce début de soirée.

— Pire que du vol, renchérit Nore. A ce qu'on m'a dit, la Guilde des Voleurs, elle, prend seulement un pourcentage.

— Et elle donne vraie carte de membre et tout, gronda Lias. Même une pension vieillesse. Et un jour par an, ils font excursion à Quirm avec pique-nique.

— La musike, ça devrait être gratuit, dit Kreskenn.

— Alors on fait quoi, maintenant ? fit Lias.

— Quelqu'un a de l'argent ? demanda Nore.

— J'ai une piastre, répondit Lias.

— J'ai kelkes sous, répondit Kreskenn.

— Alors on va se prendre un bon repas, dit Nore. Là. »

Il montra une enseigne du doigt.

« Resto bio de Vrille ? fit Lias. Vrille ? Nom de nain, ça. Verminicelle et autres spécialités ce goût-là ?

— Maintenant il fait aussi des spécialités troll, dit Nore. L'a décidé de mettre de côté les différences ethniques pour se faire davantage de fric. Cinq sortes de charbon, sept de coke et de cendre, des sédiments à t'en faire baver. Tu vas adorer.

— Et aussi du pain de nain ? demanda Kreskenn.

— T'aimes le pain de nain, toi ? s'étonna Nore.

— J'adore.

— Quoi ? Du vrai pain de nain ? T'es sûr ?

— Oui. C'est bien krokant, voyez. »

Nore haussa les épaules.

« La preuve est faite, dit-il. Pour aimer le pain de nain, on peut pas être elfique. »

Le restaurant était presque vide. Un nain vêtu d'un tablier qui lui remontait jusque sous les bras les regarda par-dessus le comptoir.

« Vous faites du rat frit ? demanda Nore.

— Le meilleur putain d'rat frit de toute la ville, répondit Vrille.

— D'accord. Donnez-moi quatre rats frits.

— Et du pain de nain, dit Kreskenn.

— Et un coke, ajouta Lias d'un ton patient.

— Des têtes ou des cuisses de rat, vous voulez dire ?

— Non. Quatre rats entiers.

— Et un coke.

— Vous voulez de la sauce tomate sur vos rats ?

— Non.

— Vous êtes sûr ?

— Pas de sauce tomate.

— Et un coke.

— Et deux œufs durs », fit Kreskenn.

Les autres lui jetèrent un drôle de regard.

« Et alors ? J'aime les œufs durs, c'est tout, expliqua Kreskenn.

— Et un coke.

— Et deux œufs durs.

— Et un coke.

— Soixante-quinze piastres, dit Nore tandis qu'ils s'asseyaient tous. Ça fait combien, trois fois soixante-quinze piastres ?

— Beaucoup de piastres, répondit Lias.

— Plus de deux cents, fit Kreskenn.

— J'crois bien que j'ai jamais vu deux cents piastres d'un coup, dit Nore. Pas les yeux ouverts.

— Si on trouve argent ? fit Lias.

— On ne pourra pas en trouver en faisant de la musike, rappela Kreskenn. C'est le règlement de la Guilde. S'ils vous pincent, ils vous attrapent votre instrument et vous le fourrent... » Il s'interrompit. « Disons ke ce n'est pas très marrant pour le joueur de pickolo, ajouta-t-il de mémoire.

— A mon avis, le tromboniste doit pas être à la fête non plus, souligna Nore en poivrant son rat.

— Je ne peux pas rentrer c'hez moi maintenant, se plaignit Kreskenn. J'ai dit ke… Je ne peux pas encore rentrer au pays. Et même si je pouvais, faudrait ke j'élève des menhirs komme mes frères. Tout ce ki les intéresse, c'est les kromlec'hs.

— Si moi je rentre maintenant, fit Lias, c'est pour taper sur druides avec gourdin. »

Tous deux s'écartèrent prudemment un peu plus l'un de l'autre.

« Alors on a qu'à jouer là où la Guilde nous dénichera pas, dit joyeusement Nore. On trouve une boîte quelque part…

— J'ai une boîte, moi, fit fièrement Lias. Où je range clous de rechange de mon gourdin.

— Une boîte de nuit, je veux dire, précisa Nore.

— L'ai aussi la nuit. »

Nore ne poursuivit pas sur ce terrain. « Je sais, figurez-vous, qu'il existe des tas de salles en ville qu'aiment pas payer les taxes à la Guilde. On pourrait faire quelques cachetons et réunir l'argent sans problème.

— Tous les trois ensemble ? fit Kreskenn.

— Bien sûr.

— Mais on joue de la musike naine, de la musike humaine et de la musike troll. Je ne krois pas qu'elles feront bon ménage. Je veux dire, les nains ékoutent de la musike naine, les hommes de la musike humaine et les trolls de la musike troll. Ça va donner koi si on les mélange ? Ce sera affreux.

— On s'entend au poil, fit Lias qui se leva pour aller chercher le sel sur le comptoir.

— On est des musicos, dit Nore. On est pas des gars ordinaires.

— Ouais, vrai », approuva le troll. Qui s'assit.

Dans un craquement.

Et se releva.

« Oh », fit-il.

Kreskenn avança la main. Lentement, délicatement, il récupéra sur le banc les restes de sa harpe.

« Oh », répéta Lias.

Une corde se redressa en vrille dans un petit bruit désolant. C'était comme assister à la mort d'un chaton.

« Je l'avais gagnée au konkours de musike traditionnelle, dit Kreskenn.

— Tu pourrais pas la recoller ? » finit par demander Nore.

Kreskenn fit non de la tête.

« Il ne reste plus personne en Ker-Gselzehc qui sait faire ça, voyez.

— Oui, mais dans la rue des Artisans-Ingénieux…

— Suis vachement désolé. Mais alors vachement. Sais pas comment elle est arrivée là.

— Ce n'est pas votre faute. »

Kreskenn essayait en vain de rajuster deux morceaux. Mais on ne répare pas un instrument de musique. Il se rappelait ce que disaient les anciens bardes. L'instrument a une âme. Tous les instruments en ont une. S'il se casse, l'âme s'enfuit, elle s'envole comme un oiseau. Ce qu'on répare n'est plus qu'un vulgaire objet, un assemblage de bois et de métal. Il fonctionnera, il pourra même tromper l'auditeur distrait, mais… Autant pousser quelqu'un du haut d'une falaise puis recoudre les morceaux en espérant leur redonner vie.

« Hum… on pourrait peut-être t'en trouver une autre, alors ? dit Nore. Y a… un chouette petit magasin de musique rue Par-Derrière… »

Il s'arrêta. Evidemment, tiens, qu'il y avait un chouette petit magasin de musique rue Par-Derrière. Il y était depuis toujours.

« Rue Par-Derrière, répéta-t-il comme pour s'en convaincre. Y en a forcément un. Rue Par-Derrière. Oui. Depuis des années.

— Ça n'ira pas, dit Kreskenn. Avant k'un fakteur travaille le bois, il faut k'il passe deux semaines assis dans une kaverne derrière une c'hute d'eau, enveloppé dans une peau de bœuf.

— Pourquoi ?

— Je ne sais pas. C'est traditionnel. Il doit se purifier l'esprit de toute distraktion.

— Il y a pourtant forcément une solution, dit Nore. On va t'acheter un truc. Sans instrument, t'es pas un musicien.

— Je n'ai pas d'argent », fit observer Kreskenn.

Nore lui donna une tape dans le dos. « Aucune importance, dit-il. T'as des amis ! On va t'aider ! C'est la moindre des choses.

— Mais on a dépensé tout ce k'on avait dans ce repas. On n'a plus d'argent.

— Tu vois le mauvais côté de la situation.

— Ben, oui. On n'en a pas, voyez ?

— J'vais trouver un moyen, fit Nore. Je suis un nain. On s'y connaît, question argent, nous les nains. Ça pourrait être mon surnom, ça : "Je m'y connais en argent."

— C'est long, comme surnom. »

Il faisait presque nuit lorsqu'ils arrivèrent à la boutique située juste en face des hauts murs de l'Université de l'Invisible. C'était manifestement un de ces magasins de musique qui se doublent d'un mont-de-piété, car tout musicien doit un jour ou l'autre céder son instrument s'il veut manger et dormir sous un toit.

« Déjà acheté quelque chose là-dedans ? demanda Lias.

— Non… pas que j'me souvienne, répondit Nore.

— Fermé », fit observer le troll.

Nore frappa à la porte. Au bout d'un moment elle s'entrouvrit juste assez pour laisser apparaître une mince bande de visage appartenant à une vieille femme.

« On veut ac'heter un instrument, m'dame », dit Kreskenn.

Un œil et une portion de bouche le toisèrent.

« Humain ?

— Oui, m'dame.

— Alors, d'accord. »

Deux bougies éclairaient la boutique. La vieille femme regagna l'abri de son comptoir d'où elle observa attentivement ses clients, des fois qu'elle décèlerait en eux l'intention de l'assassiner dans son lit.

Le trio se déplaçait prudemment entre les articles. On aurait dit que la boutique avait accumulé son stock au fil des siècles à partir de dépôts non réclamés. Les musiciens sont souvent fauchés ; c'est une des caractéristiques du musicien. Il y avait des olifants. Des luths. Des tambours.

« C'est de la drouille », commenta Kreskenn à voix basse.

Nore souffla sur un cromorne pour en chasser la poussière avant de le porter à ses lèvres et d'en tirer un son qui rappelait un fantôme de haricot sec.

« M'est avis qu'y a une souris crevée là-dedans, dit-il en fouillant des yeux les profondeurs de l'instrument.

— Il sonnait bien avant que vous souffliez dedans », cracha la vieille femme.

Une avalanche de cymbales se déclencha à l'autre bout du magasin.

« Pardon », lança Lias.

Nore ouvrit le couvercle d'un instrument parfaitement inconnu de Kreskenn. Une rangée de touches apparut ; Nore y fit courir ses doigts courtauds et en tira une suite de notes ténues et affligeantes.

« K'est-ce ke c'est ? chuchota Kreskenn.

— Un virginal, le renseigna le nain.

— Ça peut nous servir ?

— Crois pas. »

Kreskenn se redressa. Il se sentait observé. La vieille dame ne le quittait pas des yeux, c'est vrai, mais il y avait autre chose…

« Ce n'est pas la peine. Il n'y a rien ici, dit-il à voix haute.

— Hé, qu'est-ce que c'est ? fit Nore.

— J'ai dit ke…

— J'ai entendu quelque chose.

— Koi ?

— Tiens, ça recommence. »

Une succession de fracas et de chocs sourds retentit dans leur dos tandis que Lias dégageait une contrebasse d'un amoncellement de vieux pupitres et s'efforçait de souffler dans le bout pointu.

« J'ai entendu un drôle de bruit quand t'as parlé, reprit Nore. Dis quelque chose. »

Kreskenn hésita, comme tout un chacun qui a parlé une langue toute sa vie et à qui on demande de « dire quelque chose ».

« Kreskenn ? » fit-il.

WHOM-Whom-whom.

« Ça vient de… »

WHAA-Whaa-whaa.

Nore déplaça un tas de partitions anciennes. Et tomba par-derrière sur un cimetière musical où gisaient entre autres un tambour privé de sa peau, une cornemuse de Lancre sans les bourdons, un unique maraca peut-être destiné à un danseur de flamenco zen…

… et un autre instrument.

Le nain le récupéra. Ça ressemblait vaguement à une guitare taillée dans un morceau de vieux bois par un burin émoussé. En principe, les nains ne jouaient pas d'instruments à cordes, mais

Nore savait reconnaître une guitare quand il en voyait une. Elles évoquaient censément la forme d'une femme, à condition d'imaginer des femmes culs-de-jatte pourvues d'un long cou et d'oreilles en surnombre.

« Kreskenn ? fit-il.

— Oui ? »

Whauauaum. Le son avait un côté insistant et en dents de scie. C'était une guitare douze cordes, mais à la caisse pleine, pas du tout creuse – guère plus qu'une forme où accrocher les cordes.

« Elle a répondu à ta voix, dit Nore.

— Komment c'est… ? »

Whaum-wha.

Nore plaqua la main sur les cordes et fit signe aux deux autres de s'approcher.

« On est juste à côté de l'Université, ici, chuchota-t-il. Y a des fuites de magie. C'est bien connu. Ou alors un mage l'a mise au clou. A rat donné, on ne regarde pas la bouche. Tu joues de la guitare ? »

Kreskenn blêmit.

« Tu veux dire komme… du folk ? »

Il prit l'instrument. On n'avait pas bonne opinion de la musique folk en Ker-Gselzehc, et on déconseillait énergiquement de la chanter ; quiconque rencontrait en chemin une jeune fille s'en allant couper des joncs, se disait-on, avait le droit de prendre toutes les mesures qu'il jugeait appropriées sans qu'un autre le couche par écrit. On désapprouvait la guitare parce que c'était… ben, trop facile.

Kreskenn gratta un accord. Il obtint un son qui ne ressemblait à rien de ce qu'il avait entendu jusque-là : on aurait dit que des résonances et des échos étranges filaient se cacher parmi les débris d'instruments où ils récupéraient des harmoniques supplémentaires avant de revenir d'un bond. Il en avait des démangeaisons dans l'épine dorsale. Mais même le plus mauvais musicien du monde ne pouvait rester privé d'instrument…

« Voilà », fit Nore.

Il se tourna vers la vieille femme.

« Vous appelez pas ça un instrument de musique, tout de même ? demanda-t-il. Regardez, il en manque la moitié.

— Nore, je ne krois pas… » commença Kreskenn. Sous sa main, les cordes frémirent.

La vieille femme regarda l'objet.

« Dix piastres, annonça-t-elle.

— Dix piastres ? *Dix piastres ?* fit Nore. Ça en vaut deux, pas plus !

— C'est vrai », reconnut la vieille femme. Elle s'anima un peu de façon déplaisante, comme si elle attendait avec impatience une bataille où on ne regarderait pas à la dépense.

« Et c'est vieux, ajouta Nore.

— Une antiquité.

— Ecoutez-moi cette sonorité ! Nulle !

— Une sonorité mélodieuse. On ne trouve plus de lutherie pareille de nos jours.

— Parce qu'on a fini par comprendre, tiens ! »

Kreskenn examina encore l'objet. Les cordes résonnaient toutes seules. Vaguement bleutées, elles avaient l'air un peu floues, comme si elles ne s'arrêtaient jamais vraiment de vibrer.

Il la souleva tout près de sa bouche et chuchota « Kreskenn ». Les cordes bourdonnèrent.

Il remarqua alors la marque à la craie. Presque effacée. Ce n'était qu'une marque de craie. Un trait, rien d'autre…

Nore continuait sur sa lancée. On disait les nains les plus acharnés des marchandeurs, mais ils arrivaient seulement deuxièmes derrière les petites vieilles pour la subtilité et le toupet. Kreskenn s'efforça de suivre ce qui se passait.

« Alors, d'accord, disait Nore, marché conclu, oui ?

— Marché conclu, confirma la petite vieille. Et évitez de vous cracher dans la main avant de serrer la mienne, je ne trouve pas le procédé hygiénique. »

Nore se tourna vers Kreskenn. « Je crois que je me suis bien débrouillé, dit-il.

— Tant mieux. Ekoute, c'est un très…

— T'as douze piastres ?

— Koi ?

— Une bonne affaire, je trouve. »

Ils entendirent un bruit sourd dans leur dos. Lias apparut en faisant rouler une grosse caisse, deux cymbales sous le bras.

« Je l'ai dit, je n'ai pas d'argent ! souffla Kreskenn.

— Oui, mais… ben, tout le monde dit ça. Normal. Personne s'amuse à crier sur les toits qu'il a de l'argent. Tu veux dire que t'en as vraiment pas ?

— Voilà !

— Pas même douze piastres ?

— Non ! »

Lias entassa le tambour, les cymbales et un paquet de partitions sur le comptoir. « Combien le tout ? demanda-t-il.

— Quinze piastres », répondit la vieille femme.

Lias soupira et se redressa. Son regard se perdit un instant dans le vague, puis il se flanqua un coup de poing dans la mâchoire. Il se farfouilla d'un doigt à l'intérieur de la bouche et ramena…

Les yeux de Kreskenn s'écarquillèrent.

« Attends, fais voir ça », dit Nore. Il retira prestement l'objet des doigts dociles de Lias et l'examina attentivement. « Hé ! Cinquante carats au moins !

— Je ne prends pas ce truc-là, fit la vieille femme. Ça sort d'une bouche de troll !

— Vous mangez des œufs, non ? De toute façon, tout le monde sait que les dents de troll sont des diamants purs. »

La vieille femme prit la dent pour l'examiner à son tour à la lumière de la bougie.

« Si je la portais à un des joailliers de la rue Sanspareille, il me dirait que ça vaut deux cents piastres, fit Nore.

— Eh ben, moi je vous dis que ça en vaut quinze ici », répliqua la vieille femme. Le diamant disparut comme par magie quelque part dans ses vêtements. Elle leur fit un sourire radieux, éclatant.

« Pourquoi on pouvait pas le lui reprendre ? demanda Nore une fois qu'ils furent sortis du magasin.

— Parce ke c'est une pauvre vieille sans défense, répondit Kreskenn.

— Justement ! C'est bien pour ça ! »

Nore leva les yeux sur Lias.

« T'en as plein la bouche, de ces trucs-là ?

— Ouaip.

— C'est que j'dois à mon proprio deux mois de loy...

— Oublie ça », fit le troll d'une voix égale.

Dans leur dos, la porte se referma à la volée.

« Allez, courage, dit Nore. Demain je vais nous trouver un cacheton. T'inquiète pas. J'connais tout le monde en ville. On est trois... ça fait un groupe.

— On n'a même pas répété komme il faut, objecta Kreskenn.

— On répétera sur le tas. Bienvenue dans le monde des musiciens pros. »

Suzanne n'était pas très bonne en histoire. La matière lui paraissait d'un ennui mortel. Des gens assommants répétaient sans arrêt les mêmes idioties. Quel intérêt ? Rien ne ressemblait plus à un roi qu'un autre roi.

La classe étudiait une révolte de paysans qui ne voulaient plus être paysans et qui, suite à la victoire des nobles, y étaient parvenus très vite. S'ils s'étaient donné la peine d'apprendre à lire et d'acheter des livres d'histoire, ils auraient compris les avantages contestables d'outils tels que faux et fourches face à des arbalètes et des épées à deux tranchants.

Elle écouta un moment sans grande conviction jusqu'à ce que l'ennui la submerge, puis elle sortit un livre et se laissa disparaître aux yeux du monde.

« COUIII ! »

Suzanne jeta un coup d'œil en coin.

Une petite silhouette se tenait par terre à côté de son bureau. Elle ressemblait beaucoup à un squelette de rat en robe noire et elle serrait une toute petite faux.

Suzanne revint à son livre. Des choses pareilles n'existaient pas. Elle en était à peu près sûre.

« COUIII ! »

Suzanne regarda une fois encore par terre. L'apparition était toujours là. La veille, pour le souper, on avait servi aux pensionnaires du fromage sur pain grillé. Dans les livres, au moins, il fallait s'attendre à des surprises après un repas du soir pareil.

« Tu n'existes pas, dit-elle. Tu n'es qu'un morceau de fromage.

— COUIII ? »

Lorsque la bestiole fut sûre d'avoir gagné son attention, elle sortit un sablier minuscule au bout d'une chaîne d'argent et le montra d'un doigt pressant.

Contre toute logique, Suzanne baissa le bras et ouvrit la main. La bestiole grimpa dedans – ses pieds piquaient comme des aiguilles – et regarda la fillette, l'air d'attendre.

Suzanne la souleva à hauteur d'yeux. D'accord, c'était peut-être bien un produit de son imagination. Elle devait prendre l'affaire au sérieux.

« Tu ne vas pas dire quelque chose comme “Oh, mes pattes et mes moustaches”, hein ? lança-t-elle tout bas. Si tu fais ça, je te balance dans les cabinets. »

Le rat fit non de la tête.

« Et tu es réel ?

— Couiii. Couiiicouiiicouiii…

— Ecoute, je ne comprends rien, dit Suzanne d'un ton patient. Je ne parle pas le rongeur. On ne fait que klatchien en langues modernes et je sais seulement dire “Le chameau de ma tante est tombé dans le mirage”. Et si tu es imaginaire, tu pourrais tâcher d'être un peu plus… sympathique. »

Un squelette, même petit, n'est pas un objet naturellement sympathiquc, même s'il affiche un visage ouvert et un grand sourire. Mais il s'insinuait en elle l'impression… non, s'aperçut-elle… plutôt le souvenir qu'il était non seulement réel mais de son bord. La notion sortait de l'ordinaire. Son bord se limitait normalement à elle-même.

Feu le rat regarda un moment Suzanne puis, d'un seul mouvement, saisit la petite faux entre ses dents et sauta de la main pour atterrir sur le plancher de la classe et détaler entre les pupitres.

« Et tu n'as même pas de pattes ni de moustaches, fit Suzanne. Pas comme il faut, en tout cas. »

Le squelette de rat passa à travers le mur.

Suzanne se replongea dans son livre et lut avec férocité le Paradoxe de Divisibilité de Noxeuse qui démontrait l'impossibilité de tomber d'une bûche.

Ils répétèrent le soir même dans la chambre de Nore. Une chambre d'une propreté obsessionnelle, sise derrière une tannerie de la rue Phèdre et sans doute hors de portée des oreilles vagabondes de la Guilde des Musiciens. Elle était aussi fraîchement repeinte et nettoyée à fond. Le petit logement étincelait. On ne voyait jamais de cafards, de rats ni aucune sorte de vermine chez un nain. Du moins tant que le locataire avait encore la force de tenir une poêle à frire.

Nore et Kreskenn, assis, regardaient Lias taper sur ses cailloux.

« Qu'esse vous en pensez ? s'enquit-il une fois qu'il eut terminé.

— C'est tout ce ke tu fais ? demanda Kreskenn au bout d'un moment.

— C'est du roc, répondit patiemment le troll. C'est tout ce qu'on peut faire avec. Bop, bop, bop.

— Hmm. J'peux essayer ? » fit Nore.

Il s'assit derrière l'étalage de cailloux et les contempla un instant. Puis il en déplaça quelques-uns, sortit deux marteaux de sa boîte à outils et tapa doucement sur une pierre à titre d'essai.

« Bon, voyons voir… » fit-il.

Bambam-bam*BAM*.

A côté de Kreskenn, les cordes de la guitare bourdonnèrent.

« Comme un baiser, dit Nore.

— Koi ? fit Kreskenn.

— C'est une expression absurde de musicien, expliqua Nore. Comme “Une coupe et la barbe, deux sous”. Tac-tac-a-tactac, tsoin-tsoin.

— Pardon ? »

Bam-bam-a-bambam, bam*BAM*.

« Deux sous pour une coupe et la barbe, c'est pas cher », fit Lias.

Kreskenn regarda fixement les pierres. On voyait aussi d'un mauvais œil les percussions en Ker-Gselzehc. Pour les bardes, tout le monde était capable de taper sur un caillou ou un tronc creux avec un bâton. Ce n'était pas de la musique, ça. Et puis, c'était… – et là ils baissaient la voix – trop animal.

La guitare bourdonna encore. On aurait dit qu'elle captait les sons. Kreskenn eut soudain le sentiment lancinant qu'on pouvait faire des tas de choses avec des percussions.

« Je peux essayer aussi ? » demanda-t-il.

Il ramassa les marteaux. La guitare émit des sons très faibles.

Quarante-cinq secondes plus tard, il reposa les marteaux. Les échos de sa prestation moururent.

« Pourquoi tu m'as tapé sur le casque à la fin ? demanda prudemment Nore.

— Pardon, fit Kreskenn. Je krois ke je me suis laissé emporter. Je t'ai pris pour une cymbale.

— Ça… sort de l'ordinaire, dit le troll.

— La musike est… dans les pierres, expliqua Kreskenn. Il suffit de la laisser sortir. Il y a de la musike dans tout kand on sait la trouver.

— Je peux essayer ce riff ? » demanda Lias. Il prit les marteaux et repassa derrière les pierres en traînant les pieds.

A-bam-bop-a-re-bop-a-bim-bam-boom.

« Qu'esse-tu leur as fait ? s'étonna-t-il. Elles ont un son… dingue.

— J'ai trouvé ça bien, moi, dit Nore. Elles sonnent vachement mieux. »

Kreskenn dormit cette nuit-là coincé entre le tout petit lit de Nore et la masse de Lias. Au bout d'un moment, il ronfla.

A côté de lui, les cordes bourdonnaient légèrement en harmonie. Bercé par leur chant quasi imperceptible, il avait complètement oublié la harpe.

Suzanne se réveilla. Quelque chose lui tiraillait l'oreille. Elle ouvrit les yeux.

« Couiii ?

— Oh, nooon... »

Elle s'assit dans son lit. Les autres filles dormaient. La fenêtre était ouverte car l'école préconisait le grand air. Une denrée gratuite en quantité illimitée.

Le squelette de rat bondit sur le rebord de la fenêtre puis, une fois certain qu'elle le regardait, plongea dans la nuit.

Telles que Suzanne voyait les choses, deux solutions s'offraient à elle. Elle pouvait soit retourner se coucher, soit suivre le rongeur.

Le suivre serait une bêtise. Celle que faisaient des chiffes molles d'héroïnes dans certains romans. Elles se retrouvaient dans un monde idiot peuplé de gobelins et d'animaux parlants demeurés. Des nouilles lamentables, ces filles. Elles subissaient toujours les événements, se laissaient dériver. Elles passaient leur temps à répéter des « bonté divine » quand, à l'évidence, n'importe quelle personne sensée aurait mis bon ordre à tout ça en un rien de temps.

A la réflexion, vu sous cet angle, c'était tentant... Le monde était trop ramolli du cerveau. Elle n'arrêtait pas de se répéter que c'était à des gens dans son genre, s'il en existait d'autres, de régler le problème.

Elle enfila sa robe de chambre, franchit l'appui de la fenêtre, resta accrochée un moment et se laissa tomber dans un parterre de fleurs.

La toute petite silhouette du rat détalait sur la pelouse au clair de lune. Suzanne le suivit par-derrière vers les écuries où il disparut dans l'ombre.

Elle s'arrêta, se sentant vaguement frigorifiée et franchement bête, mais il revint en traînant un objet nettement plus grand que lui. On aurait dit un paquet de vieilles guenilles.

Le rat se dégagea du tas de loques auquel il flanqua un bon coup de pied.

« Allez, allez ! »

Le paquet ouvrit un œil qui riboula follement avant de se fixer sur Suzanne.

« Je te préviens, fit le paquet, je dis pas les deux mots qui commencent par *j* et *p*.

— Pardon ? » fit Suzanne.

Le paquet roula sur lui-même, se mit debout sur des pattes flageolantes et déploya deux ailes miteuses. Le rat cessa de lui donner des coups de pied.

« Je suis un corbeau, non ? Un des rares oiseaux parleurs. La première chose qu'on me demande, c'est : "Oh, t'es un corbeau, vas-y, dis les deux mots qui commencent par *j* et *p*..." Si on m'avait donné un sou chaque fois que c'est arrivé, je serais...

— Couiii.

— D'accord, d'accord. » Le corbeau s'ébouriffa les plumes. « Lui, là, c'est la Mort aux Rats. Tu as remarqué la faux et le capuchon, oui ? La Mort aux Rats. Très important dans le monde des rats. »

La Mort aux Rats s'inclina.

« Passe beaucoup de temps sous les granges et partout où les hommes déposent des assiettées de son arrosé à la strychnine, expliqua le corbeau. Très consciencieux.

— Couiii.

— D'accord. Qu'est-ce que cette bê... qu'est-ce qu'il me veut ? s'enquit Suzanne. Je ne suis pas un rat.

— Tu es très perspicace, fit le corbeau. Ecoute, j'ai pas demandé à faire ça, tu sais. Je dormais sur mon crâne, et voilà qu'il m'attrape la patte. Etant un corbeau, comme j'ai déjà dit, je suis naturellement un oiseau occulte…

— Pardon, le coupa Suzanne, je sais qu'il s'agit d'un rêve, alors je veux être certaine de bien le comprendre. Tu as dit… que tu dormais sur ton crâne ?

— Oh, pas mon crâne à moi. Celui d'un autre.

— Le crâne de qui ? »

Les yeux du corbeau roulèrent frénétiquement dans leurs orbites. Il n'arrivait pas à braquer les deux dans la même direction. Suzanne dut réfréner son envie de se déplacer pour les suivre.

« Est-ce que je sais, moi ? Ils portent pas d'étiquette, dit le volatile. C'est un crâne, voilà. Ecoute… je travaille pour un mage, tu comprends ? En ville. Je reste perché sur le crâne et je fais "croâ" aux gens…

— Pourquoi ?

— Parce qu'un corbeau perché sur un crâne et qui croasse compte autant dans le *modus operandi* de la magie que les grosses bougies dégoulinantes et le vieil alligator empaillé pendu au plafond. Tu ne sais donc rien ? J'aurais cru que toute personne un peu au courant saurait ça. Tiens, pour un bon mage, ne pas exhiber son corbeau perché sur un crâne et qui croasse, c'est comme se passer des machins verts qui bouillonnent dans des bouteilles…

— COUIII.

— Ecoute, il faut y aller en douceur avec les humains », dit le corbeau d'un ton las. Un œil se fixa une fois encore sur Suzanne. « Lui, la subtilité, c'est pas son fort. Les rats discutent pas de questions d'ordre philosophique une fois morts. Et puis je suis le seul qu'il connaît dans le coin à savoir parler…

— Les hommes parlent, fit observer Suzanne.

— Oh, c'est vrai, mais le détail capital avec eux, la différence cruciale, pourrait-on dire, c'est qu'ils aiment pas trop qu'un squelette de rat qui cherche un interprète d'urgence vienne les réveiller au beau milieu de la nuit. De toute façon, les hommes le voient pas…

— Je le vois, moi.

— Ah. Je crois que tu as mis le doigt sur le nœud, le vif, la clé de l'affaire, dit le corbeau. Le point essentiel, quoi.

— Ecoute, je veux seulement te prévenir que je ne crois à rien de tout ça. Je ne crois pas qu'il existe une Mort aux Rats en capuchon armé d'une faux.

— Il se tient devant toi.

— Ce n'est pas une raison pour y croire.

— Je vois que tu as reçu une éducation tout ce qu'il y a de convenable », fit le corbeau d'un ton aigre.

Suzanne baissa les yeux sur la Mort aux Rats. Une lueur bleue brillait au fond de ses orbites.

« COUIII.

— Faut que je te dise, fit le corbeau. Il est encore parti.

— Qui ça ?

— Ton… grand-père.

— Pépé Lezek ? Il ne peut pas être encore parti. Il est mort !

— Ton… euh… autre grand-père… ?

— Je n'ai pas… »

Des images montèrent de la vase au fond de son esprit. Un souvenir de cheval… Une salle peuplée de chuchotements. Une baignoire, quelque part. Ainsi que des champs de blé.

« Voilà ce qui arrive quand les gens veulent éduquer leurs enfants, fit le corbeau, au lieu de leur dire les choses.

— Je croyais que mon autre grand-père aussi était… mort, avoua Suzanne.

— COUIII.

— Le rat dit que tu dois le suivre. C'est très important. »

L'image de mademoiselle Derches se dressa telle une Walkyrie dans la tête de Suzanne. Suivre le rat était une sottise.

« Oh, non, dit la fillette. Il doit déjà être minuit. Et on a un examen de géographie demain. »

Le corbeau ouvrit un bec étonné. « Tu peux pas dire ça, fit-il.

— Tu espères vraiment que je vais accepter des ordres d'un… d'un rat décharné et d'un corbeau qui parle ? Moi, je rentre !

— Non. Personne avec un peu de courage rentrerait maintenant. Si tu rentres maintenant, tu resteras dans l'ignorance. Tu recevras une éducation, et c'est tout.

— Mais je n'ai pas le temps, gémit Suzanne.

— Oh, le temps. Le temps, c'est surtout une habitude. Le temps, pour toi, c'est pas très important.

— Comment…

— Tu veux pas rester dans l'ignorance, pas vrai ?

— COUIII. »

Le corbeau sauta sur place, tout excité.

« Je peux lui dire ? Je peux lui dire ? » crailla-t-il. Ses yeux pivotèrent vers Suzanne. « Ton grand-père, dit-il, c'est… – ta-ta-TAA – la Mo…

— COUIII.

— Faudra bien qu'elle l'apprenne un jour, fit le corbeau.

— L'amour ? Mon grand-père, c'est l'amour ? s'étonna Suzanne. Je ne comprends rien de ce que tu me racontes. Tu m'entraînes dehors au milieu de la nuit pour me parler de l'amour de mon grand-père ?

— J'ai pas dit l'amour, j'ai dit que ton grand-père, c'est… – ta-ta-TAA – la Mo…

— COUIII.

— Très bien ! Fais comme tu veux ! »

Suzanne recula pendant que le rat et le corbeau se chamaillaient.

Empoignant alors le bas de sa chemise de nuit, elle se mit à courir, sortit de la cour et traversa les pelouses mouillées. La fenêtre était toujours ouverte. Elle parvint à en saisir le rebord en se tenant debout sur l'appui d'une autre fenêtre du rez-de-chaussée, puis elle se hissa et regagna le dortoir.

Elle se glissa dans son lit et se tira les couvertures par-dessus la tête…

Elle comprit au bout d'un moment que c'était une réaction stupide. Mais elle ne les rabaissa pas pour autant.

Elle rêva de chevaux, de carrosses et d'une horloge sans aiguilles.

« Tu crois qu'on aurait pu mieux s'y prendre ?

— Couiii ? "Ta-ta-TAA" couiii ?

— Comment tu voulais que je lui annonce ? "Ton grand-père, c'est la Mort" ? Comme ça ? Et le sens de l'à-propos, qu'est-ce que t'en fais ? Les hommes aiment le dramatique.

— Couiii, fit observer la Mort aux Rats.

— Les rats, c'est différent.

— Couiii.

— M'est avis que ça suffit pour cette nuit, dit le volatile. Les corbeaux sont pas franchement des oiseaux nocturnes, tu sais. » Il se gratta le bec d'une patte. « Tu t'occupes que des rats, ou aussi des souris, des hamsters, des fouines, toutes ces bêtes-là ?

— Couiii.

— Les gerbilles ? Et les gerbilles ?

— Couiii.

— Voyez-vous ça ! J'en savais rien. La Mort aux Gerbilles, en plus ? Je vois mal comment tu peux les rattraper dans leurs manèges…

— Couiii.

— Comme tu veux. »

Il y a les gens du jour et les créatures de la nuit.

Et il importe de se rappeler que les créatures de la nuit ne sont pas simplement les gens du jour qui veillent tard parce qu'ils s'imaginent ainsi davantage dans le coup et plus intéressants. Il faut beaucoup plus qu'une couche épaisse de mascara et un teint pâle pour franchir la ligne de démarcation.

L'hérédité peut arranger les choses, bien entendu.

Le corbeau avait grandi dans la Tour de l'Art, édifice perpétuellement croulant recouvert de lierre qui dominait l'Université de l'Invisible dans la lointaine Ankh-Morpork. Les corbeaux sont naturellement intelligents, et les fuites de magie, qui ont tendance à tout accentuer, avaient fait le reste.

Il n'avait pas de nom. Les animaux ne s'embarrassent normalement pas de détails de ce genre. Le mage qui se croyait son maître l'appclait Dit, mais uniquement parce qu'il n'avait pas le sens de l'humour, et, comme la plupart des gens dans son cas, il tirait fierté du sens de l'humour dont il était en fait dépourvu.

Le corbeau s'envola vers la maison du mage, entra en planant par la fenêtre ouverte et alla se percher sur le crâne.

« Pauvre petite, dit-il.

— C'est ça, le destin, répliqua le crâne.

— Je lui en veux pas de vouloir être normale. Tout compte fait.

— Oui, fit le crâne. Faut en profiter tant qu'on a sa tête, c'est ce que je dis toujours. »

A Ankh-Morpork, le propriétaire d'un silo à grains prenait des mesures énergiques. La Mort aux Rats entendait au loin les jappements des terriers. La nuit s'annonçait chargée.

Il serait trop difficile de décrire le processus de la pensée de la Mort aux Rats, et d'ailleurs ledit processus existait-il ? Il avait le sentiment qu'il n'aurait pas dû mettre le corbeau dans le coup, mais les hommes attachent une grande importance aux mots.

Les rats ne font pas de prévisions à long terme, ou alors *grosso modo*. Et *grosso modo*, il était très, très embêté. Il n'avait pas prévu cette histoire d'éducation.

Pour Suzanne, la matinée se déroula sans qu'elle ait besoin de passer inaperçue. Le cours de géographie portait sur la flore des plaines de Sto*, les exportations principales des plaines de Sto** et la faune des plaines de Sto***. Une fois qu'on avait repéré le dénominateur commun, c'était simple. Les jouvencelles devaient colorier une carte. Le vert fut très sollicité. Au menu du déjeuner il y eut des "doigts du mort" et du "poudingue aux yeux", un lest roboratif pour l'activité de l'après-midi : le sport.

C'était le rayon de Lili Defer qui, à ce qu'on disait, se rasait, soulevait des poids avec les dents et dont les cris d'encouragement prodigués en cavalant d'un bout à l'autre de la ligne de touche s'apparentaient à : « Prends-moi ce ballon à la con ! Allez, sus, espèce de tapette ramollie ! »

Mademoiselle Derches et mademoiselle Delcroix gardaient leurs fenêtres fermées durant les après-midi de jeux. Mademoi-

* Des choux.

** Des choux.

*** Tout ce qui mangeait des choux et se fichait de ne pas avoir d'amis.

selle Derches dévorait des ouvrages de logique, et mademoiselle Delcroix, vêtue de ce qu'elle appelait une toge, s'adonnait à la gymnastique rythmique dans le gymnase.

Suzanne étonnait tout le monde par ses résultats en sport. En certains sports, en tout cas. En hockey et en lacrosse, par exemple. Tout jeu où on lui mettait un bâton entre les mains et on lui demandait d'en donner des coups, pour être précis. A la vue de Suzanne s'avançant vers le but d'un air calculateur, la gardienne perdait toute confiance dans ses rembourrages protecteurs et se jetait à plat ventre quand la balle lui passait comme l'éclair en vrombissant à hauteur de ceinture.

Ce qui prouvait la bêtise du reste de l'humanité, estimait Suzanne, c'est qu'aucune capitaine ne la prenait dans son équipe alors qu'elle comptait à l'évidence parmi les meilleures joueuses de l'école. Même les grosses filles à taches de rousseur se voyaient choisies avant elle. C'était d'une absurdité exaspérante et elle ne comprenait pas pourquoi.

Elle expliquait aux autres filles qu'elle excellait à ces jeux-là, leur faisait la démonstration de son talent et leur signalait qu'elles étaient bêtes de ne pas la sélectionner. Mais, pour une quelconque raison, ses efforts restaient vains, ce qui la mettait en rage.

Cet après-midi-là, elle opta pour une sortie scolaire. C'était une alternative autorisée au sport, à condition que les filles ne sortent pas seules. Le plus souvent elles se rendaient en ville et achetaient du poisson-frites pas frais dans une boutique sans odeur de la ruelle des Trois-Roses ; pour mademoiselle Derches, les aliments frits nuisaient à la santé, aussi les élèves en achetaient-elles dès qu'elles mettaient le nez dehors.

Les filles devaient se déplacer par groupes de trois minimum. Le danger, pour ce qu'en supposait mademoiselle Derches, ne pouvait pas menacer des unités de plus de deux éléments.

De toute façon, il aurait évité de menacer un groupe dont faisaient partie Princesse Jade et Gloria Filledethog.

Les propriétaires de l'école avaient un peu hésité à accepter une troll, mais le père de Jade était roi de toute une montagne et compter une élève de sang royal au sein d'un établissement produisait toujours son petit effet. « Et puis, avait fait remarquer mademoiselle Derches à mademoiselle Delcroix, il est de notre devoir de les encourager s'ils manifestent le désir de devenir de vrais individus, et le roi, tout à fait charmant, m'a assuré qu'il ne se rappelle même pas quand il a mangé des gens pour la dernière fois. » Jade avait une mauvaise vue, était dispensée de s'exposer plus que nécessaire au soleil et tricotait des cottes de mailles en classe d'artisanat.

Tandis que Gloria était interdite de sport à cause de sa propension à menacer tout le monde de sa hache. Mademoiselle Derches avait laissé entendre qu'une hache n'était pas une arme de dame, même pour une naine, mais Gloria avait fait observer qu'au contraire elle lui avait été léguée par sa grand-mère qui l'avait gardée sa vie durant et astiquée tous les samedis, même si elle ne s'en était pas servie de la semaine. Elle avait une façon de l'empoigner qui empêchait même mademoiselle Derches d'insister. En signe de bonne volonté, Gloria ne portait pas son casque en fer et, plutôt que se raser la barbe – aucun règlement n'interdisait formellement aux filles d'avoir une barbe de trente centimètres –, elle la tressait. Et y nouait des rubans aux couleurs de l'école.

Suzanne se sentait étrangement à l'aise en leur compagnie, ce qui lui avait valu des éloges circonspects de la part de mademoiselle Derches. C'était gentil de sa part d'être une bonne copine, avait-elle dit. Suzanne avait été étonnée. Elle n'avait jamais songé qu'on puisse employer un mot comme « copine ».

Toutes trois traînassaient dans l'allée de hêtres près du terrain de sport.

« Je ne comprends pas le sport, dit Gloria en observant le troupeau de jeunes filles essoufflées qui cavalaient en tous sens sur le terrain.

— Je connais un jeu troll, dit Jade. Ça s'appelle *aargrouha.*

— Comment ça se joue ? demanda Suzanne.

— Euh... tu arraches la tête d'un homme et tu la déplaces à coups de chaussures spéciales en obsidienne jusqu'à ce que tu marques un but ou qu'elle éclate. Mais on n'y joue plus, évidemment, s'empressa-t-elle d'ajouter.

— J'imagine bien, fit Suzanne.

— Personne ne sait fabriquer les chaussures, d'après moi, dit Gloria.

— Je crois que, si on y jouait encore, on verrait une agitée dans le genre de Lili Defer courir le long de la ligne de touche en criant : "Prends-moi cette tête de nœud ! Allez, sus, espèce de tapette ramollie !" » fit Jade.

Elles marchèrent un instant en silence.

« Je pense, reprit prudemment Gloria, qu'elle ne crierait sans doute pas ça, en fait.

— A propos, vous deux, vous n'avez rien remarqué de... bizarre, dernièrement, dites ? demanda Suzanne.

— Bizarre comme quoi ? fit Gloria.

— Ben, comme... des rats... répondit Suzanne.

— Pas vu de rats dans l'école, fit Gloria. Et j'ai bien regardé.

— Je veux dire... des rats pas ordinaires. »

Elles se trouvaient au niveau des écuries. Lesquelles abritaient à l'année deux chevaux pour tirer la voiture de l'école et hébergeaient chaque trimestre quelques montures appartenant à des jouvencelles qui ne pouvaient pas s'en séparer.

Il existe un type de filles incapables de nettoyer leur chambre même sous la menace d'un couteau mais qui se bagarrent pour obtenir le privilège de passer la journée à pelleter du fumier dans une écurie. Cette pratique étrange n'avait pas déteint sur Suzanne. Elle n'avait rien contre les chevaux, mais elle s'embrouillait dans toutes les histoires de filets, de brides et de boulets. Et elle ne voyait pas pourquoi il fallait les mesurer en paumes alors qu'on disposait de centimètres pour ça. Elle avait regardé les filles en culotte de cheval s'affairer dans les écuries et en avait conclu qu'elles ne devaient pas savoir se servir d'appareils aussi compliqués que les règles. Et elle le leur avait dit.

« Bon, fit Suzanne. Et les corbeaux ? »

Quelque chose lui souffla dans l'oreille.

Elle pivota.

Le cheval blanc se tenait au milieu de la cour tel un mauvais effet spécial. Il brillait trop. Il rutilait. Il paraissait le seul élément réel dans un monde de formes délavées. Comparé aux poneys rebondis qui occupaient d'ordinaire les stalles, c'était un géant.

Deux filles en culotte de cheval s'agitaient autour de lui. Suzanne reconnut Cassandre Renard et dame Sarah de Bongré, quasiment calquées l'une sur l'autre : même passion pour tout ce qui hennissait à quatre pattes, même mépris de tout le reste, même aptitude à regarder le monde avec leurs dents, même talent pour placer au moins quatre voyelles dans le mot « oh ».

Le cheval blanc hennit doucement vers Suzanne et lui fourra le museau dans la main.

Tu es Bigadin, songea-t-elle. *Je te connais. Je t'ai monté. Tu es... à moi. Je crois.*

« Dis donc, fit dame Sarah, à qui appartient ce cheval ? »

Suzanne se retourna.

« Hein ? A moi ? fit-elle. Oui. A moi… je pense.

— Oeoua ? Il était dans la stalle à côté de Chocolat. Je ne savais pas que tu avais un cheval ici. Il faut demander la permission à mademoiselle Derches, tu sais.

— C'est un cadeau. De… quelqu'un… ? »

L'hippopotame du souvenir s'agita dans les eaux fangeuses de sa mémoire. Elle se demanda pourquoi elle avait donné cette explication. Elle n'avait pas pensé à son grand-père depuis des années. Jusqu'à la veille au soir.

Je me souviens de l'écurie, songea-t-elle. *Tellement grande qu'on n'en voyait pas les murs. Et j'ai un jour fait un tour sur ton dos. Quelqu'un me tenait pour m'empêcher de tomber. Mais on ne tombait pas de ce cheval-là. Sauf s'il le voulait.*

« Oeoua. J'ignorais que tu montais à cheval.

— Si… avant.

— Il y a des frais à régler en plus, tu sais. Pour garder un cheval », fit observer dame Sarah.

Suzanne ne dit rien. Elle avait dans l'idée qu'ils seraient payés.

« Et tu n'as pas de sellerie », ajouta dame Sarah.

Suzanne réagit. « Je n'en ai pas besoin, dit-elle.

— Oeoua, tu montes à cru, fit dame Sarah. Et tu le diriges par les oreilles, c'est ça ?

— On n'a sans doute pas les moyens de s'en payer, en pleine cambrousse, intervint Cassandre Renard. Et empêche cette naine de regarder mon poney. Elle regarde mon poney !

— Je ne fais que regarder, se défendit Gloria.

— Tu… salivais », dit Cassandre.

Des sabots claquèrent sur les pavés et Suzanne bondit sur le dos du cheval.

Elle baissa les yeux sur les filles étonnées puis les releva vers l'enclos au-delà des écuries. On y voyait quelques obstacles, de simples poteaux en équilibre sur des tonneaux.

Sans bouger aucun muscle, le cheval volta, se rendit au trot dans l'enclos et se tourna vers l'obstacle le plus haut. Suivirent une impression d'énergie concentrée, un instant d'accélération, et l'obstacle fila en dessous…

Bigadin fit demi-tour, s'arrêta, caracola d'un sabot sur l'autre.

Les filles le fixaient. Toutes quatre affichaient une mine stupéfaite.

« C'est normal qu'il fasse ça ? fit Jade.

— Qu'est-ce qui vous arrive ? demanda Suzanne. Vous n'avez encore jamais vu un cheval sauter ?

— Si. Seulement… commença Gloria du ton circonspect et mesuré dont on se sert quand on ne tient pas à sentir l'univers voler en éclats, en général ils redescendent. »

Suzanne regarda mieux.

Le cheval flottait en l'air.

Quel ordre fallait-il donner pour qu'un cheval reprenne contact avec le plancher des vaches ? C'était une directive dont la communauté équestre n'avait jusque-là jamais eu besoin.

Comme s'il comprenait ses pensées, le cheval avança au petit trot tout en descendant. L'espace d'un instant, les sabots s'enfoncèrent en dessous du terrain, comme si sa surface n'avait pas plus de consistance que du brouillard. Puis l'animal parut définir où devait se situer le niveau du sol et décida de se tenir dessus.

Dame Sarah fut la première à retrouver sa voix.

« Nous allons parler de touaea à mademoiselle Derches », réussit-elle à dire.

Une peur inconnue avait plongé Suzanne dans une espèce d'hébétude, mais le ton malveillant de la fille la ramena brutalement à un semblant de raison.

« Ah oui ? fit-elle. Et qu'est-ce que tu vas lui raconter ?

— Que tu as fait sauter le cheval et… » La fille s'arrêta en prenant conscience de ce qu'elle allait dire.

« Exactement, fit Suzanne. Moi, je trouve que voir des chevaux flotter en l'air, c'est ridicule, pas toi ? »

Elle se laissa glisser du dos du cheval et lança un sourire radieux aux spectatrices de la scène.

« C'est contre le règlement de l'école, en tout cas », marmonna dame Sarah.

Suzanne reconduisit le cheval dans l'écurie, le bouchonna et l'installa dans une stalle disponible.

Un bruissement s'échappa un instant du râtelier de foin. Suzanne crut entrevoir de l'os d'un blanc ivoirin.

« Saletés de rats, fit Cassandre qui reprenait péniblement pied dans la réalité. J'ai entendu mademoiselle Derches dire au jardinier de verser du poison.

— Dommage », fit Gloria.

Dame Sarah avait l'air de ruminer quelque chose dans sa tête.

« Ecoutez, ce cheval ne flottait pas réellement en l'air, hein ? demanda-t-elle. Les chevaux ne peuvent pas faire ça !

— Alors il n'a pas pu le faire, dit Suzanne.

— Temps suspendu, dit Gloria. Voilà ce que c'était. Un temps suspendu. Comme au basket-ball*. C'est forcément un truc dans ce genre-là.

— Oui.

— C'était ça, rien d'autre.

— Oui. »

Le cerveau humain jouit d'un potentiel de guérison remarquable. Les cerveaux troll et nain aussi. Suzanne regarda ses camarades d'un œil franchement stupéfait. Elles avaient toutes vu un cheval flotter dans l'espace. Mais elles avaient prudemment refoulé l'image dans un tiroir de leur mémoire et cassé la clé dans la serrure.

* Jusqu'à un malheureux accident de hache, Gloria avait été capitaine de l'équipe de basket de l'école. Les nains n'ont pas la taille requise mais bénéficient d'une accélération puissante, et plus d'une joueuse d'une équipe invitée recevait un drôle de choc quand Gloria surgissait soudain à la verticale des grandes profondeurs.

« Juste histoire de savoir, dit-elle sans cesser de surveiller le râtelier, j'imagine qu'aucune de vous ne connaît l'adresse d'un mage dans cette ville, hein ? »

« Je nous ai trouvé une salle où jouer ! fit Nore.

— Où ça ? » demanda Lias.

Nore le leur dit.

« Tambour Rafistolé ? s'étonna Lias. Haches volent là-bas !

— On y sera à l'abri. La Guilde risque pas de s'y pointer, fit valoir Nore.

— Ben, ouais, peut perdre membres. Les membres peuvent perdre membres.

— On touchera cinq piastres. »

Lias hésita. « Cinq piastres, ça ferait pas de mal, concéda-t-il.

— Un tiers de cinq piastres », rectifia Nore.

Le front du troll se plissa.

« C'est plus ou moins que cinq piastres ? fit-il.

— Ecoute, ça nous permettra de nous montrer, dit Nore.

— J'veux pas me montrer au Tambour. Me montrer, c'est dernière chose j'ai envie de faire au Tambour. Au Tambour, j'ai envie me cacher derrière ce que je trouve.

— Tout ce qu'il faut, c'est jouer quelque chose. N'importe quoi. Le nouveau patron, c'est un fondu des animations de bistro.

— Je croyais il avait un bandit manchot.

— Oui, mais il s'est fait arrêter. »

Il existe une horloge florale à Quirm. Elle attire un certain nombre de touristes.

Mais elle ne répond pas à leurs attentes.

Dans tout le multivers, des services municipaux dépourvus d'imagination conçoivent des horloges florales qui consistent en un gros mécanisme d'horlogerie enfoui sous un parterre public et dont le cadran et les chiffres sont rehaussés de plantes à repiquer*.

Mais l'horloge de Quirm se résume à un parterre circulaire couvert de vingt-quatre types différents de fleurs soigneusement choisies pour la régularité des ouvertures et fermetures de leurs pétales.

Lorsque Suzanne passa devant au pas de course, le liseron pourpré s'ouvrait et la barbe de nonnette se refermait. Ce qui signifiait qu'il était dans les dix heures et demie.

Les rues étaient vides. Quirm n'avait pas de vie nocturne. Les visiteurs qui venaient à Quirm pour se donner du bon temps allaient voir ailleurs. Quirm était tellement respectable que même les chiens demandaient la permission avant d'aller aux toilettes.

Du moins, les rues étaient *presque* vides. Suzanne croyait entendre quelque chose qui la suivait d'un trottinement rapide, qui se déplaçait et s'esquivait si prestement sur les pavés qu'elle n'apercevait jamais qu'un soupçon de forme quand elle se retournait.

Elle ralentit en arrivant à la ruelle des Trois-Roses.

Quelque part dans la ruelle des Trois-Roses du côté du marchand de poisson, avait dit Gloria. On n'encourageait pas les jouvencelles à connaître des mages. Ils n'avaient pas place dans le monde de mademoiselle Derches.

* Ou de cristaux de méthane. Ou d'anémones de mer. Le principe reste le même. Dans tous les cas, elle ne tarde pas à disparaître sous l'équivalent local des emballages de restauration rapide et des canettes de bières abandonnées.

La ruelle avait un air mystérieux dans le noir. Une torche brûlait dans un support à une extrémité. Elle ne faisait qu'assombrir davantage les ténèbres.

A mi-chemin dans l'obscurité, une échelle s'appuyait contre un mur et une jeune femme s'apprêtait à y grimper. Une jeune femme à l'allure familière.

Elle tourna la tête à l'approche de Suzanne et parut heureuse de la voir.

« Salut, dit-elle. T'as la monnaie d'une piastre, mademoiselle ?

— Pardon ?

— Deux pièces de cinquante sous, ça ira. Cinquante sous, c'est le tarif. Sinon je prends les petites pièces. Tout ce qui se présente, en fait.

— Hum. Pardon. Non. Je n'ai que cinquante sous d'argent de poche par semaine, de toute façon.

— La barbe. Oh, ben, tant pis. »

Autant que Suzanne pouvait en juger, la jeune femme n'avait pas le genre à gagner sa vie dans les ruelles. Elle dégageait une impression de robustesse aseptisée ; elle ressemblait à ces infirmières qui assistent les médecins dont les patients perdent un peu la boule et se prennent pour un dessus-de-lit.

Elle lui trouvait franchement un air familier.

La jeune femme sortit une paire de pinces d'une poche de sa robe, escalada lestement l'échelle et entra par une fenêtre à l'étage.

Suzanne hésita. L'inconnue lui faisait l'impression de se livrer à un travail sérieux, mais, pour le peu qu'elle en savait, les individus qui pénétraient dans des maisons la nuit en grimpant à une échelle étaient des mécréants que toute jouvencelle courageuse se devait d'appréhender. Elle se demandait si elle n'allait pas au moins se mettre en quête d'un agent du guet quand une porte s'ouvrit plus loin dans la ruelle.

Deux hommes sortirent en titubant, bras dessus bras dessous, et zigzaguèrent joyeusement vers la rue principale. Suzanne recula. On lui fichait la paix quand elle ne voulait pas qu'on la remarque.

Les hommes passèrent à travers l'échelle.

Soit les fêtards n'étaient pas vraiment faits de matière pleine, et on ne doutait pas à les entendre qu'ils soient pleins, soit un détail clochait dans l'échelle. Mais la jeune femme l'avait gravie…

… et la redescendait maintenant en se glissant quelque chose dans la poche.

« Même pas réveillé, le petit amour, dit-elle.

— Comment ?

— Je n'avais pas cinquante sous sur moi », répondit la jeune femme. Elle se balança l'échelle sans peine sur l'épaule. « Le règlement, c'est le règlement. J'ai dû lui prendre une autre dent.

— Pardon ?

— Tout est vérifié, tu comprends. Je serais dans un drôle de pétrin si les piastres et les dents ne tombaient pas juste. Tu sais ce que c'est, toi.

— Ah oui ?

— Bon, je ne vais pas passer la nuit ici à discuter. J'en ai encore soixante à faire.

— Pourquoi je devrais savoir ? Faire quoi ? A qui ? demanda Suzanne.

— Aux enfants, évidemment. Je ne peux pas les décevoir, pas vrai ? Je vois d'ici leurs frimousses quand ils soulèvent leur petit oreiller, les mignons. »

Echelle. Pinces. Dents. Argent. Oreillers…

« Vous m'imaginez assez bête pour croire que vous êtes la Fée des Dents ? » fit Suzanne d'un air soupçonneux.

Elle toucha l'échelle. Qui lui parut parfaitement solide.

« Pas *la* mais *une* Fée des Dents, répondit la jeune femme. Je suis étonnée que toi, tu ne saches pas ça. »

Elle vira à l'angle de la rue d'un pas nonchalant avant que Suzanne demande : « Pourquoi moi ?

— Parce qu'elle est au courant, répondit une voix dans son dos. Elle sait de quoi elle parle. »

Suzanne se retourna. Le corbeau était posé dans l'encadrement d'une petite fenêtre ouverte.

« Vaudrait mieux que tu entres, dit l'oiseau. On fait toutes sortes de rencontres dans cette ruelle.

— C'est déjà fait. »

Une plaque de cuivre était vissée dans le mur à côté de la porte. Elle annonça : « C. V. Garsdefourme, D.M. (Invisible), L. ès T., C. O. N. »

C'était la première fois que Suzanne entendait du métal parler.

« Un truc tout bête, expliqua le corbeau d'un air dédaigneux. La plaque sent quand tu la regardes. T'as qu'à…

— C. V. Garsdefourme, D.M. (Invisible) L. ès T., C. O. N.

— … la ferme… t'as qu'à pousser la porte.

— Elle est fermée à clé. »

Le corbeau lui lança un coup d'œil en bouton de bottine, la tête penchée de côté. « C'est ça qui t'arrête ? fit-il. Ah, bon. Je vais chercher la clé. »

Il réapparut un instant plus tard et laissa tomber une grosse clé sur les pavés.

« Le mage n'est pas chez lui ?

— Si, il y est. Au lit. Il ronfle comme un sonneur.

— Je croyais qu'ils restaient debout toute la nuit, les mages !

— Pas celui-là. Une tasse de chocolat vers neuf heures, une vraie souche à neuf heures cinq.

— Je ne peux pas entrer comme ça chez lui !

— Pourquoi donc ? Tu viens me voir, moi. De toute façon,

c'est moi le cerveau de l'équipe. Lui, il porte le chapeau rigolo et gigote des mains, c'est tout. »

Suzanne fit tourner la clé.

Il faisait chaud à l'intéricur. Elle reconnut l'attirail magique habituel : une forge, un établi jonché de bouteilles et de paquets, une bibliothèque pleine de livres entassés à la diable, un alligator empaillé accroché au plafond, quelques très grosses bougies de cire rappelant des coulées de lave et un corbeau sur un crâne.

« Ils trouvent tout sur catalogue, fit le corbeau. Tu peux me croire. La commande arrive dans un gros colis. Tu t'imagines que les bougies coulent comme ça toutes seules ? Ça représente trois jours de boulot pour un bon couleur de bougies.

— Tu inventes de toutes pièces, dit Suzanne. N'importe comment, on ne peut pas acheter juste un crâne.

— Tu le sais mieux que moi, j'suis sûr, avec ton instruction.

— Qu'est-ce que tu voulais me dire hier soir ?

— Te dire ? répéta le corbeau d'un bec à l'air coupable.

— Cette histoire de ta-ta-ta-TA. »

Le corbeau se gratta la tête.

« Je devais pas te le dire, d'après lui. Seulement te prévenir au sujet du cheval. J'ai pas pu me retenir. Il est venu, hein ?

— Oui !

— Alors monte-le.

— Je l'ai fait. Il ne peut pas être vrai ! Les vrais chevaux savent où se trouve le sol !

— Mademoiselle, y a pas de cheval plus vrai que celui-là.

— Je connais son nom ! Je l'ai déjà monté avant ! »

Le corbeau soupira, ou émit du moins une espèce de sifflement, ce qu'un bec peut produire de plus proche d'un soupir.

« Monte sur le cheval. Il a décidé que c'était toi.

— Pour aller où ?

— C'est pas à moi de le savoir et c'est à toi de le trouver.

— En admettant que je sois assez bête pour accepter… tu ne pourrais pas me donner une idée de ce qui va arriver ?

— Ben… t'as lu des livres, si j'ai bien compris. Est-ce que t'en as déjà lu sur des enfants qui partent dans un lointain pays magique et vivent des aventures avec des gobelins, tout ça ?

— Oui, évidemment, bougonna Suzanne.

— Ce serait sans doute bien que tu voies les choses sous cet angle », fit le corbeau.

Suzanne prit un bouquet de fines herbes et se mit à jouer avec. « J'ai vu une femme dehors qui se prétendait la Fée des Dents, dit-elle.

— Nan, ça pouvait pas être *la* Fée des Dents, rétorqua le corbeau. Elles sont au moins trois.

— C'est impossible. La Fée des Dents, ou la petite souris, ça n'existe pas. J'veux dire… je ne savais pas, je croyais que c'étaient… des histoires, quoi. Comme le marchand de sable ou le père Porcher*.

* Selon la légende rurale – du moins dans les régions où le cochon représente une part vitale de l'économie familiale –, le père Porcher est une figure mythique hivernale qui, le soir du Porcher, galope de maison en maison sur un traîneau rudimentaire tiré par quatre sangliers sauvages armés de défenses afin de livrer des cadeaux tels que saucisses, boudins, couennes et jambons à tous les enfants qui ont été sages. Il répète souvent « Ho ho ho ». Les enfants qui n'ont pas été sages reçoivent un sac rempli d'os sanglants (c'est à ce genre de détail qu'on reconnaît qu'il s'agit d'un conte pour les petits). Il existe une chanson sur lui. Elle commence ainsi : *Petit papa Porcher, quand tu descendras…*

On dit que le père Porcher trouve son origine dans la légende d'un roi local qui, passant par hasard, selon lui, devant la maison de trois jeunes femmes un soir d'hiver, les entendit sangloter parce qu'elles n'avaient rien à manger pour célébrer la fête du solstice d'hiver. Il les prit en pitié et leur jeta un paquet de saucisses par la fenêtre**.

** Et commotionna sérieusement l'une d'elles, mais rien ne sert d'enlaidir une bonne légende.

— Ah, fit le corbeau. On change de ton, hein ? Plus de déclarations catégoriques, hein ? Un peu moins de “Ça n’existe pas” et un peu plus de “Je savais pas”, hein ?

— Tout le monde sait… J’veux dire, ça n’est pas logique qu’un vieux bonhomme barbu distribue à tout le monde des saucisses et des rillons le soir du Porcher, tout de même ?

— Pour la logique, j’peux pas dire. J’ai jamais appris la logique, fit le corbeau. Vivre sur un crâne, c’est pas franchement logique, mais c’est pourtant ce que je fais.

— Et il ne peut pas exister un marchand de sable qui se promène en jetant du sable dans les yeux des enfants, poursuivit Suzanne d’un ton incertain. On… n’aurait pas assez d’un sac pour tout le sable.

— Possible. Possible.

— Vaut mieux que j’y aille. Mademoiselle Derches inspecte toujours les dortoirs sur le coup de minuit.

— Y a combien de dortoirs ?

— Une trentaine, je crois.

— Tu crois qu’elle les inspecte tous à minuit et tu crois pas au père Porcher ?

— Vaut quand même mieux que j’y aille. Hum. Merci.

— Referme derrière toi et jette la clé par la fenêtre », dit le corbeau.

Le silence retomba après le départ de la fillette ; seuls le troublaient les crépitements du charbon qui se tassait dans le fourneau.

« Les gosses d’aujourd’hui, hein ? fit alors le crâne.

— La faute aux études, dit le corbeau.

— Savoir trop de choses, c’est dangereux. Beaucoup plus que ne pas en savoir assez. C’est toujours ce que je disais de mon vivant.

— C’était quand, exactement ?

— Me rappelle pas. Je crois que j'étais assez instruit. Sans doute professeur ou philosophe, quelque chose dans ce goût-là. Et aujourd'hui je me retrouve sur un établi avec un oiseau qui me chie sur la tête.

— Très allégorique », fit le corbeau.

Personne n'avait appris à Suzanne le pouvoir de la croyance, ou du moins le pouvoir de la croyance combiné à un potentiel magique élevé et à une stabilité de la réalité réduite tels qu'il en existait sur le Disque-monde.

La croyance génère un vide. Quelque chose doit y rouler afin de le combler.

Ce qui ne signifie pas que la croyance nie la logique. Par exemple, il est évident que le marchand de sable n'a besoin que d'un petit sac.

Sur le Disque-monde, il ne s'embête pas à sortir d'abord le sable.

Il était presque minuit.

Suzanne se faufila dans les écuries. Elle était de ces gens qui ne laissent pas un mystère irrésolu.

Les poneys restaient silencieux en présence de Bigadin. Le cheval luisait dans l'obscurité.

Suzanne descendit une selle du râtelier puis se ravisa. Si elle devait tomber, une selle ne lui serait d'aucun secours. Et les rênes seraient aussi utiles qu'un gouvernail sur un rocher.

Elle ouvrit la porte de la stalle. La plupart des chevaux ne reculent pas d'eux-mêmes car ce qu'ils ne voient pas n'existe pas. Mais Bigadin sortit tout seul et se rendit au montoir où il se retourna pour regarder Suzanne, l'air d'attendre.

Suzanne grimpa sur son dos. Elle avait l'impression d'être assise sur une table. « D'accord, chuchota-t-elle. Je ne suis pas forcée de croire à tout ça, remarque. »

Bigadin baissa la tête et hennit. Puis il sortit au trot dans la cour et se dirigea vers le champ. A la porte, il se mit au petit galop et vira vers la barrière.

Suzanne ferma les yeux.

Elle sentit les muscles se bander sous la peau veloutée, puis le cheval s'éleva par-dessus la barrière, par-dessus le champ.

Derrière lui, sur le gazon, deux empreintes ardentes de sabots brûlèrent le temps d'une seconde ou deux.

Alors qu'elle survolait l'école, elle vit une lumière trembloter par une fenêtre. Mademoiselle Derches effectuait sa ronde.

Ça va faire du vilain, se dit Suzanne.

Puis elle songea : Je suis à trente mètres dans les airs sur un cheval qui m'emporte vers une destination mystérieuse, un peu comme vers un pays magique peuplé de gobelins et d'animaux parlants. Je ne vois pas ce qui pourrait arriver de pire…

Et puis est-ce que le règlement de l'école interdit de monter un cheval volant ? Je parie que rien ne le stipule nulle part.

Quirm disparut derrière elle et le monde s'ouvrit en une alternance de ténèbres et de clair de lune argenté. Un damier de champs se déroula comme dans un stroboscope, où brillait parfois la lumière d'une ferme isolée. Des lambeaux de nuages passèrent et disparurent à toute allure.

Loin sur sa gauche, les montagnes du Bélier dressaient leur muraille blanche et glacée. Sur sa droite, l'océan du Bord formait un chemin vers la lune. Il n'y avait pas de vent ni même de grande sensation de vitesse, rien d'autre que le paysage qui défilait comme l'éclair et les longues foulées alanguies de Bigadin.

Puis on répandit de l'or sur la nuit. Les nuages s'écartèrent devant elle et là, en dessous, s'étala Ankh-Morpork, une cité qui recelait davantage de dangers que ne pouvait en imaginer même mademoiselle Derches.

Des lumières de torches délinéaient un réseau de rues où Quirm se serait non seulement perdue, mais aussi fait agresser et balancer dans le fleuve.

Bigadin survola tranquillement les toits au petit galop. Suzanne entendait les bruits de la rue, même les voix de passants précis, mais aussi le grondement formidable de la ville, comme le bourdonnement d'une ruche d'insectes. Des fenêtres d'étages supérieurs se succédèrent, chacune éclairée de lumière de bougies.

Le cheval se laissa tomber dans l'atmosphère enfumée pour effectuer au trot un atterrissage impeccable dans une ruelle déserte sur laquelle ne donnait qu'une seule porte fermée, flanquée d'un écriteau surmonté d'une torche.

Suzanne lut :

Entlée de les couisines – Accès interdit.
Pour toux le monde pareil.

Bigadin avait l'air d'attendre quelque chose.

Suzanne avait espéré une destination plus exotique.

Elle connaissait le curry. On leur en servait à l'école sous le nom de « riz aux crottes de nez ». C'était jaune. Avec des raisins secs tout mous et des pois.

Bigadin hennit et frappa du sabot.

Un panneau dans la porte coulissa soudain. Suzanne devina fugitivement une figure dans l'atmosphère surchauffée de la cuisine.

« Ooorrh, nooonrrrh ! Bigadinrrr ! »

Le panneau se referma en claquant.

A l'évidence, il allait se passer quelque chose.

Elle examina le menu cloué au mur. Il abondait en fautes d'orthographe, comme il se doit pour tout menu de restaurant populaire, ainsi les clients abusés se sentent supérieurs. Elle ne reconnaissait pas les noms de la plupart des plats, parmi lesquels :

Curry de légume	*8 sous*
Curry de boulette au jus de pore	*10 sous*
Curry aidre-doux de boulette de poison	*10 sous*
Curry de viande	*10 sous*
Curry de viande idantifiée	*15 sous*
Suplément de curry	*5 sous*
Bisecuit salé salace	*4 sous*

A manger sur place ou,
A emporter

Le panneau se rouvrit d'un coup et un gros sachet de papier brun censément étanche mais pas vraiment atterrit sur le rebord étroit du judas. Puis le panneau se referma une fois encore.

Suzanne avança prudemment la main. L'odeur qui montait du sachet dégageait une espèce de puissance de lance thermique à déconseiller l'emploi de couverts métalliques. Mais son goûter remontait loin.

Elle s'aperçut qu'elle n'avait pas d'argent sur elle. D'un autre côté, personne ne lui en avait réclamé. Mais le monde irait à vau-l'eau si les gens n'assumaient pas leurs responsabilités.

Elle se pencha et frappa à la porte.

« Excusez-moi… vous ne voulez rien… ? »

Des cris et un fracas lui répondirent à l'intérieur, comme si une demi-douzaine de personnes se battaient pour se réfugier sous la même table.

« Oh. C'est gentil. Merci. Merci beaucoup », fit poliment Suzanne.

Bigadin s'éloigna lentement au pas. Cette fois il ne bondit pas à pleine puissance musculaire, il s'éleva d'un petit trot prudent, comme si on l'avait déjà réprimandé par le passé pour avoir renversé quelque chose.

Suzanne goûta le curry à bonne hauteur au-dessus du paysage fugitif puis le jeta aussi décemment que possible.

« C'était très... curieux, dit-elle. Alors, c'est tout ? Tu m'as amenée jusqu'ici pour des plats à emporter ? »

Le terrain défilait plus rapidement, et il vint à l'esprit de la cavalière que le cheval se déplaçait à présent beaucoup plus vite, non plus au petit mais au grand galop. Une contraction des muscles...

... et le ciel devant elle explosa de bleu un court instant.

Derrière elle, invisibles à cause de la lumière qui restait là, rouge de confusion, à se demander ce qui s'était passé, deux empreintes de sabots brûlèrent brièvement.

C'était un paysage suspendu dans l'espace.

Suzanne y vit une petite maison trapue entourée d'un jardin. Des champs aussi, et des montagnes au loin. Elle ne quitta pas le phénomène des yeux tandis que Bigadin ralentissait.

Il n'y avait pas d'épaisseur. Alors que le cheval virait pour atterrir, le paysage se révéla une simple surface, une mince pellicule de... d'existence... imposée au néant. Elle s'attendait à ce qu'elle se déchire lorsque sa monture se posa, mais il n'y eut qu'un léger crissement et une dispersion de graviers.

Bigadin fit le tour de la maison au petit trot et pénétra dans la cour de l'écurie où il s'arrêta et patienta.

Suzanne descendit avec précaution. Le sol lui parut suffisamment solide sous ses pieds. Elle baissa le bras et gratta dans le gravier ; il y en avait d'autre par-dessous.

Elle avait entendu dire que la Fée gardait les dents qu'elle récupérait. Si on y réfléchissait logiquement, les seules autres personnes qui récupéraient des parties du corps humain le faisaient dans des buts inavoués, le plus souvent pour nuire à leurs semblables ou les dominer. Les Fées des Dents devaient tenir la moitié des enfants du monde sous leur coupe. Et la maison n'appartenait visiblement pas à quelqu'un de ce genre.

Le père Porcher vivait, semblait-il, au milieu des montagnes dans une espèce d'abattoir horrible enguirlandé de saucisses et de boudins et peint en rouge sang épouvantable.

Ce qui révélait un style. Un style d'un goût douteux, mais un style tout de même. La maison qu'elle voyait n'obéissait à aucun style du tout.

Le Canard du Mardi du Gâteau de l'Ame n'avait pas de maison. Pas plus que le père la Tuile ou le marchand de sable, pour ce qu'elle en savait.

Elle fit le tour de la maison, laquelle n'était pas plus grande qu'une chaumière. Sans aucun doute. Quiconque habitait là manquait totalement de goût.

Elle trouva la porte d'entrée. Elle était noire, pourvue d'un heurtoir en forme d'oméga.

Suzanne tendit la main vers lui, mais le battant s'ouvrit tout seul.

Et le vestibule s'étendit devant elle, un vestibule beaucoup plus vaste que ne pouvait en contenir l'extérieur de la maison. Elle distingua au loin un escalier assez large pour le final de claquettes d'une comédie musicale.

Autre chose clochait dans la perspective. On voyait un mur manifestement à grande distance mais, en même temps, on l'aurait dit peint dans le vide à une quinzaine de pas tout au plus. Comme si la distance était facultative.

Une grosse horloge s'adossait à un mur. Son lent tic-tac emplissait l'immensité de l'espace.

Il y a une salle, songea Suzanne. *Je me souviens de la salle des murmures.*

Des portes donnaient sur le vestibule à intervalles éloignés. Ou rapprochés, vus sous un autre angle.

Elle voulut gagner la première et renonça au bout de quelques pas terriblement chancelants. Elle finit par la rejoindre en fermant les yeux après avoir bien repéré la direction.

La porte était en même temps à taille humaine et immensément grande. Un encadrement ouvragé à l'extrême l'entourait, à motifs de crânes et de tibias. Elle poussa le battant.

Cette salle-ci aurait pu accueillir une petite ville.

Au centre, un tapis recouvrait une petite surface d'un hectare, pas plus. Il fallut plusieurs minutes à Suzanne pour en atteindre le bord.

C'était une salle dans une salle. On y voyait un grand bureau d'aspect massif sur une estrade, devant un fauteuil pivotant en cuir. Une grosse maquette du Disque-monde sur une espèce d'ornement formé de quatre éléphants debout sur la carapace d'une tortue. Plusieurs bibliothèques chargées de gros volumes disposés au petit bonheur, comme par des gens trop souvent appelés à les consulter pour les ranger convenablement. Et même une fenêtre, flottant en l'air à un mètre au-dessus du sol.

Mais on n'y voyait pas de murs. Rien entre le bord du tapis et les parois de la plus grande salle en dehors du plancher, si « plancher » était bien le terme qui convenait. Ça ne ressemblait pas à de la pierre et ce n'était sûrement pas du bois. Il ne produisait aucun son quand Suzanne marchait dessus. Ce n'était qu'une surface, dans le sens purement géométrique.

Le tapis s'ornait de motifs de crânes et de tibias.

Et il était noir. Tout était noir, ou dans une nuance de gris. Ici et là on devinait un violet profond ou un bleu de fond marin.

Au loin, vers le mur de la grande sallc, de la métasalle en quelque sorte, on soupçonnait… on ne savait quoi. Et qui jetait des ombres tarabiscotées, mais à trop grande distance pour qu'on distingue clairement de quoi il retournait.

Suzanne monta sur l'estrade.

Il y avait quelque chose d'étrange dans le décor. Evidemment, elle trouvait étrange tout ce qui l'entourait, seulement il s'agissait alors d'une étrangeté exceptionnelle inhérente au lieu. Elle pouvait l'ignorer. Mais elle sentait une étrangeté à dimension humaine. Chaque objet paraissait légèrement décalé, comme si le concepteur n'avait pas totalement saisi sa finalité.

Un tampon buvard était posé sur le bureau démesuré, mais il en faisait partie intégrante, solidaire de la surface du meuble. Les tiroirs n'étaient que des renflements de bois, impossibles à ouvrir. Celui qui avait fabriqué le meuble avait déjà vu des bureaux mais n'avait pas compris leur utilité.

Une espèce d'objet décoratif ornait même ce bureau : une plaque de plomb ; d'un bord y pendait un fil terminé par une bille de métal luisant. Quand on levait la bille et qu'on la relâchait, elle allait buter contre le plomb avec un bruit mat, rien qu'une fois.

Elle n'essaya pas le fauteuil. Une dépression profonde en creusait le cuir. Quelqu'un y avait passé beaucoup de temps assis.

Elle jeta un coup d'œil au dos des livres. Ils portaient des titres dans une langue incompréhensible pour elle.

Elle regagna avec peine la porte au loin, sortit dans le vestibule et tenta la porte suivante. Elle commençait à se douter de quelque chose.

Cette porte donnait sur une autre salle immense, mais cette

fois garnie de rayonnages depuis le sol jusqu'au lointain plafond accroché aux nuages. Sur chaque étagère s'alignaient des sabliers.

Le sable qui s'écoulait du passé vers l'avenir emplissait le local d'un grondement rappelant le ressac, un bruit composé de milliards de petits bruits.

Suzanne se déplaça entre les rayonnages. Elle avait l'impression d'évoluer au sein d'une foule.

Son œil surprit un mouvement sur une étagère voisine. Dans la plupart des sabliers, le sable qui s'écoulait formait une ligne argentée continue, mais dans celui-ci, alors même qu'elle regardait, la ligne disparut. Le dernier grain bascula dans l'ampoule inférieure.

Le sablier s'évanouit avec un petit claquement sec : *plop*.

Un instant plus tard, un nouveau surgit à sa place avec un léger tintement métallique : *ping*. Sous les yeux de Suzanne, le sable se mit à couler…

Et elle eut conscience que le même processus se répétait dans toute la salle. Les vieux sabliers disparaissaient, de nouveaux prenaient leur place.

Elle savait aussi tout ça.

Elle tendit la main et en saisit un, se mordit les lèvres d'un air songeur et voulut le retourner…

« COUIII ! »

Elle pivota d'un bloc. La Mort aux Rats se tenait sur l'étagère derrière elle. Il levait un doigt réprobateur.

« D'accord », fit Suzanne. Elle reposa le sablier.

« COUIII.

— Non. Je n'ai pas fini de regarder. »

Elle repartit vers la porte pendant que le rat cavalait à sa suite.

La troisième salle, c'était…

… la salle de bains.

Suzanne hésita. On s'attendait à trouver des sabliers dans cette maison. On s'attendait à voir des motifs de crânes et de tibias. Mais on ne s'attendait pas à tomber sur une très grande baignoire de porcelaine blanche, posée tel un trône sur son podium, pourvue de robinets de cuivre géants et sur laquelle on lisait, en lettres bleues délavées juste au-dessus du dispositif qui maintenait la chaîne de la bonde : *C. H. Toilettes & Fils, rue Caliminou, Ankh-Morpork.*

On ne s'attendait pas à tomber non plus sur le canard en caoutchouc. Un canard jaune.

Pas davantage sur le savon. D'un blanc d'os approprié, il donnait l'impression de n'avoir jamais servi. Il voisinait une savonnette orange qui avait, elle, sûrement fait de l'usage : ce n'était guère plus qu'une lamelle. L'odeur rappelait beaucoup les savonnettes de mauvaise qualité de l'école.

La baignoire, quoique immense, était humaine. Des craquelures brunes entouraient la bonde et une tache marquait le point où le robinet avait goutté. Mais presque tout le reste sortait du cerveau de celui qui n'avait pas davantage compris l'utilité des bureaux que l'art des ablutions.

Il avait conçu un porte-serviettes sur lequel une équipe entière d'athlètes aurait pu s'entraîner. Les serviettes noires étaient dures et fondues dans la masse. Celui qui utilisait la salle de bains devait se sécher à l'aide de la serviette bleu et blanc très usée marquée des initiales J O C-R-D-I-B-S, A-M.

Il y avait même des toilettes – autre bel exemple de l'art porcelainier de C. H. Toilettes – à la cuvette estampée d'une frise de fleurs vertes et bleues. Une fois encore, tout comme la baignoire et le savon, elles laissaient entendre qu'une première personne avait bâti la salle de bains… puis qu'une autre était venue longtemps après ajouter de petits détails. Une autre personne mieux au fait de la plomberie, déjà. Et qui savait parfaitement que les serviettes devaient êtres douces et en mesure de sécher les gens, et que le savon devait faire des bulles.

On ne s'attendait pas à ça tant qu'on ne l'avait pas vu. Et c'était alors comme si on le voyait avec un regard neuf.

La serviette pelée tomba de son support et détala par terre avant de s'affaisser pour laisser apparaître la Mort aux Rats.

« Couiii ?

— Oh, d'accord, fit Suzanne. Où veux-tu que j'aille, maintenant ? »

Le rat fila vers la porte ouverte et disparut dans le couloir.

Suzanne le suivit vers encore une autre porte. Elle tourna encore une autre poignée.

La porte donnait encore une fois sur une salle dans une plus grande. Sur une toute petite zone de carrelage éclairée dans l'obscurité au loin on voyait une table, quelques chaises, un buffet de cuisine…

… et quelqu'un. Une silhouette voûtée était attablée. Lorsqu'elle s'approcha d'un pas prudent, Suzanne entendit le cliquetis de couverts sur une assiette.

Un vieil homme dînait très bruyamment. Entre deux coups de fourchette, il se parlait tout seul la bouche pleine. C'était comme s'il se montrait mal élevé envers lui-même.

« Pas d'ma faute ! [projection de miettes] J'étais contre dès l'début, mais, oh non, l'a fallu qu'il aille [récupération sur la table d'un morceau de saucisse volante] mettre son grain de sel, d'ailleurs j'y ai dit : comme si vous le mettiez pas, de toute façon [coup de couteau à un objet frit non identifié], oh non, c'est pas son genre [projection de miettes, coup de fourchette dans le vide], une fois que vous y aurez mis votre grain d'sel, j'y ai dit, comment vous allez vous sortir de là, répondez-moi [confection d'un sandwich éphémère œufs et sauce tomate], mais, oh non… »

Suzanne contourna le carré de tapis. L'homme ne la remarqua pas.

La Mort aux Rats grimpa lestement le long d'un pied de table et atterrit sur une tartine de pain frit.

« Oh, c'est toi.

— COUIII. »

Le vieux tourna la tête.

« Où ça ? Où ça ? »

Suzanne prit pied sur le tapis. L'homme se leva si vite que son fauteuil se renversa.

« Merde, qui t'es, toi ?

— Est-ce que vous pourriez arrêter de braquer ce bout de jambon pointu sur moi ?

— Je t'ai posé une question, petite !

— Je m'appelle Suzanne. » La réponse lui parut incomplète. « Duchesse de Sto Helit », ajouta-t-elle.

La figure déjà ridée de l'homme se rida davantage tandis qu'il s'efforçait d'assimiler le renseignement. Puis il se détourna et jeta les mains en l'air.

« Ah, oui ! brailla-t-il à la ronde. Alors là, c'est l'pompon, pour sûr ! »

Il agita un doigt en direction de la Mort aux Rats qui pencha en arrière.

« Espèce de sale petit tricheur de rongeur ! Oh, oui ! Je sens un vrai rat derrière tout ça !

— COUIII ? »

Le doigt cessa soudain de gigoter. L'homme pivota.

« Comment t'as réussi à passer à travers le mur ?

— Pardon ? fit Suzanne en reculant. Je ne savais pas qu'il y en avait un.

— Comment t'appelles ça, alors, du crachin klatchien ? » L'homme donna une claque dans le vide.

L'hippopotame de la mémoire se vautra dans la boue…

« … Albert… fit Suzanne, c'est ça ? »

Albert se plaqua la paume de la main sur le front avec un bruit mat.

« De mieux en mieux ! Qu'esse t'es allé lui raconter ?

— Il ne m'a rien raconté à part COUIII et je ne sais pas ce que ça veut dire, fit Suzanne. Mais… écoutez, il n'y a pas de mur ici, rien que… »

Albert ouvrit de force un tiroir.

« Fais bien attention, dit-il sèchement. Un marteau, d'accord ? Un clou, d'accord ? Regarde. »

Il enfonça le clou à coups de marteau dans le vide à une hauteur d'un mètre cinquante en bordure de la zone carrelée. Le clou resta en suspens.

« Un mur », fit Albert.

Suzanne tendit doucement la main et toucha le clou. Il lui parut poisseux, un peu comme de l'électricité statique.

« Eh bien, à moi, ça ne m'a pas l'air d'un mur, parvint-elle à dire.

— COUIII. »

Albert laissa tomber le marteau sur la table.

Le vieux n'était pas petit, s'aperçut Suzanne. Plutôt grand, même, mais il marchait le dos voûté de guingois, ce qui lui donnait une silhouette normalement associée aux assistants de laboratoire de la variété Igor.

« J'abandonne, dit-il en agitant encore le doigt en direction de Suzanne. J'y ai pourtant dit qu'il en sortirait rien de bon. Il a voulu s'en mêler, et résultat : une pisseuse… Où t'es passée ? »

Suzanne s'approcha de la table pendant qu'Albert essayait de la retrouver en gigotant des bras.

Il y avait un plateau de fromages sur la table, et une tabatière. Et aussi un chapelet de saucisses. Aucun légume frais. Mademoiselle Derches recommandait d'éviter les fritures et de manger beaucoup de légumes, au nom de ce qu'elle appelait l'hygiène de vie quotidienne. Elle attribuait quantité d'ennuis à l'absence d'hygiène de vie quotidienne. Albert les incarnait visiblement tous tandis qu'il cavalait dans la cuisine en faisant des gestes vifs dans le vide, dans l'espoir d'attraper la gamine.

Elle s'installa dans le fauteuil auprès duquel il passa en dansant.

Albert s'arrêta de courir et se mit une main en visière au-dessus d'un œil. Puis il se retourna avec beaucoup de précaution. Le seul œil visible se plissait dans une tentative frénétique de concentration.

Il loucha vers le fauteuil, l'œil larmoyant sous l'effort.

« C'est très bien, dit-il doucement. D'accord. T'es là. Le rat et le cheval t'ont amenée. Les imbéciles. Ils se figurent que c'est la bonne solution.

— Quelle solution ? demanda Suzanne. Et je ne suis pas une… ce que vous avez dit. »

Albert la regarda fixement.

« Le Maître y arrivait, dit-il enfin. Ça fait partie du boulot. A mon avis, tu t'es rendu compte que t'en étais capable y a longtemps, hein ? De pas te faire remarquer quand ça te chantait ?

— COUIII, lança la Mort aux Rats.

— Quoi ? répliqua Albert.

— COUIII.

— Il me dit de t'expliquer, fit Albert d'un ton las, qu'une pisseuse c'est une petite fille. Il pense que t'as peut-être mal compris, mais c'est pas méchant. »

Suzanne se tassa dans son fauteuil.

Albert attira un autre fauteuil et s'assit à son tour.

« T'as quel âge ?

— Seize ans.

— Ça, par exemple ! » Albert roula des yeux. « Et t'as seize ans depuis longtemps ?

— Depuis mes quinze ans, évidemment. Vous êtes bête ou quoi ?

— Bon sang de bon sang, ce que le temps passe. Tu sais pourquoi t'es là ?

— Non… mais… hésita Suzanne, mais ç'a un rapport avec… c'est quelque chose comme… je vois des choses que les autres ne voient pas, j'ai vu quelqu'un qui n'est qu'une légende, et je sais que je suis déjà venue ici… et tous ces crânes et ces os partout… »

La silhouette élancée de vautour d'Albert se dressa au-dessus d'elle.

« Ça te dit, une tasse de chocolat ? » demanda-t-il.

Ça n'avait rien à voir avec le chocolat de l'école, lequel ressemblait à de l'eau chaude marron. Du gras flottait dans celui d'Albert ; si on s'avisait de retourner la tasse, il s'écoulerait un certain temps avant qu'il n'en tombe quelque chose.

« Ton papa et ta maman, reprit Albert une fois qu'elle eut une moustache de chocolat bien trop jeune pour elle, ils t'ont jamais… rien expliqué ?

— Mademoiselle Delcroix l'a fait en biologie, répondit Suzanne. Mais elle n'a rien compris, ajouta-t-elle.

— Au sujet de ton grand-père, j'veux dire.

— Je me rappelle des détails, mais seulement une fois que je les vois. Comme la salle de bains. Comme vous.

— Ton papa et ta maman se sont dit qu'il valait mieux que t'oublies. Hah ! C'est dans l'sang ! Ils avaient peur que ça arrive, et voilà, c'est arrivé ! T'en as hérité.

— Oh, je suis aussi au courant pour ça, fit Suzanne. C'est une histoire de souris, de pois et tout. »

Albert lui lança un regard interdit.

« Ecoute, j'vais essayer de te faire comprendre avec ménagement. »

Suzanne lui lança un regard poli.

« Ton grand-père, c'est la Mort, fit Albert. Tu sais ? Le squelette en robe noire ? T'es arrivée ici sur son cheval et c'est sa maison. Seulement, il est… parti. Pour réfléchir, quelque chose comme ça. Ce qui s'passe, d'après moi, c'est que t'es aspirée. C'est dans l'sang. T'es en âge, maintenant. Y a un trou et ce trou te croit apte à le remplir. J'aime pas plus ça que toi.

— La Mort, fit carrément Suzanne. Eh bien, je dois dire que je m'en doutais. Comme le père Porcher, le marchand de sable et la Fée des Dents ?

— Oui.

— COUIII.

— Vous vous figurez que je vais croire ça, hein ? » fit Suzanne en s'efforçant d'afficher le mépris le plus desséchant dont elle était capable.

Albert lui lança le regard noir de qui s'est déjà desséché depuis longtemps. « Ce que tu crois, c'est l'cadet de mes soucis, ma petite, lâcha-t-il.

— Vous voulez vraiment dire la grande silhouette avec la faux et tout ?

— Oui.

— Ecoutez, Albert, fit Suzanne du ton qu'on emploie avec les simples d'esprit, même s'il existait une Mort comme ça, et c'est franchement ridicule de donner forme humaine à une banale fonction naturelle, on ne peut rien en hériter. Je m'y connais en hérédité. C'est des histoires de cheveux roux et tout. On les tient d'autres gens. Pas de… mythes et de légendes. Hum. »

La Mort aux Rats, attiré par le plateau de fromages, se servait de sa faux pour s'en tailler un morceau. Albert se carra dans son fauteuil.

« Je m'souviens quand on t'a amenée ici, dit-il. Il arrêtait pas de poser des questions, tu sais. Il était curieux. Il aime les gamins. Il en voit beaucoup, à vrai dire, mais... sans les connaître, si tu comprends ce que j'veux dire. Ton papa et ta maman voulaient pas, mais ils ont cédé et t'ont conduite ici un jour pour le thé, histoire de le calmer. Ça leur disait rien parce qu'ils croyaient que tu prendrais peur et que tu crierais comme une sourde. Mais toi... t'as pas crié. T'as rigolé. Ç'a fichu une trouille terrible à ton père, pour sûr. Ils t'ont encore amenée deux ou trois fois quand le Maître le demandait, mais ensuite ils ont eu la frousse de ce qui pourrait arriver, alors ton père a fait acte d'autorité et ça s'est arrêté là. C'était sans doute le seul à pouvoir discuter avec le Maître, ton père. Tu devais avoir quatre ans à l'époque, je pense. »

Suzanne leva la main d'un air songeur et toucha les lignes pâles sur sa joue.

« D'après le Maître, ils t'élevaient selon... (Albert ricana) des méthodes modernes. La logique. Pour eux, le vieux système, c'était de la bêtise. J'sais pas... J'imagine qu'ils voulaient te tenir à l'écart de... ce genre d'idées...

— On m'a fait monter une fois sur le cheval, fit Suzanne qui ne l'écoutait pas. J'ai pris un bain dans la grande salle de bains.

— Du savon partout », confirma Albert. Sa figure se tordit dans ce qui se rapprochait d'un sourire. « J'entendais le Maître rigoler d'ici. Et il t'a aussi fabriqué une balançoire. Enfin, il a essayé. Pas de magie ni rien. De ses mains. »

Suzanne ne bougeait pas tandis que les souvenirs s'éveillaient, bâillaient et s'étiraient dans sa tête.

« Je me souviens maintenant de la salle de bains, dit-elle. Tout me revient.

— Nan, c'est jamais parti. Y avait juste de la tapisserie par-dessus.

— Il était nul en plomberie. Qu'est-ce que ça veut dire : J O C-R-D-I-B-S, A-M ?

— Jeunesse ouvrière cultuelle-réformée-du-dieu-Ichoreux-Bel-Shamharoth, Ankh-Morpork, répondit Albert. C'est là que je loge quand je dois redescendre pour une chose ou une autre. Du savon, tout ça.

— Mais vous n'êtes pas… jeune, ne put s'empêcher de faire observer Suzanne.

— Personne discute jamais », répliqua-t-il sèchement. Et Suzanne se dit que c'était sans doute vrai. Albert dégageait une espèce de force nerveuse, comme s'il n'était qu'un poing ambulant.

« Il peut quasiment tout faire, dit-elle sans vraiment s'adresser au bonhomme, mais dans certains domaines il n'y comprend rien, entre autres la plomberie.

— Voilà. On a dû faire venir un plombier d'Ankh-Morpork, hah, il disait qu'il pouvait pas avant jeudi en huit, et on répond pas des trucs pareils au Maître, fit Albert. J'ai jamais vu un mec travailler aussi vite. Ensuite le Maître lui a fait oublier. Il peut faire oublier tout le monde, sauf… » Albert s'arrêta et fronça les sourcils.

« Je dois m'faire une raison, on dirait, reprit-il. T'es dans ton droit, on dirait. J'imagine que t'es fatiguée. Tu peux rester ici. C'est pas les chambres qui manquent.

— Non, il faut que je reparte ! Ça va faire un sacré chambard si je ne suis pas à l'école demain matin.

— Y a pas de temps ici en dehors de ce qu'apportent les gens. Les choses arrivent les unes après les autres. Bigadin va te ramener à l'heure où t'es partie, si tu veux. Mais tu devrais rester un moment.

— Il y a un trou, vous avez dit, et je suis aspirée dedans. Je ne comprends pas.

— Tu te sentiras mieux une fois que t'auras dormi », fit Albert.

Il n'existait pas vraiment de jour ni de nuit ici. Ce qui avait gêné Albert au début. Rien que le paysage brillant surplombé d'un ciel noir piqueté d'étoiles. La Mort n'avait pas pigé le coup du jour et de la nuit. Quand la maison recevait des visiteurs humains, elle tendait à observer des journées de vingt-six heures. Les hommes livrés à eux-mêmes adoptent un rythme diurne plus long que les jours classiques, ainsi peut-on les remettre à l'heure comme autant de petites horloges au coucher du soleil. Il leur faut s'accommoder du temps, mais les jours sont une espèce de choix personnel.

Albert, lui, allait se coucher quand il y pensait.

Pour l'instant il était assis dans son lit à la lueur d'une bougie, le regard perdu dans le vide.

« Elle s'est souvenue de la salle de bains, marmonna-t-il. Et elle sait des choses qu'elle a pas pu voir. Et qu'on a pas pu lui dire. Elle a ses souvenirs à lui. Elle en a hérité.

— COUIII », fit la Mort aux Rats. Il restait souvent au coin du feu la nuit.

« La dernière fois qu'il est parti, les gens ont cessé de mourir, poursuivit Albert. Mais pas cette fois-ci. Et le cheval est allé la trouver. Elle bouche le trou. »

Le vieux serviteur lança un regard mauvais aux ténèbres. Son agitation intérieure se manifestait comme toujours par une activité intense de mastication et d'aspiration, comme s'il essayait d'extraire d'une dent creuse un reste oublié de son quatre heures. Il faisait pour le moment un bruit de siphon de coiffeur.

Il ne se rappelait pas avoir été jeune. Sa jeunesse devait

remonter à des millénaires. Il avait soixante-dix-neuf ans, mais le temps dans la maison de la Mort était une denrée recyclable.

Il sentait vaguement que la jeunesse était une période délicate, surtout vers la fin. Il y avait toutes ces histoires de boutons et de certaines parties de l'anatomie qui n'en faisaient qu'à leur tête. Prendre en charge l'organe exécutif de la mortalité, c'était assurément un souci de plus.

Mais le fait – horrible, inéluctable – était que quelqu'un devait s'y coller.

Car, ainsi que précédemment mentionné, la Mort opérait sur un plan général plutôt que particulier, tout comme une monarchie.

Les sujets d'une monarchie sont gouvernés par le monarque. En permanence. A toute heure du jour et de la nuit. Quoi qu'ils fassent, ou quoi que fasse le monarque.

Ça participe des conditions générales du système. La reine n'a pas besoin d'aller chez les gens, de monopoliser le fauteuil et la télécommande de la télé, de donner des ordres parce qu'elle meurt de soif et qu'elle prendrait bien une tasse de thé. Ça se fait automatiquement, comme la pesanteur. Sauf que, à la différence de la pesanteur, il faut quelqu'un au sommet. Quelqu'un qui n'a pas besoin de se démener. Il lui suffit d'être là. Il lui suffit d'être.

« Elle ? fit Albert.

— COUIII.

— Elle s'y mettra bien assez vite. Oh, oui. On peut pas être à la fois immortel et mortel, de quoi finir coupé en deux. Je la plaindrais presque.

— COUIII, convint la Mort aux Rats.

— Et c'est pas l'pire, poursuivit Albert. Attends que la mémoire lui revienne vraiment…

— COUIII.

— Ecoute bien, fit Albert. Vaudrait mieux que tu te mettes à sa recherche tout d'suite. »

Suzanne se réveilla, incapable de dire quelle heure il était.

Il y avait une pendule au chevet du lit car la Mort savait qu'il fallait des accessoires comme des pendules de chevet. Elle était ornée de crânes, de tibias et du symbole oméga, mais elle ne fonctionnait pas. Aucune pendule ne fonctionnait dans la maison en dehors de l'horloge spéciale du vestibule. Toutes les autres déprimaient et s'arrêtaient, ou leurs ressorts se détendaient d'un coup.

Sa chambre donnait l'impression qu'une précédente locataire avait déménagé la veille. Des brosses à cheveux traînaient sur la coiffeuse, ainsi que des restes de maquillage. Une robe de chambre pendait même derrière la porte. Un lapin en décorait la poche. Il aurait fait meilleure impression s'il ne s'était pas agi d'un squelette.

Suzanne fouilla dans les tiroirs. C'était sûrement la chambre de sa mère. On y voyait beaucoup de rose. Elle n'avait rien contre le rose à petite dose, mais ce n'était pas le cas ; elle enfila sa vieille robe d'école.

L'important, se dit-elle, c'était de rester calme. Il y avait toujours une explication logique à tout, même s'il fallait l'inventer.

« COUUFF. »

La Mort aux Rats atterrit sur la coiffeuse et joua des griffes pour trouver une prise. Il s'ôta la petite faux de la bouche.

« Je crois, dit prudemment Suzanne, que j'aimerais maintenant rentrer chez moi, merci. »

Le petit rat hocha la tête et sauta. Il atterrit sur le bord du tapis rose et détala au-delà sur le plancher sombre.

Lorsque Suzanne sortit du tapis, le rat s'arrêta et regarda derrière lui d'un œil approbateur. Une fois de plus, elle eut l'impression qu'elle venait de passer une manière d'épreuve.

Elle le suivit dans le corridor puis dans la caverne enfumée de la cuisine. Albert était penché sur le fourneau.

« B'jour, lança-t-il davantage par habitude que parce qu'il connaissait l'heure. Tu veux du pain frit avec tes saucisses ? Après, y a de la bouillie d'avoine. »

Suzanne jeta un coup d'œil à la mixture qui grésillait dans l'immense poêle. Ce n'était pas un spectacle à regarder le ventre vide, mais il devait en revanche le vider rapidement. Albert aurait fait regretter à un œuf d'avoir été pondu.

« Vous n'avez pas de muesli ? demanda-t-elle.

— C'est une espèce de saucisse ? fit Albert d'un air soupçonneux.

— C'est toutes sortes de noix et de céréales.

— Y a du gras dedans ?

— Je ne crois pas.

— Comment tu fais pour le frire, alors ?

— On ne le frit pas.

— T'appelles ça un petit-déjeuner ?

— Un petit-déjeuner n'est pas forcément frit, dit Suzanne. Tenez, vous avez parlé de bouillie d'avoine, et ça ne se frit pas, la bouillie d'avoine…

— Où t'as vu ça ?

— Un œuf à la coque, alors ?

— Ah, l'eau bouillante, ça vaut rien, ça tue pas tous les germes.

— FAIS-MOI UN ŒUF À LA COQUE, ALBERT. »

Tandis que les échos de l'ordre rebondissaient en tous sens et mouraient, Suzanne se demanda d'où venait la voix.

La louche d'Albert tinta sur le carrelage.

« Pardon ? fit la jeune fille.

— C'est toi qu'as parlé avec cette voix, dit Albert.

— Oubliez l'œuf. » A cause de la voix, Suzanne avait maintenant mal à la mâchoire. Ça l'inquiétait encore plus que ça n'inquiétait Albert. Après tout, c'était sa bouche à elle. « Je veux rentrer chez moi !

— Mais t'es chez toi.

— Cette maison ? Ce n'est pas chez moi !

— Ah ouais ? Qu'est-ce qui est écrit sur la grande horloge ?

— "Trop tard", répondit aussi sec Suzanne.

— Où sont les ruches ?

— Dans le verger.

— Combien on a d'assiettes ?

— Sept... » Suzanne referma la bouche avec force.

« Tu vois ? Une partie de toi sait que c'est ta maison, fit Albert.

— Ecoutez... Albert, dit Suzanne en optant pour le bon sens en douceur au cas où la tactique donnerait de meilleurs résultats, il y a peut-être... quelqu'un... disons... qui se charge de ces choses-là, mais je n'ai vraiment rien de spécial... enfin...

— Ah ouais ? Et comment t'expliques que le cheval te connaisse ?

— D'accord, mais je ne suis vraiment qu'une fille normale...

— Les filles normales, elles ont pas eu la boîte Mon Petit Bigadin pour leurs trois ans ! cracha Albert. Ton père te l'a confisquée. Le Maître en a été très fâché. Il essayait de faire des efforts.

— Je suis une gamine ordinaire, je veux dire !

— Ecoute, les filles ordinaires ont un xylophone. Elles demandent pas à leur grand-père d'ôter sa chemise !

— Mais je n'y peux rien. Ce n'est pas de ma faute ! Ce n'est pas juste !

— Vraiment ? Oh, pourquoi tu l'disais pas ? fit Albert d'un ton amer. Là, évidemment, ça change tout, dame oui. A ta place, moi j'irais l'dire à l'univers que c'est pas juste. J'parie qu'il répondrait : “Oh, alors d'accord, excusez le dérangement, laissez tomber.”

— Vous faites de l'ironie ! Vous ne pouvez pas me parler comme ça ! Vous n'êtes qu'un serviteur !

— C'est vrai. Et toi aussi. Alors je me mettrais au boulot, à ta place. Le rat va t'aider. Il s'occupe surtout des rats, mais le principe est le même. »

Suzanne, immobile, restait bouche bée.

« Je sors, fit-elle sèchement.

— Je t'en empêche pas. »

Suzanne sortit en trombe par la porte du fond, traversa l'étendue immense de l'antichambre, passa la meule dans la cour et entra dans le jardin. « Huh », fit-elle.

Si quelqu'un lui avait dit que la Mort avait une maison, Suzanne l'aurait traité de fou, voire pire, d'imbécile. Mais si elle avait dû en imaginer une, elle aurait dessiné, au crayon noir comme de juste, une demeure gothique imposante et crénelée. Une demeure sinistre dont la vue aurait évoqué d'autres adjectifs du même tombeau, tels que lugubre, funèbre. Une demeure percée de milliers de fenêtres. Aux quatre coins du ciel auraient volé des chauves-souris. Un spectacle impressionnant.

Ce n'aurait pas été une chaumière. Affublée d'un jardin minable. Aucun paillasson devant la porte d'entrée n'aurait souhaité « Bienvenue ».

Suzanne se protégeait derrière des murs invincibles de bon sens. Lesquels commençaient à fondre comme sel dans un vent humide, ce qui la fit franchement enrager.

Il y avait grand-père Lezek, évidemment, qui exploitait une petite ferme si pauvre que même les moineaux devaient se mettre à genoux pour manger. Un brave bonhomme, autant que Suzanne se rappelait ; un peu timoré, maintenant qu'elle y repensait, surtout quand elle avait son père avec elle.

Sa mère lui avait dit que son propre père était…

A bien y réfléchir, elle n'était pas sûre de ce que lui avait dit sa mère. Les parents s'y entendent pour en révéler le moins possible, même quand ils parlent beaucoup. Elle en avait seulement retiré l'impression qu'il était absent.

Aujourd'hui on lui donnait à penser qu'il avait la réputation d'être toujours présent.

C'était comme avoir un parent dans le négoce.

Un dieu, alors là… un dieu, ce serait quelque chose. Dame Odile Chenal, en classe de seconde, racontait toujours avec fierté que son arrière-arrière-grand-mère avait jadis été séduite par le dieu Io l'Aveugle qui lui était apparu sous forme d'un vase de pâquerettes, ce qui faisait apparemment d'elle une demi-hémi-semi-déesse. A l'en croire, sa mère trouvait que c'était un avantage pour obtenir une table dans un restaurant. Dire qu'on était un parent proche de la Mort ne produisait sans doute pas le même effet. On n'arrivait sans doute même pas à se dénicher une chaise près de la cuisine.

S'il s'agissait là d'une espèce de rêve, elle ne risquait pas de se réveiller de sitôt, semblait-il. De toute façon, elle ne croyait pas à cette éventualité. Les rêves, ce n'était pas comme ça.

Un sentier menait de la cour de l'écurie jusqu'à un potager avant de descendre en pente douce vers un verger d'arbres aux feuilles noires. Des pommes noires luisantes pendaient à leurs branches. A l'écart, sur un côté, se dressaient quelques ruches blanches.

Et elle sut qu'elle avait déjà vu ce décor.

Il y avait un pommier vraiment, mais vraiment différent des autres.

Elle s'arrêta devant et le contempla tandis que les souvenirs refaisaient surface.

Elle se rappelait quand elle avait eu l'âge de se rendre compte à quel point tout cela était logiquement aberrant, et que lui, immobile, attendait anxieusement de voir ce qu'elle allait faire…

D'anciennes certitudes refluèrent, que remplacèrent de nouvelles.

A présent elle comprenait de qui elle était la petite-fille.

Le Tambour Rafistolé s'adonnait traditionnellement à des jeux de bistro, disons, traditionnels tels que les dominos, les fléchettes et le coup de couteau dans le dos d'un client afin de le délester de son pécule. Le nouveau propriétaire avait décidé de donner dans l'intellectuel et le raffiné. La seule alternative qui restait.

Il y avait eu l'Appareil à Colles, une monstruosité de trois tonnes à système hydraulique fondée sur une découverte récente de Léonard de Quirm. Une mauvaise idée. Le capitaine Carotte, du Guet, une fine mouche derrière son sourire débonnaire, y avait en douce introduit une nouvelle série de questions du genre : *Etiez-vous prais du magasin de diamants de Vortin dans la nuit du 15 ?* ou : *Qui est le troisième homme qui a braqué la distillerie de Constricteur la semaine dairnière ?* et avait arrêté trois clients avant qu'ils aient compris ce qui leur arrivait.

Le patron avait promis une nouvelle machine d'un jour à l'autre. Le bibliothécaire, un des piliers de la taverne, mettait de côté sa petite monnaie en prévision.

Il y avait une petite scène à une extrémité du comptoir. Le propriétaire avait voulu engager une strip-teaseuse pour l'heure du déjeuner, mais elle n'était passée qu'une fois. A la vue d'un grand orang-outan au premier rang, la figure fendue d'un sourire innocent, une grosse bourse de pièces dans une main et une grosse banane dans l'autre, la pauvre fille avait pris ses jambes à son cou. Ce qui faisait une guilde du spectacle de plus qui inscrivait le Tambour sur sa liste noire.

Le nouveau tenancier s'appelait Hibiscus Ormebrun. Ce n'était pas sa faute. Il voulait réellement faire du Tambour, disait-il, un lieu où l'on s'amusait. Pour un peu il aurait installé des parasols à rayures dehors.

Il baissa les yeux sur Nore.

« Vous n'êtes que trois ? fit-il.

— Oui.

— Quand on s'est mis d'accord pour cinq piastres, vous m'avez parlé d'un grand orchestre.

— Dis bonjour, Lias.

— Mazette, c'est vraiment un grand orchestre. » Ormebrun recula. « Je pense… quelques morceaux que tout le monde connaît ? Juste pour mettre un peu d'ambiance.

— D'ambiance », répéta Kreskenn en faisant du regard le tour du bistro. Il connaissait bien le mot. Mais, dans un lieu pareil, il faisait déplacé. Il n'y avait que trois ou quatre clients en ce début de soirée. Ils ne prêtaient aucune attention à la scène.

Le mur en fond de ladite scène avait visiblement connu des heures agitées. Il le fixa pendant que Lias entassait patiemment ses cailloux.

« Oh, c'est juste un peu de fruits et d'œufs pourris, expliqua Nore. Le public est sans doute un brin turbulent. Pas de quoi s'inquiéter.

— Ça ne m'inkiète pas, dit Kreskenn.

— On l'dirait pas.

— C'est les traces de hac'he et les trous de flèches qui m'inkiètent. Nore, on n'a même pas répété ! Pas sérieusement !

— T'arrives à en jouer, de ta guitare, non ?

— Ben, oui, je pense… »

Il l'avait essayée. C'était franchement un instrument facile. A la vérité, c'était presque impossible d'en jouer mal. Où qu'il pose les doigts sur lcs cordes, il en sortait toujours l'air qu'il avait en tête. C'était, sous une forme tangible, le type d'instrument dont on rêve quand on démarre la musique, celui qu'on joue sans apprendre. Il se souvenait de la première fois où il avait empoigné une harpe et gratté les cordes en s'attendant avec confiance à ces accents chatoyants qu'en tiraient les anciens. Il n'avait hélas obtenu que des bruits dissonants. Mais cette guitare, c'était l'instrument dont il avait rêvé…

« On va s'en tenir à des morceaux que tout le monde connaît, dit le nain. *Le Bourdon du mage* et *En cueillant la rhubarbe*. Ce genre de trucs. Les gens aiment bien les chansons qui les font marrer. »

Kreskenn regarda la salle. Elle commençait maintenant à se remplir. Mais son attention fut attirée par un grand orang-outan qui avait traîné sa chaise juste devant la scène et tenait un sac de fruits.

« Nore, il y a un primate ki nous regarde.

— Et alors ? fit Nore en déployant un filet à provisions.

— Mais c'est un primate.

— On est à Ankh-Morpork. C'est comme ça, ici. » Nore ôta son casque et en sortit quelque chose qu'il déroula.

« Pourkoi tu trimballes un filet à provisions ? demanda Kreskenn.

— Un fruit c'est un fruit. Qui épargne gagne. S'ils nous balancent des œufs, essaye de les attraper. »

Kreskenn se passa la sangle de la guitare sur l'épaule. Il avait essayé d'avertir le nain, mais pour lui dire quoi ? C'est trop facile à jouer ?

Il espérait qu'il existât un dieu des musiciens.

Il espérait à raison. Il en existe un grand nombre. Quasiment un par type de musique. Quasiment. Mais le seul chargé de veiller sur Kreskenn ce soir-là était Reg, dieu des musiciens de club, qui ne pouvait guère se consacrer à lui vu qu'il avait trois autres concerts à couvrir.

« Prêts ? » fit Lias en prenant ses marteaux.

Les deux autres hochèrent la tête.

« On va leur faire *Le Bourdon du mage*, dit Nore. C'est toujours bien de démarrer par ça.

— D'accord », fit le troll. Il compta sur ses doigts. « Un, deux… et un, deux, beaucoup, des tas. »

La première pomme vola sept secondes plus tard. Nore l'attrapa sans sauter la moindre note. Mais la première banane décrivit une courbe brutale et s'échoua dans son oreille.

« Continuez de jouer ! » souffla-t-il.

Kreskenn obéit en esquivant une rafale d'oranges.

Au premier rang, l'anthropoïde ouvrit son sac et sortit un très gros melon.

« Est-ce que tu vois des poires ? demanda Nore en reprenant haleine. J'aime les poires.

— Je vois un homme ki tient une hac'he de jet !

— Elle vaut quelque chose, d'après toi ? »

Une flèche vibra dans le mur à côté de la tête de Lias.

Trois heures du matin. Le sergent Côlon et le caporal Chicque parvenaient à la conclusion que les éventuels ennemis désireux d'investir Ankh-Morpork n'allaient sûrement pas lancer l'assaut maintenant. Et un bon feu les attendait à leur retour au poste.

« On pourrait laisser un mot, fit Chicard en se soufflant sur les doigts. Tu sais ? Repassez demain, un truc comme ça ? »

Il leva les yeux. Un cheval solitaire franchissait au pas la voûte de la porte. Un cheval blanc que montait un cavalier sombre vêtu de noir.

Pas question de lancer un : « Halte, qui va là ? » Le Guet de nuit patrouillait dans les rues à des heures insolites et avait l'habitude de voir des choses la plupart du temps inconnues du commun des mortels.

Le sergent Côlon porta une main respectueuse à son casque.

« B'soir, Vot' Seigneurie, dit-il.

— EUH… BONSOIR. »

Les gardes regardèrent le cheval disparaître à leur vue.

« Un pauvre type qui va écoper, alors, commenta le sergent Côlon.

— L'est consciencieux, faut reconnaître, dit Chicard. Dehors à n'importe quelle heure. Toujours à la disposition des gens.

— Ouais. »

Les gardes fixaient les ténèbres veloutées. Quelque chose cloche, se disait le sergent Côlon.

« C'est comment, son p'tit nom ? » demanda Chicard.

Ils continuèrent de fixer les ténèbres. Puis le sergent Côlon, qui n'arrivait toujours pas à mettre le doigt sur ce qui le tracassait, demanda : « Qu'esse tu veux dire, c'est comment son p'tit nom ?

— C'est comment son p'tit nom ?

— C'est la Mort, répondit le sergent. La Mort, voilà. Son nom complet. J'veux dire… Qu'esse tu veux dire ?… Tu veux dire comme… Keith la Mort ?

— Ben, pourquoi pas ?

— C'est juste la Mort, non ?

— Non, ça, c'est son boulot. Comment ils l'appellent, ses potes ?

— Qu'esse tu veux dire, ses potes ?

— D'accord. Comme tu veux.

— On va aller se taper un rhum chaud.

— Je trouve qu'il a une allure de Léonard. »

Le sergent Côlon se remémora la voix. C'était ça. L'espace d'un instant…

« Je dois me faire vieux, dit-il. L'espace d'un instant, j'lui ai trouvé une voix de Suzanne. »

« Je crois qu'ils m'ont vue », chuchota Suzanne tandis que le cheval tournait à un croisement.

La Mort aux Rats pointa la tête hors de sa poche.

« COUIII.

— J'ai idée qu'on aura besoin du corbeau, reprit Suzanne. Tu vois, je… j'ai l'impression de te comprendre, seulement je ne sais pas ce que tu racontes… »

Bigadin s'arrêta devant une grande maison un peu en retrait de la rue. Une résidence un brin prétentieuse, chargée de plus de pignons et meneaux que nécessaire, ce qui donnait un indice sur son origine : le type de maison que se fait bâtir un marchand plein aux as quand il devient respectable et ressent le besoin de faire quelque chose de son magot.

« Ça ne me plaît pas, dit Suzanne. Ça ne marchera pas, impossible. Je suis humaine. Il faut que j'aille aux toilettes, ce genre de bêtises. Je ne peux pas entrer chez les gens et les tuer comme ça !

— COUIII.

— D'accord, je ne les tue pas. Mais ce ne sont pas des manières, tu auras beau dire. »

Une pancarte sur la porte stipulait : *Pour les fournisseurs, emprunter la porte de service.*

« Est-ce que je fais partie des…

— COUIII ! »

En temps normal Suzanne n'aurait jamais songé à poser pareille question. Elle se considérait depuis toujours comme quelqu'un qui empruntait les grandes portes de la vie.

La Mort aux Rats galopa sur le chemin et passa à travers la porte.

« Attends ! Moi je ne peux pas… »

Suzanne regarda le battant. Si, elle pouvait. Evidemment. D'autres souvenirs se cristallisèrent devant ses yeux. Après tout, ce n'était que du bois. Il pourrirait dans quelques siècles. A l'aune de l'infini, c'était comme s'il n'existait pas. Dans l'ensemble, par rapport à la durée de vie du multivers, la plupart des choses non plus.

Elle s'avança. La lourde porte de chêne offrit autant de résistance qu'une ombre.

Des parents éplorés étaient regroupés autour du lit où, perdu dans les oreillers, gisait un vieillard ratatiné. Au pied du lit, indifférent aux lamentations qui l'entouraient, dormait un gros chat roux bien gras.

« COUIII. »

Suzanne jeta un coup d'œil au sablier. Les rares grains qui restaient dégringolèrent par l'étranglement.

La Mort aux Rats, avec une prudence exagérée, se glissa derrière le chat endormi et lui flanqua un méchant coup de pied. Le félin se réveilla, se retourna, se plaqua les oreilles de terreur sur le crâne et bondit de la courtepointe.

La Mort aux Rats ricana. « SNH, SNH, SNH. »

Un des parents, un homme au visage hâve, releva la tête. Il regarda d'un œil interrogateur le vieillard allongé.

« Ça y est, dit-il. C'est fini.

— J'ai cru qu'on allait y passer la journée, fit sa voisine en se levant. Vous l'avez vu sauter, ce pauvre vieux matou. Les animaux le sentent, vous savez. Ils ont un sixième sens.

— SNH, SNH, SNH.

— Allez, amène-toi, je sais que tu es là », dit le cadavre. Il s'assit dans son lit.

Suzanne connaissait l'existence des fantômes. Mais elle ne s'était pas vraiment attendue à ce qu'elle voyait. Elle ne s'était pas attendue à ce que les fantômes ressemblent en tous points aux vivants ; à côté du vieillard assis sur sa couche, ceux qu'elle imaginait n'étaient que de pâles dessins flottant dans l'espace. Il avait l'air bien solide, mais une lueur bleue soulignait les contours de sa silhouette.

« Cent sept ans, hein ? gloussa-t-il. J'imagine que je t'ai fait peur sur ce coup-là. Où tu es ?

— EUH… ICI, répondit Suzanne.

— Une femme, hein ? fit le vieux. Tiens, tiens. »

Il se glissa hors du lit dans sa chemise de nuit spectrale qui lui battait les jambes et se retrouva soudain stoppé net comme s'il avait atteint le bout d'une chaîne. Ce qui était plus ou moins le cas : une ligne fine de lumière bleue le rattachait toujours à sa dernière demeure.

La Mort aux Rats sautait sur l'oreiller en fauchant le vide d'un air pressant.

« Oh, pardon », dit Suzanne qui donna un coup de lame. La ligne bleue se brisa avec un son de corde aigu, cristallin.

Les parents les entouraient, passaient parfois à travers eux. Ils avaient visiblement cessé de se lamenter, maintenant que l'ancêtre était mort. L'homme au visage hâve tâtait sous le matelas.

« Regarde-moi ça, fit méchamment le vieillard. Pauvre vieux grand-père, snif, snif, nous manque terriblement, on en verra plus des comme lui, où il a fourré son testament, le vieux salaud ? Ça, c'est mon fils cadet, parfaitement. Enfin, si on peut appeler "fils" une carte par an pour le soir du Porcher. Tu vois sa femme ? Son sourire, on dirait une vague dans un seau hygiénique. Et c'est pas la pire. Des parents, ça ? J'en veux pas. Je suis resté en vie rien que pour les emmerder. »

Deux d'entre eux exploraient sous le lit. Suivit un tintement cocasse de porcelaine. Le vieux cabriolait et faisait des gestes dans leur dos.

« Pas de danger ! gloussa-t-il. Hé hé ! C'est dans le panier du chat ! J'ai laissé tout l'argent au chat ! »

Suzanne regarda autour d'elle. Le chat les observait d'un air inquiet de derrière la table de toilette.

Suzanne sentit qu'on espérait d'elle une réaction.

« C'est… très gentil de votre part… dit-elle.

— Hah ! Le galeux ! Treize ans à roupiller, à chier et à attendre le repas suivant ! Jamais pris ne serait-ce qu'une demi-heure d'exercice dans sa vie de gros lard. Jusqu'à ce que les autres trouvent le testament, en tout cas. Il va devenir alors le chat le plus riche et le plus rapide du monde… »

La voix disparut. Ainsi que son propriétaire.

« Quel affreux vieux bonhomme », fit Suzanne.

Elle baissa les yeux sur la Mort aux Rats qui s'évertuait à faire des grimaces au chat.

« Qu'est-ce qui va lui arriver ?

— Couiii.

— Oh. » Derrière eux, un parent qui ne se lamentait plus vida le contenu d'un tiroir par terre. Le chat commençait à trembler.

Suzanne sortit à travers le mur.

Des nuages moutonnaient derrière Bigadin comme un sillage.

« Bon, ça n'était pas trop mal. Je veux dire, pas de sang ni rien. Et puis il était très vieux et pas très gentil.

— Tout va bien, alors, hein ? » Le corbeau lui atterrit sur l'épaule.

« Qu'est-ce que tu fais ici ?

— La Mort aux Rats, là, a dit que tu pouvais m'emmener. J'ai un rendez-vous.

— COUIII. »

La Mort aux Rats pointa son museau hors de la sacoche de selle.

« On n'est pas une compagnie de fiacres », fit Suzanne avec froideur.

Le rongeur haussa les épaules et lui fourra un compte-vie dans la main.

Suzanne lut le nom gravé à l'eau forte sur le verre.

« Volf Volfssonssonssonsson ? Ça m'a l'air axlandais, ça.

— COUIII. »

La Mort aux Rats se hissa le long de la crinière de Bigadin et se posta entre ses oreilles, sa petite robe claquant au vent.

* * *

Bigadin descendit au petit galop au-dessus d'un champ de bataille. Il ne s'agissait pas d'une guerre importante, plutôt d'une échauffourée entre tribus. On n'y distinguait pas non plus d'armées bien définies, les combattants donnaient l'impression de former deux groupes d'individus, dont certains à cheval, réunis par hasard dans l'un ou l'autre camp. Tous portaient le même type de fourrures et de vêtements de cuir excitants, et Suzanne se demanda comment ils arrivaient à différencier un ami d'un ennemi. Apparemment, on criait beaucoup et on balançait au hasard des coups d'épée et de hache d'armes gigantesques. D'un autre côté, le guerrier qu'on réussissait à toucher devenait d'office un ennemi, alors tout devait sûrement rentrer dans l'ordre à la longue. Quoi qu'il en soit, des gens mouraient et on se livrait à des actes d'héroïsme d'une bêtise incroyable.

« COUIII. »

La Mort aux Rats pointa un doigt pressant en dessous.

« Hue… on descend. »

Bigadin se posa sur une petite butte.

« Euh… bon », fit Suzanne. Elle dégagea la faux de son étui. La lame s'anima aussitôt.

Il n'était pas difficile de repérer les âmes des morts. Lesquels morts arrivaient du champ de bataille bras dessus bras dessous, amis comme anciens ennemis, en riant et en trébuchant, droit sur elle.

Suzanne mit pied à terre. Et se concentra.

« Euh, fit-elle, EST-CE QU'IL Y A PARMI VOUS UN DÉNOMMÉ VOLF QUI VIENT DE SE FAIRE TUER ? »

Dans son dos, la Mort aux Rats se cacha la tête dans les pattes.

« EUH… SALUT. »

Personne ne lui prêta attention. Les guerriers défilèrent devant elle. Ils formaient une ligne en bordure du champ de bataille et donnaient l'impression d'attendre quelque chose.

Elle n'était pas obligée de… s'occuper… de tout le monde. Albert avait essayé de lui expliquer, mais un souvenir lui était de toute façon revenu. Elle devait uniquement se charger de certains d'entre eux, déterminés par la conjoncture ou l'importance historique, ce qui voulait dire que les autres suivaient le mouvement, un mouvement qu'il lui suffisait de maintenir constant.

« Faut que tu sois plus assurée, dit le corbeau qui s'était posé sur un caillou. C'est ça le problème avec les femmes dans les professions libérales. Pas assez assurées.

— Pourquoi tu voulais venir ici ? demanda-t-elle.

— C'est un champ de bataille, non ? fit l'oiseau d'un ton patient. Faut des corbeaux une fois que c'est fini. » Ses yeux indépendants roulèrent comme des billes de chaque côté de sa tête. « Qui font pas le fin bec sur la charogne, quoi.

— Tu veux dire que tout le monde est mangé ?

— Ça participe du miracle de la nature.

— C'est horrible », fit Suzanne. Des oiseaux noirs décrivaient déjà des cercles dans le ciel.

« Pas vraiment, dit le corbeau. Du cheval au menu, c'est mon dada, comme qui dirait. »

Un des deux camps, si on pouvait l'appeler ainsi, fuyait le champ de bataille, poursuivi par l'autre.

Les oiseaux commencèrent à se poser sur ce qui était, comprit Suzanne avec horreur, un petit-déjeuner matinal. Morceaux tendres, yeux miroir.

« Vaudrait mieux te mettre à la recherche de ton gars, conseilla le corbeau. Sinon il va rater sa chevauchée.

— Quelle chevauchée ? »

Les billes roulèrent une fois encore dans leurs orbites.

« T'as rien appris en mythologie ? demanda-t-il.

— Non. Pour mademoiselle Derches, c'est des histoires inventées avec un soupçon de littérature.

— Ah. Dieux du ciel. On veut pas de ça, hein ? Oh, bon. Tu vas bientôt voir. Faut se magner. » Le corbeau prit son envol. « J'essaye en général de me trouver une place près de la tête.

— Qu'est-ce que je vais… »

Puis quelqu'un se mit à chanter. La voix s'abattit du ciel comme une bourrasque soudaine. Une voix de mezzo-soprano plutôt belle… « Hoïotoho ! Hoïotoho ! »

La suivit, montée sur un cheval presque aussi imposant que Bigadin, une femme. Sans aucun doute possible. Une masse de femme. Une femme qui prenait autant de place que deux. Elle portait une cotte de mailles, un plastron étincelant à bonnets 115 D et un casque hérissé de cornes.

Les morts assemblés lancèrent des vivats lorsque le cheval se présenta au petit galop pour l'atterrissage. Six autres cavalières chantantes plongeaient des cieux dans son sillage.

« C'est toujours comme ça ! fit le corbeau en s'éloignant à tire-d'aile. On attend des heures sans en voir une, et puis hop, il en arrive sept d'un coup. »

Ahurie, Suzanne regarda chaque cavalière saisir un guerrier mort et remonter dans les cieux au galop. Elles disparurent brusquement à quelques centaines de mètres d'altitude et réapparurent presque aussitôt afin d'embarquer un nouveau passager. Un service de navettes diligent ne tarda pas à fonctionner.

Au bout d'une ou deux minutes, une des femmes poussa son cheval au trot vers Suzanne et sortit un rouleau de parchemin de son plastron.

« Holà bonjour ! J'ai ici un certain Volf, dit-elle du ton abrupt qu'emploie tout cavalier pour s'adresser à un vulgaire piéton. Volf le Veinard… ?

— Euh. Je ne sais pas… JE VEUX DIRE, JE NE SAIS PAS LEQUEL C'EST », fit une Suzanne au désespoir.

La femme casquée se pencha. Elle avait quelque chose de familier.

« Nouvelle ?

— Oui. Je veux dire : OUI.

— Eh bien, ne reste pas là comme une cruche. Cours bien vite le chercher, tu seras une brave fille. »

Suzanne jeta autour d'elle un regard affolé et finit par le repérer. Il ne se trouvait pas très loin : un homme assez jeune, à la silhouette bordée d'une ligne bleu pâle tremblotante, au milieu des victimes.

Suzanne se hâta vers lui, la faux brandie. Une ligne bleue reliait le guerrier à son ancien corps.

« COUIII ! cria la Mort aux Rats en sautant sur place et en faisant des gestes explicites.

— La main gauche, pouce vers le haut, la main droite cassée au poignet, vas-y un bon coup ! » brailla la femme cornue.

Suzanne balança la faux. La ligne se brisa net.

« Qu'est-ce qui s'est passé ? » demanda Volf. Il baissa les yeux. « C'est moi, là, par terre, non ? » fit-il. Il se retourna lentement. « Et puis là. Et là-bas. Et… »

Il regarda la guerrière cornue et son visage s'éclaira.

« Par Io ! fit-il. C'est vrai ? Des Walkyries vont m'emporter dans le palais d'Io où l'on festoie et boit éternellement ?

— Ce n'est… Je veux dire : CE N'EST PAS À MOI QU'IL FAUT DEMANDER ÇA », dit Suzanne.

La Walkyrie baissa le bras et hissa le guerrier en travers de sa selle.

« Tiens-toi tranquille, tu seras gentil », dit-elle.

Elle fixa Suzanne d'un air songeur.

« Tu es soprano ? demanda-t-elle.

— Pardon ?

— Est-ce que tu sais chanter, ma fille ? Parce qu'on aurait bien besoin d'une autre soprano. Beaucoup trop de mezzo-sopranos ces temps-ci.

— Je ne suis pas très douée pour la musique, je regrette.

— Ah, bon. Une idée, comme ça. Faut que j'y aille. » Elle rejeta la tête en arrière. Le puissant plastron se souleva. « Hoïo-toho ! »

Le cheval se cabra et s'éleva dans le ciel au galop. Lorsqu'il atteignit les nuages ce n'était plus qu'une tête d'épingle étincelante qui clignota.

« Qu'est-ce que c'était, tout ça ? » fit Suzanne.

Un battement d'ailes, et le corbeau se posa sur la tête du récemment défunt Volf.

« Ben, ces gars-là croient que, s'ils meurent à la bataille, de grosses chanteuses cornues les emportent dans une espèce de salle de banquet géante où ils s'empiffrent comme des malades pour le restant de l'éternité », expliqua le corbeau. Il rota avec distinction. « Une idée complètement farfelue, je trouve.

— Mais ça vient d'arriver !

— Quand même une idée farfelue. » Le corbeau regarda autour de lui le champ de bataille dévasté, désormais désert en dehors des cadavres et des nuées de ses congénères. « Quel gâchis, ajouta-t-il. Non mais, regarde-moi ça. Quel affreux gâchis.

— Oui !

— J'veux dire, je suis près d'éclater et il en reste encore des centaines auxquels on a même pas touché. Je crois que je vais voir si j'peux pas me trouver un sac, quelque chose.

— Ce sont des cadavres !

— Exact !

— Qu'est-ce que tu manges, là ?

— Très bien, fit le corbeau en reculant. Y en a assez pour tout le monde.

— C'est dégoûtant !

— C'est pas moi qui les ai tués. »

Suzanne renonça.

« Elle ressemblait beaucoup à Lili Defer, dit-elle en revenant vers le cheval qui attendait patiemment. Notre prof de gym. La même voix aussi. » Elle imagina les Walkyries gazouillantes traversant bruyamment le ciel. *Attrapez-moi ce guerrier de merde, bande de moules avachies...*

« Evolution convergente, expliqua le corbeau. Ça arrive souvent. Un jour j'ai lu dans un article que la pieuvre commune aurait un œil quasiment identique à celui de l'ho... croâ !

— Tu allais dire quelque chose comme : à part le goût, pas vrai ? fit Suzanne.

— J'y ai bêbe pas penfé, répondit le corbeau d'une voix indistincte.

— Sûr ?

— Lâche-boi le beg, f'il te plaît. »

Suzanne relâcha son étreinte.

« C'est horrible, dit-elle. C'était ça, son travail ? On ne peut pas faire autrement ?

— Couiii.

— Mais s'ils ne méritent pas de mourir ?

— Couiii. »

La Mort aux Rats réussit à faire comprendre, au moyen d'un geste assez éloquent, qu'ils pouvaient alors s'adresser à l'univers et signaler qu'ils ne méritaient pas de mourir. Auquel cas il appartenait à l'univers de déclarer : « Oh, c'est vrai ? Ah bon, alors d'accord, vous pouvez continuer de vivre. » C'était un geste d'une concision remarquable.

« Comme ça, mon grand-père, c'était la Mort, et il laissait la nature suivre son cours ? Alors qu'il aurait pu faire un peu de bien ? C'est franchement bête. »

La Mort aux Rats secoua le crâne.

« Enfin, est-ce que Volf était dans le bon camp ? demanda Suzanne.

— Difficile à dire, répondit le corbeau. C'était un Vasingue. L'autre camp, c'étaient les Bergondes. Apparemment, ç'a commencé quand un Bergonde a enlevé une femme vasingue il y a quelques siècles. A moins que ce soit l'inverse. Bref, l'autre camp a envahi leur village. Ç'a été un massacre. Du coup, les autres ont attaqué l'autre village, ce qu'a donné lieu à un autre massacre. Après ça, disons qu'ils se sont jamais beaucoup appréciés.

— Bon, très bien, fit Suzanne. Qui c'est, le prochain ?

— COUIII. »

La Mort aux Rats atterrit sur la selle. Il se pencha et, avec peine, remonta un nouveau sablier du bât. Suzanne lut l'étiquette.

Laquelle disait : Kreskenn Kelenn.

Suzanne eut l'impression de tomber à la renverse.

« Je connais ce nom-là, fit-elle.

— COUIII.

— Je… m'en souviens de quelque part. Un nom important. Ce Kreskenn est… important… »

La lune pesait au-dessus du désert de Klatch comme une grosse boule rocheuse.

Ce n'était pas un désert extraordinaire au point de mériter une lune aussi impressionnante.

Ce n'était qu'une partie de la ceinture de déserts de plus en plus chauds et secs qui entouraient le Grand Nef et l'océan Déshydraté. Et on n'en aurait pas pensé grand-chose si des gens dans le style de monsieur Clete de la Guilde des Musiciens n'étaient pas arrivés pour dresser des cartes et tracer à travers la région une innocente petite ligne pointillée qui marquait une frontière entre le Klatch et le Malaba.

Jusqu'alors, les D'regs, un ensemble de tribus nomades allègrement belliqueuses, parcouraient le désert en toute liberté. Maintenant qu'il existait une frontière, ils se retrouvaient tantôt D'regs klatchiens tantôt D'regs malabiens et bénéficiaient des droits garantis aux citoyens des deux Etats, entre autres celui de payer toutes les taxes qu'on pouvait leur soutirer et celui de se faire enrôler pour livrer des guerres contre des gens dont ils n'avaient jamais entendu parler. Ainsi, à cause de la ligne pointillée, le Klatch amorçait une guerre contre le Malaba et les D'regs, le Malaba était en conflit avec les D'regs et le Klatch, et les D'regs se battaient contre tout le monde, y compris entre eux, et s'amusaient comme des fous car le même mot d'reg désigne à la fois l'« étranger » et la « cible ».

Le fort participait de l'héritage de la ligne pointillée.

C'était pour l'heure un rectangle sombre sur le sable brûlant et argenté. Il s'en échappait ce qu'on pourrait appeler les accents déchirés plutôt que déchirants d'un accordéon : un amateur avait l'air de s'échiner à jouer un air mais se heurtait sans cesse à des difficultés après quelques mesures et recommençait au début.

On frappa à la porte.

Au bout d'un moment se produisit un raclement de l'autre côté du battant et un petit panneau s'ouvrit.

« Oui, offensi ?

— C'EST BIEN LA LÉGION ÉTRANGÈRE KLATCHIENNE ? »

Le petit homme de l'autre côté de la porte parut déconcerté.

« Ah, fit-il, ça, c'est une colle. Un instant. » Le panneau se referma. Une discussion à voix basse s'engagea à l'intérieur. Le panneau se rouvrit.

« Oui, on dirait bien qu'on est le… la… c'est quoi, déjà ? Ah oui, voilà… la légion étrangère klatchienne. Oui. Qu'est-ce que tu veux ?

— J'AIMERAIS M'ENGAGER.

— T'engager ? T'engager où ça ?

— DANS LA LÉGION ÉTRANGÈRE KLATCHIENNE.

— C'est où, ça ? »

D'autres chuchotements suivirent.

« Oh. D'accord. Pardon. Oui. C'est nous. »

Les battants s'ouvrirent. Le visiteur entra à grands pas. Un légionnaire à la manche ornée de galons de caporal s'approcha.

« Faut aller te présenter au… (ses yeux se voilèrent un peu) tu sais… grand type… trois galons… je l'avais tout à l'heure sur le bout de la langue…

— AU SERGENT ?

— Voilà, fit le caporal avec soulagement. C'est quoi, ton nom, soldat ?

— EUH…

— T'es pas obligé de le donner, de toute façon. Au… à la…

— LÉGION ÉTRANGÈRE KLATCHIENNE ?

— … c'est comme ça. On s'engage pour… pour… tu sais, dans la tête, quand on peut pas… des choses qui sont arrivées…

— OUBLIER ?

— Voilà. Je suis… » Le visage de l'homme se vida. « Une minute, tu veux ? »

Il baissa les yeux sur sa manche. « Caporal… » dit-il. Il hésita, l'air embêté. Puis une idée lui vint : il tira sur le col de sa veste et se tordit le cou jusqu'à ce qu'il puisse loucher, avec beaucoup de mal, sur l'étiquette ainsi dévoilée.

« Caporal… Médium ? C'est ça, à ton avis ?

— JE NE CROIS PAS.

— Caporal… Lavage à la main uniquement ?

— SANS DOUTE QUE NON.

— Caporal… Coton ?

— C'EST UNE POSSIBILITÉ.

— D'accord. Ben alors, bienvenue à la… euh…

— LÉGION ÉTRANGÈRE KLATCHIENNE…

— C'est ça. La solde est de trois piastres par semaine plus tout le sable que tu peux bouffer. J'espère que t'aimes le sable.

— JE VOIS QUE VOUS VOUS SOUVENEZ DU SABLE.

— Crois-moi, le sable, tu risques pas de l'oublier, fit le caporal avec amertume.

— JE N'OUBLIE JAMAIS.

— C'est quoi, ton nom, t'as dit ? »

L'étranger resta silencieux.

« Ç'a pas grande importance, remarque, dit le caporal Coton. Dans la…

— LÉGION ÉTRANGÈRE KLATCHIENNE ?

— … c'est ça… on te donne un nouveau nom. Tu repars à zéro. »

Il fit signe à un autre homme. « Légionnaire… ?

— Légionnaire… euh… aargh… euh… Taille trente-huit, mon caporal.

— D'accord. Emmène ce… cet homme et trouve-lui un… (il claqua des doigts avec humeur) tu sais bien… un machin… comme des vêtements, tout le monde porte la même chose… couleur sable…

— UN UNIFORME ? »

Le caporal cligna des yeux. Pour une raison inexplicable, le mot « os » se frayait un chemin à coups de coude dans le magma dégoulinant de sa conscience.

« Voilà, fit-il. Euh… T'en prends pour vingt ans, légionnaire. J'espère que ça te fait pas peur.

— ÇA ME PLAIT DÉJÀ », répliqua la Mort.

« Je suppose que j'ai légalement le droit d'entrer dans un établissement ayant une licence de débit de boissons ? dit Suzanne lorsque Ankh-Morpork apparut à nouveau à l'horizon.

— COUIII. »

La ville défila une fois encore sous Bigadin. Dans les rues importantes et sur les places assez grandes, Suzanne arrivait à distinguer les passants. Huh, songea-t-elle… s'ils savaient que je passe au-dessus de leurs têtes ! Et, malgré tout, elle ne pouvait s'empêcher de se sentir supérieure. Tous les sujets de réflexions des gens en dessous lui paraissaient… disons, terre à terre. Quelconques. C'était comme observer des fourmis.

Depuis toujours elle se savait différente. Beaucoup plus consciente du monde que la plupart des gens qui le traversaient manifestement les yeux fermés et le cerveau sur la position « ralenti ». D'une certaine manière, ce sentiment de différence la réconfortait. C'était comme un manteau qui l'enveloppait.

Bigadin atterrit sur un débarcadère graisseux. D'un côté, le fleuve suçait les pilotis de bois.

Suzanne glissa à bas de son cheval, déchargea la faux et pénétra dans le Tambour Rafistolé.

Il y avait une bagarre. Les patrons du Tambour avaient une conception démocratique de l'agressivité. Ils veillaient à ce que tout le monde en profite. Ainsi, même si le public s'accordait à trouver le trio musicalement minable et donc digne de servir de cible, diverses rixes avaient éclaté parce que certains clients avaient écopé de projectiles perdus, ou ne s'étaient pas encore défoulés de la journée, voire essayaient tout bonnement de gagner la porte.

Suzanne n'eut aucun mal à repércr Kreskenn Kelenn. Il se tenait sur le devant de la scène et sa figure n'était qu'un masque de terreur. Derrière le jeune homme elle reconnut un troll puis un nain qui s'efforçait de se cacher dans son dos.

Elle jeta un coup d'œil au sablier. Encore quelques petites secondes…

Kreskenn lui parut légèrement… elfique, presque laid… et pourtant très séduisant avec sa mine sombre et ses cheveux bouclés.

Et familier.

Elle avait été navrée pour Volf, mais au moins il se trouvait sur un champ de bataille. Kreskenn se tenait sur une scène. On ne s'attend pas à mourir sur une scène.

Me voici avec une faux et un sablier à attendre que quelqu'un meure. Il n'est pas plus âgé que moi et en principe je ne dois pas intervenir. C'est ridicule. Et je suis sûre de l'avoir vu... avant aujourd'hui...

Personne n'essayait vraiment de tuer des musiciens au Tambour. On jetait les haches et on tirait des carreaux d'arbalète dans la bonne humeur, sans malice. Personne ne visait vraiment, même si on était en mesure de le faire. C'était bien plus marrant de voir les autres esquiver.

Un costaud à barbe rousse fit un grand sourire à Lias et choisit une petite hache de jet à sa bandoulière. Il n'y avait pas de mal à lancer des haches sur les trolls. En général, elles rebondissaient.

Suzanne devinait déjà la suite. Elle allait rebondir et toucher Kreskenn. La faute à personne, à vrai dire. De pires accidents arrivaient en mer. De pires accidents arrivaient tous les jours à Ankh-Morpork, souvent à la chaîne.

Le barbu n'a même pas l'intention de le tuer. C'est à pleurer. Ça ne devrait pas se passer comme ça. Faudrait faire quelque chose.

Elle tendit la main pour saisir le manche de la hache.

« Couiii !

— La ferme ! »

Whaaaouum.

Kreskenn ressemblait à un lanceur de disque tandis que l'accord emplissait la salle bruyante.

Il retentit comme une barre de fer qui tombe sur un plancher de bibliothèque à minuit.

Les échos rebondirent dans les angles du bistro. Chacun chargé de son lot d'harmoniques.

Ce fut une explosion sonore à la façon d'une fusée de soir du Porcher quand chaque étincelle explose à son tour durant sa chute...

Les doigts de Kreskenn caressèrent les cordes et en tirèrent trois autres accords. Le barbu baissa sa hache.

C'était de la musique en cavale qui avait par-dessus le marché dévalisé une banque en chemin. De la musique aux manches de chemise retroussées et au bouton du haut défait, qui soulève son chapeau et vole le magot en souriant.

C'était de la musique qui descendait dans les pieds *via* le pelvis sans passer par les cases du cerveau.

Le troll ramassa ses marteaux, posa un regard ahuri sur ses cailloux et se mit à battre une pulsation.

Le nain prit une profonde inspiration et tira de son cor un son profond et rythmé.

Les clients tambourinèrent des doigts au bord des tables. L'orang-outan sur son siège arborait un grand sourire extasié qui lui fendait la figure, comme s'il avait avalé une banane de travers.

Suzanne baissa les yeux sur le sablier qui portait le nom de Kreskenn Kelenn.

L'ampoule supérieure était désormais presque vide de sable, mais il y scintillait quelque chose de bleu.

Elle sentit de toutes petites griffes comme des aiguilles lui gravir le dos à tâtons et trouver prise sur son épaule.

La Mort aux Rats regarda à son tour le sablier.

« COUIII », fit-il tout bas.

Suzanne comprenait toujours aussi mal la langue ratière mais elle pensait reconnaître un « oh-oh » quand elle en entendait un.

Les doigts de Kreskenn dansaient sur les cordes, mais les sons qui en sortaient n'avaient aucun rapport avec ceux de la harpe ou du luth. La guitare hurlait comme un ange qui vient de découvrir pourquoi il est du mauvais côté de la barrière. Des étincelles scintillaient sur les cordes.

Quant à Kreskenn, les yeux fermés, il tenait l'instrument

contre sa poitrine, comme un lancier présentant les armes. On avait du mal à savoir qui jouait quoi.

Et la musique continuait de se déverser.

Tous les poils de l'orang-outan étaient hérissés. Leurs extrémités grésillaient.

On avait envie d'abattre les murs à coups de pied et de monter au ciel sur des marches de feu. On avait envie d'appuyer sur tous les interrupteurs, d'abaisser toutes les manettes et de s'enfoncer les doigts dans la prise électrique de l'univers pour voir ce qui allait se passer. On avait envie de peindre les murs de sa chambre en noir et de les tapisser d'affiches.

Divers muscles du bibliothécaire tressautaient à présent au rythme de la musique qui se mettait à sa masse.

Un petit groupe de mages se tenait dans un angle. Ils suivaient le concert bouche bée.

Et le rythme insistait, inexorable, crépitait d'un esprit à l'autre, claquant des doigts et la lèvre retroussée.

De la musique vivante. De la musique de roc qui se déchaînait…

Enfin libre ! Elle bondissait de tête en tête, entrait dans les oreilles en grésillant et fonçait vers le cervelet. Certains étaient plus réceptifs que d'autres… cédaient plus facilement au rythme…

Une heure plus tard.

Le bibliothécaire marchait à coups de phalanges et de dandinements sous le crachin de minuit, la tête farcie de musique.

Il atterrit sur les pelouses de l'Université de l'Invisible et se précipita dans la grande salle en agitant follement les mains au-dessus de sa tête afin de maintenir son équilibre.

Il s'arrêta. Le clair de lune qui filtrait par les grandes fenêtres illuminait l'orgue que l'archichancelier appelait toujours « notre gros instrument », au grand embarras du reste de la faculté.

Des rangées successives de tuyaux occupaient tout un mur ; ils avaient l'air de piliers dans la pénombre ou ressemblaient aux stalagmites d'une caverne monstrueusement ancienne. La chaire de l'organiste paraissait perdue au milieu de cette forêt malgré ses trois claviers géants et ses centaines de registres pour effets spéciaux.

On s'en servait rarement, parfois pour une cérémonie officielle ou pour la Danse du Balai des Mages*.

Mais le bibliothécaire, tout en actionnant vigoureusement les soufflets et en poussant de petits « ook » d'excitation, se disait qu'il pouvait faire bien davantage.

Un orang-outan mâle adulte ressemble peut-être à un gentil paquet de vieilles carpettes, mais il possède en lui une force capable de contraindre un homme de même poids à brouter des tas de tapis. Le bibliothécaire ne s'arrêta de pomper que lorsque sa main trouva le levier trop chaud et que les réservoirs d'air se mirent à péter et siffler autour des rivets.

Puis il s'élança d'un bond sur le siège de l'organiste.

Tout l'édifice bourdonnait doucement sous la formidable pression contenue.

* Les mages n'avaient pas de balloches, comme l'affirmait une chanson populaire. Mais ils organisaient tous les ans leur Danse du Balai, ou mêlée générale, un des clous du calendrier mondain d'Ankh-Morpork. Le bibliothécaire en particulier l'attendait toujours avec impatience et se servait pour l'occasion d'une quantité incroyable de crème capillaire.

Le bibliothécaire s'entrecroisa les doigts des deux mains et se fit craquer les articulations, un spectacle impressionnant quand on possède autant d'articulations qu'un orang-outan.

Il leva les mains.

Il hésita.

Il rabaissa les mains et tira le Vox Humana, le Vox Dei et le Vox Diabolica.

Le gémissement de l'orgue prit des accents plus pressants.

Il leva les mains.

Il hésita.

Il rabaissa les mains et tira le reste des registres, y compris les douze marqués d'un « ? » et les deux aux étiquettes délavées qui prévenaient en plusieurs langues de ne les toucher en aucun cas, jamais, quelles que soient les circonstances.

Il leva les mains.

Il leva aussi les pieds et les positionna au-dessus de certaines des pédales les plus dangereuses.

Il ferma les yeux.

Il resta un instant immobile dans un silence recueilli, tel un pilote d'essai sur le point de mettre les pleins gaz à bord du vaisseau spatial Mélodie.

Il laissa le souvenir retentissant de la musique lui emplir la tête, se déverser dans ses bras et lui envahir les doigts.

Ses mains s'abattirent.

« K'est-ce k'on a fait ? K'est-ce k'on a fait ? » demandait Kreskenn. L'exaltation lui montait et descendait de toute la vitesse de ses pieds nus le long de la colonne vertébrale.

Ils étaient assis dans le tout petit réduit derrière le comptoir.

Nore ôta son casque et en essuya l'intérieur.

« Vous vous rendez compte : quatre pulsations à la mesure, en deux quatre, la mélodie en avant et le beat bien marqué à la basse dans la mélodie ?

— C'est quoi, tout ça ? demanda Lias. Ça veut dire quoi, tous ces mots ?

— T'es musicien, non ? répliqua Nore. Qu'est-ce que tu crois faire ?

— J'cogne avec marteaux, répondit le batteur inné qu'était Lias.

— Mais cette partie ke tu as jouée… fit Kreskenn, tu sais… au milieu… tu sais, *bam-bah*, *bam-bah bambamBAH*… comment tu as su k'il fallait jouer ça ?

— C'est la partie devait coller à ce moment-là », répondit le troll.

Kreskenn regarda la guitare. Il l'avait posée sur la table. Elle continuait de jouer toute seule comme un chat qui ronronnait.

« Ce n'est pas un instrument normal, dit-il en agitant un doigt vers elle. J'étais là, sur la scène, et elle s'est mise à jouer toute seule.

— L'a dû appartenir à un mage, comme j'ai dit, fit Nore.

— Nan, contesta Lias. Jamais connu mage musicien. Magie et musique, ça va pas ensemble. »

Ils se mirent à l'observer.

Kreskenn n'avait encore jamais entendu parler d'un instrument qui jouait tout seul, en dehors de la harpe légendaire d'Alan Klerfontenn qui chantait quand un danger menaçait. Et ça datait de l'époque des dragons. Les harpes chantantes s'accordaient bien avec les dragons. Elles paraissaient déplacées dans une ville de guildes et tout.

La porte s'ouvrit. « C'était… étonnant, les gars, fit Hibiscus Ormebrun. Jamais rien entendu de pareil ! Vous pouvez revenir demain soir ? Voici vos cinq piastres. »

Nore compta les pièces.

« On a fait quatre rappels, dit-il d'un air sinistre.

— J'irais me plaindre à la Guilde si j'étais vous », rétorqua Hibiscus.

Le trio contempla l'argent. Une somme impressionnante quand le dernier repas remonte à vingt-quatre heures. Ce n'était pas le tarif de la Guilde. D'un autre côté, les dernières vingt-quatre heures avaient été longues.

« Si vous revenez demain, fit Hibiscus, je monte à... six piastres, qu'est-ce que vous en dites ?

— Oh, wouah », s'exclama Nore.

Mustrum Ridculle se retrouva brutalement redressé sur sa couche parce que des vibrations faisaient doucement avancer son lit sur le plancher.

Voilà, ç'avait fini par arriver.

Ils venaient lui faire la peau.

La tradition de la promotion à l'Université de l'Invisible, qui consistait à chausser les souliers des défunts, parfois en provoquant au préalable la mort de leur occupant, s'était depuis quelque temps perdue. En grande partie parce que Ridculle, qui était costaud et se maintenait en condition ainsi que l'avaient constaté trois aspirants nocturnes à l'archichancellerie, bénéficiait aussi d'une ouïe incroyablement fine. L'un avait fini pendu à la fenêtre par les chevilles, un autre assommé d'un coup de pelle et le troisième sanctionné d'une double fracture du bras. Par ailleurs, Ridculle était connu pour dormir avec deux arbalètes chargées à son chevet. C'était un brave homme, sûrement pas du genre à tirer dans les deux oreilles d'un intrus.

De telles considérations avaient produit une génération de

mages plus patients. Tout le monde meurt tôt ou tard. Ils pouvaient attendre.

Ridculle fit le point et découvrit que sa première impression était fausse. Manifestement il n'y avait pas de magie meurtrière dans l'air. Seulement du bruit qui emplissait la chambre jusque dans le moindre recoin.

Il enfila ses pantoufles et sortit dans le couloir où d'autres membres de la faculté tournaient en rond et se demandaient les uns les autres, les yeux larmoyants, ce qui pouvait bien se passer. Du plâtre leur pleuvait dessus du plafond en une bruine persistante.

« Qui fait tout ce boucan ? » brailla Ridculle. S'ensuivit un chœur aphone de réponses inaudibles doublé d'un grand nombre de haussements d'épaules.

« Bon, j'vais bien trouver », grogna l'archichancelier en se dirigeant vers l'escalier tandis que ses collègues lui emboîtaient le pas à la queue leu leu.

Il marchait sans beaucoup plier les genoux ni les coudes, signe de mauvaise humeur chez un homme tout d'une pièce.

Le trio n'ouvrit pas la bouche quand il sortit du Tambour Rafistolé. Il n'ouvrit pas la bouche durant tout le trajet jusqu'au restaurant de Vrille. Il n'ouvrit pas la bouche tandis qu'il faisait la queue, puis s'en tint à la déclaration suivante : « Bon… alors… une quatro-rongieri avec supplément de salamandres, sans les piments, un salé klatchien avec double portion de salami et un quatre-strates sans pechblende. »

Ils s'assirent pour attendre. La guitare jouait un petit riff sur quatre notes. Ils s'efforcèrent de ne pas y penser. Ils s'efforcèrent de penser à autre chose.

« Je crois je vais changer mon nom, fit enfin Lias. J'veux dire… Lias… c'est pas nom commercial pour faire la musique.

— Lequel tu vas prendre ? demanda Nore.

— J'ai pensé… rigolez pas… j'ai pensé… Magma ? fit Lias.

— Magma ?

— Bon nom de troll. Très minéral. Roches en fusion. Rien à redire à ce nom-là, se défendit Magma né Lias.

— Ben… oui… mais, j'sais pas, j'veux dire… ben… Magma ? A mon avis, personne avec un nom comme Magma peut faire carrière dans ce métier.

— Mieux que Nore, en tout cas.

— Moi, je garde Nore, fit Nore. Et Kreskenn garde Kreskenn, pas vrai ? »

Kreskenn observait la guitare. Ce n'est pas normal, songeait-il. Je l'ai à peine touchée. J'ai juste… Et je me sens si fatigué… Je…

« Pas sûr, répondit-il d'un air pitoyable. Pas sûr ke Kreskenn soit le nom ki konvienne à… cette musike. » Sa voix ne fut plus qu'un murmure. Il bâilla.

« Kreskenn ? lança Nore au bout d'un moment.

— Hmm ? » fit Kreskenn. Et il s'était senti observé au Tambour Rafistolé. C'était idiot, évidemment. Il ne pouvait pas dire à ses compagnons : « J'étais sur scène et j'ai eu l'impression qu'on m'observait. » Ils lui répondraient : « Sans blague ? Alors ça, c'est vraiment mystérieux… »

« Kreskenn ? fit Nore. Pourquoi tu claques des doigts comme ça ? »

Kreskenn baissa les yeux sur sa main.

« Je clakais des doigts ?

— Oui.

— Je réfléchissais. Mon nom… il ne konvient pas non plus pour cette musike.

— Qu'est-ce qu'il veut dire en vraie langue ? demanda Nore.

— Ben, toute ma famille, c'est des Kelenn, répondit Kreskenn en ignorant l'insulte faite à une langue ancienne. Ou des Holly, pour certaines branc'hes. Mais dans les deux kas ça veut dire "de houx". Il ne pousse ke ça en Ker-Gselzehc, voyez. Tout le reste pourrit.

— Je voulais pas dire, intervint Magma, mais Kreskenn, je trouve pas très beau, nom elfique presque laid.

— Ça veut juste dire "petite pousse", expliqua Kreskenn. Vous savez. Komme un bouton. Mais ça peut se dire aussi "bud".

— Bud Kelenn ? fit Nore. Pourquoi pas Buddy ? C'est pire que Magma, à mon avis.

— Moi… je trouve ke Buddy, ça sonne bien », dit Kreskenn.

Nore haussa les épaules et sortit une poignée de pièces de sa poche.

« Il nous reste plus de quatre piastres, dit-il. Et je sais ce qu'on devrait en faire.

— On devrait en profiter pour s'inskrire à la Guilde », dit le Buddy de fraîche date.

Nore avait le regard dans le vague.

« Non, fit-il. On a pas le bon son. J'veux dire, c'était excellent, très… nouveau… (il fixa intensément Kreskenn-Buddy) mais il manque encore un truc… »

Le nain posa sur Buddy né Kreskenn un autre regard pénétrant.

« Tu sais que tu trembles de partout ? dit-il. Tu te trémousses sur ton siège comme si t'avais des fourmis plein la culotte.

— C'est plus fort ke moi », fit Buddy. Il voulait dormir mais un rythme lui rebondissait sous le crâne.

« J'ai vu aussi, dit Magma. En venant ici, t'arrêtais pas sauter. » Il regarda sous la table. « Et tu tapes les pieds.

— Et tu continues de claquer des doigts, ajouta Nore.

— Je ne peux pas m'empêc'her de penser à la musike, fit Buddy. Tu as raison. Il nous faut… (il tapa des doigts sur la longueur de la table) un son komme… *pang pang pang PANG Pang…*

— Un clavier, tu veux dire ? fit Nore.

— Ah bon ?

— Ils ont un de ces nouveaux pianos de l'autre côté du fleuve à l'Opéra, dit Nore.

— Ouais, mais ces machins-là, ça colle pas avec le genre musique on joue, dit Magma. Ces machins-là pour gros types en perruque poudrée.

— D'après moi, fit Nore en jetant à Buddy un autre regard en coin, si on l'approche de Kres… de Buddy, ça collera vite avec notre genre de musique. Alors va le chercher.

— J'ai entendu dire ça coûte quatre cents piastres, dit Magma. Personne a autant de dents.

— Je te demande pas de l'acheter. Seulement de… l'emprunter un moment.

— Le voler, quoi.

— Non, pas le voler. On le leur rendra quand on aura fini.

— Oh. Alors, ça va. »

N'étant ni batteur ni troll, Buddy voyait où pêchait l'argument de Nore. Et, quelques semaines plus tôt, il l'aurait signalé. Mais à cette époque il était un bon petit gars des vallées assidu aux offices des cercles, qui ne buvait pas, ne jurait pas et jouait de la harpe à tous les sacrifices druidiques.

A présent il lui fallait ce piano. Il manquait un petit quelque chose au son de leur groupe.

Il claquait des doigts en cadence avec ses pensées.

« Mais on a personne pour jouer ça, objecta Magma.

— Toi, tu dégottes le piano, fit Nore. Moi, je dégotte le pianiste. »

Pendant tout cet échange, les trois compagnons n'avaient pas arrêté de lancer des coups d'œil à la guitare.

Les mages avançaient en un bloc compact vers l'orgue. L'air autour de l'instrument vibrait, comme surchauffé.

« Quel raffut impossible ! brailla l'assistant des runes modernes.

— Oh, je ne sais pas ! hurla le doyen. C'est plutôt entraînant ! »

Des étincelles bleues crépitaient entre les tuyaux. On arrivait tout juste à distinguer le bibliothécaire plus haut dans la structure tremblante.

« Qui pompe ? » s'époumona le major de promo.

Ridculle jeta un coup d'œil sur le côté de l'instrument. Le levier avait l'air de monter et descendre tout seul.

« J'veux pas d'ça chez moi, marmonna-t-il, pas dans ma putain d'université. C'est pire que les étudiants. »

Il leva son arbalète et tira en plein dans la soufflerie principale.

Une plainte interminable en *la* s'échappa, puis l'orgue explosa.

On recomposa les événements des secondes qui suivirent au cours d'une discussion dans la Salle Peu Commune où les mages se rendirent peu après afin de s'offrir un remontant ou, dans le cas de l'économe, un lait chaud.

L'assistant des runes modernes jura que les vingt mètres du tuyau Gravissima avaient bondi dans les cieux sur une colonne de feu.

D'après le titulaire de la chaire des études indéfinies et le major de promo, lorsqu'ils découvrirent le bibliothécaire cul par-dessus tête dans une des fontaines de la place Sator, à l'extérieur de l'Université, il répétait « ook ook » tout seul et souriait de toutes ses dents.

L'économe prétendit avoir vu une douzaine de jeunes femmes nues gambader sur son lit, mais n'importe comment il racontait de temps en temps ce genre de balivernes, surtout quand il n'avait pas pris l'air depuis un moment.

Le doyen, lui, ne dit rien.

Il avait les yeux vitreux.

Des étincelles lui crépitaient dans les cheveux.

Il se demandait si on le laisserait repeindre sa chambre en noir.

... le rythme continuait...

Le compte-vie de Kreskenn était posé sur le bureau immense, au beau milieu. La Mort aux Rats en fit le tour en couinant tout bas.

Suzanne l'examina aussi. Pas de doute, tout le sable se trouvait dans l'ampoule inférieure. Mais autre chose avait rempli la supérieure et se déversait par l'étranglement. C'était bleu pâle et ça se tortillait frénétiquement comme de la fumée surexcitée.

« Tu as déjà vu un phénomène pareil ? demanda-t-elle.

— COUIII.

— Moi non plus. »

Suzanne se leva. Les ombres qui entouraient les murs, maintenant qu'elle y était habituée, paraissaient composées d'objets, pas vraiment de machines mais pas vraiment de meubles non plus. Elle repensa au planétaire sur la pelouse du collège. Les formes lointaines le lui rappelaient, même si elle ignorait en vérité quelles étoiles poursuivant quelles courses ténébreuses il mesurait. On aurait dit des projections d'objets trop étranges, même pour cette étrange dimension.

Elle avait voulu sauver la vie du garçon, et elle avait bien fait. Elle le savait. Dès qu'elle avait vu son nom, elle... eh bien, c'était important. Elle avait hérité de certains souvenirs de la Mort. Elle ne pouvait pas connaître Kreskenn, mais peut-être que *lui*, si. Elle sentait que le nom et le visage s'étaient incrustés si profond dans son esprit que toutes ses autres pensées étaient obligées de tourner en orbite autour.

Autre chose l'avait sauvé avant elle.

Elle approcha encore le compte-vie de son oreille.

Elle se surprit à taper du pied.

Et s'aperçut que les ombres au loin bougeaient.

Elle courut sur le plancher, le vrai plancher, celui hors des limites du tapis.

Les ombres ressemblaient davantage à ce que seraient des mathématiques solides. On voyait des courbes immenses de... quelque chose. Des aiguilles comme celles d'une horloge, mais plus grandes qu'un arbre, se déplaçaient lentement dans l'espace.

La Mort aux Rats lui grimpa sur l'épaule.

« J'imagine que tu ne sais pas ce qui se passe.

— COUIII. »

Suzanne hocha la tête. Les rats, supposait-elle, mouraient à leur heure. Ils ne cherchaient pas à tricher ni à revenir d'entre les morts. Les rats zombies, ça n'existait pas. Les rats savaient quand jeter l'éponge.

Elle examina une fois encore le sablier. Le garçon – elle se servait du terme habituel aux jeunes filles quand elles parlent de jeunes mâles plus âgés qu'elles de plusieurs années – le garçon, donc, avait gratté un accord sur sa guitare, si c'en était bien une, et l'histoire avait bifurqué. Ou sursauté. N'importe quoi.

Quelque chose en plus d'elle ne voulait pas qu'il meure.

Il était deux heures du matin et il pleuvait.

L'agent Détritus du Guet municipal d'Ankh-Morpork gardait l'Opéra. C'était une façon de faire la police qu'il tenait du sergent Côlon. Quand on est tout seul au beau milieu d'une nuit pluvieuse, on s'arrange pour garder quelque chose de grand bénéficiant d'avant-toits en saillie. Côlon avait appliqué cette politique des années durant, en conséquence de quoi personne n'avait jamais volé d'édifice important*.

Une nuit sans histoire. A peu près une heure plus tôt un tuyau d'orgue de vingt mètres était tombé du ciel. Détritus était allé inspecter le cratère sans se presser, mais il n'était pas sûr qu'il s'agissait d'un acte criminel. Et puis, pour ce qu'il en savait, c'était de cette façon-là qu'on obtenait des tuyaux d'orgue.

Depuis cinq minutes il entendait aussi des coups assourdis et de temps en temps des tintements à l'intérieur de l'Opéra. Il avait noté la chose. Il n'avait pas envie de passer pour un imbécile. Détritus n'était jamais entré dans le bâtiment. Il ignorait quel bruit produisait normalement l'Opéra à deux heures du matin.

Les portes de façade s'ouvrirent et une grosse boîte plate à forme bizarre sortit d'un air hésitant. Elle avançait d'une manière curieuse : quelques pas en avant, deux pas en arrière. Et elle parlait aussi toute seule.

Détritus regarda en dessous. Il compta… il marqua un temps… au moins sept jambes de dimensions variées dont quatre seulement avaient des pieds.

Il s'approcha de la boîte d'une démarche traînante et cogna sur le côté.

« Bien l'bonjour, qu'est-ce qui s'passe ici ? » demanda-t-il en se concentrant pour se rappeler la formule.

* Enfin, sauf une fois l'Université de l'Invisible, mais ce n'était qu'une blague d'étudiants.

La boîte s'arrêta.

Puis elle répondit :

« On est un piano. »

Ce qui fit réfléchir Détritus. Il n'était pas sûr de savoir ce qu'était un piano.

« Et un piano, ça bouge ? demanda-t-il.

— Ç'a… on a des jambes », répondit le piano.

Détritus voulut bien le reconnaître.

« Mais le milieu de la nuit, objecta-t-il.

— Même les pianos ont besoin de loisirs », répliqua l'instrument.

Détritus se gratta la tête. L'explication lui paraissait se tenir.

« Bon… ça va », dit-il.

Il regarda le piano descendre les marches de marbre et tourner au coin de la rue en cahotant et en oscillant dangereusement.

Il continuait de parler tout seul.

« On a du temps devant nous, à ton avis ?

— Temps d'arriver au pont. Pas assez futé pour faire batteur.

— Mais c'est un agent du Guet.

— Et alors ?

— Magma ?

— Ouaip ?

— On risque de se faire pincer.

— Peut rien contre nous. On est en mission pour le saint Nore.

— C'est vrai. »

Le piano poursuivit un petit moment sa marche titubante parmi les flaques d'eau puis se demanda :

« Buddy ?

— Ouaip ?

— Pourquoi j'ai dit ça ?

— Dit quoi ?

— On est… tu sais… en mission pour le saint Nore ?

— Beeen… le nain nous a dit : allez cherc'her le piano, il s'appelle Nore et tu le vénères, alors…

— Ouais. Ouais. Juste… mais… aurait pu nous arrêter quand même… veux dire, mission pour un nain, rien d'exceptionnel…

— Tu étais peut-être un peu fatigué, voilà.

— Sans doute ça, fit le piano avec reconnaissance.

— En tout cas, on est bien en mission pour lui.

— Ouaip. »

Nore, assis dans sa chambre, observait la guitare.

Elle avait cessé de jouer dès le départ de Buddy ; pourtant, s'il collait l'oreille contre les cordes, il était sûr qu'elles continuaient de bourdonner tout doucement.

Il tendit la main avec précaution et toucha…

Qualifier de discordant le jappement qui retentit soudain serait en dessous de la vérité. On y sentait de la férocité, on y sentait des griffes.

Le nain se rassit. D'accord. D'accord. C'était l'instrument de Buddy. Un instrument peut ne faire qu'un avec le même musicien qui en joue pendant des années, mais pas au point de mordre les autres, pour ce qu'en savait Nore. Buddy le détenait depuis moins d'un jour, mais le principe restait peut-être le même.

Il existait une ancienne légende naine sur le célèbre cor de Fourgueul qui sonnait tout seul à l'approche du danger ainsi qu'en présence de raifort, allez savoir pourquoi.

Il avait même couru une légende morporkienne à propos d'un vieux tambour du Palais, ou d'ailleurs, censé battre automatiquement dès l'apparition d'une flotte ennemie qui remontait l'Ankh. La légende s'était éteinte au cours des derniers siècles, en partie parce qu'on vivait à l'Age de Raison et aussi parce qu'aucune flotte ennemie ne pouvait remonter l'Ankh sans que la précède une équipe d'ouvriers armés de pelles.

Et on connaissait une histoire troll sur des pierres qui, les nuits de gel…

Bref, des instruments magiques, on en voyait de temps en temps.

Nore tendit à nouveau la main.

JUD-Adud-adud-duh.

« D'accord, d'accord… »

Le vieux magasin de musique jouxtait l'Université, après tout, et il se produisait des fuites de magie malgré les explications répétées des mages au sujet des rats parlants et des arbres ambulants qui n'étaient selon eux que des exceptions à la règle. Mais, derrière cette guitare, Nore ne sentait pas la magie. Il sentait quelque chose de plus ancien. Il sentait de la musique.

Le nain se demanda s'il devait persuader Kres… Buddy de la ramener au magasin, d'en prendre une autre plus classique…

D'un autre côté, six piastres, c'étaient six piastres. Au moins.

Quelque chose cogna à la porte.

« Qui c'est ? » lança Nore en relevant la tête.

La pause dehors dura assez longtemps pour qu'il devine tout seul. Il décida de tendre la perche.

« Magma ? fit-il.

— Ouaip. On a piano, ici.

— Amène-le.

— Fallu casser pieds, couvercle et autres morceaux, mais dans ensemble ça va.

— Amène-le, alors.

— Porte pas assez large. »

Buddy, qui montait l'escalier derrière le troll, entendit des craquements de menuiserie.

« Essaye encore.

— Passe à l'aise. »

Un trou en forme de piano tenait lieu d'entrée. Nore se tenait à côté, sa hache à la main. Buddy observa les débris qui recouvraient tout le palier.

« Qu'est-ce que tu fais, merde ? demanda-t-il. Il n'est pas à toi, ce mur !

— Et alors ? Le piano non plus.

— Oui, mais… tu ne peux pas faire des trous comme ça dans le mur…

— Qu'est-ce qui est le plus important ? Un mur ou trouver notre son ? » lança Nore.

Buddy hésita. Une partie de lui-même songeait : c'est ridicule, ce n'est que de la musique. Une autre songeait, plus insistante : c'est ridicule, ce n'est qu'un mur. L'ensemble de sa personne répondit : « Oh, vu comme ça, évidemment… mais, et le pianiste ?

— Je te l'ai dit, je sais où en trouver un », répliqua Nore.

Une toute petite partie de lui-même n'en revenait pas : j'ai fait un trou dans mon propre mur ! Ça m'a pris des jours pour poser le papier peint comme il faut.

Albert se tenait dans l'écurie avec une pelle et une brouette.

« Ç'a été ? demanda-t-il lorsque l'ombre de Suzanne apparut au-dessus de la demi-porte.

— Euh… oui… je suppose…

— Ravi de l'apprendre » fit le vieux sans lever les yeux. La pelle cogna contre la brouette.

« Seulement… il s'est passé quelque chose qui n'est sûrement pas normal…

— Navré de l'apprendre. »

Albert empoigna la brouette et la poussa bruyamment en direction du jardin.

Suzanne savait ce qu'elle devait faire. Elle devait s'excuser, et alors ce vieux bourru d'Albert montrerait qu'il avait un cœur d'or, ils seraient amis malgré tout, il l'aiderait et lui apprendrait des choses, et…

Et elle serait une jeune bêtasse incapable de se débrouiller toute seule.

Non.

Elle retourna à l'écurie où Bigadin inspectait le contenu d'un seau.

Le Collège de Jeunes Filles de Quirm encourageait l'indépendance et le raisonnement logique. Voilà pourquoi ses parents l'y avaient envoyée. Ils avaient estimé plus sûr de l'éloigner des franges douteuses du monde. En la circonstance, la tactique équivalait à ne pas parler d'arts martiaux à quelqu'un afin de le soustraire aux agressions.

L'Université de l'Invisible était habituée aux excentricités des membres de la faculté. Après tout, chacun se fait une idée de l'être humain normal en se référant constamment à son entourage et, quand l'entourage en question se compose d'autres mages, la spirale ne peut que descendre en vrille. Le bibliothécaire était un orang-outan et personne ne trouvait ça bizarre. Le lecteur en recherches ésotériques passait tellement de temps à bouquiner dans ce que l'économe appelait « le petit coin* » qu'on l'affu-

* Il existe effectivement un tout petit coin dans l'Université de l'Invisible, et il s'agit d'un placard à balais du quatrième étage. L'économe, lui, pensait réellement aux cabinets. Le lecteur avait pour théorie que tous les

blait souvent du titre de lecteur en toilettes, jusque dans les documents officiels. L'économe lui-même serait passé dans toute société normale pour plus timbré qu'un acte fiscal. Le doyen avait consacré dix-sept ans à écrire un traité sur *L'emploi de la syllabe « ENK » dans les incantations de lévitation de la haute époque cafouilleuse*. L'archichancelier, qui réquisitionnait régulièrement la longue galerie au-dessus de la grande salle afin de s'entraîner au tir à l'arc et avait à deux reprises accidentellement touché l'économe, tenait l'ensemble de ses collègues pour des cinglés de butors, quoi que soit un butor. « Pas assez de bon air, répétait-il. Tout le temps à rester assis et enfermés. Ça pourrit le cerveau. » Mais il disait le plus souvent : « Baissez-vous ! »

Aucun, en dehors de Ridculle et du bibliothécaire, n'était un lève-tôt. Le petit-déjeuner, quand il y en avait un, se prenait vers le milieu de la matinée. Les mages faisaient la haie devant le buffet, soulevaient les gros couvercles d'argent des soupières et grimaçaient au moindre tintement métallique. Ridculle aimait les petits-déjeuners gras et copieux, surtout quand ils proposaient ces saucisses légèrement translucides mouchetées de points verts dans lesquels on ne peut qu'espérer reconnaître des fines herbes d'une sorte ou d'une autre. Comme l'archichancelier avait le privilège de choisir le menu, nombre de mages parmi les plus délicats avaient carrément cessé de prendre un petit-déjeuner et passaient la journée sans rien avaler d'autre qu'un déjeuner, un

livres vraiment bons dans un bâtiment – du moins, tous les vraiment drôles** – se déposent en tas dans les cabinets, mais personne n'a le temps de les lire tous, ni même ne sait comment ils sont arrivés là. Ses recherches étaient cause de constipations carabinées et de queue devant la porte tous les matins.

** Des bandes dessinées avec une petite coccinelle facétieuse. Et des légendes du genre : « Dès qu'il vit le canard, Elmer sut que la journée serait mauvaise. »

quatre-heures, un dîner, un souper et à l'occasion un petit en-cas.

Il n'y avait donc pas foule dans la grande salle ce matin-là. D'ailleurs, il circulait quelques courants d'air. Des ouvriers s'activaient quelque part du côté du toit.

Ridculle reposa sa fourchette.

« Bon, ça va, qui fait ça ? demanda-t-il. Avouez, mon vieux.

— Qui fait quoi, archichancelier ? s'étonna le major de promo.

— Quelqu'un tape du pied. »

Les mages tournèrent la tête le long de la table. Le doyen, comme aux anges, avait le regard perdu dans le vide.

« Doyen ? » fit le major de promo.

Le doyen tenait sa main gauche près de sa bouche. La droite se livrait à des battements rythmiques, comme des caresses, du côté de ses reins.

« J'sais pas ce qu'il s'imagine faire, dit Ridculle, mais moi, ça m'a pas l'air hygiénique.

— Je crois qu'il joue d'un banjo invisible, archichancelier, expliqua l'assistant des runes modernes.

— Ben, au moins, ça fait pas de bruit. » L'archichancelier observa le trou dans le toit par où tombait une lumière du jour inhabituelle dans la grande salle. « Quelqu'un a vu le bibliothécaire ? »

L'orang-outan était occupé.

Il se terrait dans une des caves de la bibliothèque qui lui tenait lieu ces temps-ci d'atelier et de clinique pour livres. Elle contenait diverses presses et massicots, un établi chargé de boîtes de conserve remplies de substances nauséabondes où il préparait sa propre colle de reliure et tous les autres cosmétiques infâmes de la muse de la littérature.

Il avait descendu un ouvrage. Il lui avait même fallu plusieurs heures pour le trouver.

La bibliothèque ne renfermait pas seulement des livres de magie, ceux qui sont enchaînés à leurs étagères, les très dangereux. Elle en renfermait aussi de parfaitement ordinaires, imprimés sur du papier banal avec de l'encre classique. Ce serait une erreur de les croire pour autant inoffensifs, uniquement parce que leur lecture ne déclenchait pas des feux d'artifice dans le ciel. Elle jouait parfois des tours autrement plus dangereux en déclenchant des feux d'artifice dans l'intimité du cerveau de l'imprudent qui les consultait.

Par exemple, le gros volume ouvert devant lui rassemblait certains dessins de Léonard de Quirm, peintre talentueux et génie authentique dont l'esprit vagabondait tellement qu'il en ramenait des souvenirs.

Les livres de Léonard regorgeaient d'esquisses : de chats, de la façon dont l'eau s'écoule, d'épouses de marchands morporkiens influents dont les portraits lui avaient assuré sa subsistance. Mais Léonard avait été un génie très sensible aux merveilles du monde, aussi les marges abondaient-elles en griffonnages détaillés de ce qui lui passait par la tête au même moment : gigantesques machines à système hydraulique pour faire tomber les murs des villes sur les crânes des ennemis, nouveaux types d'armes de siège qui projetaient de l'huile enflammée sur l'ennemi, fusées à poudre qui arrosaient l'ennemi de phosphore brûlant et autres réalisations de l'Age de Raison.

Et aussi une curiosité. Le bibliothécaire l'avait remarquée en parcourant un jour l'ouvrage et s'en était un peu étonné. Elle paraissait déplacée*.

Sa main velue feuilletait les pages. Ah… la voilà…

* Et ne faisait manifestement rien du tout à l'ennemi.

Oui. Oh, *OUI.*

... Elle s'adressa à lui dans la langue du rythme...

L'archichancelier s'installa confortablement à sa table de billard.

Il s'était depuis longtemps débarrassé du bureau officiel. Il préférait de loin une table de billard. Rien n'en tombait grâce aux rebords, les poches nombreuses s'avéraient commodes pour y remiser bonbons ou autres bricoles et, quand il en avait assez, il pouvait balancer la paperasse par terre et travailler des coups spectaculaires*. Il ne s'embêtait pas ensuite à ramener la paperasse sur la table. Pour ce qu'il en savait, on ne notait jamais rien de réellement important par écrit parce qu'on préférait le brailler.

Il saisit sa plume et se mit à griffonner.

Il rédigeait ses mémoires. Il en était au titre : *Au fil de l'Ankh avec mon arbalète, ma gaule et mon bourdon qu'a un nœud au bout.*

Peu de gens se rendent compte, écrivit-il, *que le fleuve Ankh abrite une population pifcicole abondante et variée* **...

* C'était un mage. Les coups spectaculaires pour un mage diffèrent des sempiternelles démonstrations où la boule fait trois fois le tour de la table. Son meilleur consistait en un premier rebond sur la bande, suivi d'un autre sur une mouette, puis d'un autre sur la nuque de l'économe qui était passé dans le couloir voisin le mardi précédent (un petit effet temporel était nécessaire) et enfin d'un dernier, très délicat, sur le plafond. Lorsqu'il l'avait tenté, il avait manqué la poche d'un cheveu, mais ça restait tout de même un coup spectaculaire.

** Ce qui était vrai. La nature s'adapte pratiquement à tout. Les poissons avaient évolué afin de vivre dans le fleuve. Ils évoquaient un croisement entre le crabe à carapace molle et l'aspirateur industriel et avaient

Il rejeta la plume sur la table, enfila en trombe le couloir et s'engouffra dans le bureau du doyen.

« Qu'est-ce que c'est qu'ça, merde ? » brailla-t-il.

Le doyen fit un bond. « C'est… c'est… c'est une guitare, archichancelier, répondit-il en reculant précipitamment devant Ridculle. Je viens de l'acheter.

— Je vois ça, j'entends ça, même. Et vous essayiez de faire quoi, là ?

— Je travaillais… euh… des riffs. » Le doyen, sur la défensive, agita une brochure ornée de gravures mal imprimées sous le nez de l'archichancelier.

Qui s'en saisit.

« *La Guitare à Martial Dadais, volume 1*, lut-il. *Les clés du succès en trois leçons faciles et dix-huit difficiles*. Bon, et alors ? J'ai rien contre les guitares, les jolis airs, les jeunes filles qu'on rencontre en chemin un matin de mai et ainsi d'suite, mais ce que j'ai entendu là, c'était pas d'la musique. C'était du bruit, rien d'autre. Enfin, vous vouliez faire quoi ?

— Un pont à partir d'une gamme de *mi* pentatonique qui utilise la septième majeure comme note de passage », répondit le doyen.

L'archichancelier examina la page ouverte.

« Mais je lis ici *Première leçon : Au clair de la lune*, dit-il.

— Hum, hum, hum, j'étais un peu impatient, confessa le doyen.

— Vous avez jamais été doué en musique, doyen. C'est un de vos bons côtés. Pourquoi cet intérêt soudain… Hé, qu'est-ce que vous avez aux pieds ? »

---

tendance à exploser en eau douce. Quant aux appâts qu'il fallait utiliser, seuls les dieux les connaissaient, mais c'était du poisson et un pêcheur comme Ridculle se fichait royalement du goût de ses prises.

Le doyen baissa les yeux.

« J'vous trouvais un poil plus grand, aussi, dit Ridculle. Vous êtes monté sur deux planches ?

— Rien que des semelles épaisses, répondit le doyen. Juste… juste un machin qu'ont dû inventer les nains, j'imagine… chais-pas… les ai trouvées dans mon placard… D'après Modo, ce seraient des semelles de crêpe.

— Pourquoi pas de galette-saucisse ? Il a voulu rester poli, voilà, pour moi c'est des semelles de merde.

— Non… c'est une espèce de matière caoutchouteuse… se défendit le doyen d'une voix morne.

— Hem… excusez-moi, archichancelier, de vous interrompre ainsi… »

C'était l'économe, debout dans l'encadrement de la porte. Un costaud au visage rougeaud, derrière lui, tendait le cou par-dessus son épaule.

« Quoi donc, économe ?

— Hem, ce monsieur a…

— C'est rapport à vot' singe », le coupa l'homme.

Ridculle s'anima. « Ah oui ?

— Apparemment, hem, il a vo… il a enlevé des roues à la voiture de ce monsieur, dit l'économe qui se trouvait sur la pente dépressive de son cycle mental.

— Vous êtes sûr qu'il s'agit du bibliothécaire ? demanda l'archichancelier.

— Gras, roux, dit tout l'temps “ook” ?

— C'est bien lui. Oh là là. Je m'demande pourquoi il a fait ça. Enfin, vous savez ce qu'on dit : un gorille de deux cent cinquante kilos peut dormir où ça lui chante.

— Mais un singe de cent cinquante peut me ramener mes putain de roues, répliqua l'homme, nullement impressionné. Si j'récupère pas mes roues, va y avoir du vilain.

— Du vilain ? fit Ridculle.

— Ouais. Et croyez pas que vous allez m'faire peur. Les mages me font pas peur. Tout le monde sait qu'il existe un règlement qui vous interdit de vous servir de la magie contre les civils. » L'homme se colla la figure tout près de Ridculle et brandit le poing.

L'archichancelier claqua des doigts. Il y eut un coup de vent suivi d'un coassement. « Pour moi, c'est plutôt une recommandation qu'un règlement, fit Ridculle d'une voix douce. Econome, allez me déposer cette grenouille dans le parterre de fleurs et, quand ce gars aura retrouvé sa forme primitive, donnez-lui dix piastres. Dix piastres, ça devrait coller, non ?

— Coa, s'empressa d'approuver la grenouille.

— Bien. Et maintenant, va-t-on me dire ce qui s'passe ? »

Une succession de fracas monta du rez-de-chaussée.

« Pourquoi j'ai l'impression, fit Ridculle pour lui-même, que c'est pas ça la réponse ? »

Les serviteurs avaient dressé la table pour le déjeuner. L'opération demandait d'ordinaire un certain temps. Vu que les mages prenaient leurs repas au sérieux et laissaient beaucoup de désordre, les tables attendaient constamment d'être dressées, nettoyées ou occupées. La seule installation des couverts exigeait un temps fou. Il fallait à chaque mage neuf couteaux, treize fourchettes, douze cuillers et un pilon, sans compter tous les verres à vin.

Les mages arrivaient souvent très en avance sur les repas. Tellement en avance, à vrai dire, qu'ils pouvaient reprendre du précédent.

Un mage était attablé.

« C'est les runes modernes, non ? » fit Ridculle.

L'homme tenait un couteau dans chaque main. Devant lui s'alignaient la salière, la poivrière et le moutardier. Ainsi que l'assiette à pied. Et deux couvercles de soupière. Et il cognait sur l'ensemble de tout son cœur.

« Il fait ça pour quoi ? dit Ridculle. Et vous, doyen, arrêtez de taper du pied si vous voulez pas que j'vous envoie dans la soupière les bras en croix.

— Ben, c'est communicatif, fit le doyen.

— Contagieux, oui », répliqua Ridculle.

L'assistant des runes modernes se concentrait, le front plissé. Des fourchettes cliquetaient sur le bois de la table. Une cuiller reçut un coup en oblique, tourbillonna en l'air et toucha l'économe à l'oreille.

« A quoi il croit jouer, merde ?

— Ça m'a fait drôlement mal ! »

Les mages s'attroupèrent autour de l'assistant des runes modernes. Il ne leur prêta aucune attention. La sueur lui dégoulinait le long de la barbe.

« Il a cassé le service à condiments, dit Ridculle.

— Ça va me picoter pendant des heures.

— Ah, oui, la moutarde lui est montée au nez, dit le doyen.

— La situation ne manque pas de sel », ajouta le major de promo.

Ridculle se redressa. Il leva la main.

« Bon, y en a un qui va maintenant sortir un truc du genre : "Si ça se sait, le Guet va faire vinaigre pour débarquer", pas vrai ? fit-il. Ou : "Pas d'inquiétude, tout baigne dans l'huile." Et j'parie que vous cherchez tous une blague foireuse à placer sur le poivre. Je voudrais quand même savoir ce qui différencie cette faculté d'une bande de crétins aux cerveaux comme des p'tits pois.

— Hahaha, fit nerveusement l'économe qui continuait de se frotter l'oreille.

— C'était pas une question pour la forme. » Ridculle retira d'un geste vif les couteaux des mains de l'assistant. L'homme continua un moment de taper dans le vide puis donna l'impression de se réveiller.

« Oh, salut, archichancelier. Un problème ?

— Vous faisiez quoi ? »

L'assistant baissa les yeux sur la table.

« Il syncopait, dit le doyen.

— Sûrement pas ! »

Ridculle se renfrogna. C'était un homme énergique, un dur à cuire qui avait la délicatesse d'un marteau de forgeron et en gros le même sens de l'humour, mais il n'était pas bête. Et il savait que les mages ressemblaient aux girouettes, ou aux canaris dont se servaient les mineurs afin de déceler les poches de gaz. Ils étaient naturellement réglés sur une fréquence occulte. La moindre bizarrerie qui survenait les affectait d'office. Ils pivotaient, comme qui dirait, dans sa direction. Ou tombaient de leur perchoir.

« Pourquoi est-ce que tout le monde devient d'un coup musicien ? dit-il. En prenant le terme au sens le plus large, évidemment. » Il posa les yeux sur les mages assemblés. Puis les baissa par terre.

« Vous avez tous des chaussures en crêpe ! »

Les mages se regardèrent les pieds avec surprise.

« Ma parole, je me trouvais effectivement un peu plus grand, fit le major de promo. Je mettais ça sur le compte du régime au céleri*.

— Un mage qui se respecte porte des chaussures pointues ou de bons gros souliers solides, dit Ridculle. Quand des chaussures deviennent crépues, y a quelque chose qui cloche.

* Le major de promo soutenait que les aliments de forme allongée – haricots verts, céleri, rhubarbe – faisaient grandir, en vertu de la fameuse théorie des signatures. En ce qui le concernait, ils l'allégeaient sûrement.

— C'est du crêpe, rectifia le doyen. Avec un petit chapeau pointu sur le... »

Ridculle prit une inspiration bruyante. « *Quand les chaussures changent toutes seules*... grogna-t-il.

— C'est que de la magie est en marche ?

— Haha, très bonne, major de promo, lança le doyen.

— J'veux savoir ce qui s'passe, dit Ridculle d'une voix basse et calme, et si vous la fermez pas tous, ça va barder. »

Il fouilla dans les replis de sa robe et, après quelques essais infructueux, sortit un thaumomètre de poche. Il le tendit. Il existait toujours un niveau élevé de magie résiduelle à l'Université, mais la petite aiguille indiquait le degré « normal ». En gros, disons. Elle n'arrêtait d'aller et venir de part et d'autre du trait à la façon d'un métronome.

Ridculle le présenta à l'examen de ses collègues.

« C'est quoi, ça ? fit-il.

— Du quatre-quatre ? dit le doyen.

— La musique, c'est pas d'la magie, répliqua l'archichancelier. Soyez pas ridicule. La musique, c'est gratter des trucs, taper sur des machins et... »

Il s'arrêta.

« Est-ce qu'on aurait oublié de me dire quelque chose ? »

Les mages raclèrent nerveusement par terre leurs pieds chaussés de daim bleu.

« Ben, fit le major de promo, le fait est que hier soir... euh... je suis... enfin, quelques-uns d'entre nous sommes passés par hasard au Tambour Rafistolé...

— Voyageurs authentiques, intervint l'assistant des runes modernes. Il est permis aux voyageurs authentiques de consommer des spiritueux dans les établissements détenteurs d'une licence de débit de boissons à toute heure du jour ou de la nuit. Ordonnance municipale, vous savez.

— Des voyageurs qui arrivaient d'où, alors ? demanda Ridculle.

— De la Grappe de Raisins.

— C'est juste au coin de la rue.

— Oui, mais on était… fatigués.

— D'accord, d'accord, consentit Ridculle de la voix du gars conscient qu'en tirant davantage sur le bout de laine il risque de détricoter tout le pull. Le bibliothécaire était avec vous ?

— Oh, oui.

— Continuez.

— Ben, il y avait de la musique…

— Comme un son de gratte, fit le major de promo.

— La mélodie devant, ajouta le doyen.

— C'était…

— … comme qui dirait…

— … par certains côtés, ça…

— … vous entre dans la peau par le bas, par le haut, on a envie de crier, c'est physique, dit le doyen. Au fait, quelqu'un aurait de la peinture noire ? J'ai regardé partout.

— Dans la peau », murmura Ridculle. Il se gratta le menton. « Oh là là. Je vois. Encore des fuites dans l'univers, hein ? Des influences qui nous arrivent de l'extérieur. Vous vous souvenez de ce qui est arrivé quand monsieur Hong a ouvert son bistro de poisson à emporter à l'emplacement de l'ancien temple de la rue Dagon ? Et ensuite y a eu les images animées. J'étais contre dès le début. Et ces engins en fil de fer sur roulettes. Cet univers a davantage de putain de trous qu'un fromage de Quirm. Enfin, au…

— Le fromage de Lancre, rectifia obligeamment le major de promo. C'est lui qui a des trous. Le Quirm, c'est celui qui est veiné de bleu. »

Ridculle lui lança un regard noir.

« A vrai dire, rien ne m'a paru magique là-dedans », fit le doyen. Il soupira. Il avait soixante-douze ans. Mais la musique lui avait donné l'impression d'en avoir à nouveau dix-sept. Il ne se rappelait pas ses dix-sept ans ; il avait dû les prendre un jour de travail par-dessus la tête. En tout cas, il s'était senti tel qu'il imaginait qu'on se sentait à dix-sept ans, ce qui était comme porter en permanence une veste chauffée au rouge sous la peau.

Il voulait l'entendre encore.

« Je crois qu'il y a un autre concert ce soir, hasarda-t-il. On pourrait… euh… aller écouter. Pour en apprendre davantage, au cas où ce serait une menace pour la société, ajouta-t-il vertueusement.

— Très juste, doyen, l'appuya l'assistant des runes modernes. C'est notre devoir de citoyens. C'est nous la première ligne de défense surnaturelle de la cité. Vous vous rendez compte… si des bêtes épouvantables surgissaient du néant ?

— Et alors ? fit le titulaire de la chaire des études indéfinies.

— Ben, on serait là.

— Ah oui ? Génial, hein ? »

Ridculle jeta un regard mauvais à ses mages. Deux d'entre eux tapaient en douce du pied. Et plusieurs autres étaient pris de mouvements convulsifs, semblait-il. L'économe se convulsait toujours un peu, évidemment, mais chez lui c'était normal.

Des canaris, songea-t-il. Ou des paratonnerres.

« D'accord, fit-il à contrecœur. On ira. Mais on évite d'attirer l'attention.

— Bien sûr, archichancelier.

— Et chacun paye ses consos.

— Oh. »

Le caporal (mais il n'était pas sûr) Coton exécuta un salut devant le sergent du fort qui tâchait de se raser. « C'est la nouvelle recrue, chef, dit-il. Il veut pas obéir aux ordres. »

Le sergent hocha la tête puis laissa tomber un regard atone sur ce qu'il tenait à la main.

« Rasoir, chef, le renseigna obligeamment le caporal. Il arrête pas de dire des trucs comme "IL NE SE PASSE TOUJOURS RIEN".

— T'as essayé de l'enterrer jusqu'au cou dans le sable ? D'habitude ça marche.

— C'est un peu… euh… bidule chose, là… quand on est méchant avec les gens… j'avais le mot tout à l'heure… » Le caporal claqua des doigts. « Machin. Cruel, voilà. On envoie plus les gens au… trou… de nos jours.

— On est quand même à… (le sergent jeta un coup d'œil à la paume de sa main gauche où plusieurs lignes étaient inscrites) la légion étrangère.

— Ouichef. D'accord, chef. Il est bizarre. Il reste tout le temps à la même place, sans bouger. On l'appelle Beau Narien, chef. »

Le sergent regarda le miroir d'un air ahuri.

« C'est ta figure, chef », le renseigna le caporal.

Suzanne s'étudia d'un œil critique.

Suzanne… Pas fameux comme nom, tout de même. Pas vraiment moche non plus, moins que Iode, celui que portait la pauvre fille de la classe de troisième, ou que Valériane, un prénom qui revient à dire : « Zut, on voulait un garçon. » Mais elle le trouvait fade. Suzanne. Suze. Un diminutif imbuvable. Ou Suzon. Cette bonne vieille Suzon. Un nom à confectionner des sandwiches, à garder son sang-froid dans les coups durs et à s'occuper efficacement des enfants d'autrui.

Un nom qu'aucune reine ni déesse n'avait porté nulle part.

L'écrire différemment n'arrangeait guère les choses. On pouvait le transformer en Suzy, mais on imaginait tout de suite une fille qui dansait sur les tables en remuant de son tralala pour gagner sa vie. On pouvait remplacer le *z* par un *s* et supprimer le *ne* final, mais il sentait alors le trafiqué, le rajeunissement à tout prix. Il ne valait pas mieux que Sara, un nom qui réclamait à grands cris un *h* prosthétique.

Bon, au moins elle pouvait se débrouiller pour arranger son apparence.

C'était la robe. Un costume peut-être traditionnel mais… personnellement, elle ne l'était pas. Les autres choix se résumaient à son uniforme scolaire ou aux tenues roses de haute couture de sa mère. Les blouses amples du Collège de jeunes filles de Quirm en imposaient et, au moins dans l'esprit de mademoiselle Derches, protégeaient de toutes les tentations de la chair… mais, en tant que costume de la Réalité Ultime, elles manquaient de panache. Quant au rose, il ne fallait même pas y songer.

Pour la première fois dans l'histoire de l'univers, une Mort se demandait quoi se mettre.

« Attends un peu, dit-elle à son reflet. Ici… je peux créer ce que je veux, non ? »

Elle tendit la main et songea : tasse. Une tasse apparut. Un motif de crânes et de tibias en ourlait le bord. « Ah, fit la jeune fille. Je suppose qu'un motif de roses c'est hors de question ? Sans doute mal approprié à l'ambiance, j'imagine. »

Elle posa la tasse sur la coiffeuse et lui donna un petit coup. La tasse rendit un *plink* digne d'un objet solide.

« Bon, bref, reprit-elle, je ne veux pas de tenue gnian-gnian ni frimeuse. Pas de dentelle noire ridicule ni ce que portent les crétins qui écrivent de la poésie dans leur chambre, s'habillent comme des vampires et sont en réalité végétariens. »

Des images de vêtements flottèrent sur son reflet. Il était évident que le noir restait la seule solution, mais elle se décida pour un costume pratique sans chichis. Elle pencha la tête de côté d'un air critique.

« Bon, peut-être un peu de dentelle, dit-elle. Et… peut-être un peu plus de… corsage. »

Elle approuva du chef son reflet dans le miroir. C'était assurément une tenue qu'aucune Suzanne ne porterait jamais, mais elle devinait au fond d'elle-même une « suzanneté » qui s'en imprégnerait au bout d'un moment.

« C'est bien que tu sois là, dit-elle, sinon je deviendrais complètement folle. Haha. »

Puis elle partit voir son grand-p… la Mort.

Il n'y avait qu'une adresse où elle savait le trouver.

Nore entra d'un pas nonchalant et silencieux dans la bibliothèque de l'Université de l'Invisible. Les nains respectaient l'étude dès lors qu'ils y échappaient.

Il tirailla sur la robe d'un jeune mage qui passait. « Y a bien un singe qui s'occupe de la boutique, non ? dit-il. Un gros singe poilu bien gras, des mains de deux octaves de large ? »

Le mage, un étudiant de troisième cycle au teint de papier mâché, baissa sur Nore le regard dédaigneux que certains individus réservent toujours aux nains.

La vie d'étudiant à l'Université de l'Invisible n'avait rien de folichon. On trouvait ses plaisirs où on pouvait. Il se fendit d'un large sourire innocent.

« Eh bien, oui, dit-il. Je crois justement qu'en ce moment il est dans son atelier au sous-sol. Mais il faut faire très attention quand on s'adresse à lui.

— Ah bon ? fit Nore.

— Oui, il faut surtout bien dire : “Est-ce que vous voulez une cacahuète, monsieur le singe ?” » expliqua l'étudiant en magie. Il fit signe à deux collègues. « C'est ça, non ? Il doit dire *monsieur* le singe.

— Oh, oui, c'est la vérité vraie, confirma un labadens. Et même, si on veut éviter de le contrarier, pour être plus sûr, il faut se gratter sous les bras. Ça le met à l'aise.

— Et faire *ugh-ugh-ugh*, renchérit le troisième étudiant. Il aime bien.

— Ben, merci beaucoup, fit Nore. Par où je vais ?

— On va vous montrer, répondit le premier étudiant.

— C'est très aimable de votre part.

— Pas de quoi. On est trop heureux de rendre service. »

Les trois mages firent descendre une volée de marches à Nore puis le menèrent dans un tunnel. De la lumière filtrait de temps en temps par une vitre verte enchâssée dans le plancher de l'étage supérieur. Régulièrement, le nain entendait glousser dans son dos.

Le bibliothécaire se tenait accroupi par terre dans une longue cave haute de plafond. Tout un bric-à-brac s'étalait devant lui : une roue de charrette, des morceaux de bois et d'os, divers tuyaux, tiges et bouts de fil de fer donnant à penser que des gens ici et là en ville devaient s'interroger devant des pompes détériorées et des clôtures éventrées. Le bibliothécaire mâchait l'extrémité d'un tronçon de tuyau et fixait le tas avec attention.

« C'est lui », dit un des mages en poussant Nore.

Le nain s'avança d'un pas traînant. Il entendit une nouvelle cascade de gloussements étouffés derrière lui.

Il tapota l'épaule du bibliothécaire.

« Excusez-moi…

— Ook ?

— Ces gars, là, ils viennent de vous traiter de singe, dit Nore en indiquant la porte d'un geste sec du pouce. A votre place, je leur ferais regretter leurs paroles. »

Un gémissement de métal s'éleva, immédiatement suivi d'un bruit de cohue à l'extérieur tandis que les mages se piétinaient dans leur impatience pour prendre le large.

Le bibliothécaire avait courbé le tuyau en U, visiblement sans le moindre effort.

Nore se rendit à la porte et regarda dehors. Un chapeau pointu gisait sur les dalles, complètement écrabouillé.

« Marrant, ça, dit-il. Si je leur avais seulement demandé où trouver le bibliothécaire, ils m'auraient répondu : "Va te faire voir, sale nain." Faut savoir s'y prendre dans ce boulot. »

Il revint et s'assit à côté du bibliothécaire. L'anthropoïde forma un coude plus petit dans le tuyau.

« Qu'est-ce que vous faites ? fit Nore.

— Oook-oook-OOK !

— Mon cousin Modo est le jardinier d'ici. D'après lui, vous êtes une pointure aux claviers. » Il fixa les mains occupées à tordre le tuyau. Elles étaient franchement grandes. Et, bien sûr, au nombre de quatre. « Il avait sûrement en partie raison », ajouta-t-il.

L'anthropoïde prit un morceau de bois flotté et le goûta.

« On s'est dit que vous pourriez peut-être jouer du piano avec nous ce soir au Tambour, dit Nore. Avec Magma, Buddy et moi, quoi. »

Le bibliothécaire roula un œil brun dans sa direction, puis attrapa un bout de bois, en empoigna l'extrémité et se mit à gratter des cordes imaginaires.

« Ook ?

— C'est ça, fit Nore. Le gars à la guitare.

— Eeek. »

Le bibliothécaire effectua un saut périlleux arrière.

« Oook*oook*-ooka-ooka-OOOka-OOK !

— Vous avez déjà pigé le rythme, à ce que j'vois », dit Nore.

Suzanne sella le cheval et l'enfourcha.

Au-delà du jardin de la Mort s'étendaient des champs de blé d'or éclatant, seules taches de couleur dans le paysage. La Mort n'avait peut-être pas eu la main heureuse avec l'herbe (noire) et les pommiers (noir luisant sur fond noir), mais il avait mis dans ses champs toute l'intensité colorée qu'il avait négligée ailleurs. Ils ondoyaient comme sous le souffle du vent, sauf qu'il n'y avait pas de vent.

Suzanne ne comprenait pas pourquoi il avait fait ça.

On reconnaissait cependant un sentier. Il filait à travers champs pendant près d'un kilomètre avant de s'interrompre brusquement. Comme si un promeneur l'avait de temps en temps emprunté et fait halte toujours au même point pour regarder autour de lui.

Bigadin le suivit à son tour et s'arrêta une fois au bout. Puis il se retourna sans même déranger le moindre épi.

« J'ignore comment tu t'y prends, chuchota Suzanne, mais tu dois pouvoir y arriver, et tu sais où je veux aller. »

Le cheval parut hocher la tête. A en croire Albert, Bigadin était un vrai cheval de chair et de sang, mais on pouvait parfaitement transporter la Mort des siècles durant sans jamais rien apprendre. Lui donnait l'impression d'avoir bénéficié dès le départ d'une certaine dose d'intelligence.

Il se mit au trot, puis au petit et au grand galop. Après quoi le ciel tremblota, une seule fois.

Suzanne s'était attendue à plus spectaculaire. A des étoiles filantes, à une explosion de couleurs arc-en-ciel… pas à un banal tremblotement. Pour un voyage de près de dix-sept ans, c'était décevant.

Les champs de blé avaient disparu, mais le jardin était quasiment identique. Elle reconnut les arbres curieusement taillés et la mare aux poissons squelettiques. Elle aperçut, poussant des brouettes amusantes et portant de petites faux, l'équivalent de nains de jardin sur une pelouse de mortel, mais il s'agissait ici de petits squelettes guillerets en robe noire. Rien ne changeait réellement.

Les écuries étaient pourtant légèrement différentes. Pour commencer, Bigadin s'y trouvait.

Il hennit doucement lorsque Suzanne le conduisit dans une stalle vide à côté de lui-même.

« Je suis sûre que vous vous connaissez », dit-elle. Elle ne s'était pas attenduc à ce que ça marche, mais comment pouvait-il en être autrement ? Le temps n'affectait que les autres, non ?

Elle se glissa dans la maison.

« NON. ON NE ME DONNE PAS D'ORDRES, À MOI. ON NE ME FORCE PAS. JE FERAI UNIQUEMENT CE QUE JE SAIS ÊTRE JUSTE… »

Suzanne se faufila à pas de loup derrière les étagères de compte-vies. Personne ne la remarqua. Quand on regarde la Mort se battre, on ne prête aucune attention aux ombres en arrière-plan.

On ne lui avait jamais parlé de cet épisode. Les parents ne disent jamais rien. On a beau avoir un père apprenti de la Mort et une mère sa fille adoptive, ce ne sont plus que de menus détails une fois qu'ils deviennent parents. Les parents n'ont jamais été jeunes. Ils attendaient de devenir parents, rien d'autre.

Suzanne parvint au bout des rayonnages.

La Mort se tenait au-dessus de son père… Rectification : du jeune homme qui serait son père.

Trois marques rouges lui brûlaient la joue, là où la Mort l'avait frappé. Suzanne porta la main aux lignes pâles qui marquaient son propre visage.

Mais ce n'est pas ainsi que fonctionne l'hérédité.

Du moins, en temps normal...

Sa mère… la jeune fille qui serait sa mère… était plaquée contre un pilier. Elle s'était bonifiée avec l'âge, se dit Suzanne. Du moins ses goûts vestimentaires. Elle se secoua mentalement. Des considérations sur la mode ? En un pareil moment ?

La Mort se dressait au-dessus de Morty, l'épée dans une main et le compte-vie de son apprenti dans l'autre.

« TU NE SAIS PAS À QUEL POINT ÇA ME NAVRE, dit-il.

— Peut-être que si », répliqua Morty.

La Mort releva la tête et regarda droit vers Suzanne. Ses orbites s'embrasèrent d'une lueur bleue l'espace d'un instant. Suzanne s'efforça de se fondre dans l'ombre.

Il reposa un moment les yeux sur Mortimer, puis les tourna vers Ysabell, les braqua à nouveau sur Suzanne et revint à Morty. Il éclata de rire.

Et retourna le sablier.

Il claqua des doigts.

Morty disparut dans un petit *plop* d'implosion d'air. Tout comme Ysabell et les autres.

Soudain, tout était silencieux.

La Mort déposa tout doucement le sablier sur la table et contempla une minute le plafond. Puis il lança : « ALBERT ? »

Albert sortit de derrière un pilier.

« TU SERAIS GENTIL DE ME FAIRE UNE TASSE DE THÉ, S'IL TE PLAÎT.

— Oui, maître. Héhé, vous lui avez réglé son compte en beauté…

— MERCI. »

Albert détala en direction de la cuisine.

Une fois de plus tomba ce qui se rapprochait le plus du silence dans la salle des compte-vies.

« TU FERAIS MIEUX DE SORTIR. »

Suzanne obéit et s'arrêta devant l'Ultime Réalité.

La Mort faisait deux mètres dix. Il avait l'air plus grand. Suzanne se rappelait vaguement une silhouette qui la portait sur ses épaules à travers les immenses salles obscures, mais dans son souvenir il s'agissait d'une silhouette humaine, décharnée mais assurément humaine, sans qu'elle sache définir pourquoi.

Celle-ci n'avait rien d'humain. Elle était immense, arrogante, effroyable. Même s'il condescendait à faire une entorse au règlement, songea Suzanne, ça ne le rendrait pas davantage humain. Il s'agit là du gardien de la porte du monde. Immortel par définition. La fin de tout.

C'est mon grand-père.

Ce sera, en tout cas. C'est. C'était.

Mais… il y avait la chose dans le pommier. Son esprit y revenait sans cesse. On posait les yeux sur la silhouette et on pensait à l'arbre. Il était presque impossible de garder les deux images dans une seule tête.

« BIEN, BIEN, BIEN. TU TIENS BEAUCOUP DE TA MÈRE, dit la Mort. ET DE TON PÈRE.

— Comment tu m'as reconnue ? demanda Suzanne.

— J'AI UNE MÉMOIRE EXCEPTIONNELLE.

— Comment est-ce que tu peux te souvenir de moi ? Je n'ai pas encore été conçue !

— EXCEPTIONNELLE, J'AI DIT. TU T'APPELLES…

— Suzanne, mais…

— SUZANNE ? fit la Mort d'un ton amer. ILS VOULAIENT VRAIMENT NE PAS PRENDRE DE RISQUES, HEIN ? »

Il s'assit dans son fauteuil, se mit les doigts en clocher et regarda sa petite-fille par-dessus.

Non seulement elle soutint son regard mais elle le lui renvoya.

« DIS-MOI, fit la Mort au bout d'un moment, EST-CE QUE J'ÉTAIS… JE SERAI… EST-CE QUE JE SUIS UN BON GRAND-PÈRE ? »

Suzanne se mordilla pensivement les lèvres.

« Si je réponds, ça risque de produire un paradoxe, non ?

— PAS POUR NOUS.

— Ben… tu as les genoux cagneux. »

La Mort fixa la jeune fille. « LES GENOUX CAGNEUX ?

— Je regrette.

— TU ES VENUE ICI POUR ME DIRE ÇA ?

— Tu as disparu à… à mon époque. C'est moi qui dois assurer le service. Albert est très inquiet. Je suis venue pour… me renseigner. Je ne savais pas que mon père travaillait pour toi.

— IL TRAVAILLAIT TRÈS MAL.

— Qu'est-ce que tu as fait de lui ?

— ILS SONT À L'ABRI POUR L'INSTANT. JE SUIS CONTENT QUE CE SOIT TERMINÉ. TOUT CE MONDE AUTOUR DE MOI, ÇA COMMENÇAIT À ME FAUSSER LE JUGEMENT. AH, ALBERT… »

Le serviteur venait d'apparaître à la limite du tapis ; il portait un plateau à thé.

« UNE AUTRE TASSE, TU SERAS BIEN AIMABLE. »

Albert regarda autour de lui et ne parvint pas à voir Suzanne. Quand on arrivait à se rendre invisible aux yeux de mademoiselle Derches, le reste de l'humanité, c'était de la broutille.

« Si c'est ce que vous voulez, Maître.

— DONC, fit la Mort une fois qu'Albert s'en fut reparti de son pas traînant, JE SUIS PORTÉ DISPARU. ET TU CROIS AVOIR HÉRITÉ DE L'AFFAIRE DE FAMILLE. TOI ?

— Je ne voulais pas, moi ! Le cheval et le rat se sont amenés, et voilà !

— LE RAT ?

— Euh… je crois que c'est un événement à venir.

— OH, OUI. JE ME RAPPELLE. HMM. UN MORTEL QUI FAIT MON TRAVAIL ? TECHNIQUEMENT POSSIBLE, ÉVIDEMMENT, MAIS POURQUOI ?

— Je crois qu'Albert sait quelque chose, mais il change toujours de sujet. »

Albert revint avec une autre tasse sur sa soucoupe. D'un geste éloquent, il la posa bruyamment sur le bureau de la Mort avec l'air du gars dont on abuse de la gentillesse.

« Ce sera tout, je pense, Maître ? fit-il.

— MERCI, ALBERT. OUI. »

Albert s'en repartit, plus lentement que d'ordinaire. Il n'arrêtait pas de jeter des regards par-dessus son épaule. « Il ne change pas, hein ? fit Suzanne. Evidemment, c'est normal, ici…

— QUE PENSES-TU DES CHATS ?

— Pardon ?

— LES CHATS ? TU LES AIMES ?

— Les chats, ben… hésita Suzanne, ça va. Mais un chat, c'est juste un chat.

— LE CHOCOLAT ? demanda la Mort. TU AIMES LE CHOCOLAT ?

— Je crois qu'on peut se rendre malade.

— TU NE TIENS PAS D'YSABELL, ALORS. »

Suzanne hocha la tête. Le plat favori de sa mère était le génocide au chocolat.

« ET TA MÉMOIRE ? TU AS UNE BONNE MÉMOIRE ?

— Oh, oui. Je… me rappelle des tas de détails. Comment tenir le rôle de la Mort. Comment tout doit fonctionner. Tiens, quand tu as dit que tu te souvenais à propos du rat, alors que ce n'est pas encore arr… »

La Mort se leva et s'approcha à grands pas du modèle réduit du Disque-monde.

« LA RÉSONANCE MORPHIQUE, dit-il sans regarder Suzanne. MERDE. LES GENS NE COMMENCENT MÊME PAS À COMPRENDRE LE PHÉNOMÈNE. LES HARMONIQUES DE L'ESPRIT. ELLES SONT RESPONSABLES DE TANT DE CHOSES. »

Suzanne sortit le compte-vie de Kreskenn. De la fumée bleue continuait de se déverser par l'étranglement.

« Tu peux m'aider pour ça ? » demanda-t-elle.

La Mort pivota.

« JE N'AURAIS JAMAIS DÛ ADOPTER TA MÈRE.

— Pourquoi tu l'as fait ? »

La Mort haussa les épaules.

« QU'EST-CE QUE TU AS LÀ ? »

Il lui prit le compte-vie de Kreskenn et le leva.

« AH. INTÉRESSANT.

— Tu sais ce que ça veut dire, papi ?

— JE N'AI ENCORE JAMAIS VU ÇA, MAIS JE SUPPOSE QUE C'EST POSSIBLE. DANS CERTAINES CIRCONSTANCES. ÇA VEUT DIRE... D'UNE CERTAINE MANIÈRE... QU'IL A LE RYTHME DANS LA PEAU... *PAPI ?*

— Oh, non. Ça ne peut pas être ça. C'est seulement une façon de parler. Et qu'est-ce que tu reproches à “papi” ?

— GRAND-PÈRE, JE VEUX BIEN. MAIS PAPI ? GUÈRE MIEUX QUE PÉPÉ, JE TROUVE. EN TOUT CAS, IL ME SEMBLAIT QUE TU CROYAIS À LA LOGIQUE. DIRE QUE C'EST UNE FAÇON DE PARLER NE SIGNIFIE PAS QUE ÇA N'EXISTE PAS. »

La Mort agita vaguement le sablier.

« PAR EXEMPLE, reprit-il, DES TAS DE CHOSES VALENT MIEUX QUE “D'ATTRAPER LA SCARLATINE”. JE N'AI JAMAIS COMPRIS L'EXPRESSION. LA PESTE, CE SERAIT ENCORE PIRE, TOUT DE MÊME... »

La Mort s'arrêta.

« VOILÀ QUE JE RECOMMENCE ! POURQUOI JE ME SOUCIE DE CE QUE VEUT DIRE CETTE EXPRESSION RIDICULE ? OU DU NOM QUE TU ME DONNES ? C'EST SANS IMPORTANCE ! LA FRÉQUENTATION DES HUMAINS BROUILLE L'ESPRIT. TU PEUX ME CROIRE. GARDE TES DISTANCES.

— Mais je suis humaine, moi.

— EST-CE QUE J'AI DIT QUE CE SERAIT FACILE ? IL NE FAUT PAS Y PENSER. IL NE FAUT PAS FAIRE DE SENTIMENT.

— Tu es un expert, hein ? fit Suzanne avec feu.

— JE ME SUIS AUTORISÉ QUELQUES PETITES BOUFFÉES D'ÉMOTION CES DERNIERS TEMPS, dit la Mort, MAIS JE PEUX ARRÊTER QUAND JE VEUX. »

Il leva une nouvelle fois le sablier.

« LE FAIT EST INTÉRESSANT : LA MUSIQUE, ÉTANT PAR NATURE IMMORTELLE, PEUT PARFOIS PROLONGER LA VIE DE CEUX QUI ENTRETIENNENT AVEC ELLE DES RAPPORTS TRÈS ÉTROITS, dit-il. J'AI REMARQUÉ QUE LES GRANDS COMPOSITEURS, EN PARTICULIER, RÉSISTENT LONGTEMPS. SOURDS COMME DES POTS, POUR LA PLUPART, QUAND JE PASSE LES VOIR. A MON AVIS, IL Y A UN DIEU QUELQUE PART QUI TROUVE ÇA TRÈS AMUSANT. » La Mort s'arrangea pour prendre l'air dédaigneux. « C'EST LE GENRE DE BLAGUE QU'ILS FONT*. »

Il posa le sablier et le gratta de son doigt osseux.

Le sablier réagit par un *whauuummmmeeee-chida-chida-chida*.

« IL N'A PLUS DE VIE. IL A LA MUSIQUE.

— La musique l'a repris à son compte ?

— ON PEUT LE DIRE COMME ÇA.

— Et lui prolonge la vie ?

* Et qui manque son but, évidemment. La surdité n'empêche pas les compositeurs d'entendre la musique. Elle les empêche de se laisser distraire.

— LA VIE EST EXTENSIBLE. ÇA ARRIVE À L'OCCASION CHEZ LES HOMMES. PAS SOUVENT. LA PLUPART DU TEMPS TRAGIQUEMENT, D'UNE MANIÈRE THÉÂTRALE. MAIS IL NE S'AGIT PAS ICI D'UN AUTRE HUMAIN. IL S'AGIT DE MUSIQUE.

— Il jouait de quelque chose, une espèce d'instrument à cordes comme une guitare… »

La Mort se retourna.

« AH BON ? OUI, OUI, OUI…

— C'est important ?

— C'EST… INTÉRESSANT.

— Quelque chose que je devrais savoir ?

— RIEN D'ESSENTIEL. UN BOUT DE DÉBRIS MYTHOLOGIQUE. LES PROBLÈMES SE RÉSOUDRONT D'EUX-MÊMES, TU PEUX EN ÊTRE SÛRE.

— Comment ça, ils se résoudront d'eux-mêmes ?

— IL SERA SANS DOUTE BIENTÔT MORT, UNE QUESTION DE JOURS. »

Suzanne fixa des yeux le compte-vie.

« Mais c'est horrible !

— EPROUVES-TU UN TENDRE SENTIMENT POUR CE JEUNE HOMME ?

— Quoi ? Non. Je ne l'ai vu qu'une fois en tout et pour tout !

— VOS REGARDS NE SE SONT PAS CROISÉS À TRAVERS UNE SALLE BONDÉE NI RIEN DE CE GENRE ?

— Non ! Bien sûr que non !

— POURQUOI ÇA TE CHAGRINE, ALORS ?

— Parce qu'il compt… parce que c'est un être humain, voilà pourquoi, répondit Suzanne qui se surprenait elle-même. Je ne vois pas pour quelle raison il faut embêter les gens comme ça, ajouta-t-elle maladroitement. C'est tout. Oh, et puis je ne sais pas. »

La Mort se pencha encore jusqu'à descendre son crâne au niveau du visage de la jeune fille.

« MAIS LA PLUPART DES GENS NE SONT PAS BIEN MALINS ET GÂCHENT LEUR VIE. TU NE T'EN ES PAS APERÇUE ? TU N'AS PAS REGARDÉ UNE VILLE DU HAUT DE TON CHEVAL EN TE DISANT QU'ELLE RESSEMBLE À UNE FOURMILIÈRE GROUILLANTE D'INDIVIDUS AVEUGLES QUI CROIENT À LA RÉALITÉ DE LEUR PETIT MONDE RIDICULE ? TU VOIS LES FENÊTRES ÉCLAIRÉES ET TU AIMERAIS PENSER QUE DES TAS D'HISTOIRES PASSIONNANTES SE DÉROULENT PAR-DERRIÈRE, MAIS TU SAIS EN RÉALITÉ QU'ELLES N'ABRITENT QUE DES ESPRITS OBTUS, BORNÉS, DE VULGAIRES CONSOMMATEURS QUI SE REMPLISSENT LA PANSE, QUI PRENNENT LEURS INSTINCTS POUR DES ÉMOTIONS ET SE FIGURENT QUE LEURS EXISTENCES DÉRISOIRES COMPTENT DAVANTAGE QUE LE MURMURE DU VENT. »

La lueur bleue était insondable. Suzanne avait l'impression qu'elle lui aspirait ses pensées du cerveau.

« Non, souffla-t-elle, non, je n'ai jamais eu ce genre d'idées. »

La Mort se redressa brusquement et se détourna. « TU DÉCOUVRIRAS PEUT-ÊTRE QUE ÇA FACILITE LES CHOSES, dit-il.

— Mais c'est le vrai chaos, fit Suzanne. Les gens meurent en dépit du bon sens. Il n'y a pas de justice !

— HAH.

— Tu peux intervenir, toi, insista-t-elle. Tu viens de sauver mon père.

— PAS MALIN DE MA PART. MODIFIER LE DESTIN D'UN SEUL INDIVIDU, C'EST MODIFIER LE MONDE. JE M'EN SOUVIENS. TU DEVRAIS AUSSI T'EN SOUVENIR. »

La Mort ne s'était toujours pas retourné face à elle.

« Je ne vois pas pourquoi on ne pourrait pas changer les choses si ça rend le monde meilleur, dit Suzanne.

— HAH.

— Tu as trop la trouille pour changer le monde ? »

La Mort se retourna. A la seule vue de son expression, Suzanne recula.

Il avança lentement vers elle. Sa voix, lorsqu'il ouvrit la bouche, tenait du sifflement.

« TU ME DIS ÇA À MOI ? TU ES LÀ, DANS TA JOLIE ROBE, ET TU ME DIS ÇA À MOI ? TOI ? TU JACASSES, TU PARLES DE CHANGER LE MONDE ? EST-CE QUE TU TROUVERAIS LE COURAGE DE T'EN CHARGER ? DE SAVOIR CE QUI DOIT ÊTRE FAIT ET LE FAIRE, QUEL QU'EN SOIT LE PRIX ? EST-CE QU'IL EXISTE UN SEUL ÊTRE HUMAIN AU MONDE QUI CONNAISSE LE SENS DU MOT "DEVOIR" ? » Ses mains s'ouvraient et se refermaient convulsivement. « J'AI DIT QUE TU DEVRAIS TE SOUVENIR... POUR NOUS, LE TEMPS N'EST QU'UN ESPACE. QUI S'ÉTEND DANS TOUS LES SENS. IL CONTIENT CE QUI EST ET CE QUI SERA. SI TU CHANGES ÇA, TU EN PORTES LA RESPONSABILITÉ. ET C'EST UN POIDS TROP LOURD À PORTER.

— Ça, ce n'est qu'une excuse ! »

Suzanne lança un regard noir à la haute silhouette. Puis elle fit demi-tour et s'en alla d'un pas furieux.

« SUZANNE ? »

Elle s'arrêta à mi-chemin de la sortie mais ne se retourna pas.

« Oui ?

— C'EST VRAI... LES GENOUX CAGNEUX ?

— Oui ! »

C'était sans doute le premier étui à piano jamais réalisé, surtout dans un tapis. Magma se le balança sans effort sur l'épaule et saisit son sac de cailloux de l'autre main.

« C'est lourd ? » demanda Buddy.

Magma souleva le piano dans une paume et le soupesa, l'air de réfléchir.

« Un peu », répondit-il. Les lattes du plancher grinçaient sous son poids. « Tu crois on aurait dû enlever toutes les pièces ?

— Ça va forcément marcher, dit Nore. C'est comme… une voiture. Plus t'en enlèves, plus elle va vite. Venez. »

Ils se mirent en route. Buddy s'efforça de passer aussi inaperçu qu'un humain accompagné d'un nain encombré d'un gros cor, d'un anthropoïde et d'un troll portant un piano dans un sac.

« J'aimerais ça, une voiture, dit Magma alors qu'ils se dirigeaient vers le Tambour. Grosse voiture noire avec blousons.

— Des blousons ? » s'étonna Buddy. Il commençait à s'habituer à son nom.

« Ecussons et tout.

— Oh. Des blasons.

— Et tout.

— Qu'est-ce que tu t'offrirais si tu avais un tas d'or, Nore ? » demanda Buddy. Dans son étui, la guitare vibra doucement au son de sa voix.

Nore hésita. Il avait envie de dire qu'un tas d'or, pour un nain, servait à… eh bien, avoir un tas d'or. Qui n'avait d'autre tâche qu'être aussi auricé que possible.

« Chaispas, répondit-il. Jamais pensé que j'aurais un tas d'or. Et toi ?

— J'ai fait le serment que je serais le musicien le plus célèbre du monde.

— Dangereux, serment comme ça, commenta Magma.

— Oook.

— Ce n'est pas ce que veulent tous les artistes ? fit Buddy.

— Pour ce que j'en sais, dit Nore, ce que veulent tous les artistes, ce qu'ils veulent vraiment, c'est toucher leur cachet.

— Et devenir célèbres, insista Buddy.

— Célèbres, j'en sais rien, dit Nore. C'est dur d'être célèbre et en vie. Tout ce que je veux, c'est jouer de la musique tous les jours et entendre quelqu'un me dire : “Merci, c'était super, voilà un peu de fric, même heure demain, ça va ?”

— C'est tout ?

— C'est déjà beaucoup. J'aimerais qu'on dise : “Pour un bon cor, une seule adresse : Nore Noresson !”

— M'a l'air un peu ennuyeux, dit Buddy.

— J'aime ça, l'ennui. Ça dure. »

Ils arrivèrent devant la porte latérale du Tambour et pénétrèrent dans un local sombre qui sentait le rat et la bière de seconde main. Un murmure leur parvenait de la salle de bistro plus loin. « Y a du peuple, on dirait », fit Nore.

Hibiscus entra d'un air agité. « Alors, prêts, les gars ? lança-t-il.

— Minute, fit Magma. Pas discuté cachet.

— J'ai dit six piastres, dit Hibiscus. Vous espérez quoi ? Vous êtes pas de la Guilde, et le tarif de la Guilde, c'est huit piastres.

— On vous demanderait pas huit piastres, fit Nore.

— Et comment !

— On en prendra seize.

— Seize ? Vous pouvez pas faire ça ! C'est presque deux fois le tarif de la Guilde !

— Mais y a plein de monde là-bas, fit Nore. J'parie que tu débites de la bière en veux-tu en voilà. Nous, ça nous embête pas de rentrer chez nous.

— On va en discuter », fit Hibiscus. Il passa le bras autour de la tête de Nore et l'entraîna vers un angle du local.

Buddy observa le bibliothécaire qui examinait le piano. Il n'avait encore jamais vu de musicien commencer par vouloir manger son instrument. Puis le primate souleva le couvercle pour étudier le clavier. Il essaya quelques notes, visiblement pour en connaître le goût.

Nore revint en se frottant les mains.

« Je l'ai remis à sa place, dit-il. Hah !

— Combien ? demanda Magma.

— Six piastres ! »

Un silence suivit la réponse du nain.

« Pardon, s'étonna Buddy. Tu veux dire “seize”, non ?

— J'ai dû tenir bon, fit Nore. Un moment, il était descendu à deux. »

Certaines religions prétendent que l'univers a démarré par un mot, une chanson, une danse, un morceau de musique. Les moines Ecouteurs du Bélier exercent leur ouïe jusqu'à ce qu'ils parviennent à donner la valeur d'une carte rien qu'à l'oreille, et ils se sont fixé la tâche d'écouter attentivement les bruits subtils de l'univers afin de reconstituer, à partir des échos fossiles, les tout premiers sons.

Il s'est assurément produit, affirment-ils, un bruit très étrange au commencement de tout.

Mais les oreilles les plus fines (les grandes gagnantes au poker) qui écoutent les échos pétrifiés dans les ammonites et l'ambre jurent qu'elles arrivent à percevoir des sons infimes avant même le commencement.

Comme, à les en croire, quelqu'un qui compterait : un, deux, trois, quatre.

Le meilleur de tous, qui écoutait le basalte, assurait qu'il croyait distinguer, très faiblement, certains chiffres qui venaient encore plus tôt.

Quand on lui demandait lesquels, il répondait : « Ça ressemble à “un, deux”. »

S'il a effectivement existé un son à l'origine de la création de l'univers, personne n'a jamais demandé ce qu'il est devenu par la suite. C'est de la mythologie. On n'est pas censé poser ce genre de question.

Pour sa part, Ridculle croyait que tout était né par hasard ou, dans le cas particulier du doyen, par dépit.

En temps normal les mages de haut rang ne buvaient pas au Tambour Rafistolé sauf quand ils n'étaient pas de service. Ils sentaient qu'ils s'y trouvaient ce soir-là à titre plus ou moins officiel et se tenaient attablés d'un air un peu compassé devant leurs boissons. Un anneau de sièges vides les entourait, mais pas très important car le Tambour était pour une fois bondé.

« Beaucoup d'ambiance, ici, dit Ridculle en jetant un regard circulaire. Ah, je vois qu'ils refont de la Vraie Blonde. Pour moi, ce sera une pinte de Très Bizarre de Turbot, s'il vous plaît. »

Les mages le regardèrent vider la chope cul sec. La bière d'Ankh-Morpork a un goût bien à elle. Question d'eau. Certains disent que c'est comme un consommé, mais ils se trompent. Le consommé est plus frais.

Ridculle se lécha les babines d'une langue satisfaite.

« Ah, on sait sans se tromper à partir de quoi on brasse la bonne bière d'Ankh-Morpork », dit-il.

Les mages hochèrent la tête. Ils le savaient, assurément. Voilà pourquoi ils buvaient du gin tonic.

Ridculle jeta un coup d'œil à la ronde. D'habitude, à ce moment de la soirée, une bagarre se déclenchait dans un coin, ou au moins une rixe anodine au couteau. Mais on n'entendait cette fois que le bourdonnement des conversations, et tout le monde regardait la petite scène à l'autre bout de la salle où il ne se passait rien de rien. Un rideau était censé la masquer; ce n'était qu'un vieux drap, de derrière lequel provenaient des chocs et des coups sourds.

Les mages ne se trouvaient pas très loin de la scène. Les mages obtiennent en général de bonnes places. Ridculle crut entendre des chuchotements et voir des ombres bouger de l'autre côté du drap.

« Il a demandé comment on s'appelait.

— Magma, Buddy, Nore et le bibliothécaire. Je pensais qu'il le savait.

— Non, il nous faut un seul nom pour nous tous.

— Nous rationnent sur noms, alors ?

— Quelque chose comme les Joyeux Troubadours, peut-être.

— Oook !

— Nore et les Norettes ?

— Ah oui ? Pourquoi pas Magma et les Magmettes ?

— Oook ook Oook-ook ?

— Non. Il nous faut un style de nom différent. Comme la musique.

— Qu'est-ce que vous dites de "Or" ? Bon nom de nain, ça.

— Non. Quelque chose de différent.

— "Argent", alors.

— Ook !

— Je crois qu'il faut éviter les noms qui font trop métal, Nore.

— Qu'est-ce qu'on a besoin d'un nom ? On est un groupe de gars qui jouent de la musique.

— Le nom est important.

— La guitare sort de l'ordinaire. Le "Groupe de la Guitare à Buddy", qu'est-ce que vous en dites ?

— Oook.

— Quelque chose de plus court.

— Euh… »

L'univers retint son souffle.

« Le Groupe de Rocs ?

— Ça, ça me plaît. Court et un peu crade, tout comme moi.

— Oook.

— On devrait aussi trouver un nom pour la musique qu'on joue.

— Ça va forcément nous venir à un moment ou un autre. »

Ridculle fit du regard le tour du bistro.

De l'autre côté il reconnut Planteur Je-m'tranche-la-gorge, l'homme d'affaires aux fiascos les plus spectaculaires d'Ankh-Morpork. Il tentait de vendre à un client un hot-dog délictueux, signe qu'un récent projet commercial infaillible venait de capoter. Planteur ne vendait ses saucisses chaudes que lorsque tout le reste avait échoué*.

Il lui consentit un signe de main gratuit.

La table voisine était occupée par Sachetmou La Menthe, un des recruteurs de la Guilde des Musiciens, accompagné de deux collègues dont les apparentes connaissances en matière de musique se limitaient aux qualités de percussion du crâne humain. Sa mine résolue laissait entendre qu'il n'était pas venu pour son plaisir – l'air mauvais qu'arboraient les représentants de la Guilde donnait même plutôt à penser qu'il se trouvait là pour le plaisir de certaines autres personnes, surtout pour leur faire définitivement passer l'envie d'en reprendre.

Ridculle s'égaya. La soirée risquait de se révéler plus intéressante qu'il ne l'avait escompté.

Une autre table se dressait tout près de la scène. Il faillit ne pas la remarquer, puis son regard pivota de lui-même dans sa direction.

Une jeune femme s'y tenait assise, toute seule. Bien sûr, il n'était pas rare de voir de jeunes femmes au Tambour. Même non accompagnées. Elles y venaient en général pour dénicher des accompagnateurs.

* Ce n'était pas à cause du goût. Des tas de hot-dogs ont mauvais goût. Mais Planteur avait réussi à produire des saucisses qui n'avaient goût de rien. C'était curieux. On avait beau y ajouter de la moutarde, de la sauce tomate et des cornichons, elles n'avaient quand même goût de rien. Même celles qu'on vend à minuit aux poivrots d'Helsinki n'arrivent pas à ce résultat.

Curieusement, alors que le public se tassait sur les bancs, un vide l'entourait. Elle était plutôt séduisante pour qui aimait le genre maigrichon, songea Ridculle. Elle faisait gars loupé. Comment disait-on, déjà ? Un garçon raté, un truc comme ça. Elle portait une robe de dentelle noire à la façon des jeunes femmes fortunées qui veulent se donner l'air tuberculeux, et un corbeau était perché sur son épaule.

Elle tourna la tête, vit que Ridculle la regardait et disparut.

Plus ou moins.

Il était mage, après tout. Il sentit ses yeux s'embuer tandis que l'inconnue réapparaissait par intermittence.

Ah. Bah, il avait entendu dire que les Fées des Dents rôdaient en ville depuis quelques jours. Il devait s'agir d'une de ces filles de la nuit. Elles devaient avoir leur jour de congé comme tout le monde.

Un mouvement sur la table lui fit baisser les yeux. La Mort aux Rats passa dans un crépitement en portant un bol de cacahuètes.

Il se tourna vers les mages. Le doyen avait encore son chapeau pointu sur la tête. Et aussi la figure légèrement luisante.

« M'avez l'air d'avoir chaud, doyen, dit Ridculle.

— Oh, je me sens bien au frais, archichancelier, je vous assure », fit le doyen.

Une matière gluante lui suinta du nez.

L'assistant des runes modernes renifla d'un air soupçonneux. « Quelqu'un fait cuire du jambon ? demanda-t-il.

— Décoiffez-vous, doyen, conseilla Ridculle. Vous vous sentirez beaucoup mieux.

— Pour moi, l'odeur rappelle davantage la Maison de l'affection négociable de madame Paluche », dit le major de promo.

Ses collègues le regardèrent avec surprise. « Je suis passé une fois devant par hasard, expliqua-t-il aussitôt.

— Les Runes, vous voulez pas retirer son chapeau au doyen, s'il vous plaît ? demanda Ridculle.

— Je vous assure… »

Le chapeau fut enlevé.

Quelque chose de long, graisseux et quasiment de la même forme pointue bascula en avant.

« Doyen, dit Ridculle au bout d'un moment, qu'est-ce que vous avez fait à vos cheveux ? On dirait un fer de lance par-devant et un cul de canard, si vous me passez l'expression, par-derrière. Et c'est tout brillant.

— Du lard. C'est ça, l'odeur de jambon, fit l'assistant.

— C'est vrai, convint Ridculle, mais… et l'odeur de fleur ?

— *Marmonnemarmonnemarmonnelavandemarmonne*, fit le doyen de mauvaise grâce.

— Pardon, doyen ?

— Je disais que c'est parce que j'ai ajouté de l'essence de lavande, dit le doyen d'une voix forte. Et on est quelques-uns à trouver cette coiffure très chouette, merci beaucoup. L'ennui avec vous, archichancelier, c'est que vous ne comprenez pas les gens de notre âge !

— Quoi ? Vous voulez dire ceux qui ont sept mois de plus que moi ? » répliqua Ridculle.

Cette fois, le doyen hésita. « Qu'est-ce que je viens de dire ? fit-il.

— Vous auriez pas pris des pilules de grenouille séchée, mon vieux ?

— Bien sûr que non, c'est pour les instables du cerveau ! s'indigna le doyen.

— Ah. Voilà le problème, alors. »

Le rideau se leva, ou plutôt fut écarté d'une secousse.

Le Groupe de Rocs cligna des yeux à la lumière des torches.

Personne n'applaudit. D'un autre côté, personne ne jeta de

projectiles non plus. Pour le Tambour, ça équivalait à un accueil chaleureux.

Ridculle vit un grand jeune homme aux cheveux frisés serrant ce qui ressemblait à une guitare sous-alimentée voire à un banjo dont on se serait servi dans une bagarre. Près de lui, un nain brandissait un cor de guerre. Au fond, un marteau dans chaque patte, un troll se tenait assis derrière un tas de gros cailloux. Enfin, sur un côté, le bibliothécaire attendait debout devant... – Ridculle se pencha... – ce qui paraissait un squelette de piano posé en équilibre sur des fûts de bière.

Le jeune homme avait l'air paralysé par l'attention qu'on lui portait.

Il se lança : « Salut... euh... Ankh-Morpork... »

Puis, toute cette conversation l'ayant visiblement épuisé, il se mit à jouer.

C'était une rythmique simple qu'on aurait facilement ignorée si on l'avait croisée dans la rue. Il enchaîna par une suite d'accords percutants avant que Ridculle s'aperçoive qu'il n'avait pas pu enchaîner les accords en question vu qu'il n'avait pas interrompu sa rythmique. C'était impossible. On ne pouvait jouer d'aucune guitare comme ça.

Le nain tira une série de notes de son cor. Le troll se mit au tempo. Le bibliothécaire abattit les deux mains sur le clavier du piano, manifestement au hasard.

Ridculle n'avait jamais entendu pareil vacarme.

Et puis... Et le... Ce ne fut plus du vacarme.

C'était comme cette ineptie sur la lumière blanche dont les freluquets du bâtiment de la magie des hautes énergies leur rebattaient les oreilles. Ils prétendaient que toutes les couleurs ensemble donnaient du blanc, ce qui était pour Ridculle une putain d'aberration, car tout le monde savait qu'en mélangeant toutes les couleurs qu'on pouvait trouver on obtenait une espèce de margouillis brun-vert sans rapport avec du blanc. Mais à présent il avait une vague idée de ce qu'ils voulaient dire.

Tout ce bruit, ce margouillis de musique, s'unifia soudain et fit apparaître une nouvelle musique.

La banane du doyen frémissait.

Tout le public s'agitait.

Ridculle s'aperçut que son pied battait la mesure. Il l'immobilisa en écrasant l'autre dessus.

Puis il regarda le troll qui assurait le rythme et martelait les cailloux à en faire trembler les murs. Les doigts du bibliothécaire volaient au-dessus du clavier du piano. Ensuite ses pieds se mirent de la partie. Et pendant tout ce temps la guitare hurlante, mugissante, exposait le thème.

Les mages tressautaient sur leurs sièges et, les bras en l'air, gigotaient des doigts.

Ridculle se pencha vers l'économe et lui brailla dans l'oreille.

« Quoi ? cria l'économe.

— Je disais : ils sont tous devenus fous sauf vous et moi !

— Quoi ?

— C'est la musique !

— Oui ! C'est super ! fit l'économe en agitant ses mains décharnées en l'air.

— Et j'suis pas très sûr en ce qui vous concerne ! »

Ridculle se rassit et sortit le thaumomètre. L'appareil vibrait follement, ce qui n'arrangeait rien. Il n'avait pas l'air de savoir s'il s'agissait de magie ou non.

L'archichancelier décocha un brusque coup de coude à l'économe.

« C'est pas d'la magie ! C'est autre chose !

— Vous avez parfaitement raison ! »

Ridculle eut le sentiment soudain qu'il ne parlait pas la bonne langue.

« C'est trop, j'veux dire !

— Oui ! »

Ridculle soupira.

« C'est pas l'heure de votre pilule de grenouille séchée ? »

De la fumée s'échappait du piano martyrisé. Les mains du bibliothécaire papillonnaient sur les touches tel Casanabo dans un couvent.

Ridculle jeta un regard à la ronde. Il se sentait tout seul.

D'autres que lui n'étaient pas tombés sous la coupe de la musique. Sachetmou s'était levé. Ainsi que ses deux collègues.

Ils avaient sorti des gourdins noueux. Ridculle connaissait les lois de la Guilde. Bien entendu, il fallait les faire respecter. On ne pouvait pas diriger une ville sans elles. Cette musique n'était assurément pas autorisée – s'il existait une musique non autorisée, c'était bien celle-là. Toutefois… il se retroussa les manches et se prépara une boule de feu en vitesse, au cas où.

Un des hommes lâcha son gourdin et s'empoigna le pied. L'autre pivota sur place comme si quelque chose lui avait claqué sur l'oreille. Le chapeau de Sachetmou se cabossa comme si on venait de lui cogner sur la tête.

Ridculle, un œil noyé de larmes, crut distinguer la jeune Fée des Dents qui abattait le manche d'une faux sur le crâne de Sachetmou.

L'archichancelier, homme plutôt intelligent par ailleurs, peinait souvent pour forcer le fil de ses pensées à passer par le chas d'une aiguille. Cette histoire de faux le gênait… enfin quoi, l'herbe n'avait pas de dents… Puis la boule de feu lui brûla les doigts, il se mit à les sucer frénétiquement et s'aperçut alors qu'il y avait quelque chose dans le son. Quelque chose en plus.

« Oh, non, fit-il tandis que la boule de feu tombait doucement par terre et flanquait le feu à la chaussure de l'économe, c'est vivant. »

Il empoigna la chope de bière, se hâta d'en finir le contenu et la reposa brutalement à l'envers sur la table.

La lune brillait au-dessus du désert klatchien, dans le secteur de la ligne pointillée. Les deux côtés de la frontière recevaient exactement la même quantité de lumière, même si des esprits comme celui de monsieur Clete déploraient pareil état de fait.

Le sergent déambulait sur le sable tassé du terrain de manœuvres. Il s'arrêta, s'assit et s'offrit un cigarillo. Puis il sortit une allumette, se baissa et la gratta sur quelque chose qui dépassait du sable et qui dit : « BONSOIR.

— J'imagine que t'en as assez, hein, soldat ? fit le sergent.

— ASSEZ DE QUOI, SERGENT ?

— Deux jours en plein soleil, sans rien à manger, sans eau… J'imagine que la soif te fait délirer et tu supplies qu'on te sorte, hein ?

— OUI. JE M'ENNUIE VRAIMENT BEAUCOUP.

— Tu t'ennuies ?

— J'EN AI PEUR.

— Tu t'ennuies ? T'es pas là pour t'ennuyer ! C'est le trou ! Censément une horrible torture physique et mentale ! Au bout d'un jour, tu deviens normalement… (le sergent jeta furtivement un coup d'œil à son poignet) fou furieux ! Je t'ai observé toute la journée ! T'as même pas gémi. J'peux pas rester dans mon… machin, là, où on est assis devant des papiers et des trucs…

— BUREAU.

— … à travailler pendant que toi, t'es là, dehors ! Je peux pas le supporter ! »

Beau Narien leva le regard. Il sentit que le moment était venu de faire un geste aimable.

« AU SECOURS, AU SECOURS. AU SECOURS, AU SECOURS », lança-t-il.

Le sergent s'affaissa de soulagement.

« ÇA AIDE À OUBLIER, N'EST-CE PAS ?

— Oublier ? On oublie tout quand on écope de… euh…

— DU TROU.

— Oui ! C'est ça !

— AH. ÇA NE VOUS ENNUIE PAS SI JE VOUS POSE UNE QUESTION ?

— Quoi ?

— EST-CE QUE VOUS VERRIEZ UNE OBJECTION À CE QUE JE RESTE PEUT-ÊTRE UN JOUR DE PLUS ? »

Le sergent ouvrit la bouche pour répondre, et les D'regs se lancèrent à l'attaque par-dessus la dune la plus proche.

« De la musique ? fit le Patricien. Ah. Racontez-moi ça. »

Il se carra dans son fauteuil, posture qui suggérait une écoute attentive. Question écoute, il était de première force. Il provoquait une espèce de succion mentale. On l'abreuvait de paroles rien que pour échapper au silence.

Par ailleurs, le seigneur Vétérini, dirigeant suprême d'Ankh-Morpork, appréciait assez la musique.

On se demandait quel genre de musique plaisait à un tel homme. La musique de chambre extrêmement guindée, peut-être, ou les opéras farcis d'éclairs et de coups de tonnerre.

A la vérité, la musique qu'il aimait vraiment, c'était celle qu'on ne jouait jamais. De son point de vue, ça gâchait la musique de la martyriser au moyen de peaux séchées, d'intestins de chats crevés et de morceaux de métal transformés à coups de marteau en tiges et tuyaux. Elle devait rester écrite sur le papier sous forme de petits points noirs en rangs impeccablement consignés entre des lignes. Là seulement elle demeurait pure. C'était quand on se mettait à la manipuler que les choses se gâtaient. Il valait beaucoup mieux lire les partitions tranquillement assis dans sa chambre, sans autre intermédiaire entre l'esprit du compositeur et soi qu'un gribouillis d'encre. L'imaginer jouée par de gros types baignant dans leur sueur ou avec du poil dans les oreilles tandis que des gouttes de salive dégoulinent du pavillon de leur hautbois… Cette seule idée le faisait frémir. Mais pas trop, parce qu'il ne poussait jamais les choses à l'extrême.

Bref…

« Et ensuite, que s'est-il passé ? fit-il.

— Et ensuite il s'est mis à chanter, Votonneur, répondit Comblant Michel, officiellement mendiant agréé et officieusement indicateur. Une chanson à propos de "grosses boules enflammées". »

Le Patricien haussa un sourcil.

« Pardon ?

— Un machin comme ça. J'ai pas bien compris les paroles vu que l'piano a explosé.

— Ah ? J'imagine que l'incident a dû mettre un terme à la représentation.

— Nan, le singe a continué d'jouer sur ce qui restait, dit Comblant Michel. Et les spectateurs se sont levés, ils ont applaudi, ils se sont mis à danser et à taper des pieds comme s'il y avait une invasion de cafards.

— Et tu dis que les représentants de la Guilde des Musiciens ont été blessés ?

— Vachement bizarre. Après, ils étaient blancs comme des linges, du moins… (Comblant Michel songea à l'état de ses propres dessous) blancs comme certains linges… »

Le Patricien jeta un coup d'œil au compte rendu pendant que le mendiant parlait. Une soirée assurément étrange. Une bagarre au Tambour… bah, c'était normal, même si ça ne ressemblait pas exactement à une bagarre habituelle et s'il n'avait jamais entendu parler de mages danseurs. Il avait l'impression de reconnaître les signes… Une seule chose pouvait aggraver la situation.

« Dis-moi, fit-il. Comment a réagi Planteur ?

— Quoi, Votonneur ?

— Une question simple, j'aurais cru. »

Comblant Michel sentit les mots « Comment vous savez que Planteur y était ? Je l'ai pas dit » se mettre en ordre à l'intention de son larynx, mais après mûre, voire blette réflexion, il se retint de les prononcer.

« Il est resté les yeux écarquillés, Votonneur. La bouche grande ouverte. Et après il s'est précipité carrément dehors.

— Je vois. Oh, fichtre. Merci, Comblant Michel. Tu peux disposer. »

Le mendiant hésita.

« Ron l'Infect m'a dit que Votonneur paye des fois les renseignements qu'on vous apporte, fit-il.

— Ah oui ? Vraiment ? Il a dit ça, hein ? Tiens, comme c'est bizarre. » Vétérini griffonna un mot en marge d'un compte rendu. « Merci.

— Euh…

— Je ne voudrais pas te retenir.

— Euh… Non. Que les dieux bénissent Votonneur », bredouilla Comblant Michel qui prit ses jambes à son cou.

Lorsqu'il n'entendit plus le bruit de galopade de Comblant Michel, le Patricien gagna nonchalamment la fenêtre et soupira, les mains jointes dans le dos.

Il devait exister des cités, songea-t-il, où les dirigeants n'avaient à se soucier que des petits détails : les invasions barbares, la balance des paiements, les assassinats, les éruptions du volcan local. Où personne ne s'empressait d'ouvrir la porte de la réalité en disant ce qui revenait à : « Salut, entrez donc, ravi de vous voir, quelle jolie hache vous avez là, au fait, est-ce que je pourrais par la même occasion vous taper un peu d'argent ? »

Le seigneur Vétérini se demandait parfois ce qui était vraiment arrivé à monsieur Hong. Tout le monde le savait, bien entendu. *Grosso modo*. Mais pas précisément.

Quelle ville ! Au printemps, le fleuve prenait feu. Une fois par mois en moyenne, la Guilde des Alchimistes explosait.

Il revint à son bureau et nota encore quelques mots. Il en avait peur, il allait devoir faire tuer quelqu'un.

Puis il saisit le troisième mouvement du *Prélude en sol majeur* de Foudel et se mit à l'aise pour le lire.

Suzanne retourna à la ruelle où elle avait laissé Bigadin. Une demi-douzaine d'hommes gémissants gisaient ici et là sur les pavés en s'étreignant certaines parties de leur anatomie. Suzanne les ignora. Tous ceux qui tentaient de voler le cheval de la Mort ne tardaient pas à comprendre l'expression « un monde de douleurs ». Bigadin visait juste. C'était un monde très circonscrit, très intime.

« C'est la musique qui le jouait, lui, et non l'inverse, dit-elle. Ça se voyait. Je ne suis même pas sûre que ses doigts touchaient les cordes.

— COUIII. »

Suzanne se frotta la main. Sachetmou avait en définitive la tête plutôt dure.

« Est-ce que je peux tuer la musique sans le tuer, lui ?

— COUIII.

— Aucun espoir, traduisit le corbeau. C'est ce qui le maintient en vie.

— Mais pap… Mais il a dit qu'elle finirait de toute façon par le tuer !

— Ça, le vaste univers est franchement merveilleux.

— Couiii.

— Mais… écoutez, si c'est… un parasite, quelque chose dans ce goût-là, reprit Suzanne tandis que Bigadin s'élevait dans le ciel au petit trot, pourquoi il tuerait son hôte ?

— Couiii.

— Il dit que là, il donne sa langue au chat, fit le corbeau. Dépose-moi au-dessus de Quirm, ça te dérange pas ?

— Elle le veut pour quoi ? demanda Suzanne. Elle se sert de lui, mais dans quel but ? »

« Vingt-sept piastres ! s'indigna Ridculle. Vingt-sept piastres pour vous sortir de là ! Et le sergent qu'arrêtait pas de se fendre la poire ! Des mages qui se font arrêter ! »

Il remonta la rangée de silhouettes déconfites.

« Enfin quoi, ça arrive souvent qu'on fasse venir le Guet au Tambour ? Qu'est-ce que vous vous imaginiez faire, dites ?

— Marmonnemarmonnemarmonne, fit le doyen, les yeux rivés par terre.

— Pardon ?

— Marmonnemarmonnondansaitmarmonne.

— On dansait, répéta calmement Ridculle en parcourant la rangée dans l'autre sens. Vous appelez ça d'la danse, vous ? Se cogner dans tout l'monde ? Balancer le partenaire par-dessus l'épaule ? Gigoter dans tous les sens ? Même les trolls se conduisent mieux – j'ai rien contre les trolls remarquez des gens merveilleux des gens merveilleux – et vous, vous êtes en principe des mages. Les gens sont censés lever les yeux sur vous, et pas pour vous voir faire des sauts périlleux au-dessus de leurs têtes, les Runes, croyez pas que votre petit numéro m'a échappé, ça m'a franchement dégoûté. Le pauvre économe a dû aller s'allonger. La danse, c'est... des rondes, figurez-vous, des arbres de mai, tout ça, des gigues décentes, peut-être une petite danse de salon... mais on projette pas des gens dans tous les coins comme un nain avec une hache de guerre – le sel de la terre les nains remarquez je l'ai toujours dit. Je m'suis bien fait comprendre ?

— Marmonnemarmonnemarmonnetoutlemondefaisaitpareil-marmonne, grommela le doyen qui regardait toujours par terre.

— J'ai jamais pensé que je dirais ça un jour à des mages de plus de dix-huit ans, mais vous êtes tous collés jusqu'à nouvel ordre ! » brailla Ridculle.

Rester consigné au campus n'était pas une punition bien méchante. Les mages n'accordaient d'ordinaire aucune confiance à un air qui n'avait pas séjourné un certain temps en intérieur et ils vivaient le plus souvent dans une espèce d'ornière entre leurs chambres et la table du réfectoire. Mais ils se sentaient bizarres.

« Marmonnemarmonnevoispaspourquoimarmonne », marmonna le doyen.

Il raconta, beaucoup plus tard, le jour où mourut la musique, que c'était sûrement parce qu'il n'avait jamais été vraiment jeune, ou du moins jeune tout en étant assez mûr pour savoir qu'il était jeune. Comme la plupart des mages, il avait commencé son apprentissage à un âge si tendre que le chapeau pointu réglementaire lui tombait sur les oreilles. Après quoi, il était devenu... ben... mage, rien d'autre.

Il avait l'impression, une fois de plus, d'être passé à côté de quelque chose quelque part. Il ne s'en était jamais vraiment rendu compte jusqu'à ces deux derniers jours. Il ignorait de quoi il s'agissait. Il voulait seulement faire des choses. Lesquelles, il n'en savait rien. Mais il ne voulait plus attendre. Il voulait... Il se sentait dans le même état d'esprit que celui qui a passé toute sa vie dans la toundra et qui se réveille un matin avec l'envie pressante d'aller faire du ski nautique. Pas question de rester enfermé quand il y avait de la musique dans l'air…

« Marmonnemarmonnemarmonnevaispasresterenfermémarmonne. »

Une marée de sensations nouvelles le submergeait. Il voulait désobéir ! Désobéir à tout ! Y compris à la loi de la pesanteur. Pas question de plier ses vêtements avant d'aller au lit ! Ridculle allait lui dire : « Oh, on se rebelle, c'est ça ? Et on se rebelle contre quoi ? » Et lui, il répondrait… il répondrait un truc qui marque vachement les esprits, voilà ! Il était…

Mais l'archichancelier était reparti d'un pas digne.

« Marmonnemarmonnemarmonne », poursuivit dans la foulée le doyen d'un air de défi, rebelle sans pause animé d'une fureur de vivre.

On frappa des coups à la porte, à peine audibles à cause du vacarme. Magma l'entrebâilla prudemment.

« C'est moi, Hibiscus. Voilà vos bières. Buvez-les et tirez-vous !

— Comment on peut se tirer ? fit Nore. Chaque fois qu'ils nous voient, ils nous forcent à rejouer ! »

Hibiscus haussa les épaules. « Je m'en fous, dit-il. Mais vous me devez une piastre pour la bière et vingt-cinq pour le mobilier… »

Magma referma la porte.

« J'aurais pu négocier avec lui, fit Nore.

— Non, on ne peut pas se le permettre », dit Buddy.

Ils se regardèrent.

« Enfin, le public a adoré, reprit Buddy. Je crois qu'on a fait un tabac. Euh… »

Dans le silence, Magma trancha d'un coup de dents le goulot d'une bouteille dont il se versa le contenu sur la tête*.

« Ce qu'on veut tous savoir, dit Nore, c'est à quoi tu croyais jouer sur scène ?

— Oook.

— Et comment ça fait, enchaîna Magma en croquant le reste de la bouteille, on connaissait tous les morceaux ?

— Oook.

— Et aussi, reprit Nore, ce que tu chantais.

— Euh…

— “Marche pas sur mes chaussures bleues neuves” ? fit Magma.

— Oook.

— “C'est fini Miss Polly” ? fit Nore.

— Euh…

— “Sto Helit Lacet” ? dit Magma.

— Oook ?

— La ville de Sto Helit a une spécialité de très jolis lacets », expliqua Nore.

Le nain lança à Buddy un regard en coin.

« Un moment t'as dit “hello baby”, fit-il. Un baby, c'est bien un bébé, non ? Alors pourquoi t'as sorti ça ?

— Euh…

— J'veux dire, si encore on laissait entrer les jeunes enfants au Tambour…

— Je ne sais pas. Ça m'est venu comme ça, répondit Buddy. Ça faisait partie de la musique, comme qui dirait…

* La bière troll se compose de sulfure d'ammonium dissous dans de l'alcool et elle a goût de piles fermentées.

— Et tu… te tortillais bizarrement. Comme si t'avais des problèmes de pantalon, fit Nore. Je suis pas expert en humains, évidemment, mais j'ai vu des spectatrices te reluquer comme un nain reluque une fille quand il sait son père propriétaire d'une grosse mine et de plusieurs bons filons.

— Ouais, renchérit Magma, et comme quand troll se dit : Hé, regarde un peu cette troll-là, elle est terrible…

— T'es sûr que t'as pas un petit côté elfique, dis ? fit Nore. Une ou deux fois, je t'ai trouvé un comportement un peu… elfique, presque laid.

— Je ne sais pas ce qui se passe ! » se défendit Buddy.

La guitare gémit.

Ils la regardèrent.

« Voilà on va faire, proposa Magma, on la prend et balance dans le fleuve. Ceux d'accord, ils disent “ouais”. Ou “oook”, selon cas. »

Suivit un autre silence. Personne ne se précipita pour prendre l'instrument.

« Mais le fait est, dit Nore, le fait est… qu'ils nous ont adorés tout à l'heure. »

Ils réfléchirent.

« Je n'ai pas eu l'impression que c'était… mal de jouer ça, fit Buddy.

— J'dois reconnaître… c'est première fois de ma vie j'ai un public pareil, dit Magma.

— Oook.

— Si on était si bons, reprit Nore, pourquoi on est pas riches ?

— Parce que c'est toi tu négocies, répondit Magma. Si on doit payer pour mobilier, vais pas tarder à manger mon dîner à la paille, moi.

— T'es en train d'insinuer que j'suis mauvais ? s'indigna Nore en se levant avec colère.

— Tu sais souffler dans cor, mais t'es pas roi d'la finance.

— Hah, j'voudrais bien voir… »

On frappa à la porte.

Magma soupira. « Sûrement encore Hibiscus, dit-il. Passe-moi miroir. Vais essayer m'en faire sauter une l'autre côté. »

Buddy ouvrit la porte. Hibiscus était bien là, mais derrière un homme plus petit affublé d'un grand manteau et d'un large sourire.

« Ah, fit le large sourire. Tu dois être Buddy, hein ?

— Euh, oui. »

Puis l'homme se retrouva dans le local sans avoir donné l'impression de bouger et claqua la porte au nez du propriétaire.

« Mon nom, c'est Planteur, poursuivit le large sourire. Planteur J-M-T-L-G. Vous avez sûrement entendu parler de moi ?

— Oook !

— Toi, j'te parle pas ! C'est à vous autres que j'cause.

— Non, répondit Buddy, je ne crois pas. »

Le sourire parut s'élargir davantage.

« J'ai entendu dire que vous avez des ennuis, fit Planteur. De la casse et tout.

— On va même pas nous payer, dit Magma en jetant un regard noir à Nore.

— Eh ben, figurez-vous, que je pourrais peut-être vous aider. J'suis un homme d'affaires. J'fais des affaires. A ce que j'vois, vous êtes musiciens, les gars. Vous jouez d'la musique. Vous voulez pas vous casser la tête avec des questions d'argent, pas vrai ? Ça facilite pas la création, j'ai pas raison ? Qu'est-ce que vous diriez de m'laisser m'en charger ?

— Huh, lâcha Nore qui ressentait encore l'insulte faite à son sens de la finance. Et qu'est-ce que vous pouvez faire, vous ?

— Ben, fit Planteur, j'peux vous faire payer pour ce soir, déjà.

— Et pour la casse ? demanda Buddy.

— Oh, y en a ici tous les soirs, répondit Planteur avec chaleur. Hibiscus vous a fait marcher, voilà. J'vais régler ça avec lui. Entre nous, faites gaffe aux types dans son genre. »

Il se pencha. Si son sourire avait été plus grand, la moitié supérieure de sa tête aurait dégringolé par terre.

« Cette ville, les gars, dit-il, c'est la jungle.

— S'il peut nous faire payer, je lui fais confiance, dit Nore.

— Comme ça ? s'étonna Magma.

— Je fais confiance à tous ceux qui me donnent de l'argent. »

Buddy lança un regard à la table. Il ne savait pas pourquoi, mais il avait le sentiment que, si quelque chose tournait mal, la guitare réagirait, par une dissonance peut-être. Mais elle se contentait de ronronner toute seule.

« Oh, d'accord. Si ça veut dire je garde mes dents, je marche, fit Magma.

— D'accord, fit à son tour Buddy.

— Génial ! Génial ! On va faire de la belle musique ensemble ! Du moins… vous allez la faire, les gars, hein ? »

Planteur sortit une feuille de papier et un crayon. Dans son regard, le lion rugit.

Quelque part en altitude dans les montagnes du Bélier, Suzanne, sur Bigadin, survolait un amoncellement de nuages.

« Comment a-t-il pu raconter des choses pareilles ? fit-elle. Il s'amuse avec la vie des gens et ensuite il parle de devoir ? »

Toutes les lumières étaient allumées à la Guilde des Musiciens.

Une bouteille de gin battait la charge sur le bord d'un verre. Puis elle claqua sèchement sur le bureau lorsque Sachetmou la reposa.

« Personne ne sait donc qui sont ces gars-là ? s'étonna monsieur Clete alors que Sachetmou réussissait à saisir le verre au second essai. Quelqu'un doit bien savoir, tout de même !

— Le p'tit jeune, j'peux pas dire, fit Sachetmou. Personne l'avait encore jamais vu. Et... Et... ben, vous connaissez les trolls... ça pouvait être n'importe qui.

— L'un d'eux, c'était le bibliothécaire de l'Université, pas de doute, déclara Herbert “Monsieur Clavecin” Lapompe, lui-même bibliothécaire de la Guilde.

— Lui, on peut le laisser de côté pour l'instant », fit Clete.

Les autres approuvèrent de la tête. Aucun ne voulait se risquer à tabasser le bibliothécaire s'ils pouvaient mettre la main sur plus petit.

« Et le nain ?

— Ah.

— Certains ont cru reconnaître Nore Noresson. L'habite quelque part dans la rue Phèdre... »

Clete grogna.

« Emmenez-y des gars à nous tout de suite. Je veux qu'on explique sans délai à ces types la position des musiciens de cette ville. Hou. Hou. Hou. »

Les musiciens marchaient vite dans la nuit en laissant derrière eux le tohu-bohu du Tambour Rafistolé.

« L'a été chouette, fit Nore. J'veux dire, non seulement on a eu notre cachet, mais il était tellement intéressé qu'il nous a rallongé vingt piastres de sa poche.

— Je crois il a dit, rectifia Magma, il nous donnait vingt piastres avec intérêt.

— Pareil, non ? Et il a dit qu'il nous trouverait d'autres plans. Vous avez lu le contrat ?

— Et toi ?

— C'était écrit tout petit », dit Nore. Sa figure s'illumina. « Mais il y en avait long, ajouta-t-il. C'est forcément un bon contrat quand il y a autant de lignes.

— Le bibliothécaire s'est sauvé, fit Buddy. Il a fait des tas de "oook" et il s'est sauvé.

— Hah ! Eh ben, il le regrettera plus tard, dit Nore. Plus tard, il dira aux gens qui viendront lui causer : Je les ai quittés, vous savez, avant qu'ils deviennent célèbres.

— Il dira "ook".

— En tout cas, va falloir faire réparer le piano.

— Ouais, dit Magma. Justement, j'ai un jour vu un gars fabriquer trucs avec allumettes. Lui pourrait le réparer. »

Deux piastres se muèrent en deux agneaux korma et un pechblende vindaloo aux Jardins du Curry, arrosés d'une bouteille de vin tellement chimique que même les trolls pouvaient le boire.

« Et après ça, dit Nore, alors qu'ils s'asseyaient pour attendre leurs plats, on va se trouver un autre coin où loger.

— Pas bien où on est ? demanda Magma.

— Trop de courants d'air. Y a un trou en forme de piano dans le mur.

— Oui, mais c'est toi l'as percé.

— Et alors ?

— Propriétaire va pas trouver à redire ?

— Bien sûr que si. Ça sert à ça, les proprios. De toute façon, pour nous ça va de mieux en mieux, les gars. Je le sens dans mes eaux.

— Je croyais que tu étais déjà content qu'on te paye, dit Buddy.

— C'est vrai. C'est vrai. Mais je suis encore plus content quand on me paye beaucoup. »

La guitare fredonna. Buddy la prit et pinça une corde.

Nore laissa tomber son couteau.

« On aurait dit un son de piano ! fit-il.

— Je crois qu'elle peut reproduire n'importe quel son, dit Buddy. Et maintenant elle connaît les pianos.

— D'la magie, ça, fit Magma.

— Evidemment que c'en est, reprit Nore. J'arrête pas de vous l'dire. Un vieux machin bizarre déniché dans une vieille boutique pleine de poussière par une nuit d'orage...

— Y avait pas d'orage, fit observer Magma.

— ... c'est forcément... – oui, d'accord, mais il pleuvait quand même des gouttes... – c'est forcément un peu spécial. Je parie que si on voulait y retourner, la boutique serait plus là. Et la preuve serait faite. Tout le monde le sait, les articles achetés dans des magasins qui ont disparu le lendemain sont vachement mystérieux, et ce sont des instruments du Destin. Si ça s'trouve, le Destin, autrement dit la fortune, nous sourit.

— Nous fait quelque chose, convint Magma. J'espère c'est un sourire.

— Et monsieur Planteur a dit qu'il nous trouverait un lieu très spécial où on pourra jouer demain.

— Tant mieux, fit Buddy. Il faut vraiment qu'on joue.

— C'est vrai, dit Magma. Demande qu'à jouer, nous. Notre boulot.

— Il faut que les gens entendent notre musique.

— Parfaitement. » Magma avait l'air perplexe. « C'est vrai. Evidemment. C'est ça on veut. Et aussi on nous paye.

— Monsieur Planteur va nous aider, dit un Nore trop préoccupé pour remarquer le ton sec de Buddy. Ça doit bien marcher pour lui. Il a un bureau place Sator. Y a que les hommes d'affaires haut de gamme qui peuvent se permettre ça. »

Un nouveau jour se leva.

Il n'avait pas fini sa manœuvre que Ridculle foulait à pas pressés l'herbe humide de rosée des jardins de l'Université et tambourinait à la porte du bâtiment de la magie des hautes énergies.

Il ne s'approchait d'ordinaire jamais de ce secteur. Non parce qu'il ne comprenait pas ce que les jeunes mages du bâtiment y fabriquaient réellement, mais parce qu'il les soupçonnait fortement de ne pas le comprendre non plus. Ils avaient l'air franchement ravis de nourrir de moins en moins de certitudes sur tout et s'amenaient au dîner en lançant des phrases du genre : « Hou-là, on vient de démolir la théorie de l'impondérabilité thaumique de Moellefeuille ! Incroyable ! » comme s'ils se félicitaient d'afficher pareille incorrection.

Et ils parlaient à tout bout de champ de fissionner le thaum, la plus petite unité de magie. L'archichancelier ne voyait pas à quoi ça avançait. On aurait des morceaux partout, et après ? Quel intérêt ? L'univers allait déjà assez mal sans qu'on vienne le mettre en miettes.

La porte s'ouvrit.

« Oh, c'est vous, archichancelier. »

Ridculle poussa davantage le battant.

« B'jour, Stibon. Ça fait plaisir de vous voir d'attaque de bonne heure. »

Cogite Stibon, le plus jeune membre de la faculté, cligna des yeux vers le ciel.

« C'est déjà le matin ? » fit-il.

Ridculle l'écarta et entra dans la MHE. Le mage traditionnel qu'il était ne s'y sentait pas dans son élément. On n'y voyait ni crânes ni bougies dégoulinantes ; la salle ressemblait à un laboratoire d'alchimiste qui, après l'explosion de rigueur, aurait atterri dans un atelier de forgeron.

L'archichancelier n'approuvait pas non plus la robe de Stibon. Elle était de la longueur réglementaire mais d'un gris-vert délavé, affublée de poches, de boutons de caban et d'une capuche bordée de fourrure de lapin. Aucune paillette ni symbole cabalistique ne la décorait nulle part. Rien qu'une grosse tache là où fuyait le crayon du jeune mage.

« Vous êtes pas sorti ces derniers temps ? demanda Ridculle.

— Non, monsieur. Euh… J'aurais dû? J'étais en plein travail sur mon appareil grossisseur. Vous savez, je vous ai montré*…

— Exact, exact, fit Ridculle en regardant autour de lui. A part vous, qui travaille ici ?

— Ben… à part moi, il y a Tez le Terrible, Skazz et Grand-Couillon de Fêlé, je crois… »

Ridculle battit des paupières.

« C'est quoi, ceux-là ? » fit-il. Et alors, du fond de sa mémoire, une réponse horrible lui vint. Seule une espèce très particulière portait des noms pareils.

« Des étudiants ?

— Euh… Oui ? répondit Stibon en reculant. C'est normal, non ? Je veux dire, dans une université… »

* Sans résultats probants, notez. Stibon, après des semaines passées à meuler des lentilles et à souffler du verre, avait finalement réalisé un appareil qui montrait le nombre incroyable de toutes petites bestioles que contenait une seule goutte d'eau du fleuve Ankh.

L'archichancelier y avait jeté un coup d'œil avant de faire observer que tout ce qui contenait autant de vie ne pouvait qu'être sain.

Ridculle se gratta l'oreille. L'homme avait raison, bien entendu. Il en traînait forcément dans le coin, de ces petits cons, pas moyen d'y couper. Personnellement, il les évitait le plus possible, à l'instar des autres membres de la faculté qui se sauvaient parfois à toutes jambes dans une autre direction ou se cachaient derrière des portes dès qu'ils les apercevaient. On avait ainsi vu l'assistant des runes modernes s'enfermer dans son armoire afin de ne pas avoir à diriger des travaux pratiques.

« Vous feriez mieux d'aller les chercher, dit-il. C'est que j'crois bien avoir perdu ma faculté.

— De quoi faire ? demanda poliment Cogite.

— Quoi ?

— Pardon ? »

Ils échangèrent le regard d'incompréhension de deux automobilistes qui s'engageraient chacun à un bout d'une rue étroite et attendraient que l'autre fasse marche arrière le premier.

« *La* faculté, céda Ridculle. Le doyen, tout ça. Complètement perdu la boule. Sont restés debout toute la nuit à jouer d'la guitare et j'sais pas quoi. Le doyen s'est même taillé un costume en cuir.

— Ma foi, le cuir est une matière très pratique et fonctionnelle…

— Pas d'la façon dont il s'en sert », répliqua mystérieusement Ridculle…

[… le doyen recula. Il avait emprunté un mannequin de couturière à madame Panaris, l'intendante.

Il avait apporté quelques modifications au patron qui lui avait bourdonné dans la tête. D'abord, un mage répugne foncièrement à porter des vêtements qui ne descendent pas au moins à la cheville, aussi n'avait-il pas lésiné sur le cuir. Ce qui laissait beaucoup de place pour les clous.

Il avait commencé par : *Doyen*.

C'était trop peu pour remplir l'espace. Au bout d'un moment, il avait ajouté : Né pour, suivi d'un blanc parce qu'il ne savait pas trop pour quoi il était né.

Né pour gueuletonner ne conviendrait pas.

Après quelques autres pensées décousues, il avait opté pour : Vivre viet mourir je nue. Le résultat n'était pas probant, il le voyait bien ; il avait plusieurs fois retourné le vêtement pendant qu'il perçait les trous destinés aux clous et avait comme qui dirait oublié dans quelle direction il allait.

Bien entendu, la direction qu'on prenait importait peu, l'essentiel était d'y aller. C'était ça, la musique de rocs...]

« ... Les runes modernes joue du tambour dans sa chambre, les autres ont tous des guitares, et ce que l'économe a fait au bas de sa robe est vraiment curieux, poursuivit Ridculle. Quant au bibliothécaire, il fauche des trucs à droite à gauche, et personne écoute ce que j'dis. »

Il regarda fixement les étudiants. Il trouvait le spectacle inquiétant, et pas seulement à cause de l'allure naturelle des jeunes gens. Pendant que cette putain de musique poussait tout le monde à taper du pied, ces gars-là étaient restés enfermés toute la nuit... à travailler.

« Vous faites quoi, ici ? demanda-t-il. Vous, là... vous vous appelez comment ? »

L'étudiant en magie qu'épinglait le doigt pointé de Ridculle se trémoussa avec angoisse. « Euh... Hum. Grand-Couillon de Fêlé, répondit-il en triturant le bord de son chapeau dans ses mains.

— Grand. Couillon. De Fêlé, répéta Ridculle. C'est votre nom, hein ? C'est celui qu'est cousu sur votre gilet ?

— Hum. Non, archichancelier.

— C'est…

— Adrien Tournabside, archichancelier.

— Alors pourquoi on vous appelle Grand-Couillon de Fêlé, monsieur Tournabside ?

— Hum… hum…

— Il a un jour bu toute une pinte de panaché », répondit Stibon qui eut la décence de paraître embarrassé.

Ridculle lui lança un regard prudemment inexpressif. Ah, bah. Faudrait bien qu'ils fassent l'affaire.

« D'accord, vous autres, dit-il, ça vous dit quoi, ça ? »

Il sortit de sa robe une chope de bière du Tambour Rafistolé qu'on avait obturée par un dessous de verre attaché avec un bout de ficelle.

« Qu'est-ce que vous avez là-dedans, archichancelier ? demanda Cogite Stibon.

— De la musique, mon gars.

— De la musique ? Mais on ne peut pas la retenir comme ça.

— J'aimerais être un p'tit futé comme vous et tout savoir, dit Ridculle. Ce gros bocal là-bas… Vous, là, Grand-Couillon d'Adrien, vous allez l'ouvrir et vous apprêter à le refermer quand je l'dirai. Tenez le couvercle prêt, Couillon d'Adrien… on y va ! »

Un bref accord rageur s'échappa lorsque Ridculle ôta le rond de carton et renversa la chope à toute vitesse dans le bocal. Couillon de Fêlé d'Adrien rabattit violemment le couvercle, terrifié par l'archichancelier.

Et alors ils l'entendirent : un rythme faible et constant qui rebondissait sur la paroi intérieure du flacon de verre.

Les étudiants en fouillèrent des yeux le contenu.

Il y avait quelque chose là-dedans. Une espèce de mouvement…

« Je l'ai piégée au Tambour hier soir.

— C'est impossible, dit Cogite. On ne peut pas enfermer la musique.

— Ça, c'est pas du crachin klatchien, mon gars.

— C'est dans cette chope depuis hier soir ? demanda Cogite.

— Oui.

— Mais c'est impossible ! »

Cogite avait l'air déconfit. Certains individus naissent avec la conviction qu'on peut résoudre les mystères de l'univers.

Ridculle lui tapota l'épaule. « Vous avez jamais cru que ce serait facile d'être mage, tout de même ? »

Cogite fixa le bocal, puis sa bouche se referma sèchement, se serra en une mince ligne résolue. « D'accord ! On va trouver l'explication ! Une histoire de fréquence, sûrement ! C'est ça ! Tez le Terrible, trouve la boule de cristal ! Skazz, va chercher le rouleau de fil d'acier ! C'est forcément la fréquence ! »

Le Groupe de Rocs dormit jusqu'au matin dans un foyer pour hommes célibataires au fond d'une ruelle donnant sur la rue de la Lueur, un renseignement qui aurait intéressé les quatre argousins de la Guilde des Musiciens en planque dans la rue Phèdre devant un trou en forme de piano.

Suzanne traversa les salles de la Mort à grands pas, bouillonnant à petit feu d'une colère agrémentée d'une pointe de peur qui accroissait d'autant cette colère.

Comment pouvait-on raisonner ainsi ? Comment pouvait-on se satisfaire de n'être que la personnification d'une force aveugle ? Eh bien, il allait y avoir du changement...

Son père avait voulu changer les choses, elle le savait. Mais uniquement parce qu'il était... disons-le franchement, un peu sentimental.

La reine Keli de Sto Lat l'avait élevé au rang de duc. Suzanne connaissait la signification du titre : duc voulait dire « chef de guerre ». Mais son père n'avait jamais combattu personne. On avait l'impression qu'il passait son temps à parcourir les plaines de Sto, d'une cité misérable à une autre, dans le seul but de parler aux gens et de les inciter à parler à d'autres gens. Il n'avait jamais tué personne, pour ce que Suzanne en savait, mais sa conversation risquait d'avoir fait crever d'ennui quelques politiciens. Ce n'était pas vraiment un travail de chef de guerre, ça. Il fallait convenir qu'on livrait sans doute moins de petites guerres qu'autrefois, mais c'était... disons... une vie qui manquait de panache.

Elle traversa la salle des compte-vies. Même ceux qui occupaient les rayons supérieurs tremblèrent légèrement à son passage.

Elle allait sauver des vies. Les braves gens seraient épargnés et les méchants mourraient jeunes. Ce qui ferait une moyenne. Elle allait lui montrer. Quant à sa responsabilité, ma foi... l'être humain est versatile. C'est à ça qu'on le reconnaît.

Suzanne ouvrit une autre porte et entra dans la bibliothèque.

C'était une salle encore plus grande que celle des compte-vies. Les rayonnages s'élevaient telles des falaises ; une brume obscurcissait le plafond.

Mais ce serait évidemment puéril, se dit-elle, de croire qu'il lui suffirait de brandir sa faux comme une baguette magique pour améliorer le monde du jour au lendemain. L'opération risquait de prendre du temps. Elle devait donc commencer petit et s'attaquer à plus important ensuite.

Elle tendit la main.

« Je ne vais pas me servir de la voix spéciale, dit-elle. C'est un effet dramatique inutile qui frise le ridicule. Je veux seulement le livre de Kreskenn Kelenn, merci beaucoup. »

Autour d'elle, la bibliothèque poursuivait son travail. Des millions de livres continuaient de s'écrire tout seuls dans un bruissement de cancrelats.

Elle se revoyait assise sur un genou, ou plus exactement assise sur un coussin posé sur un genou, parce qu'il valait mieux éviter de s'asseoir sinon. Elle regardait un doigt osseux qui suivait les lettres à mesure qu'elles se formaient sur la page. Elle avait appris à lire sa propre vie...

« J'attends », fit Suzanne d'un ton sérieux.

Elle serra les poings.

« KRESKENN KELENN », dit-elle.

Le livre lui apparut sous le nez. Elle réussit à l'attraper de justesse avant qu'il ne voltige jusqu'à terre.

« Merci », dit-elle.

Elle feuilleta les pages de la vie du jeune homme, parvint à la dernière et la regarda fixement. Puis elle revint rapidement en arrière jusqu'à ce qu'elle tombe sur sa mort au Tambour, soigneusement consignée. Tout s'y trouvait, et tout était faux. Il n'était pas mort. Le livre mentait. Ou plutôt – et elle savait que c'était exposer bien plus exactement le problème – le livre avait raison et la réalité mentait.

Il y avait autrement plus important : depuis l'instant de sa mort, le livre écrivait de la musique. Les pages se couvraient une à une de portées impeccables. Sous les yeux de Suzanne, une clé se traça toute seule en une succession de boucles consciencieuses.

Que voulait-on à Kreskenn ? Pourquoi lui sauver la vie ?

Et il était vital que ce soit elle, Suzanne, qui le sauve. Une conviction qui lui tournait dans la tête comme un roulement à billes. C'était absolument impératif. Elle ne l'avait jamais approché de tout près, n'avait jamais échangé le moindre mot avec lui, ce n'était qu'une personne parmi d'autres, mais c'était lui qu'elle devait sauver.

Grand-père avait dit qu'elle ne devait pas faire des choses pareilles. Qu'est-ce qu'il y connaissait, lui ? Il n'avait jamais vécu.

Martial Dadais était facteur de guitares. Un travail tranquille et motivant. Il leur fallait, à son apprenti Gibbsson et lui, à peu près cinq jours pour produire un instrument décent, à condition de trouver le bois adéquat correctement séché. Artisan consciencieux, il se consacrait depuis de nombreuses années à parfaire un type d'instrument de musique dont il jouait lui-même avec talent.

Pour ce qu'il en savait, les guitaristes se divisaient en trois catégories. D'abord ceux qu'il tenait pour de vrais musiciens, qui travaillaient pour l'Opéra ou pour un des petits orchestres privés d'Ankh-Morpork. Ensuite les chanteurs traditionnels, qui ne savaient pas jouer, mais ce n'était pas grave vu que la plupart d'entre eux ne savaient pas chanter non plus. Et enfin les – hum hum – troubadours et autres gus basanés qui s'imaginaient qu'une guitare était, au même titre qu'une rose rouge entre les dents, une boîte de chocolats et une paire de chaussettes stratégiquement placée, une arme de plus dans la guerre des sexes. Ils n'en jouaient pas du tout, en dehors d'un ou deux accords, mais c'étaient des clients réguliers. Quand il saute d'une fenêtre de chambre, talonné par un mari enragé, la dernière chose qu'un amant se soucie d'emporter, c'est bien son instrument.

Martial pensait les avoir tous vus.

Mais voilà qu'aujourd'hui il en avait vendu à des mages dès le matin. Ce qui était inhabituel. Certains avaient même acheté sa méthode de guitare pour débutants.

La cloche tinta.

« Oui… (Martial regarda le client et déploya un effort mental considérable) monsieur ? »

Ce n'était pas seulement le blouson de cuir. Pas seulement les bracelets de force piqués de clous. Pas seulement l'épée à deux tranchants. Pas seulement le casque hérissé de pointes. C'étaient le cuir plus les clous plus l'épée plus le casque. Ce client-là n'entrait pas dans les catégories un et deux, en conclut Martial.

Le client restait planté, l'air indécis ; ses mains se serraient convulsivement. Visiblement il ne se sentait pas à l'aise en situation de dialogue.

« Que c'est un magasin de guitares ? » demanda-t-il.

Martial regarda autour de lui les articles accrochés aux murs et au plafond.

« Euh. Oui ? fit-il.

— Que j'en veux une. »

Pour ce qui était de la catégorie trois, il n'avait pas le genre à s'encombrer de roses et de chocolats. Ni même à dire bonjour.

« Euh… » Martial en saisit une au hasard et la tendit devant lui. « Une comme ça ?

— Que j'en veux une qui fait *blam-Blam-blamma-BLAM-blammmm-ouuuiiieeee*. Voyez ? »

Martial baissa les yeux sur la guitare. « Je ne suis pas sûr qu'elle fasse ça », dit-il.

Deux mains monstrueuses aux ongles noirs la lui arrachèrent.

« Euh… vous la tenez ma…

— Z'avez une glace ? »

Une main velue se leva très haut puis plongea vers les cordes.

Martial ne voulut jamais raconter les dix secondes qui suivirent. On devrait interdire d'infliger pareils outrages à un instrument de musique sans défense. C'était comme élever un poney, lui donner à manger et le panser bien comme il faut, lui tresser des rubans dans la queue, l'installer dans un joli champ rempli de petits lapins et de pâquerettes, puis regarder son premier cavalier l'en sortir à coups d'éperons et de fouet.

Le voyou jouait comme s'il cherchait quelque chose. Il ne le trouva pas mais, lorsque les dernières dissonances moururent, sa figure se tordit, prit l'expression résolue de qui a l'intention de continuer sa quête.

« Ouais, d'accord. Combien ? » fit-il.

Elle était en vente pour quinze piastres. Mais l'âme musicale de Martial se rebella. Son ton se fit cassant.

« Vingt-cinq piastres, annonça-t-il dudit ton cassant.

— Ouais, d'accord. Ça sera assez, ça, alors ? »

Un petit rubis apparut d'une poche quelque part.

« Je n'ai pas la monnaie sur une chose pareille ! »

L'âme musicale de Martial continuait de protester, mais son sens des affaires intervint et s'assouplit les coudes.

« Mais… Mais… Mais j'y ajoute ma méthode de guitare pour débutants, une sangle et deux médiators, ça va ? Il contient des dessins pour savoir où placer les doigts et tout, ça va ?

— Ouais, d'accord. »

Le barbare sortit. Martial contempla le rubis dans sa main.

La cloche tinta. Il leva les yeux.

Celui-là était un peu mieux. Moins de clous et seulement deux pointes sur le casque.

La main de Martial se referma sur la pierre précieuse.

« Ne me dites pas que vous voulez une guitare ? fit-il.

— Ouaip. Une de celles qui font *whowouiiiouuuwouiiiouuuw-wwwngngngng.* »

Martial jeta autour de lui un regard affolé.

« Ben, j'ai celle-ci, dit-il en attrapant l'instrument le plus proche. Je ne sais pas si elle fait *wouuuiiiouuuwiii* mais je vous mets par-dessus le marché ma méthode pour débutants, une sangle et quelques médiators, ça fera trente piastres, et je vais vous dire ce que je vais faire, j'ajoute en plus pour le même prix l'espace entre les cordes, d'accord ?

— Ouaip. Euh… Vous avez une glace ? »

La cloche tinta.

Et tinta.

Une heure plus tard, Martial s'appuya sur l'encadrement de porte de son atelier, la figure fendue d'un sourire dément et les mains accrochées à sa ceinture afin d'empêcher le poids de l'argent qui lui bourrait les poches de faire descendre son pantalon.

« Gibbsson ?

— Oui, patron ?

— Tu sais, les guitares que tu as faites ? Durant ton apprentissage ?

— Celles qui sonnaient d'après vous comme un chat qui allait aux cabinets avec le cul cousu, patron ?

— Tu les as jetées ?

— Non, patron. Je m'suis dit : je vais les garder, comme ça dans cinq ans, quand je saurai faire de bons instruments, je pourrai les ressortir et me marrer un bon coup. »

Martial s'épongea le front. Plusieurs petites pièces d'or dégringolèrent de son mouchoir.

« Tu les as mises où, juste pour savoir ?

— Les ai balancées dans une remise, patron. Avec ce bois minable qu'était d'après vous aussi utile qu'une sirène dans un corps de ballet.

— Va me les récupérer, tu veux ? Et aussi le bois.

— Mais vous avez dit…

— Et apporte-moi la scie. Ensuite, tu files me chercher… oh, dix litres de peinture noire. Et des paillettes.

— Des paillettes, patron ?

— Tu trouveras ça à la mercerie de madame Cosmopilite. Et demande-lui si elle n'aurait pas de ces cailloux de l'Ankh qui brillent beaucoup. Prends aussi du tissu fantaisie pour des sangles. Oh… et vois donc si elle ne pourrait pas nous prêter son plus grand miroir… »

Martial remonta encore son pantalon d'une saccade.

« Ensuite tu vas descendre sur les quais, engager un troll et lui dire de se tenir dans un coin de la boutique. Et si d'autres clients s'amènent et s'avisent de jouer… (il marqua un temps et se souvint soudain) “Les Portes de la prison”, je crois qu'ils ont appelé ça… il devra leur arracher la tête.

— Il devrait pas d'abord leur donner un avertissement ? demanda Gibbsson.

— Ce sera ça, l'avertissement. »

Une heure plus tard.

Ridculle en avait eu marre et avait envoyé Tez le Terrible lui chercher un petit en-cas aux cuisines. Cogite et les deux autres s'activaient autour du bocal, s'amusaient avec des boules de cristal et du fil métallique. Et maintenant…

Ils avaient tendu un fil entre deux clous sur l'établi. Un fil indistinct qui vibrait selon un rythme captivant.

De grandes courbes vertes restaient suspendues au-dessus.

« C'est quoi, ça ? demanda Ridculle.

— C'est l'image du son, répondit Cogite.

— L'image du son, répéta l'archichancelier. Ben, ça, c'est pas mal. J'ai jamais vu du son qu'avait cette allure-là. C'est à ça que vous sert la magie, hein ? A regarder du son ? Hé, on a du fromage du tonnerre à la cuisine, si on allait écouter comment il sent ? »

Cogite soupira.

« C'est à ça que ressemblerait le son si vos oreilles étaient des yeux, dit-il.

— Vraiment ? fit joyeusement Ridculle. Incroyable !

— Ç'a l'air très compliqué. Simple quand on regarde de loin et très complexe de près. Presque…

— Vivant, trancha Ridculle.

— Euh… »

C'était le dénommé Skazz. Il devait peser dans les quarante-cinq kilos et arborait la coupe de cheveux la plus fascinante qu'avait jamais vue Ridculle, à savoir une frange qui lui entourait la tête jusqu'aux épaules. Seul le bout de son nez qui en dépassait indiquait de quel côté il regardait. Si un furoncle lui avait poussé sur la nuque, on aurait pu croire qu'il marchait dans la mauvaise direction.

« Oui, monsieur Skazz ? fit Ridcullc.

— Euh… J'ai déjà lu quelque chose là-dessus, dit Skazz.

— Remarquable. Et comment y êtes-vous arrivé ?

— Vous connaissez les moines Ecouteurs des montagnes du Bélier ? D'après eux il existe un bruit de fond dans l'univers. Une espèce d'écho d'un bruit.

— Pour moi, ça se tient. L'univers qui se met en route, ça fait forcément un grand boum.

— Ça n'est pas obligatoirement très puissant, intervint Cogite. Il lui suffit d'être partout en même temps. Je l'ai lu, ce livre. C'est le vieux Riktor les Nombres qui l'a écrit. Les moines continuent de l'écouter, selon lui. Un bruit qui ne meurt jamais.

— Pour moi, il doit être puissant, dit Ridculle. Il le faut pour être entendu loin. Quand le vent souffle dans la mauvaise direction, on arrive même pas à entendre les cloches de la Guilde des Assassins.

— Il n'aurait pas besoin d'être fort pour qu'on l'entende partout. Pour la bonne raison qu'à l'époque "partout" se trouvait en un seul et même endroit. »

Ridculle lui lança le regard qu'on réserve à l'illusionniste qui vient de se sortir un œuf de l'oreille.

« Partout se trouvait en un seul et même endroit ?

— Oui.

— Alors, partout ailleurs, c'était où ?

— En un seul et même endroit aussi.

— Le même ?

— Oui.

— Tassé tout petit ? »

Ridculle commençait à montrer certains signes alarmants. S'il avait été un volcan, les autochtones voisins se seraient rabattus sur la première vierge à portée de main.

« Haha, on pourrait en fait dire qu'il a été tassé tout grand, fit Cogite qui donnait toujours dans le panneau. Pour la bonne raison que l'espace n'existait pas tant qu'il n'y avait pas d'univers, alors tout était partout.

— Le même partout que tout à l'heure ?

— Oui.

— D'accord. Continuez.

— De l'avis de Riktor, il y a d'abord eu le son. Un très gros accord compliqué. Le son le plus fort, le plus compliqué qu'on ait jamais connu. Un son si complexe qu'on ne pourrait pas le diffuser à l'intérieur d'un univers, pas plus qu'on peut ouvrir une boîte avec le pied-de-biche qui se trouve dedans. Un seul gros accord qui a… comme qui dirait… donné naissance à tout. Lancé la musique, si vous préférez.

— Une espèce de *ta-dahhh ?* fit Ridculle.

— Je suppose.

— Moi, j'croyais que l'univers était né parce qu'un dieu avait tranché l'attirail de noce d'un collègue et s'en était servi pour monter un autre univers, dit Ridculle. Ça m'a toujours paru simple. J'veux dire, c'est le genre de truc qu'on imagine bien.

— Ben…

— Et vous, vous me racontez que quelqu'un a soufflé dans un gros sifflet, et voilà ?

— Quelqu'un… c'est à voir.

— Les bruits se font pas tout seuls, ça je l'sais. »

Ridculle se détendit un peu, intimement certain que la raison l'avait emporté, et donna de petites tapes dans le dos de Cogite.

« Faut travailler, mon gars, dit-il. Le vieux Riktor était un brin… dérangé, v'savez. Il croyait que tout se réduisait à des nombres.

— Remarquez, fit Cogite, l'univers a un rythme. Le jour et la nuit, la lumière et l'obscurité, la vie et la mort…

— Les endives et le jambon, dit Ridculle.

— Ben, les métaphores ne résistent pas toutes à un examen minutieux. »

On frappa à la porte. Tez le Terrible entra, un plateau dans les mains. Le suivait madame Panaris, l'intendante.

La bouche de Ridculle s'ouvrit toute grande.

Madame Panaris exécuta une révérence.

« Bonjour, Vohotre Grâce », dit-elle.

Sa queue de cheval lui dansa dans le dos. On entendit un bruissement de jupons amidonnés.

La bouche de Ridculle se referma, mais uniquement pour qu'il puisse s'étonner :

« Qu'est-ce que vous avez fait à vo…

— Excusez-moi, madame Panaris, s'interposa aussitôt Cogite,

mais avez-vous servi des petits-déjeuners à des membres de la faculté ce matin ?

— Tout juste, monsieur Stibon », répondit madame Panaris. Sa poitrine volumineuse et mystérieuse remua sous son tricot. « Aucun de ces messieurs n'est descendu, alors je leur ai fait monter des plateaux. Relax. »

Le regard de Ridculle continua de descendre. Il n'avait encore jamais pensé que madame Panaris pouvait avoir des jambes. Evidemment, en théorie, l'intendante en avait besoin pour se déplacer, mais… enfin…

Mais deux genoux rondelets dépassaient du gros champignon de jupons. Au-dessus de socquettes blanches.

« Vos cheveux… commença-t-il d'une voix rauque.

— Quelque chose ne va pas ? fit madame Panaris.

— Rien, rien, répondit Cogite. Merci beaucoup. »

La porte sc referma derrière elle.

« Elle claquait des doigts en sortant, comme vous avez dit, fit Cogite.

— Y a pas qu'ça qui claquait, avoua un Ridculle encore frissonnant.

— Vous avez vu ses chaussures ?

— Je crois que mes yeux se font fermés pour se protéger à peu près à ce moment-là.

— Si c'est vraiment vivant, dit Cogite, c'est très dangereux. »

La scène qui suit se joua dans le hangar à voitures du père de Crash, mais elle n'était que l'écho de ce qui se passait par toute la ville.

Crash n'avait pas été baptisé de ce nom-là. C'était le fils d'un riche négociant en foin et aliments pour bétail, mais il méprisait son père qui n'avait rien dans la tête, ne s'intéressait qu'aux choses matérielles, manquait d'imagination et ne lui allouait que trois piastres ridicules d'argent de poche par semaine.

Le père de Crash avait laissé ses deux chevaux dans le hangar à voitures. Pour l'heure ils tâchaient l'un et l'autre de se faire tout petits dans un angle après avoir essayé vainement de s'ouvrir une brèche dans les parois à coups de sabot.

« M'est avis que j'y suis presque arrivé cette fois, dit Crash tandis que de la poussière de foin cascadait du toit et que les vers du bois fuyaient ventre à terre en quête d'un meilleur abri.

— Ce n'est pas… Je veux dire, c'est pas comme ce qu'on a entendu au Tambour, critiqua Jimbo. Ça y ressemble, mais ce n'est pas… c'est pas ça. »

Jimbo était le meilleur ami de Crash et regrettait de ne pas venir d'un milieu populaire.

« Ça suffira bien pour commencer, fit Crash. Alors, Oui-oui et toi, vous prenez les guitares. Et toi, Salopard… tu te mettras à la batterie.

— Chaispas en jouer », fit Salopard. C'était son vrai nom.

« Personne sait en jouer, le rassura Crash d'un ton patient. Y a rien à savoir. T'as juste à taper dessus avec les baguettes.

— Ouais, mais… et si je manque mon coup ?

— Assieds-toi plus près. Bon, reprit Crash en s'installant à l'aise. Maintenant… il reste un détail important, le plus important, même : comment on va s'appeler ? »

Magma regarda autour de lui.

« Ben ça, trop fort, passé toutes les maisons, je crois, et vois nulle part le nom Planteur », gronda-t-il.

Buddy hocha la tête. La façade de l'Université occupait une

grande partie de la place Sator, mais il restait encore de l'espace pour quelques autres bâtiments. De ceux qui alignent une douzaine de plaques de cuivre à la porte. Qui laissent entendre qu'un simple essuyage de pied sur le paillasson va coûter bonbon.

« Salut, les gars. »

Ils se retournèrent. Planteur leur adressait un sourire radieux par-dessus un plateau de ce qui pouvait être des saucisses et des petits pains. Deux sacs étaient posés par terre à côté de lui.

« Excusez le retard, fit Nore, mais on a trouvé votre bureau nulle part. »

Planteur écarta largement les bras.

« Le voilà, mon bureau, dit-il avec un sourire aussi large que ses bras. La place Sator ! De l'espace à revendre ! Communications excellentes ! Beaucoup de passage ! Essayez-moi ça, ajouta-t-il en ramassant un des sacs qu'il ouvrit. J'ai pris les tailles à vue de nez. »

Ils étaient noirs et en coton de mauvaise qualité. L'un d'eux était un XXXXL.

« Un gilet avec des mots écrits dessus ? fit Buddy.

— *Le Groupe de Rocs*, déchiffra lentement Magma. Hé, c'est nous, ça, non ?

— Pour quoi faire, ces trucs-là ? demanda Nore. On sait qui on est.

— Publicité, répondit Planteur. Faites-moi confiance. » Il se colla un cylindre marron entre les lèvres et en alluma le bout. « Vous allez les mettre ce soir. Parce que… qui c'est qui vous a trouvé un plan ?

— C'est vrai ? fit Buddy.

— Je viens de vous l'dire !

— Non, vous nous avez posé la question, répliqua Nore. Comment voulez-vous qu'on l'sache, nous ?

— A jour, avec nouvelles rues ? » fit Magma.

Planteur reprit son baratin.

« Une grosse boîte, vous aurez un public fourni ! Et vous toucherez… (il regarda leurs visages francs et confiants) dix piastres de mieux que le tarif de la Guilde, qu'est-ce que vous en dites ? »

La figure de Nore se fendit d'un grand sourire. « Quoi ? Chacun ? » fit-il.

Planteur les jaugea encore d'un regard. « Oh… non, répondit-il. Faut pas exagérer. Dix piastres pour vous tous. J'veux dire, un peu d'sérieux. Faut vous montrer.

— J'aime pas ce mot-là, fit Magma. Guilde des Musiciens va tomber sur notre paletot.

— Pas dans cette boîte, dit Planteur. Garanti sur facture.

— C'est quoi, cette boîte, alors ? demanda Nore.

— Vous vous tenez bien ? »

Ils le regardèrent en clignant des yeux. Planteur, rayonnant, souffla un nuage de fumée grasse.

« La Caverne. »

Le rythme continuait…

Evidemment, impossible d'éviter quelques mutations…

Chevrier et Plumendo étaient auteurs-compositeurs et membres de la Guilde des Musiciens à jour de leurs cotisations. Ils écrivaient des chansons de nains pour toutes les occasions possibles.

Certains prétendent que c'est un jeu d'enfant du moment qu'on se souvient comment épeler « or », mais c'est un point de vue un peu sévère. De nombreuses chansons* de nains ressassent

* D'accord, toutes les chansons de nains. Sauf celle qui fait Hého.

le thème “Or, or, or”, seulement tout est dans l’inflexion ; les nains disposent pour désigner le métal précieux de milliers de mots auxquels ils ne recourent qu’en cas d’urgence, par exemple quand ils en voient qui ne leur appartient pas.

Ils occupaient un petit bureau dans la ruelle Montmeurtre où, assis de chaque côté d’une enclume, ils écrivaient des chansons populaires destinées à accompagner le travail dans les mines.

« Chève ?

— Quoi ?

— Qu’est-ce que tu penses de celle-là ? »

Plumendo s’éclaircit la voix.

« J’suis un chanmé grave, j’suis un chanmé grave, j’suis un chanmé grave, j’suis un chanmé grave,

Mes teupos et moi on va s’amener pour te flanquer la trouille, nos squettas à l’envers,

Yo ! »

Chevrier mâchouilla d’un air songeur le bout de son marteau composeur.

« Le rythme est bon, dit-il, mais faut retravailler le texte.

— Tu veux dire : mettre davantage d’or, or, or ?

— Ou-ui. Tu sais comment tu vas appeler ça ?

— Euh… de la musique… ra… rate…

— Pourquoi de la musique rate ? »

Plumendo eut l’air déconcerté.

« J’sais pas trop, répondit-il. Une idée qui m’est venue comme ça. »

Chevrier secoua la tête. La race naine passait son temps à creuser. Il savait ce qu’elle aimait.

« Pour que ce soit une bonne chanson, faut qu’y ait d’la profondeur dedans. Ça fera jamais un tube si y a pas de profondeur. Et puis la musique, faut qu'elle chavire, faut qu'la musique soûle. »

« Allons, du calme, fit Planteur. C'est le plus gros rendez-vous d'Ankh-Morpork, voilà tout. J'vois pas où est le problème...

— La Caverne ? hurla Nore. Le patron, c'est Chrysoprase le troll, voilà où il est, le problème !

— On raconte c'est un parrain de la Carbona, fit Magma.

— Allons, allons, ç'a jamais été prouvé...

— Seulement parce que très difficile donner des preuves quand on t'a ouvert la tête à coups de pelle et on t'a enfoncé les pieds dedans !

— C'est pas parce que c'est un troll qu'il faut avoir des préjugés pareils... dit Planteur.

— Moi aussi, je suis un ! Alors je peux avoir préjugés contre les trolls, vu ? C'est saleté d'or dur ! On dit quand on a trouvé la bande De Bris, leur restait plus de dents...

— C'est quoi, exactement, la Caverne ? demanda Buddy.

— Boîte troll, répondit Magma. On dit...

— Ça va être super ! Pourquoi s'inquiéter ? fit Planteur.

— Et tripot, en plus* !

— Mais les gars de la Guilde risquent pas de s'y pointer, dit Planteur. Ils savent où est leur intérêt.

— Moi aussi, je sais où est mon intérêt ! s'écria Nore. Et j'ai intérêt à l'savoir ! C'est mon intérêt de pas entrer dans un bouge de trolls !

* Le jeu chez les trolls est encore plus simple que chez les Australiens. Citons parmi les jeux les plus populaires le « sou volant », qui consiste à jeter une pièce en l'air et à parier si elle redescendra.

— Ils t'ont jeté des haches au Tambour, fit Planteur en tentant de le raisonner.

— Oui, mais juste pour rigoler. C'est pas comme s'ils avaient visé.

— Toute façon, dit Magma, vont là-dedans que trolls et jeunes humains complètement crétins qui trouvent malin boire dans café troll. Ferez pas venir un public. »

Planteur se tapota l'aile du nez. « Vous, contentez-vous de jouer, dit-il. Vous aurez du public. Ça, c'est mon boulot.

— Les portes sont pas assez grandes pour moi ! cracha Nore.

— Des portes immenses, fit Planteur.

— Elles sont pas assez grandes pour moi parce que, si vous essayez de m'y faire entrer, faudra aussi y traîner la rue, vu que j'vais m'y accrocher !

— Non, sois raisonnable…

— Non ! brailla Nore. Et je braille en notre nom à nous trois ! »

La guitare gémit.

Buddy, d'un balancement, la prit en mains et plaqua deux accords. Ce qui parut la calmer.

« Je crois que l'idée… euh… lui plaît bien, dit-il.

— L'idée lui plaît, fit Nore en s'apaisant un peu. Ah, parfait. Eh ben, tu sais ce qu'ils font aux nains qui entrent à la Caverne ?

— On a besoin de cet argent, et ce que la Guilde nous fera si on joue ailleurs sera sans doute bien pire, dit Buddy. Et il faut qu'on joue. »

Ils restèrent un moment à se regarder sans bouger.

« Ce que vous devriez maintenant faire, les gars, fit Planteur en soufflant un rond de fumée, c'est trouver un coin peinard où passer la journée. Et prendre un peu de repos.

— Ça, c'est vrai, approuva Magma. J'tiens pas me coltiner mes cailloux tout bout d'champ… »

Planteur leva un doigt. « Ah, fit-il, j'ai aussi pensé à ça. Pas question de gâcher vos talents à trimballer du matériel, c'est ce que je m'suis dit. Je vous ai engagé un aide. Pas cher, une piastre par jour, c'est tout, je la prélèverai directement sur vos cachets, comme ça vous aurez pas besoin de vous en occuper. Je vous présente Asphalte.

— Qui ça ? dit Buddy.

— S'moi », répondit le deuxième sac à côté de Planteur.

Le sac s'entrouvrit, et le trio découvrit qu'il ne s'agissait aucunement d'un sac mais d'une… d'une espèce de tas chiffonné… d'un genre de paquet mobile…

Buddy sentit ses yeux s'embuer. Ça ressemblait à un troll, sauf que c'était plus ramassé qu'un nain. Ça n'était pas plus petit qu'un nain : les centimètres qui manquaient à Asphalte verticalement, il les récupérait horizontalement, et on aurait dit qu'il gagnait en odeur ce qu'il perdait en hauteur.

« Comment ça se fait, demanda Buddy, qu'il soit si tassé ?

— N'éléphant s'est assis sur moi », expliqua Asphalte, l'air maussade.

Nore se moucha.

« Il s'est seulement assis ? »

Asphalte portait déjà un maillot « Groupe de Rocs » qui lui moulait le torse mais traînait par terre.

« Asphalte va s'occuper de vous, dit Planteur. Il connaît à fond l'métier du spectacle. »

Asphalte lui fit un grand sourire.

« Vous serez bien avec moi, dit-il. J'ai bossé pour tout l'monde, ouais. J'suis allé partout, j'ai tout fait.

— Pourrait aller aux Promenades, dit Magma. Personne là-bas quand l'Université en vacances.

— Parfait. J'ai des trucs à voir, fit Planteur. Je vous retrouve ce soir. A la Caverne. Sept heures. »

Il partit à grands pas.

« Vous savez ce que j'trouve marrant chez ce type-là ? demanda Nore.

— Quoi donc ?

— Sa façon de fumer sa saucisse. Vous croyez qu'il était au courant ? »

Asphalte attrapa le sac de Buddy et se le balança sans effort sur l'épaule.

« On y va, patron, dit-il.

— Un éléphant s'est assis sur vous ? demanda Buddy tandis qu'ils traversaient la place.

— Ouaip. Au cirque, répondit Asphalte. J'leur nettoyais l'cul.

— C'est de cette façon que vous êtes devenu comme ça ?

— Nan. Seulement après que les éléphants se sont assis trois ou quatre fois sur moi, répondit le petit troll aplati. J'sais pas pourquoi. J'nettoyais derrière eux et d'un coup c'est devenu tout noir.

— Moi, j'aurais changé de boulot après la première fois, dit Nore.

— Nan, fit Asphalte avec un sourire satisfait. J'pouvais pas faire ça. Faut que le spectacle continue. »

Cogite baissa les yeux sur l'appareil qu'ils avaient assemblé au marteau.

« Je ne comprends pas non plus, avoua-t-il. Mais… on dirait qu'on peut retenir la musique dans une corde, et la corde la rejoue. C'est comme un iconographe pour le son. »

Ils avaient enfermé le fil métallique dans la boîte qui résonnait joliment. Il rejouait à l'infini les mêmes douze mesures.

« Une boîte musicale, fit Ridculle. Crénom !

— Ce que j'aimerais essayer, reprit Cogite, c'est faire jouer les musiciens devant un tas de fils comme ça. On arriverait peut-être à y enfermer leur musique.

— Pour quoi faire ? s'étonna Ridculle. Quel intérêt pour le Disque ?

— Ben… si on pouvait avoir de la musique en boîte, on n'aurait plus besoin de musiciens. »

Ridculle hésita. L'idée lui plaisait bien. Un monde sans musiciens avait de quoi séduire. Les musiciens, un ramassis de types sales et débraillés, pour ce qu'il en savait. Sans la moindre hygiène.

Il fit non de la tête, à contrecœur.

« Pas ce genre de musique, dit-il. On veut que ça s'arrête, pas en trouver davantage.

— Qu'est-ce que vous lui reprochez, au juste ? demanda Cogite.

— C'est… ben, vous voyez pas ? Les gens se conduisent bizarrement. Ils portent de drôles de vêtements. Ils sont grossiers. Ils font pas ce qu'on leur dit. J'peux rien en tirer. C'est pas normal. Et puis… rappelez-vous monsieur Hong.

— C'est assurément très étrange, reconnut Cogite. On pourrait en avoir un peu plus ? Pour l'étudier ? Archichancelier ? »

Ridculle haussa les épaules. « Y a qu'à suivre le doyen », dit-il.

« Bon sang, souffla Buddy devant la grande salle vide et sonore. Pas étonnant qu'on l'appelle la Caverne. C'est immense.

— Je m'sens tout p'tit », dit Nore.

Asphalte s'approcha tranquillement du bord de la scène.

« Un deux, un deux, dit-il. Un. Un. Un deux, un d…

— Trois », fit obligeamment Buddy.

Asphalte s'arrêta, l'air gêné.

« J'essaye le… vous savez, j'essaye le… pour voir le… marmonna-t-il. Je… l'essaye, quoi.

— On ne remplira jamais ça », dit Buddy.

Nore fourragea dans une caisse sur le côté de la scène.

« P't-être que si, dit-il. Regardez. »

Il déroula une affiche. Les autres s'attroupèrent autour.

« Nous, ça, dit Magma. On nous a peints sur affiche.

— On a l'air méchants, fit Nore.

— Buddy est bien, dit Asphalte. Super, comme il brandit sa guitare.

— Pourquoi il y a des éclairs et des machins ? s'étonna Buddy.

— J'ai jamais eu l'air méchant comme ça, même quand je l'suis, dit Nore.

— *Le Nouveau Son Qui Fait Fureure*, lut Magma dont le front se plissait sous l'effort.

— *Le Grouppe de Rockes*, fit Buddy.

— Oh, non. Ça dit qu'on joue ici et tout, gémit Nore. On est morts.

— *Venez dard-dard ou restez tisonniers*, fit Magma. Là, comprends pas.

— Y en a des dizaines, de ces rouleaux, là-dedans, dit Nore. C'est des affiches. Vous savez ce que ça veut dire ? Il en a fait placarder à droite à gauche. Et à ce propos, quand la Guilde des Musiciens va nous tomber dessus…

— La musique, c'est gratuit, dit Buddy. Il faut que ce soit gratuit.

— Quoi ? fit Nore. Pas dans cette ville de nains !

— Alors elle devrait être gratuite. On ne devrait pas avoir à payer pour jouer de la musique.

— Parfaitement ! Ce p'tit a raison ! Exactement ce que j'dis toujours ! C'est pas ce que j'dis toujours ? C'est ce que j'dis toujours, parfaitement. »

Planteur émergea de l'obscurité des coulisses. L'accompagnait un troll qui, présuma Buddy, devait être Chrysoprase. Il n'était pas particulièrement grand, ni même très buriné. Il avait l'air lisse, poli, comme les galets qu'on trouve sur la plage. Nulle part chez lui on ne voyait trace de lichen.

Et il portait des vêtements. Les vêtements, en dehors des uniformes et des tenues spéciales de travail, n'avaient guère cours chez les trolls. La plupart du temps ils portaient un pagne où ranger leurs affaires, et ça s'arrêtait là. Mais Chrysoprase était en costume. Visiblement mal taillé. En réalité, il était parfaitement taillé, mais même un troll dans le plus simple appareil paraît déjà mal taillé.

Chrysoprase avait appris vite quand il avait débarqué à Ankh-Morpork. Il avait commencé par une leçon importante : quand on cogne sur les gens, ça relève de la violence. Quand on en paye d'autres pour cogner à sa place, ça relève des affaires.

« Je voudrais vous présenter Chrysoprase, les gars, fit Planteur. Un vieil ami à moi. Lui et moi, on s'connaît depuis un bout de temps. Pas vrai, Chrys ?

— Exact. » Chrysoprase gratifia Planteur du sourire chaleureux et amical qu'un requin accorde à un aiglefin avec lequel il ne voit pas d'objection, pour le moment, à nager dans la même direction. Une légère contraction des muscles aux commissures des lèvres laissait également entendre qu'une certaine personne allait un jour regretter de l'avoir appelé « Chrys ».

« D'après monsieur La Gorge, on n'a rien vu de mieux que vous, les jeunes, depuis l'invention du fil à couper le beurre, dit-il. Vous avez tout ce qu'il vous faut, les jeunes ? »

Ils opinèrent en silence. On évitait si possible de parler à Chrysoprase, des fois qu'on dirait quelque chose qui le froisserait. On ne le savait pas tout de suite, bien sûr. On le savait plus tard, quand on entendait dans une ruelle sombre une voix annoncer derrière soi : Monsieur Chrysoprase n'est pas content du tout.

« Vous allez vous reposer dans votre loge, les jeunes, poursuivit-il. Si vous voulez boire ou manger, les jeunes, il suffit de demander. »

Il avait des bagues en diamant aux doigts. Magma ne pouvait s'empêcher de les fixer des yeux.

La loge, à côté des cabinets, était à moitié pleine de fûts de bière. Nore s'adossa à la porte. « J'ai pas besoin du fric, dit-il. Qu'on me laisse partir d'ici sain et sauf, j'veux rien d'autre.

— Hahez has hous inhiéher… commença Magma.

— Tu essayes de parler la bouche fermée, Magma, fit Buddy.

— Je dis vous avez pas vous inquiéter, pas dents qu'il faut », expliqua le troll.

On frappa à la porte. Magma se recolla la main sur la bouche. Mais il s'agissait d'Asphalte, les bras chargés d'un plateau.

Il apportait trois sortes de bières. Il apportait même des sandwiches au rat fumé auxquels on avait retiré la croûte et les queues. Et un bol du meilleur coke d'anthracite saupoudré de cendre.

« Broie-le, profites-en, geignit Nore tandis que Magma prenait son bol. Ça risque d'être ta dernière occasion…

— Peut-être personne va venir et on va rentrer chez nous ? » fit le troll.

Buddy passa les doigts sur les cordes. Les autres s'arrêtèrent de manger lorsque les accords emplirent le local.

« Magie, ça, fit Magma en secouant la tête.

— Pas d'soucis, les gars, dit Asphalte. Si y a des problèmes, c'est les autres gus qui vont tout prendre dans les dents. »

Buddy s'arrêta de jouer.

« Quels autres gus ?

— S'marrant, ça, répondit le petit troll, tout d'un coup tout l'monde se met à jouer d'la musique de rocs. Monsieur Planteur a aussi engagé un autre groupe pour le concert. Pour chauffer la salle, quoi.

— Qui ça ?

— S'appelle Insanité.

— Où ils sont ? demanda Magma.

— Ben, disons… vous avez dû remarquer que votre loge est juste à côté des cabinets, non ? »

Crash, derrière le rideau miteux de la Caverne, s'efforçait d'accorder sa guitare. Plusieurs contingences compliquaient cette opération pourtant simple. Primo, Martial avait compris ce que recherchaient vraiment ses clients et, en priant pour que ses ancêtres lui pardonnent, avait passé plus de temps à coller de la décoration scintillante qu'à fignoler les parties mécaniques de l'instrument. Autrement dit, il avait enfoncé une douzaine de pointes auxquelles il avait attaché les cordes. Mais ce n'était pas un gros problème car Crash avait en ce qui le concernait autant de talent musical qu'une narine bouchée.

Il observa Jimbo, Oui-oui et Salopard. Jimbo, désormais bassiste (Martial, en gloussant comme un malade, s'était servi d'un plus gros morceau de bois et de fil de clôture), levait une main hésitante.

« Qu'est-ce qu'il y a, Jimbo ?

— J'ai pété une corde à ma gratte.

— Ben, il t'en reste encore trois, non ?

— Vouais. Mais j'sais pas comment en jouer, quoi.

— Tu savais pas jouer des quatre non plus, pas vrai ? Alors maintenant t'es un peu moins ignorant. »

Salopard passa le nez par le rideau.

« Crash ?

— Oui ?

— Y a des centaines de gens là-dedans. Des centaines ! Et j'vois des guitares partout. Ils les secouent en l'air, on dirait ! »

Insanité écouta le rugissement qui arrivait de l'autre côté du rideau. Crash disposait d'un nombre réduit de neurones qui devaient agiter les bras pour se signaler à leur attention mutuelle, mais il soupçonnait vaguement que le son obtenu avec ses collègues, quoique excellent, n'était pas celui entendu la veille au Tambour. Celui du Tambour lui donnait envie de crier et de danser, tandis que le leur… ben… il lui donnait envie de crier et d'écraser la batterie de Salopard sur le crâne de son utilisateur, à franchement parler.

Oui-oui risqua un coup d'œil entre les rideaux.

« Hé, y a une bande de ma… On dirait bien des mages, juste au premier rang, fit-il. J'suis… sûr que c'est des mages, mais… tout de même…

— Pas difficile à savoir, crétin, lança Crash. Ils ont des chapeaux pointus.

— Y en a un avec… des cheveux pointus… » fit Oui-oui.

Le reste du groupe colla l'œil à l'entrebâillement.

« On dirait… une espèce de corne de licorne en cheveux…

— C'est quoi ce machin au dos de sa robe ? fit Jimbo.

— C'est écrit "Né dans la rune", le renseigna Crash qui lisait le plus vite dans le groupe et n'avait même pas besoin d'un doigt pour y arriver.

— Le maigrichon porte une robe évasée, dit Oui-oui.

— Il doit être drôlement vieux.

— Et ils ont tous des guitares ! A votre avis, ils sont venus pour nous voir ?

— Forcément, fit Oui-oui.

— Un public d'enfer, fit Jimbo.

— Ouais, c'est vrai, d'enfer, répéta Salopard. Euh… Qu'est-ce que ça veut dire, d'enfer ?

— Ça veut dire… Ça veut dire que t'as pas besoin de t'en faire.

— Ah oui. On dirait bien qu'on a pas besoin de s'en faire. »

Crash rejeta ses doutes.

« On y va, dit-il. On va leur montrer ce que c'est, la musique de rocs ! »

Asphalte, Magma et Nore étaient assis dans un angle de la loge. Le rugissement de la foule parvenait jusque dans leur réduit.

« Pourquoi il dit rien ? souffla Asphalte.

— Chaispas », répondit Nore.

Buddy fixait le vide, la guitare délicatement serrée dans ses bras. De temps en temps il tapait sur la caisse, tout doucement, en rythme avec les pensées qui devaient lui inonder la tête.

« Fait ça, des fois, commenta Magma. Reste là, sans bouger, regard perdu…

— Hé, ils crient quelque chose là-bas, le coupa Nore. Ecoutez. »

Le rugissement suivait un rythme.

« On dirait "Du roc, du roc, du roc" », fit Nore.

La porte s'ouvrit brutalement, et Planteur entra en s'affalant autant qu'en courant.

« Faut y aller ! s'écria-t-il. Tout d'suite !

— J'croyais que les gars d'Insanitaire… commença Nore.

— Pas de questions, le coupa Planteur. Venez ! Sinon ils vont tout foutre en l'air ! »

Asphalte ramassa ses cailloux.

« O. K., fit-il.

— Non, dit Buddy.

— Qu'est-ce que t'as ? fit Planteur. Le trac ?

— Non. La musique devrait être gratuite. Comme l'air et le ciel. »

La tête de Nore pivota. On sentait de légères harmoniques dans la voix de Buddy.

« Bien sûr, c'est vrai, je l'ai dit, fit Planteur. La Guilde… »

Buddy se déplia les jambes et se leva.

« J'imagine que les gens ont dû payer leur entrée, non ? » dit-il.

Nore regarda les autres. Personne à part lui n'avait remarqué, semblait-il. Mais les paroles de Buddy lui donnaient l'impression de claquer, de siffler comme des cordes.

« Oh, ça. Evidemment, répondit Planteur. Faut couvrir les frais. Y a votre cachet… l'usure du plancher… le chauffage, la lumière… la moins-value… »

Le rugissement se faisait à présent plus fort. S'y ajoutaient des tapements de pieds.

Planteur déglutit. Il avait soudain la mine de l'homme prêt à consentir au sacrifice suprême.

« Je pourrais… peut-être monter… peut-être… d'une piastre, dit-il comme si chaque mot s'extirpait avec peine de la chambre forte de son cerveau.

— Si on entre en scène maintenant, je veux qu'on fasse un autre concert », déclara Buddy.

Nore fusilla la guitare d'un regard soupçonneux.

« Quoi ? pas de problème. Je peux vite… commença Planteur.

— Gratuit.

— Gratuit ? » Le mot franchit les dents de Planteur avant qu'elles aient le temps de se refermer. Il se reprit en beauté. « Vous voulez pas être payés ? Mais certainement, si… »

Buddy ne bougea pas.

« J'entends, on ne se fait pas payer, et les gens ne payeront pas non plus pour écouter. Autant de gens que possible.

— Gratuit ?

— Oui !

— Où est le bénéfice dans tout ça ? »

Une bouteille de bière vide vibra sur la table, dégringola et s'écrasa par terre. Un troll apparut dans l'encadrement de la porte, ou du moins en partie. Il n'aurait pas pu entrer dans la loge sans arracher le chambranle, mais on avait l'impression qu'il n'y réfléchirait pas à deux fois si l'envie lui en prenait.

« Monsieur Chrysoprase dit qu'est-ce qui s'passe, gronda-t-il.

— Euh… commença Planteur.

— Monsieur Chrysoprase, il aime pas quand on l'fait attendre.

— Je sais, c'est…

— Devient triste quand on l'fait attendre…

— D'accord ! s'écria Planteur. Gratuit ! Et là, je m'tranche la gorge. Vous l'savez, n'est-ce pas ? »

Buddy gratta un accord. Qui parut allumer de petites lumières dans l'espace de la loge. « On y va, dit-il d'une voix douce.

— Je connais cette ville, marmonna Planteur tandis que le Groupe de Rocs se hâtait vers la scène agitée de vibrations. Qu'on annonce qu'un truc est gratuit, et aussi sec déboulent des milliers de gens… »

Qui voudront manger, ajouta une voix dans sa tête. Une voix au timbre de corde pincée.

Qui voudront boire.

Qui voudront acheter les maillots « Groupe de Rocs »…

La figure de Planteur, tout doucement, se métamorphosa, se fendit peu à peu d'un grand sourire.

« Un festival gratuit, fit-il. D'accord ! C'est notre devoir d'intérêt public. La musique devrait être gratuite. Et les saucisses dans un petit pain à une piastre pièce, la moutarde en supplément. Peut-être une piastre cinquante. Et je m'tranche la gorge. »

En coulisses, le vacarme du public formait un véritable mur sonore.

« Y a un monde fou, dit Nore. J'ai jamais joué devant autant de gens de toute ma vie ! »

Asphalte disposait les cailloux de Magma sur la scène sous un déluge d'applaudissements et de sifflets.

Nore leva les yeux sur Buddy. Le jeune homme n'avait pas lâché la guitare une seconde. Les nains ne s'adonnaient pas à l'introspection profonde, mais Nore éprouvait soudain l'envie de se trouver loin de cette salle, dans une caverne n'importe où.

« J'vous souhaite bien du plaisir, les gars », fit une petite voix morne dans leur dos.

Jimbo bandait le bras de Crash.

« Euh… merci, dit Magma. Qu'est-ce t'est arrivé ?

— Ils nous ont jeté un truc, répondit Crash.

— Quoi donc ?

— Oui-oui, je crois. »

Ce qu'on distinguait de la figure de Crash se fendit d'un sourire affreux.

« Mais on y est arrivés ! dit-il. On en a fait, d'la musique de rocs ! Le moment où Jimbo a cassé sa guitare, ils ont adoré !

— Cassé sa guitare ?

— Ouais, fit Jimbo d'une voix où perçait la fierté de l'artiste. Sur Salopard. »

Buddy avait les yeux fermés. Magma croyait voir autour de lui une lueur très, très faible, comme une brume légère. Parsemée de tout petits points de lumière.

Parfois, Buddy avait l'air très elfique.

Asphalte détala hors de scène.

« O. K., ça roule », dit-il.

Les autres regardèrent Buddy.

Immobile, les yeux fermés, il donnait l'impression de dormir debout.

« Ben… on y va, alors ? fit Nore.

— Oui, dit Magma, on y va, hein ? Euh… Buddy ? »

Les yeux de Buddy s'ouvrirent d'un coup.

« Allons rocquer », murmura-t-il.

Magma trouvait déjà le bruit infernal dans les coulisses, mais il le reçut comme un coup de massue lorsque le groupe entra en scène.

Nore saisit son cor. Magma s'assit et trouva ses maillets.

Buddy se rendit au centre de la scène et, au grand étonnement de Magma, s'immobilisa en se regardant les pieds.

Les acclamations commencèrent à décroître.

Puis moururent complètement. Le silence de centaines de spectateurs retenant leur souffle emplit la salle immense.

Les doigts de Buddy s'animèrent.

Il tira de son instrument trois accords tout bêtes.

Puis il leva les yeux.

« Salut, Ankh-Morpork ! »

Magma sentit la musique monter derrière lui et le propulser dans un tunnel de feu, d'étincelles et de frénésie. Il abattit ses maillets. Et la musique de rocs déferla.

Planteur J-M-T-L-G se tenait dans la rue afin de ne pas entendre la musique. Il fumait un cigare et se livrait à des calculs au dos d'une facture impayée de petits pains rassis.

’oyons voir… D’accord, on fait ça quelque part en extérieur, comme ça pas de location… peut-être dix mille personnes, une saucisse dans un petit pain chacune à une piastre cinquante, non, disons une piastre soixante-quinze, plus dix sous pour la moutarde… Dix mille maillots « Groupe de Rocs » à cinq piastres l’unité, disons dix piastres… On ajoute les locations de stands pour les autres commerçants, parce que ça ne doit pas être difficile de persuader les amateurs de musique de rocs d’acheter n’importe quoi…

Il eut conscience d’un cheval qui venait dans la rue. Il ne lui prêta aucune attention jusqu’à ce qu’une voix féminine lui demande : « Comment on entre là-dedans ?

— Impossible d’entrer. C’est complet », répondit le camelot sans tourner la tête. Même les affiches « Groupe de Rocs »… On lui avait offert trois piastres rien que pour des affiches, et Crayeux le troll pouvait en débiter cent par…

Il leva la tête. Le cheval, une magnifique bête blanche, l’observait sans curiosité.

Planteur regarda autour de lui. « Où elle est passée ? »

Deux trolls paressaient dans l’entrée. Suzanne les ignora. Ils ignorèrent la jeune fille.

Dans le public, Cogite Stibon lança un regard d’un côté et de l’autre puis ouvrit prudemment une boîte.

Le fil tendu à l’intérieur commença de vibrer.

« Ce n’est pas normal ! cria-t-il à l’oreille de Ridculle. Ce n’est pas conforme aux lois de l’acoustique !

— Y a peut-être pas de lois ! » brailla Ridculle. Même ses voisins immédiats n'arrivaient pas à l'entendre. « C'est p't-être seulement des recommandations !

— Non ! Il y a forcément des lois ! »

Ridculle vit le doyen tenter de grimper sur scène au milieu de l'agitation. L'immense pied de troll d'Asphalte lui atterrit lourdement sur les doigts.

« Oh, dites, joli coup », fit l'archichancelier.

Un picotement sur la nuque le fit se retourner.

La Caverne était bondée, mais on aurait dit qu'un vide circulaire s'y était formé. Les spectateurs se pressaient les uns contre les autres mais cet espace paraissait aussi inviolé que si un mur l'avait enclos.

Au centre se trouvait la jeune fille qu'il avait vue au Tambour. Elle marchait en tenant délicatement sa robe.

Les yeux de Ridculle s'embuèrent.

Il s'avança en se concentrant. On pouvait presque tout faire en se concentrant. N'importe qui aurait pu pénétrer dans le cercle dès lors que les sens acceptaient d'en signaler la présence. A l'intérieur du cercle, les sons étaient légèrement assourdis.

Il lui tapota l'épaule. Elle pivota d'un bloc, ahurie.

« Bonsoir », fit Ridculle. Il la toisa, puis se présenta. « Je suis Mustrum Ridculle, archichancelier de l'Université de l'Invisible. C'est plus fort que moi, je me demande qui vous êtes.

— Euh… » La jeune fille parut paniquer un instant. « Eh bien, techniquement… je suppose que je suis la Mort.

— Techniquement ?

— Oui. Mais je ne suis pas actuellement en service.

— Ravi de l'apprendre. »

Un grand cri s'éleva vers la scène lorsque Asphalte expédia l'assistant des runes modernes dans le public qui applaudit.

« J'peux pas dire que j'ai eu beaucoup de contacts avec la

Mort, fit Ridculle, mais il était tout d'même… ben, c'était "il", déjà. Et il était beaucoup plus mince…

— C'est mon grand-père.

— Ah. Ah. Vraiment ? J'savais même pas qu'il… » Ridculle s'interrompit. « Tiens, tiens, voyez-vous ça. Votre grand-père ? Et vous êtes dans l'entreprise familiale ?

— La ferme, vieil imbécile, fit Suzanne. Ne vous avisez pas de me traiter avec condescendance. Vous le voyez, lui ? » Elle montra du doigt la scène où Buddy était au beau milieu d'un riff. « Il va bientôt mourir parce que… à cause d'une sottise. Et si vous ne pouvez rien y faire, fichez-moi le camp ! »

Ridculle jeta un coup d'œil vers la scène. Lorsqu'il voulut revenir à Suzanne, elle avait disparu. Au prix d'un gros effort il crut l'entrevoir fugitivement un peu plus loin, mais elle savait qu'il la cherchait, aussi n'avait-il désormais aucune chance de la retrouver.

Asphalte revint le premier dans la loge. Une loge vide dégage toujours une impression de tristesse. Comme un slip abandonné auquel elle ressemble à bien des égards. Elle a été le siège d'une grande activité. Elle a même peut-être connu des émotions intenses et toute une gamme de passions humaines. Et il n'en subsiste plus guère qu'une faible odeur.

Le petit troll déposa le sac de cailloux par terre et trancha d'un coup de dents les goulots de deux bouteilles de bière.

Magma entra. Arrivé au milieu de la loge, il s'écroula de tout son long sur le plancher, d'un bloc. Nore l'enjamba et s'affala sur un fût.

Il regarda les bouteilles de bière. Il ôta son casque. Il versa la bière dans le casque. Puis sa tête se laissa tomber dedans.

Buddy entra à son tour et s'assit dans un coin, adossé contre le mur.

Et Planteur le suivit. « Eh ben, qu'est-ce que j'peux dire ? Qu'est-ce que j'peux bien dire ? fit-il.

— Demandez pas à nous, répondit un Magma toujours étalé par terre. Comment on saurait ?

— C'était magnifique. Qu'est-ce qui lui arrive, au nain ? Il se noie ? »

Nore tendit un bras sans regarder et fracassa le goulot d'une bouteille de bière qu'il se vida sur la tête.

« Monsieur Planteur ? demanda Magma.

— Oui ?

— Je crois on a envie causer. Rien que nous, quoi. Le groupe. Si ça fait rien. »

Planteur les passa en revue. Buddy fixait le mur. Nore poursuivait ses gargouillis. Magma gisait toujours sur le plancher.

« D'accord, dit-il avant d'ajouter joyeusement : Buddy ? Le concert gratuit… grande idée. Je commence à l'organiser tout d'suite et vous pourrez le donner dès que vous serez rentrés de tournée. Voilà. Bon, je vais… »

Il se retourna pour partir et tomba dans les bras de Magma qui bloquait soudain la porte.

« Tournée ? Quelle tournée ? »

Planteur recula un peu. « Oh, quelques villes. Quirm, Pseudopolis, Sto Lat… » Il les regarda un à un. « C'est pas ce que vous vouliez ?

— On causera ça plus tard », répliqua Magma.

Il poussa Planteur hors de la loge et claqua la porte.

De la bière gouttait de la barbe de Nore.

« Une tournée ? Trois autres soirs comme ça ?

— Où est le problème ? fit Asphalte. C'était géant ! Tout le monde applaudissait. Vous avez joué deux heures ! J'ai pas arrêté de les dégager d'la scène à coups de pied. Je m'suis jamais senti aussi… »

Il s'interrompit.

« C'est ça, oui, dit Magma. J'entre sur scène, m'asseois sans savoir qu'est-ce on va faire, puis Buddy joue un truc à la… son machin, et alors je cogne *bam-Bam-chcha-chcha-BAM-bam*. Je sais pas quoi je joue. Vient comme ça dans ma tête et descend dans mes bras.

— Oui, dit Nore. Moi pareil. J'ai l'impression que je sors de mon cor des trucs que j'y ai jamais mis.

— Et ça ressemble pas à façon normale de jouer, poursuivit Magma. C'est ça je veux dire. On a davantage impression on joue de nous.

— T'es dans le spectacle depuis longtemps, c'est ça ? demanda Nore à Asphalte.

— Ouaip. J'ai fait ce boulot en long, en large et en travers. J'ai tout vu.

— Et t'as déjà vu un public pareil ?

— J'en ai vu qui applaudissaient et jetaient des fleurs à l'Opéra…

— Ha ! Des fleurs, c'est tout ? Y a une femme qu'a jeté… ses vêtements sur scène !

— Vrai, ça ! Atterri sur ma tête !

— Et quand miss Va Va Voum a fait la danse du Truc en Plumes au Caf' Sconse de la rue des Brasseurs, tout le monde s'est jeté sur scène quand elle est arrivée à la dernière…

— C'était comme ici, c'est ça ?

— Non, reconnut le troll. J'dois avouer, j'ai jamais vu de public aussi… affamé que ce soir. Même pour miss Va Va Voum, et ils avaient pourtant un vache d'appétit, moi j'vous l'dis. Evidemment, personne a jeté de sous-vêtements sur scène. C'était plutôt elle qui les jetait dans l'public.

— Y a autre chose, fit Magma. Quatre dans cette loge mais que trois à parler. »

Buddy leva les yeux.

« La musique est importante, marmonna-t-il.

— C'est pas d'la musique, fit Nore. La musique, ça fait pas ça aux gens. Ça leur donne pas l'impression d'être passés dans une essoreuse. J'ai tellement sué que j'vais être forcé de changer de tricot de corps un de ces jours. » Il se frotta le nez. « Et puis j'ai regardé le public, et je m'suis dit : ils ont payé pour entrer. Je parie que ça dépasse les dix piastres. »

Asphalte tendit un bout de papier.

« J'ai trouvé ce billet par terre », dit-il.

Nore le lut.

« Une piastre cinquante ? fit-il. Six cents personnes à une piastre cinquante ? Ça… ça fait quatre cents piastres !

— Neuf cents, rectifia Buddy du même ton morne, mais l'argent n'est pas important.

— L'argent, c'est pas important ? T'arrêtes pas de dire ça ! T'es quel genre de musicien, toi ? »

On entendait toujours une rumeur assourdie dehors.

« Tu veux recommencer à jouer pour une demi-douzaine de personnes dans une cave quelque part après ça ? demanda Buddy. Qui est le plus célèbre joueur de cor qu'ait jamais existé, Nore ?

— Frère Charnier, répondit aussitôt le nain. Tout le monde sait ça. Il s'est introduit dans le temple d'Offler en chaussettes, tout habillé de noir, il a volé l'or de l'autel et en a fait un cor avec lequel il a joué de la musique magique jusqu'à ce que les dieux l'attrapent et lui arrachent…

— D'accord, fit Buddy, mais si tu sors maintenant et que tu demandes qui est le plus célèbre joueur de cor, est-ce qu'ils vont se souvenir du nom d'un moine en chaussettes noires, ou est-ce qu'ils vont crier celui de Nore Noresson ?

— Ils… »

Nore hésita.

« Eh oui, fit Buddy. Penses-y. Un musicien doit se faire entendre. Tu ne peux pas t'arrêter maintenant. On ne peut pas s'arrêter maintenant. »

Nore agita un doigt en direction de la guitare.

« C'est cette gratte, dit-il. Elle est trop dangereuse.

— Je peux m'en occuper !

— Oui, mais où est-ce que ça va finir ?

— L'important, ce n'est pas comment on finit, dit Buddy, mais comment on y arrive.

— A moi, ça me paraît elfique… »

La porte se rouvrit à la volée.

« Euh, fit Planteur, les gars, si vous retournez pas jouer un autre truc, on est dans une sacrée m…

— Peux pas jouer, le coupa Nore. J'ai plus d'souffle faute d'argent.

— Dix piastres, je vous ai dit, non ?

— Chacun », fit Magma.

Planteur, qui n'avait pas espéré s'en tirer à moins de cent, agita les mains en l'air.

« Vous appelez ça d'la gratitude ? dit-il. Vous voulez que j'me tranche la gorge ?

— On donne coup de main pour ça, si vous y tenez, fit Magma.

— D'accord, d'accord, trente piastres. Mais là, j'prends un bouillon. »

Magma regarda Nore qui digérait toujours le coup du plus célèbre joueur de cor au monde.

« Beaucoup de nains et trolls dans le public, dit Magma.

— *Au fond de la caverne, en haut de la montagne*, proposa Nore.

— Non, fit Buddy.

— Quoi, alors ?

— Je vais trouver quelque chose. »

Le public se déversa dans la rue. Les mages se regroupèrent autour du doyen en claquant des doigts.

« Yé-yé-yé… chantait gaiement le doyen.

— Il est minuit passé ! constata l'assistant des runes modernes sans cesser de claquer des doigts, et je m'en fous éperdument ! Qu'est-ce qu'on fait maintenant ?

— J'suis en appétit pour une bonne bagarre, dit le doyen. Ouais, une bonne bagarre, je serais pas contre.

— C'est vrai, ça, dit le titulaire de la chaire des études indéfinies, on a sauté le dîner.

— On a sauté le dîner ? s'étonna le major de promo. Hou-là ! C'est ça, la musique de rocs. On s'en fout !

— Non, j'voulais dire… » Le doyen s'interrompit. Il n'était plus sûr, maintenant qu'il y repensait, de ce qu'il avait voulu dire. « Il y a une trotte jusqu'à l'Université, reprit-il. J'imagine qu'on pourrait au moins s'arrêter prendre un café ou autre chose.

— Peut-être un ou deux beignets, fit les runes modernes.

— Et une part de gâteau, pourquoi pas ? ajouta le titulaire de la chaire.

— Je me laisserais bien tenter par une tarte aux pommes, renchérit le major de promo.

— Et du gâteau.

— Du café, fit le doyen. Ou-ui. Une cafétéria. Voilà.

— C'est quoi, ça, des cafétérias ? demanda le major de promo.

— Des bars où on trouve du café, tiens.

— Comme des barres de chocolat ? » fit les runes modernes.

Le dîner qu'ils avaient sauté et auquel ils ne pensaient pas jusqu'ici commençait à leur tarauder le ventre.

Le doyen baissa les yeux sur sa nouvelle robe de cuir luisante. Tout le monde lui avait trouvé grande allure. Avait admiré son NE DANS LA RUNE. Ses cheveux étaient aussi dans le ton. Il se demandait s'il n'allait pas se raser la barbe mais en conservant des pattes de chaque côté parce qu'il sentait que ça aussi, c'était dans le ton. Comme le café... oui... le café avait aussi sa place là-dedans. Le café jouait son rôle dans l'affaire.

Sans oublier la musique. Qui était là. Partout.

Mais il n'y avait pas que ça. Il manquait une chose. Il ne savait pas trop ce que c'était, seulement qu'il la reconnaîtrait si jamais il la voyait.

Il faisait très sombre dans la ruelle derrière la Caverne, et seuls des yeux extrêmement perçants auraient distingué plusieurs silhouettes plaquées contre le mur.

L'éclat intermittent d'une paillette ternie aurait signalé au passant averti qu'il s'agissait des plus fameux argousins de la Guilde des Musiciens, Les Chanteurs Harmonistes Consonants de Grisham Frord. A la différence de la plupart des employés de monsieur Clete, ils jouissaient d'un authentique talent musical.

Ils étaient aussi entrés voir le groupe.

« Dou-wap, a dou-wap, a dou-wap... faisait le maigre.

— Babababah... » faisait le grand. Il y a toujours un grand.

« Clete a raison. S'ils continuent d'attirer la foule comme ça, tous les collègues vont se retrouver à la rue, dit Grisham.

— Oh yééé, fit la basse.

— Dès qu'ils passent cette porte... (trois autres couteaux glissèrent hors de leurs fourreaux) ben, je vous donne le tempo. »

Ils entendirent des pas dans l'escalier. Grisham hocha la tête.

« Et un, et deux, et un-deux-tr…

— MESSIEURS ? »

Ils pivotèrent.

Une silhouette sombre se tenait derrière eux, une faux luisante dans les mains.

Suzanne eut un sourire horrible.

« ON REPREND AU DÉBUT ?

— Oh, nooon », fit la basse.

Asphalte déverrouilla la porte et sortit dans la nuit.

« Hé, c'est quoi, ça ? fit-il.

— C'est quoi, quoi ? demanda Planteur.

— J'ai cru entendre quelqu'un s'enfuir… » Le troll s'avança. Un tintement métallique le fit s'arrêter. Il baissa la main et ramassa un objet.

« J'sais pas qui c'était, mais il a laissé tomber…

— Une babiole quelconque, dit Planteur d'une voix forte. Venez, les gars. Ce soir, vous coucherez pas dans un asile de nuit. Pour vous, ce sera le Dioritz !

— C'est un hôtel troll, non ? demanda Nore d'un ton soupçonneux.

— Un peu troll, répondit Planteur en agitant une main irritée.

— Hé, suis déjà allé une fois pour faire cabaret ! dit Magma. Ont presque tout ! L'eau au robinet dans presque toutes les chambres ! Un tuyau parleur, on peut brailler la commande directement dans cuisine, et puis des gars avec vraies chaussures viennent livrer le repas ! Grand luxe !

— Faites-vous plaisir ! dit Planteur. Vous pouvez vous l'offrir, les gars !

— Et après, y a la tournée, hein ? lança sèchement Nore. Ça aussi, on peut se l'offrir, pas vrai ?

— Oh, j'vais vous aider sur ce coup-là, répondit Planteur avec chaleur. Demain vous partez pour Pseudopolis, ça va vous prendre deux jours, puis vous revenez par Sto Lat et Quirm, et vous serez rentrés mercredi pour le festival. Grande idée, ça. Faire une fleur à la communauté, j'ai toujours été partisan des cadeaux à la communauté. C'est excellent pour… pour… pour la communauté. Je vais tout organiser pendant votre absence, d'accord ? Et après… » Il passa un bras autour des épaules de Buddy et un autre autour de la tête de Nore. « Genua ! Klatch ! Malaba ! Chimérie ! Terres d'Howonda ! Peut-être même le continent Contrepoids, on parle de le redécouvrir sous peu, de grandes perspectives pour ceux qui sauront y faire ! Avec votre musique et mon sens infaillible des affaires, le monde s'ouvre à nous comme un mollusque ! Allez, Asphalte va vous emmener, vous avez droit maintenant aux meilleures chambres, y a rien de trop beau pour mes gars, et dormez sans vous inquiéter d'la note…

— Merci, fit Nore.

— … vous la réglerez dans la matinée. »

Le Groupe de Rocs s'éloigna d'un pas traînant en direction du meilleur hôtel de la ville.

Planteur entendit Magma demander : « C'est quoi, mollusque ?

— C'est comme deux plaques de carbonate de calcium condensé avec au milieu un truc visqueux et salé qui sent le poisson.

— Ç'a l'air bon. Pas obligé manger le truc au milieu, dis ? »

Après leur départ, Planteur regarda le couteau qu'il avait subtilisé à Asphalte. L'arme était ornée de paillettes.

Oui. Expédier les gars quelques jours ailleurs, c'était vraiment une bonne idée.

Perché sur la gouttière en surplomb, la Mort aux Rats baragouinait tout seul.

Ridculle sortit lentement de la Caverne. Seul un petit tas de billets périmés sur les marches témoignait des heures de musique que la salle avait connues.

Il se sentait comme lorsqu'on assiste à un jeu dont on ne connaît pas les règles. Par exemple, le jeune gars avait chanté… C'était quoi, déjà ? *Dans l'vent.* Qu'est-ce que ça pouvait bien vouloir dire ? Se tenir dans les courants d'air, oui, ça, il comprenait, comme ceux qui soufflaient sous le crâne du doyen. Dans l'vent ? Mais tout le monde avait eu l'air de comprendre. Ensuite il y avait eu, pour autant qu'il se rappelait, une chanson à propos d'un gars qui demandait qu'on ne marche pas sur ses chaussures bleues. Très bien, une requête sensée, personne ne tient à se faire marcher sur les pieds, mais qu'une chanson sur un tel sujet produise autant d'effet plongeait Ridculle dans une grande perplexité.

Quant à la jeune fille…

Cogite se leva soudain, tout agité, en serrant sa boîte.

« J'ai presque tout pris, archichancelier ! » s'écria-t-il.

Ridculle jeta un coup d'œil derrière son collègue. Planteur s'amenait, encore chargé d'un panier de maillots Groupe de Rocs invendus.

« Oui, très bien, monsieur Stibon – lafermelafermelaferme –, dit-il. Epatant, on rentre.

— Bonsoir, archichancelier, fit Planteur.

— Tiens, salut, la Gorge, répondit Ridculle. J'vous ai pas vu au concert.

— Y a quoi, dans cette boîte ?

— Oh, rien, rien du tout…

— C'est incroyable ! fit un Cogite en proie à l'excitation exubérante du véritable découvreur autant que du crétin fini. On peut piéger la… arragh aargh aargh.

— Ma parole, j'suis qu'un vieux maladroit, fit Ridculle tandis que le jeune mage s'étreignait la jambe. Tenez, confiez-moi donc cet appareil *sans aucun intérêt* que vous trimballez… »

Mais la boîte avait échappé des bras de Cogite. Elle tomba sur la chaussée avant que Ridculle ait eu le temps de la rattraper et le couvercle sauta.

La musique emplit la nuit.

« Comment vous avez réussi ça ? demanda Planteur. C'est d'la magie ?

— La musique se laisse enfermer, en conséquence de quoi on peut l'écouter indéfiniment, répondit Cogite. Et je pense que vous l'avez fait exprès, monsieur !

— On peut l'entendre indéfiniment ? répéta Planteur. Quoi ? Rien qu'en ouvrant une boîte ?

— Oui, dit Cogite.

— Non, fit Ridculle.

— Si, insista Cogite. Je vous ai montré, archichancelier. Vous ne vous rappelez pas ?

— Non.

— N'importe quel genre de boîte ? demanda Planteur d'une voix que le lucre étranglait.

— Oh, oui, mais il faut tendre un fil à l'intérieur, parce qu'il faut que la musique reste quelque part et ouille ouille ouille.

— J'sais pas ce qui m'arrive tout d'un coup, j'ai des spasmes musculaires, fit Ridculle. Venez, monsieur Stibon, on va pas faire perdre davantage de son temps précieux à monsieur Planteur.

— Oh, vous me l'faites pas perdre, se récria Planteur. Des boîtes pleines de musique, hein ?

— Celle-là, on la prend, fit Ridculle en la raflant par terre. C'est une importante expérience magique. »

Il éloigna de force Cogite, manœuvre d'autant plus malaisée que le jeune mage se tenait plié en deux et avait du mal à respirer.

« Qu'est-ce qui vous a… pris de me… faire ça ?

— Monsieur Stibon, je sais que vous cherchez à comprendre l'univers. Voici une règle importante : ne jamais donner au singe la clé de la plantation de bananes. Des fois, suffit de trois fois rien pour qu'un accident… Oh, non. »

Il lâcha Cogite et fit un geste vague de la main vers un point un peu plus loin dans la rue.

« Et là-dessus, vous avez des théories, jeune homme ? »

Une matière visqueuse brun doré s'écoulait sur la chaussée depuis ce qui devait être, derrière les tas gluants, une boutique. Tandis qu'ils regardaient le phénomène, les deux mages entendirent du verre tinter et la substance brunâtre commença de s'écouler du premier étage.

Ridculle s'en approcha d'un pas ferme, en ramassa une poignée et bondit en arrière avant que le mur l'atteigne. Il la renifla.

« Une émanation abominable des dimensions de la Basse-Fosse ? demanda Cogite.

— J'crois pas. Ça sent le café, répondit Ridculle.

— Le café ?

— Une mousse au café, en tout cas. J'sais pas pourquoi, mais j'ai dans l'idée qu'il y a du mage là-dessous. »

Une silhouette tituba hors de l'écume en laissant tomber des bulles marron.

« Qui va là ? lança Ridculle.

— Ah, oui ! Est-ce qu'on a relevé le numéro de ce char à bœufs ? Un autre beignet, vous seriez bien aimable ! fit joyeusement la silhouette avant de s'abattre dans la mousse.

— Ça ressemblait à l'économe, je trouve, dit Ridculle. Venez, mon garçon. C'est que des bulles. » Il s'enfonça à grands pas dans la mousse.

Après un instant d'hésitation, Cogite comprit qu'il en allait de l'honneur des jeunes mages et il s'ouvrit un chemin à sa suite.

Presque aussitôt il buta contre quelqu'un dans la brouillasse de bulles.

« Euh… salut ?

— Qui c'est ?

— C'est moi, Stibon. Je viens vous sauver.

— Bien. C'est par où, la sortie ?

— Euh… »

Des explosions se produisirent quelque part dans le nuage de café puis un petit claquement sec. Cogite cligna des yeux. Le niveau des bulles baissait.

Divers chapeaux pointus apparurent telles des souches immergées dans un lac qui s'assèche.

Ridculle s'approcha en pataugeant, le couvre-chef dégouttant de mousse de café.

« J'sais pas quelles conneries se passent ici, dit-il, et j'vais attendre patiemment que le doyen fasse des aveux.

— Je ne vois pas pourquoi vous présumez que c'est moi, marmonna une colonne couleur café.

— Et qui c'est, alors ?

— Le doyen a dit que le café devait être mousseux, répondit un monticule d'écume à l'allure de major de promo, il a fait un petit coup de magie et je crois qu'on s'est laissé entraîner.

— Ah, c'est donc bien vous, doyen.

— Oui, d'accord, mais seulement par hasard, fit le doyen d'un ton irrité.

— Sortez tous de là, ordonna Ridculle. Retournez tout de suite à l'Université.

— J'veux dire, je ne vois pas pourquoi vous présumez que

c'est ma faute uniquement parce qu'il m'est quelquefois arrivé de… »

La mousse qui avait encore décru laissa apparaître deux yeux sous un casque de nain.

« 'scusez-moi, fit une voix toujours sous les bulles, mais qui va payer pour tout ça ? Y en a pour quatre piastres, merci beaucoup.

— C'est l'économe qu'a l'argent, répondit aussitôt Ridculle.

— Plus maintenant, dit le major de promo. Il a acheté dix-sept beignets.

— Du sucre ? fit Ridculle. Vous l'avez laissé manger du sucre ? Vous savez pourtant l'effet que ça lui fait, il devient tout drôle, vous l'savez. Madame Panaris a dit qu'elle rendrait son tablier si on le laissait encore s'approcher du sucre. » Il conduisit le troupeau de mages mouillés vers la porte. « D'accord, mon brave, vous pouvez avoir confiance, on est des mages, j'vais vous faire envoyer de l'argent dans la matinée.

— Hah, vous vous figurez que j'vais croire ça, hein ? » répliqua le nain.

La nuit avait été longue. Ridculle se retourna et agita la main en direction du mur. Un jet de feu octarine fusa et les mots *Je vous dois 4 piasses* se gravèrent dans la pierre.

« Bon, d'accord, y a pas de problème. » Le nain se renfonça dans la mousse.

« Je ne crois pas que madame Panaris va s'inquiéter, fit l'assistant des runes modernes tandis qu'ils marchaient dans la nuit accompagnés d'un bruit de succion. Je l'ai vue avec certaines des servantes au… euh… au concert. Vous savez, les filles de cuisine. Molly, Polly et… euh… Dolly. Elles… euh… elles criaient.

— J'ai pas trouvé la musique si mauvaise que ça, dit Ridculle.

— Pas… euh… parce qu'elles avaient mal, euh… je ne dirais pas ça, fit l'assistant des runes modernes qui commençait à devenir tout rouge, mais… euh… quand le jeune homme remuait des hanches…

— Ça faisait franchement elfique, dit Ridculle

— … euh… je crois qu'elle a jeté une partie de ses… euh… sous… machins sur la scène. »

Cette révélation réduisit même Ridculle au silence, du moins un instant. Chaque mage se plongea soudain dans ses pensées.

« Quoi ? Madame Panaris ? fit le titulaire de la chaire des études indéfinies.

— Oui.

— Quoi ? Ses…

— Je… euh… je crois. »

Ridculle avait un jour vu la corde à linge de madame Panaris. Il avait été impressionné. Il n'aurait jamais cru qu'il existait une telle quantité d'élastique rose dans le monde.

« Quoi ? Voulez vraiment dire ses… ? fit le doyen d'une voix qui paraissait venir de très loin.

— Je… euh… Je suis à peu près sûr.

— Moi, je trouve ça dangereux, lança vivement Ridculle. Ça pourrait gravement blesser quelqu'un. Maintenant, vous tous, on retourne tout d'suite à l'Université prendre des bains glacés.

— Vous voulez vraiment dire ses… ? » fit le titulaire de la chaire des études indéfinies. D'une certaine façon, aucun d'eux ne se sentait en mesure de penser à autre chose.

« Rendez-vous utiles et trouvez-moi l'économe, ordonna sèchement Ridculle. Et j'vous demanderais bien de vous présenter devant les hautes instances de l'Université dès demain matin, malheureusement c'est vous, les hautes instances de l'Université… »

Ron l'Infect, cinglé professionnel et mendiant parmi les plus industrieux d'Ankh-Morpork, cligna des yeux dans l'obscurité. Le seigneur Vétérini jouissait d'une excellente vision nocturne. Et, malheureusement, d'un odorat très développé.

« Et que s'est-il passé ? » demanda-t-il en s'efforçant de détourner son visage du mendiant. Car si, question taille, Ron l'Infect n'était qu'un avorton voûté dans un manteau crasseux démesuré, question odeur il emplissait le monde.

A vrai dire, le mendiant était un schizophrène physique. Il y avait d'un côté Ron l'Infect et de l'autre son odeur, laquelle avait pris de telles proportions au fil des ans qu'elle possédait une personnalité distincte. Tout un chacun peut dégager une odeur qui subsiste longtemps après son départ, mais celle de Ron l'Infect pouvait débarquer n'importe où plusieurs minutes avant lui, afin de s'étaler et se mettre à l'aise en attendant qu'il apparaisse. Elle était devenue si puissante qu'on ne la percevait plus avec le nez, qui s'obturait instantanément pour se protéger ; les passants savaient que Ron l'Infect approchait à la façon dont leur cérumen commençait à fondre.

« Faichier, faichier, tout à l'envers, j'leur ai bien dit, fonchier… »

Le Patricien attendit. Avec Ron l'Infect, il fallait laisser le temps à son esprit vagabond de passer dans le voisinage de sa langue.

« … m'espionner avec de la magie, j'leur ai bien dit, d'la soupe aux haricots, tenez… et alors tout le monde dansait, vous voyez, et après y avait deux mages dans la rue, et y en a un qu'arrêtait pas de parler d'enfermer la musique dans une boîte et ça intéressait monsieur Planteur, puis le bistro a explosé et ils sont tous rentrés à l'Université… faichier, faichier, fonchier, vous allez voir si je l'fais pas.

— Le bistro a explosé, c'est ça ?

— Du café mousseux partout, Votonneur… faich…

— Oui, oui, je connais la suite, fit le Patricien en agitant une main fine. Et c'est tout ce que vous pouvez me dire ?

— Ben… faich… »

Ron l'Infect surprit le regard du Patricien et se ressaisit. Malgré sa santé d'esprit très particulière, il savait quand ne pas trop forcer sur une chance usée jusqu'à la corde. Son odeur se promenait dans la salle, lisait des documents, examinait des tableaux.

« A ce qu'on raconte, il rend folles toutes les femmes », fit le mendiant. Il se pencha vers le Patricien. Qui se pencha en arrière. « A ce qu'on raconte, après qu'il a remué les hanches comme ça… madame Panaris a jeté son… trucbidule… sur la scène. »

Le Patricien haussa un sourcil.

« Trucbidule ?

— Vous savez. » Les mains de Ron l'Infect décrivirent une vague forme.

« Deux taies d'oreillers ? Deux sacs de farine ? Un pantalon très lar… Oh. Je vois. Ma parole. Il y a eu des victimes ?

— Chaispas, Votonneur. Mais y a quelque chose que j'sais.

— Oui ?

— Euh… D'après Comblant Michel, Votonneur paye des fois les renseignements… ?

— Oui, je suis au courant. Je ne comprends pas comment se répandent de telles rumeurs, dit le Patricien qui se leva et ouvrit une fenêtre. Je veillerai à ce qu'on y remédie. »

Une fois encore, Ron l'Infect se souvint qu'il était peut-être dément mais sûrement pas si fou que ça.

« Seulement j'ai ça, Votonneur, fit-il en sortant un papier plié des replis épouvantables de ses vêtements. Y a quelque chose d'écrit d'sus, Votonneur. »

Il s'agissait d'une affiche aux couleurs crues rutilantes. Elle ne devait pas être très ancienne, mais une ou deux heures passées à protéger du froid la poitrine de Ron l'Infect lui avaient donné un méchant coup de vieux. Le Patricien la déplia à l'aide d'une pince à épiler.

« Ça, c'est les portraits des musiciens, expliqua obligeamment Ron l'Infect, et y a quelque chose d'écrit, là. Et encore aut' chose là, regardez. M'sieur Planteur a demandé à Crayeux le troll de les tirer, mais j'suis entré vite fait et j'ai menacé de souffler à la figure de tout le monde si on m'en donnait pas une.

— Je suis sûr que la menace a porté ses fruits », dit le Patricien.

Il alluma la bougie et lut attentivement l'affiche. En présence de Ron l'Infect, toutes les bougies brûlaient d'une flamme bleutée.

« *Festival gratuit de musique de rocs*, dit-il.

— C'est quand on a rien à payer pour entrer, expliqua toujours obligeamment le mendiant. Fonchier, faichier. »

Le seigneur Vétérini poursuivit sa lecture.

« Au parc des Prinses. Mercredi prochain. Bien, bien. Un espace public en plein air, évidemment. Je me demande si beaucoup de monde s'y rendra ?

— Y aura la foule, Votonneur. Des centaines de gens ont pas pu entrer à la Caverne.

— Et l'orchestre ressemble à ça, hein ? fit le seigneur Vétérini. Ils ont toujours cet air mauvais ?

— J'les ai surtout vus transpirer, la plupart du temps, dit Ron l'Infect.

— *Venez dard-dard ou restez tisonniers*, fit le Patricien. C'est une espèce de code secret, d'après vous ?

— Peux pas dire, Votonneur. J'ai le cerveau qui s'ralentit quand j'ai soif.

— *Du jamays vu ! A tout caffer !* » dit le seigneur Vétérini d'une voix solennelle. Il releva les yeux. « Oh, je vous demande pardon. Je vais sûrement trouver quelqu'un qui vous apportera un bon rafraîchissement... »

Ron l'Infect toussa. L'offre avait paru parfaitement sincère, mais il n'avait soudain plus soif du tout.

« Je ne voudrais pas vous retenir, alors. Je vous remercie infiniment, dit le seigneur Vétérini.

— Euh...

— Oui ?

— Euh... Rien...

— Parfait. »

Une fois que Ron l'Infect eut descendu l'escalier dans un concert de « faichier, faichier, fonchier », le Patricien tapota de sa plume le papier et fixa le mur.

La plume n'arrêtait pas de rebondir sur le mot *gratuit*.

Il finit par agiter une clochette. Un jeune commis passa la tête par la porte. « Ah, Tambourinœud, fit-il, allez dire au patron de la Guilde des Musiciens qu'il a envie de s'entretenir avec moi, vous voulez bien ?

— Euh... monsieur Clete est déjà dans la salle d'attente, Votre Seigneurie, répondit le commis.

— Aurait-il apporté par hasard une espèce d'affiche ?

— Oui, Votre Seigneurie.

— Est-il furieux ?

— C'est effectivement le cas, Votre Seigneurie. C'est à propos d'un festival. Il insiste pour que vous le fassiez interdire.

— Vraiment !

— Et il exige que vous le receviez sur-le-champ.

— Ah. Alors laissez-le mijoter, disons vingt minutes, ensuite vous le ferez monter.

— Oui, Votre Seigneurie. Il répète sans arrêt qu'il veut savoir quelles mesures vous comptez prendre.

— Bien. Alors je pourrai lui poser la même question. »

Le Patricien se carra dans son fauteuil. *Si non confectus, non reficiat*. La devise des Vétérini. Tout marche quand on laisse faire.

Il ramassa un paquet de partitions et entreprit d'écouter le *Prélude à un nocturne sur un motif de Bubbla* de Salami.

Au bout d'un moment il releva la tête.

« Qu'est-ce que tu attends pour filer ? » lança-t-il sèchement.

L'odeur s'éclipsa furtivement.

« Couiii !

— Ne sois pas ridicule ! Tout ce que j'ai fait, c'est leur flanquer la frousse pour qu'ils s'en aillent. Ce n'est pas comme si je leur avais fait du mal. A quoi bon détenir le pouvoir si on ne peut pas s'en servir ? »

La Mort aux Rats se mit le museau entre les pattes. C'était beaucoup plus facile avec les rats*.

* Les rats tenaient une place importante dans l'histoire d'Ankh-Morpork. Peu de temps avant l'arrivée au pouvoir du Patricien, la ville avait connu une invasion de rats. La municipalité avait riposté en offrant vingt sous pour toute queue de rat qu'on lui ramenait. Ce qui, le temps d'une ou deux semaines, avait réduit le nombre des rongeurs – à la suite de quoi les files d'heureux chasseurs s'étaient multipliées, les finances municipales taries, et plus personne ne donnait l'impression de beaucoup travailler. Quant aux rats, ils paraissaient toujours aussi nombreux. Le seigneur Vétérini avait écouté attentivement l'énoncé du problème puis l'avait résolu d'une phrase mémorable qui en disait long sur sa personne, sur la folie des primes et sur l'instinct naturel des Morporkiens dans toutes les situations mettant en jeu de l'argent : « Taxez les élevages de rats. »

Planteur J-M-T-L-G se passait lui aussi souvent de sommeil. En général, il ne rencontrait Crayeux que la nuit. Le troll, quoique imposant, avait tendance à se dessécher et à s'effriter en plein jour.

Certains de ses congénères le méprisaient parce qu'il venait d'une famille sédimentaire et appartenait donc à une classe inférieure. Il s'en fichait. Il était d'un caractère très aimable.

Il effectuait de petits boulots spéciaux pour certains clients qui réclamaient d'urgence un service inhabituel sans complications et disposaient d'espèces sonnantes et trébuchantes. Et ce boulot-là était vraiment spécial.

« Que des boîtes ? s'étonna-t-il.

— Avec des couvercles, répondit Planteur. Comme celle-là, que j'ai fabriquée. Et avec un bout de fil de fer tendu à l'intérieur. »

Certains auraient demandé « Pourquoi ? » ou « Pour quoi faire ? » mais Crayeux ne gagnait pas son argent dc cette façon-là. Il saisit la boîte, la tourna et la retourna.

« Combien ? demanda-t-il.

— Dix pour commencer, ça suffira, répondit Planteur. Mais je crois qu'il en faudra d'autres plus tard. Des tas et des tas d'autres.

— C'est combien, dix ? »

Planteur leva les deux mains, doigts tendus.

« Je fais une pour deux piastres, annonça Crayeux.

— Tu veux que je m'tranche la gorge ?

— Deux piastres.

— Une piastre pour celles-là et une piastre cinquante pour la fournée suivante.

— Deux piastres.

— D'accord, d'accord, deux piastres pièce. Ça fait dix piastres le tout, d'accord ?

— D'accord.

— Et là, je m'tranche la gorge. »

Crayeux jeta la boîte de côté. Elle rebondit par terre et le couvercle se détacha.

Un peu plus tard, un petit bâtard brun grisâtre en quête de pitance entra en claudiquant dans l'atelier et, assis devant la boîte, en regarda un moment l'intérieur.

Puis il se sentit vaguement ridicule et s'en repartit tranquillement.

Ridculle tambourina à la porte du bâtiment de magie des hautes énergies alors que les horloges de la ville sonnaient deux heures. Il soutenait Cogite Stibon qui dormait debout.

L'archichancelier ne réfléchissait pas vite, mais il finissait toujours par arriver au but.

La porte s'ouvrit et les cheveux de Skazz apparurent.

« Vous êtes tourné vers moi ? demanda Ridculle.

— Oui, archichancelier.

— Laissez-nous entrer, alors, j'ai les chaussures trempées de rosée. »

Ridculle regarda autour de lui tandis qu'il aidait Cogite à entrer dans le bâtiment.

« J'voudrais bien savoir ce qui vous pousse, les gars, à travailler à toute heure du jour et d'la nuit, fit-il. J'ai jamais trouvé la magie si intéressante que ça quand j'étais jeune. Allez chercher du café pour monsieur Stibon, vous voulez bien ? Et après, ramenez vos amis. »

Skazz partit d'un air affairé et Ridculle se retrouva seul avec Cogite qui dormait paisiblement.

« Qu'est-ce qu'ils fabriquent au juste, ici ? » dit-il. Il n'avait jamais vraiment cherché à le savoir.

Son arrivée avait interrompu Skazz alors qu'il travaillait à un long établi près d'un mur.

Il reconnut au moins le petit disque de bois. De petites pierres oblongues étaient rangées dessus en deux cercles concentriques, et une lanterne à bougie reposait sur un bras pivotant qui lui permettait de se déplacer n'importe où sur la circonférence.

Il s'agissait d'un ordinateur de voyage pour druides, une sorte de cercle de pierres portable, ce qu'ils appelaient un « modèle de genoux ». L'économe en avait une fois commandé un. L'emballage annonçait : Pour le prêtre pressé. Il n'avait jamais su le faire fonctionner correctement et il s'en servait désormais comme butoir de porte. Ridculle ne voyait pas ce que ces engins apportaient à la magie. Après tout, ce n'étaient guère plus que des calendriers, et on trouvait de bons calendriers pour huit sous.

Plus curieuse était la batterie impressionnante de tuyaux de verre par-derrière l'appareil. C'est là-dessus que travaillait Skazz ; des débris de verre tordu, de bocaux et de carton jonchaient la place qu'avait occupée l'étudiant.

Les tubes avaient l'air vivants.

Ridculle se pencha. Ils grouillaient de fourmis.

Des milliers d'insectes cavalaient dans la tuyauterie et suivaient de petites spirales tarabiscotées. Dans le silence des lieux, ils produisaient un léger bruissement continu.

Il y avait une fente à hauteur des yeux de l'archichancelier. On avait collé sur le verre un bout de papier où se lisait le mot « entrée ».

Et sur l'établi traînait une carte oblongue visiblement de la bonne forme pour entrer dans la fente. Une carte percée de trous ronds.

Il y avait deux trous ronds, puis toute une série d'autres trous ronds, et plus loin encore deux autres. Quelqu'un y avait griffonné au crayon : « 2 + 2. »

Ridculle était homme à pousser un levier rien que pour voir ce qui se passe.

Il introduisit la carte dans la fente évidente…

Le bruissement se modifia aussitôt. Des fourmis parcoururent à la queue leu leu les tuyaux de leur allure affairée. Certaines avaient l'air de transporter des graines…

Il se produisit un petit bruit sourd et une carte tomba à l'autre bout du dédale de verre.

Elle était percée de quatre trous.

Ridculle la regardait toujours fixement lorsque Cogite arriva derrière lui en se frottant les yeux.

« Notre compteur formique, expliqua-t-il.

— Deux et deux égalent quatre, fit Ridculle. Ben dites donc, première nouvelle.

— Il fait aussi d'autres calculs.

— Vous voulez m'dire que les fourmis savent compter ?

— Oh, non. Pas individuellement… c'est un peu dur à expliquer… les trous dans les cartes, vous voyez… ça bloque certains tuyaux et ça les laisse passer par d'autre et… (Cogite soupira) on pense que l'appareil est capable d'autres opérations encore.

— Comme quoi ? demanda Ridculle.

— Euh… c'est ce qu'on essaye de découvrir…

— Vous essayez de le découvrir ? Qui l'a fabriqué ?

— Skazz.

— Et vous essayez maintenant de découvrir de quoi il est capable ?

— Ben, on pense qu'il pourrait faire des maths assez compliquées. Si on y met assez de bestioles. »

Les fourmis continuaient de se démener dans la gigantesque structure cristalline.

« J'avais un bidule pour un rat, ou une gerbille, j'sais plus, quand j'étais gamin, fit Ridculle qui renonça devant l'incompréhensible. Passait son temps dans un tourniquet. Il le faisait tourner sans arrêt, toute la nuit. C'est un peu pareil, non ?

— Dans les très grandes lignes, oui, répondit prudemment Cogite.

— J'avais aussi, vous savez, ce qu'on appelait une ferme à fourmis, poursuivit l'archichancelier qui revivait des souvenirs lointains. Les petites saletés, elles arrivaient jamais à labourer droit. » Il se ressaisit. « Bon, rameutez-moi le reste de vos copains tout d'suite.

— Pour quoi faire ?

— Un p'tit peu de travaux pratiques.

— On ne va pas examiner la musique ?

— Le moment venu. Mais d'abord, on va causer à quelqu'un.

— A qui ?

— J'suis pas sûr, avoua Ridculle. On le saura quand on sera devant lui. Ou elle. »

Nore fit du regard le tour de leur suite. Les patrons de l'hôtel venaient d'en sortir après le numéro habituel : « Là, c'est fenêtre, elle ouvre vraiment, là, c'est pompe, on tire l'eau avec poignée ici, et là, c'est moi attends un peu d'argent. »

« Ben, c'est la meilleure. Le pompon sur le casque, ça oui, fit-il. On a joué de la musique de rocs toute la soirée, et voilà ce qu'on nous file comme piaule !

— Sans prétentions, fit Magma. Ecoute, trolls et chichis, ça fait deux… »

Nore baissa les yeux vers ses pieds.

« Ça recouvre le plancher et c'est mou, dit-il. J'ai été idiot de croire que c'était un tapis. Qu'on aille me chercher un balai. Non, qu'on aille me chercher une pelle. Et après un balai.

— Ça ira », fit Buddy.

Il posa sa guitare et s'étendit sur la planche de bois, manifestement un des lits.

« Magma, dit Nore, je peux te causer une minute ? »

Il désigna la porte d'un geste de son pouce trapu.

Ils s'entretinrent sur le palier.

« Ça s'arrange pas, fit Nore.

— Ouaip.

— Maintenant, c'est tout juste s'il ouvre la bouche quand il est pas sur scène.

— Ouaip.

— T'as déjà vu un zombie ?

— Je connais un golem. Monsieur Dorfl, habite dans Grand Porc.

— Lui ? C'est un vrai zombie ?

— Ouaip. Mot saint écrit sur sa tête, j'ai vu.

— Beurk. C'est vrai ? J'lui ai acheté des saucisses…

— Dis donc… pourquoi tu parles zombies ?

— … on remarquait rien, au goût, j'ai trouvé que c'était un bon fabricant de saucisses…

— Qu'est-ce tu disais au sujet zombies ?

— … marrant, ça, on connaît un type depuis des années et on s'aperçoit ensuite qu'il a des pieds d'argile…

— Les zombies… répéta Magma d'un ton patient.

— Quoi ? Oh. Oui. J'veux dire qu'il se conduit comme un zombie. » Nore se remémora certains zombies d'Ankh-Morpork. « Enfin, comme les zombies sont censés se conduire.

— Ouaip. Je sais.

— Et on sait tous les deux pourquoi.

— Ouaip. Euh… pourquoi ?

— A cause de la guitare.

— Oh, ça. Ouais.

— Quand on est sur scène, c'est elle qui dirige... »

Dans le silence de la chambre, les cordes de la guitare couchée dans le noir près du lit de Buddy vibrèrent doucement au son de la voix du nain...

« D'accord, alors on fait quoi ? demanda Magma.

— C'est du bois. Dix secondes avec une hache, et y a plus de problème.

— J'suis pas sûr. C'est pas instrument ordinaire.

— C'était un chouette gars quand on l'a rencontré. Pour un humain, dit Nore.

— Alors on fait quoi ? J'crois pas on pourrait la lui enlever.

— On pourrait peut-être le convaincre de... »

Le nain s'interrompit. Il avait conscience d'un vague écho dans sa voix.

« Cette saleté nous écoute ! souffla-t-il. On va sortir. »

Ils se retrouvèrent dans la rue.

« J'vois pas comment elle fait, dit Magma. Instrument, ça s'écoute, pas contraire.

— Les cordes écoutent, trancha Nore. C'est pas un instrument ordinaire. »

Magma haussa les épaules.

« Y a moyen savoir », fit-il.

La brume du petit matin avait envahi les rues de la ville. Autour de l'Université, les légères radiations magiques ambiantes y sculptaient des formes curieuses. D'étranges silhouettes se déplaçaient sur les pavés mouillés.

Entre autres Nore et Magma.

« Voilà, fit le nain. On y est. »

Il leva les yeux sur un mur aveugle.

« Je le savais ! s'exclama-t-il. Je l'ai pas dit ? De la magie ! Combien de fois je l'ai entendue, cette histoire ? On tombe sur une boutique que personne avait encore vue, quelqu'un entre et achète une curiosité, une vieillerie toute rouillée, et en fait c'est...

— Nore...

— ... une espèce de talisman ou une bouteille pleine de génie, et après, quand ça s'gâte, le client retourne à la boutique, et la boutique...

— Nore... ?

— ... a mystérieusement disparu pour retourner dans j'sais pas quelle dimension d'où elle venait... Oui, qu'est-ce qu'il y a ?

— T'es mauvais côté d'la rue. Elle est là. »

Nore lança un regard noir au mur aveugle, puis il se retourna et traversa la chaussée en tapant du pied.

« Tout le monde peut s'tromper.

— Ouaip.

— Ça retire rien à ce que j'ai dit. »

Nore secoua la porte et, à sa grande surprise, découvrit qu'elle n'était pas verrouillée.

« Il est deux heures du matin passées ! Quel genre de magasin de musique est ouvert à deux heures du matin ? » Nore gratta une allumette.

Le cimetière poussiéreux de vieux instruments les entourait, menaçant. On aurait dit qu'une crue subite avait surpris une bande d'animaux préhistoriques qui s'étaient ensuite fossilisés.

« C'est quoi celui-là ressemble à serpent ? demanda Magma.

— Ça s'appelle un serpent. »

Nore se sentait mal à l'aise. Il avait été musicien la majeure partie de sa vie. Il détestait le spectacle d'instruments morts, et ceux-là l'étaient, morts. Ils n'appartenaient à personne. Personne n'en jouait. C'étaient comme des corps sans vie, des êtres sans âme. Ce qui les avait habités était parti. Chacun d'eux représentait un musicien dans une mauvaise passe.

Une flaque de lumière éclairait de l'intérieur un bosquet de bassons. La vieille dame dormait profondément dans un fauteuil à bascule, un enchevêtrement de tricot sur les genoux et un châle autour des épaules.

« Nore ? »

Nore fit un bond. « Oui ? Quoi ?

— Pourquoi on est là ? On sait le magasin existe maintenant…

— *Les pognes au plafond, voyous !* »

Nore loucha en battant des paupières sur le carreau d'arbalète qui lui piquait le bout du nez et leva les mains. La petite vieille était passée du sommeil à la mise en joue sans étape intermédiaire.

« J'peux pas faire mieux, dit-il. Euh… la porte était pas fermée, vous voyez, et…

— Alors vous avez cru pouvoir voler une pauvre petite vieille sans défense ?

— Pas du tout, pas du tout, en fait on…

— Je suis membre de l'équipe de protection sorcière du quartier, figurez-vous ! J'ai qu'un mot à dire et vous allez sauter partout en cherchant une princesse obsédée par les amphibiens…

— Je crois ça suffit comme ça », dit Magma. Il baissa le bras et sa main gigantesque se referma sur l'arbalète. Il serra. Des morceaux de bois s'échappèrent d'entre ses doigts.

« On veut pas de mal, dit-il. On vient au sujet l'instrument vous avez vendu à notre ami semaine dernière.

— Vous êtes des agents du Guet ? »

Nore s'inclina.

« Non, m'dame. On est des musiciens.

— Ça devrait me rassurer, hein ? De quel instrument vous parlez ?

— Espèce de guitare. »

La vieille femme pencha la tête de côté. Ses yeux s'étrécirent.

« Je vais pas la reprendre, vous savez, fit-elle. Elle a été vendue honnêtement. Et en bon état.

— Veut juste savoir où vous l'avez eue.

— Je l'ai eue nulle part. Elle a toujours été là. Souffle pas là-dedans ! »

Nore faillit lâcher la flûte qu'il avait ramassée d'une main nerveuse parmi les épaves.

« … sinon on va baigner jusqu'aux genoux dans les rats », fit la petite vieille. Elle revint à Magma. « Elle a toujours été là, répéta-t-elle.

— Elle a un "1" écrit dessus à la craie, dit Nore.

— Elle a toujours été là. Depuis que j'ai le magasin.

— Qui l'a apportée ?

— Comment je saurais, moi ? Je demande jamais les noms. Les gens, ils aiment pas ça. Je donne juste un numéro. »

Nore regarda la flûte. Une étiquette jaunie y était attachée, sur laquelle on avait griffonné le numéro 431.

Il parcourut des yeux les étagères derrière le comptoir de fortune. Il aperçut une conque rose. Elle aussi portait un numéro. Il s'humecta les lèvres et tendit le bras…

« Si tu souffles là-dedans, t'as intérêt d'avoir une vierge à sacrifier et un grand chaudron de fruits à pain et de viande de tortue sous la main », le prévint la petite vieille.

Il y avait une trompette à côté. Elle avait l'air incroyablement neuve.

« Et celle-là ? demanda-t-il. Ça va être la fin du monde et le ciel va me tomber sur la tête si je joue un petit air, hein ?

— C'est marrant que tu me dises ça », fit la vieille.

Nore baissa la main mais autre chose lui attira l'œil.

« Bon d'là, lâcha-t-il, c'est encore là, ça ? J'avais oublié…

— C'est quoi ? demanda Magma avant de regarder dans la direction qu'indiquait le doigt de Nore. Ça ?

— On a de l'argent. Pourquoi pas ?

— Ouais. Peut servir. Mais tu sais ce qu'a dit Buddy. On pourrait pas trouver…

— C'est une grande ville. Si on le trouve pas à Ankh-Morpork, on le trouvera nulle part. »

Nore ramassa une moitié de baguette de tambour et contempla d'un œil songeur un gong à demi enfoui dans un tas de pupitres.

« Moi, je m'abstiendrais, dit la vieille. Sauf si t'as envie de voir sept cent soixante-dix-sept squelettes de guerriers jaillir de terre. »

Nore tendit le doigt.

« On va prendre ça.

— Deux piastres.

— Hé, pourquoi on payerait ? Si encore c'était à…

— Paye, le coupa Magma avec un soupir. Négocie pas. »

Nore tendit l'argent de mauvaise grâce, rafla le sac que lui remit la vieille et sortit de la boutique d'un air important.

« Un stock incroyable vous avez là », fit Magma sans quitter le gong des yeux.

La vieille femme haussa les épaules.

« Mon ami un peu à cran parce que vous a prise pour boutique mystérieuse comme dans contes populaires, poursuivit le troll. Vous savez, un jour ici et lendemain ailleurs. Il vous cherchait l'autre côté de la rue, haha !

— Je trouve ça idiot », fit la petite vieille d'une voix à décourager toute autre fadaise déplacée.

Magma jeta un dernier coup d'œil au gong, haussa les épaules et suivit Nore.

La femme attendit que leurs pas se soient estompés dans le brouillard.

Elle ouvrit alors la porte et fouilla la rue du regard, à gauche puis à droite. Apparemment satisfaite de la voir complètement déserte, elle regagna son comptoir et tendit la main vers un curieux levier en dessous. Une lueur verte lui embrasa les yeux l'espace d'une seconde.

« Le prochain coup, j'vais oublier ma tête », dit-elle avant d'actionner le levier.

Suivirent les grincements d'un mécanisme caché.

La boutique disparut. Un instant plus tard elle réapparut de l'autre côté de la chaussée.

Buddy, allongé, contemplait le plafond.

De quoi avait goût le manger ? Difficile de se souvenir. Il avait pris des repas au cours de ces derniers jours, forcément, mais il ne s'en rappelait pas le goût. Il ne se rappelait d'ailleurs pas grand-chose en dehors de la musique qu'il jouait. Nore et les autres lui faisaient l'impression de parler à travers une épaisseur de gaze.

Asphalte était parti en balade quelque part.

Il se balança hors du lit inconfortable et s'approcha de la fenêtre à pas feutrés.

On distinguait, mais tout juste, le quartier des Ombres d'Ankh-Morpork dans la lumière grisâtre et chiche qui précédait le lever du jour. Une brise soufflait par la fenêtre ouverte.

Lorsqu'il se retourna, il vit une jeune femme debout au milieu de la chambre.

Elle se posa un doigt sur les lèvres.

« Pas la peine de crier pour appeler le petit troll, dit-elle. Il est en bas, il prend un souper. De toute façon, il ne me verrait pas.

— Vous êtes ma muse ? »

Suzanne plissa le front.

« Je crois savoir de quoi tu parles, fit-elle. J'ai vu des images. Elles étaient huit, sous l'égide de… euh… Cantaloupe. Elles sont censées protéger les gens. Les Ephébiens croient qu'elles inspirent les musiciens et les artistes, mais évidemment elles n'exis… » Elle marqua un temps et, honnête, fit une rectification. « En tout cas, je ne les ai jamais vues. Je m'appelle Suzanne. Je suis ici parce que… »

Sa voix s'estompa.

« Cantaloupe ? s'étonna Buddy. Je suis à peu près sûr que ce n'était pas Cantaloupe.

— Si tu veux.

— Comment vous êtes entrée ?

— Je suis… Ecoute, assieds-toi. Bon. Alors… tu sais que certaines choses… par exemple les muses, comme tu disais… les gens croient que certaines choses sont représentées par des personnes ? »

Une ombre fugitive de compréhension passa sur le visage perplexe de Buddy.

« Comme le père Porcher qui représente l'esprit du festival du solstice d'hiver ? fit-il.

— Voilà. Ben… je suis plus ou moins dans la même branche, dit Suzanne. Ce que je fais n'a pas grande importance.

— Vous voulez dire que vous n'êtes pas humaine ?

— Oh, si. Mais je… fais un travail. Il vaut mieux que tu me considères comme une muse, j'imagine. Et je suis ici pour te prévenir.

— Une muse pour la musique de rocs ?

— Pas vraiment, mais écoute… Hé, ça va ?

— Sais pas.

— Tu avais l'air complètement lessivé. Ecoute. La musique est dangereuse… »

Buddy haussa les épaules. « Oh, vous voulez parler de la Guilde des Musiciens. D'après monsieur Planteur, on n'a pas à s'inquiéter pour ça. On quitte la ville pour aller… »

Suzanne s'avança d'un pas énergique et saisit la guitare.

« Je parle de ça ! »

Les cordes s'agitèrent et gémirent sous sa main.

« N'y touchez pas !

— Elle a pris possession de toi », dit Suzanne en jetant l'instrument sur le lit. Buddy s'en empara et gratta un accord.

« Je sais ce que vous allez dire, fit-il. Comme tout le monde. D'après les deux autres, elle est maléfique. Mais ils se trompent !

— Elle n'est peut-être pas maléfique, mais elle n'est pas ordinaire ! Pas ici, ni maintenant.

— Oui, mais j'en fais ce que je veux.

— Faux. C'est elle qui fait ce qu'elle veut de toi.

— Non mais, qui vous êtes pour me dire tout ça ? Ce n'est pas une Fée des dents qui va me donner des leçons !

— Ecoute, elle va te tuer ! J'en suis sûre !

— Alors je devrais m'arrêter de jouer, c'est ça ? »

Suzanne hésita. « Ben, pas exactement… parce qu'alors…

— Eh ben, moi, rien ne m'oblige à écouter de mystérieuses inconnues ! Vous n'existez même pas, si ça se trouve ! Vous pouvez donc vous en retourner à tire-d'aile dans votre château magique, vu ? »

Suzanne resta momentanément sans voix. Elle s'était résignée à la bêtise incorrigible de la majeure partie de l'humanité, en particulier celle qui se rase debout le matin, mais elle se sentait aussi offensée. On n'avait jamais parlé à la Mort sur ce ton. Du moins pas longtemps.

« Très bien, dit-elle en tendant la main pour lui toucher le bras. Mais tu vas me revoir, et… ça ne va pas beaucoup te plaire ! Parce que, je vais te dire, il se trouve que je suis… »

L'expression de la jeune femme se modifia. Elle eut l'impression de tomber à la renverse sans bouger de place ; la chambre défila sous ses yeux pour plonger dans l'obscurité en tournoyant autour de la figure horrifiée de Buddy.

Les ténèbres explosèrent, et une lumière apparut.

Une lumière de bougie dégoulinante.

Buddy agita la main à la place où s'était tenue Suzanne.

« Vous êtes toujours là ? Vous êtes partie où ? Vous êtes qui ? »

Magma regarda autour de lui.

« Cru entendre quelque chose, marmonna-t-il. Dis, tu sais, j'suis sûr, certains ces instruments sortaient de l'ordin…

— Je sais, le coupa Nore. Je regrette de pas avoir cette flûte à rats. J'ai encore faim.

— J'veux dire c'étaient des instruments myth…

— Oui.

— Alors comment ont atterri dans boutique instruments d'occasion ?

— T'as jamais mis tes cailloux au clou ?

— Oh, si, répondit Magma. Arrive à tout le monde jour ou l'autre, tu sais bien. Des fois, reste seulement ça pour se payer un repas.

— Alors tu vois. Tu l'as dit. C'est un truc que tout musicien en activité finit par faire tôt ou tard.

— Ouais, mais la guitare Buddy… J'veux dire, elle porte numéro "1".

— Oui. »

Nore leva un œil interrogateur vers une plaque de rue.

« *Les Artisans-Ingénieux*, lut-il. On y est. Regarde, la moitié des boutiques sont encore ouvertes même à cette heure de la nuit. » Il déplaça son sac. Quelque chose craqua à l'intérieur. « Tu frappes de ce côté, et moi de celui-là.

— Ouais, d'accord... mais enfin, numéro “1”. Même la conque, elle avait cinquante-deux. Qui c'était le propriétaire ?

— Sais pas, répondit Nore en frappant à la première porte, mais j'espère qu'il reviendra jamais la chercher. »

« Et ça, dit Ridculle, c'est le Rite d'AshkEnte. Facile à réaliser. Mais faut un œuf frais. »

Suzanne cligna des yeux.

On avait tracé un cercle par terre. D'étranges formes mystérieuses l'entouraient, mais elle s'aperçut, une fois ses idées remises en place, qu'il s'agissait d'étudiants parfaitement ordinaires.

« Qui êtes-vous ? demanda-t-elle. Où je suis ? Laissez-moi partir tout de suite ! » Elle voulut sortir du cercle à grandes enjambées et rebondit contre un mur invisible.

Les étudiants la fixaient à la façon de gars qui ont entendu parler de la gent féminine sans avoir jamais pensé approcher un de ses membres de si près.

« J'exige qu'on me laisse partir ! » Elle lança un regard noir à Ridculle. « C'est bien vous, non, le mage que j'ai vu hier soir ?

— C'est bien moi, répondit Ridculle, et ça, c'est le Rite d'AshkEnte. Il invoque la Mort dans le cercle et il – ou plutôt elle, dans le cas présent – peut pas s'en aller tant qu'on l'a pas décidé. Y a un tas de trucs dans ce livre, là, écrits avec des *s* marrants tout en longueur, ça parle d'abjurations et de conjurations, mais c'est que d'la frime. Une fois qu'on est dedans, on est dedans. Je dois dire que votre prédécédécesseur – hah, marrante, celle-là – faisait beaucoup moins d'histoires. »

Suzanne lui jeta un regard fulminant. Le cercle embrouillait sa conception de l'espace. Elle trouvait le procédé déloyal.

« Pourquoi vous m'avez invoquée, alors ? demanda-t-elle.

— C'est mieux. Ça respecte davantage le scénario, dit Ridculle. On a le droit de vous poser des questions, vous voyez. Et vous devez y répondre. Sans mentir.

— Et alors ?

— Vous voulez vous asseoir ? Quelque chose à boire ?

— Non.

— Comme vous voulez. Cette nouvelle musique… si vous nous en parliez ?

— Vous avez invoqué la Mort pour lui demander ça ?

— Je suis pas sûr de qui on a invoqué, répondit Ridculle. Elle est vraiment vivante ?

— Je… Je crois.

— Elle vit quelque part ?

— Apparemment, elle vivait dans un seul instrument, mais j'ai l'impression qu'elle se propage à présent. Je peux m'en aller ?

— Non. On peut la tuer ?

— Je ne sais pas.

— C'est normal qu'elle soit là ?

— Quoi ?

— C'est normal qu'elle soit là ? répéta Ridculle d'un ton patient. C'est quelque chose qu'est censé s'produire ? »

Suzanne se sentit soudain importante. Les mages avaient une réputation de sagesse – en vérité, dans l'esprit populaire, ils en étaient indissociables*. Mais ils lui demandaient, à elle, des ren-

* Selon le vieux dicton : sage comme un mage.

seignements. Ils l'écoutaient, elle. La fierté scintilla dans son regard.

« Je… Je ne crois pas. Elle est arrivée par une espèce d'accident. Ce n'est pas le monde qu'il lui faut. »

Ridculle prit un air suffisant. « C'est bien ce que j'pensais. C'est pas normal, j'ai dit. Ça pousse les gens à vouloir être ce qu'ils sont pas. Comment on peut arrêter ça ?

— Je ne crois pas que ce soit possible. C'est imperméable à la magie.

— Exact. La musique est imperméable à la magie. N'importe quelle musique. Mais quelque chose doit pouvoir l'arrêter. Montrez-lui votre boîte, Cogite.

— Euh… Oui. Voilà. »

Il souleva le couvercle. De la musique, légèrement métallique mais tout de même reconnaissable, s'échappa dans la salle.

« On croirait entendre une araignée enfermée dans une boîte d'allumettes, non ? fit Ridculle.

— On ne peut pas reproduire de la musique comme ça sur un bout de fil de fer dans une boîte, dit Suzanne. C'est contre nature. »

Cogite parut soulagé.

« C'est ce que j'ai dit, fit-il. Mais c'est pourtant ainsi. La musique le veut. »

Suzanne fixait la boîte.

Un sourire s'étira peu à peu sur sa figure. Un sourire dépourvu d'humour.

« Ça perturbe tout l'monde, dit Ridculle. Et… regardez ça. » Il sortit un rouleau de papier de sa robe et le déploya. « J'ai surpris un gars qui voulait coller ça sur notre portail. Manque pas de culot ! Alors je le lui ai confisqué et j'y ai dit de se casser, ce qui était… (Ridculle se regarda le bout des doigts d'un air avantageux) comme qui dirait déjà fait. C'est une histoire de festival de musique de rocs. Ça finira par des monstres qui sortiront d'une autre dimension, vous pouvez en être sûre. C'est le genre de truc qui arrive souvent dans le coin.

— Excusez-moi, intervint Grand-Couillon d'Adrien d'une voix lourde de méfiance, je ne voudrais pas semer le trouble, voyez, mais est-ce que c'est elle la Mort, oui ou non ? J'en ai vu des représentations, et ça ne lui ressemblait pas.

— On a fait le Rite machin, répliqua Ridculle. Et c'est elle qu'est arrivée.

— Oui, mais mon père est pêcheur de harengs et il ne ramène pas que des harengs dans ses filets, fit observer Skazz.

— Ouais. Elle pourrait être n'importe qui, ajouta Tez le Terrible. Je croyais la Mort plus grand et plus osseux.

— C'est juste une fille qui fait l'andouille », dit Skazz.

Suzanne les regardait fixement.

« Elle n'a même pas de faux », fit Tez.

Suzanne se concentra. La faux lui apparut dans les mains, et la lame au fil bleuté émit un bruit rappelant celui d'un doigt frotté sur le bord d'un verre.

Les étudiants se redressèrent.

« Mais j'ai toujours pensé qu'il était temps de changer, se reprit Tez.

— Exact. Il est temps que les filles aient leur chance dans la profession, dit Skazz.

— Ne vous avisez pas de me traiter de haut !

— C'est vrai, fit Cogite. Il n'y a aucune raison pour que la Mort soit un homme. Une femme ferait presque aussi bien le travail.

— Vous vous en tirez très bien », dit Ridculle.

Il gratifia Suzanne d'un sourire encourageant.

C'est lui qui va payer, songea-t-elle. Je suis la Mort – techniquement, en tout cas – et lui, c'est un vieux et gros bonhomme qui n'a pas le droit de me donner des ordres. Je vais lui jeter un regard mauvais, et il va vite comprendre sa douleur. Elle jeta un regard mauvais.

« Jeune fille, fit Ridculle, que diriez-vous d'un petit-déjeuner ? »

Le Tambour Rafistolé fermait rarement. Il connaissait en général une accalmie vers six heures du matin, mais Hibiscus restait ouvert tant qu'un client désirait prendre un verre.

Un client désirait justement en prendre une grande quantité. Un client indistinct debout au comptoir. On aurait dit qu'il dégoulinait de sable et, pour autant que pouvait en juger Hibiscus, un certain nombre de flèches de manufacture klatchienne le hérissaient.

Le patron se pencha vers l'inconnu. « Je vous ai déjà vu ?

— JE VIENS ASSEZ SOUVENT ICI, OUI. PAS MERCREDI DERNIER MAIS CELUI D'AVANT, PAR EXEMPLE.

— Ha ! Y a eu du grabuge, ce jour-là. C'est la fois où le pauvre vieux Vince a reçu un coup de couteau.

— OUI.

— C'est tenter le sort, quand on se fait appeler Vincent l'Invulnérable.

— OUI. ET C'EST AUSSI INEXACT.

— D'après le Guet, c'était un suicide. »

La Mort hocha la tête. Entrer au Tambour Rafistolé et se faire appeler Vincent l'Invulnérable, c'était clairement du suicide selon les normes d'Ankh-Morpork.

« IL Y A DES ASTICOTS DANS CETTE BOISSON. »

Le patron loucha sur la bouteille.

« C'est pas un asticot, monsieur, dit-il. C'est un ver.

— OH. C'EST MIEUX, HEIN ?

— C'est normal qu'il soit là, monsieur. C'est du mexical, ça. On met un ver dedans pour montrer que c'est fort.

— ASSEZ FORT POUR NOYER DES VERS ? »

Le patron se gratta la tête. Il n'avait jamais pensé à la chose en ces termes.

« C'est un truc qu'on boit, c'est tout », dit-il vaguement.

La Mort saisit la bouteille et la leva au niveau où auraient dû se trouver ses yeux. Le ver tournoya tristement.

« A QUOI ÇA RESSEMBLE ? demanda-t-il.

— Ben, c'est un genre de…

— CE N'EST PAS À VOUS QUE JE PARLE. »

« Un petit-déjeuner ? fit Suzanne. Pardon… UN PETIT-DÉJEUNER ?

— Ça va bientôt être l'heure, répondit l'archichancelier. Mon dernier petit-déjeuner en compagnie d'une jeune femme charmante remonte loin.

— Bon sang, vous ne valez pas mieux les uns que les autres.

— Très bien, rayez *charmante*, fit Ridculle d'un ton égal. Mais les moineaux toussent dans les arbres, le soleil pointe son nez par-dessus le mur, je sens des odeurs de cuisine, et prendre un repas avec la Mort est une chance qui n'arrive pas à tout le monde. Vous jouez pas aux échecs, des fois ?

— Si, très bien même, répondit une Suzanne encore ahurie.

— Je m'disais bien. D'accord, les gars. Vous pouvez retourner asticoter l'univers. Si vous voulez bien me suivre, madame ?

— Je ne peux pas sortir du cercle !

— Oh, si, du moment que je vous invite. C'est une question de courtoisie. Je sais pas si on vous a déjà expliqué le concept ? »

Il tendit le bras et lui prit la main. Elle hésita puis enjamba le trait à la craie.

Elle sentit comme de légers picotements.

Les étudiants s'empressèrent de reculer.

« Allez, au boulot, fit Ridculle. Par ici, madame. »

Suzanne n'avait encore jamais fait l'expérience du charme. Ridculle n'en manquait pas, du genre à l'œil malicieux.

Elle le suivit sur les pelouses jusqu'à la Grande Salle.

On avait dressé les tables pour le petit-déjeuner, mais personne ne les occupait. Sur le buffet immense avaient poussé des soupières de cuivre comme autant de champignons en automne. Trois soubrettes plutôt jeunettes attendaient patiemment derrière la batterie impressionnante.

« On aime autant se servir tout seuls, expliqua Ridculle sur le ton de la conversation en soulevant un couvercle. Les serveurs et autres font trop de bouc… C'est une blague ou quoi ? »

Il poussa du doigt ce qui se trouvait sous le couvercle et fit signe à la soubrette la plus proche.

« T'es laquelle, toi ? demanda-t-il. Molly, Polly ou Dolly ?

— Molly, Votre Seigneurie, répondit la soubrette qui se fendit d'une courbette en tremblant légèrement. Quelque chose ne tourne pas rond ?

— Pas du-tout-rond-rond-rond, du-tout-rond-rond, firent ses deux collègues.

— Où sont passés les harengs fumés ? C'est quoi, ça ? On dirait du pâté de bœuf dans un pain au lait, lança Ridculle en fixant les filles.

— Madame Panaris a donné des ordres au cuisinier, fit nerveusement Molly. C'est un…

— … yé-yé-yé…

— … c'est un hamburger.

— Tu m'en diras tant, fit Ridculle. Et pourquoi t'as une ruche de cheveux sur la tête, je te prie ? Comme ça, tu ressembles à une allumette.

— S'il vous plaît, monsieur, on…

— Vous êtes allées au concert de musique de rocs, hein ?

— Oui, monsieur.

— Yé, yé.

— Vous… euh… Vous n'avez rien jeté sur la scène, dites ?

— Non, monsieur !

— Où est madame Panaris ?

— Au lit avec un rhume, monsieur.

— M'étonne pas. » Ridculle se tourna vers Suzanne. « Tout le monde fait l'andouille, j'en ai peur.

— Je ne prends que du muesli au petit-déjeuner, dit Suzanne.

— Y a du porridge, de la bouillie de flocons d'avoine, proposa Ridculle. On en sert pour l'économe parce que ça l'excite pas. » Il souleva le couvercle d'une soupière. « Oui, c'est toujours là. Y a des trucs que la musique de rocs changera jamais, entre autres le porridge. J'vous en sers une louche. »

Ils s'assirent de chaque côté de la longue table.

« Alors, c'est pas bien ? demanda Ridculle.

— Vous vous moquez de moi ? fit Suzanne d'un ton soupçonneux.

— Pas du tout. Pour ce que j'en sais, ce qu'on trouve le plus souvent dans un filet à harengs, c'est des harengs. Mais, en tant que mortel – client, si vous voulez –, je voudrais bien comprendre pourquoi la Mort est tout d'un coup une adolescente au lieu de la… natomie ambulante qu'on a fini par connaître et qu'on… connaît.

— Natomie ?

— Un autre mot pour squelette. Sans doute un dérivé d'"anatomie".

— C'est mon grand-père.

— Ah. Oui, vous l'avez dit. Et c'est la vérité, hein ?

— Ça paraît un peu idiot, maintenant que j'en parle à quelqu'un. »

Ridculle secoua la tête.

« Vous devriez faire mon boulot cinq minutes. Et revenir ensuite me parler de ce qui est idiot », dit-il. Il sortit un crayon de sa poche et souleva prudemment la moitié supérieure du petit pain posé dans son assiette.

« Y a du fromage dans celui-là, fit-il d'un ton accusateur.

— Mais il est parti quelque part, et tout ce que je sais, c'est que j'ai hérité de tout le bazar. Je veux dire, je n'ai rien demandé ! Pourquoi moi ? Devoir se balader avec cette faux ridicule… ce n'est pas comme ça que je voyais mon avenir…

— C'est sûrement pas une profession qu'on trouve dans des brochures.

— Exactement.

— Et j'imagine que vous pouvez pas laisser tomber le boulot ? fit Ridculle.

— On ne sait pas où il est parti. D'après Albert, quelque chose le déprime, mais il n'a pas dit quoi.

— Bon sang ! Qu'est-ce qui pourrait déprimer la Mort ?

— Albert a l'air de croire qu'il pourrait faire… une bêtise.

— Oh là là. Pas trop grosse, j'espère. C'est possible, ça ? Ce serait un… morticide, je suppose. Ou un cidicide. »

A la grande surprise de Suzanne, Ridculle lui tapota la main.

« Mais j'suis sûr qu'on dormira tous plus tranquilles dans nos lits si on sait que vous assurez le boulot, dit-il.

— Mais c'est une telle pagaïe ! Les braves gens meurent bêtement, les salauds vivent jusqu'à un âge avancé… c'est mal organisé. Ça ne tient pas debout. Il n'y a pas de justice. Tenez, ce garçon…

— Quel garçon ? »

Suzanne, horrifiée autant qu'étonnée, s'aperçut qu'elle rougissait. « Un garçon, dit-elle. Il devait mourir d'une mort idiote, et j'allais le sauver, mais la musique l'a fait à ma place et elle lui cause des tas d'ennuis, alors faut que je le sauve quand même et je ne sais pas pourquoi.

— La musique ? fit Ridculle. Il jouerait pas une espèce de guitare ?

— Oui ! Comment vous le savez ? »

Ridculle soupira. « Quand on est mage, on a un instinct pour ces trucs-là. » Il explora plus avant son hamburger. « De la laitue, j'vous demande un peu. Et une tranche, une seule et toute fine, de concombre au vinaigre. »

Il laissa retomber le pain.

« La musique est vivante », dit-il.

Un détail qui frappait à la porte de l'attention de Suzanne depuis dix minutes finit par se servir de ses chaussures.

« Oh, mon dieu, fit-elle.

— Auquel vous pensez ? demanda poliment Ridculle.

— C'est tellement simple ! Elle se laisse tranquillement prendre au piège ! Elle change les gens ! Ils veulent jouer de la mus… Faut que j'y aille, dit précipitamment Suzanne. Euh… Merci pour le porridge…

— Vous en avez pas mangé, fit remarquer Ridculle d'une voix douce.

— Non, mais… mais je l'ai bien regardé. »

Elle disparut. Au bout d'un moment Ridculle se pencha pardessus la table et passa vaguement la main à la place qu'elle avait occupée, juste au cas où.

Puis il fouilla dans sa robe et sortit l'affiche du festival gratuit. Les gros machins avec des tentacules, c'était ça le problème. Qu'on concentre assez de magie en un seul lieu, et le tissu de l'univers lâche au talon comme les chaussettes du doyen qui,

Ridculle s'en fit l'observation, étaient de couleur extrêmement voyante depuis quelques jours.

Il agita une main à l'adresse des servantes.

« Merci, Molly, Dolly ou Polly, dit-il. Tu peux desservir ces trucs-là.

— Yé-yé.

— Oui, oui, merci. »

Ridculle se sentait seul. Il avait pris plaisir à discuter avec la jeune femme. Elle lui paraissait la seule personne en ville à ne pas souffrir de folie douce ou d'une grande préoccupation pour quelque chose que lui, Ridculle, ne comprenait pas.

Il s'en repartit vers son bureau d'un pas de flâneur, mais des bruits de marteau venant du logement du doyen le tirèrent de ses réflexions. La porte était entrouverte.

Les mages de haut niveau occupaient de grands appartements comprenant un bureau, un atelier et une chambre à coucher. Le doyen était courbé au-dessus du fourneau dans la partie atelier, un masque de verre fumé sur la figure et un marteau à la main. Il travaillait d'arrache-pied. Des étincelles volaient.

Voilà qui remontait le moral, songea Ridculle. Voilà peut-être qui annonçait la fin de cette bêtise de musique de rocs et le retour à une vraie magie.

« Tout va bien, doyen ? » s'enquit-il.

Le doyen remonta son masque de verre et opina.

« Presque terminé, archichancelier, répondit-il.

— J'vous ai entendu cogner de bon cœur du bout du couloir, fit Ridculle sur le ton de la conversation.

— Ah. Je travaille sur les poches », expliqua le doyen.

Ridculle parut interdit. Un grand nombre des charmes les plus ardus requéraient chaleur et coups de marteau, mais des poches, ça, c'était nouveau.

Le doyen brandit un pantalon.

Il n'était pas à proprement parler aussi pantalonesque qu'un pantalon normal ; les mages supérieurs jouissaient d'un tour de taille d'un mètre vingt et d'une longueur d'entrejambe de moitié moins rappelant un personnage assis sur un mur qui avait besoin d'une royale assistance pour se remettre d'aplomb. Il était bleu foncé.

« Vous lui donniez des coups de marteau ? demanda Ridculle. Madame Panaris a encore forcé sur l'amidon ? »

Il regarda de plus près.

« Vous le rivetez ? »

La figure du doyen s'épanouit en un large sourire.

« Ce pantalon, dit-il, il est dans le coup.

— Vous parlez encore de la musique de rocs ? fit Ridculle d'un air soupçonneux.

— Je veux dire qu'il est cool.

— Ben, moi j'aurais dit qu'on coule sûrement moins là-dedans que dans nos robes épaisses par cette chaleur, objecta Ridculle, mais… vous allez pas le passer maintenant, quand même ?

— Pourquoi pas ? fit le doyen en se débarrassant tant bien que mal de sa robe.

— Des mages en pantalon ? Pas dans mon université ! Ça fait efféminé. Tout l'monde va rigoler.

— Vous cherchez toujours à m'empêcher de faire ce que je veux !

— Pas la peine de prendre ce ton avec moi…

— Huh, vous n'écoutez jamais ce que je dis et je ne vois pas pourquoi je ne porterais pas ce qui me plaît ! »

Ridculle promena un regard mauvais autour de l'atelier.

« Cet appartement, c'est le vrai foutoir ! beugla-t-il. Rangez-le-moi tout d'suite !

— Que dalle !

— Alors la musique de rocs, c'est fini pour vous, jeune homme ! »

Ridculle referma la porte à la volée derrière lui.

Il la rouvrit à la volée pour ajouter : « Et j'vous ai jamais autorisé à le peindre en noir ! »

Il referma la porte à la volée.

Il la rouvrit à la volée.

« Et en plus, il vous va pas, votre froc ! »

Le doyen se précipita dans le couloir en agitant son marteau. « Causez toujours, cria-t-il, mais quand l'histoire voudra lui donner un nom, on lui donnera sûrement pas le vôtre ! »

Il était huit heures du matin, l'heure où les buveurs s'efforcent soit d'oublier qui ils sont, soit de se rappeler où ils habitent. Les autres clients du Tambour Rafistolé, courbés sur leur verre et disséminés autour du bistro, observaient un orang-outan qui jouait aux Envahisseurs Barbares et hurlait de rage chaque fois qu'il perdait un sou.

Hibiscus avait très envie de fermer. D'un autre côté, autant faire sauter une mine d'or. Il avait beaucoup de mal à fournir des verres propres. « Ça y est ? Vous avez oublié ? fit-il.

— ON DIRAIT QUE JE N'AI OUBLIÉ QU'UNE SEULE CHOSE.

— Quoi donc ? Hah, c'est vraiment une question idiote, vu que vous avez oublié…

— J'AI OUBLIÉ COMMENT ON SE SOÛLE. »

Le tenancier contempla les rangées successives de verres sur le comptoir. Il y avait des verres à vin. Des verres à cocktail. Des bocks à bière. Des chopes en forme de gros bonshommes rigolards. Il y avait un seau.

« Je crois que vous êtes sur la bonne voie », risqua-t-il.

L'étranger saisit son verre le plus récent et se rendit sans se presser à la machine des Envahisseurs Barbares.

Cette machine relevait d'une mécanique aussi complexe que tarabiscotée. On devinait dans le gros meuble en acajou placé sous le jeu une forêt d'engrenages et de transmissions à vis sans fin dont l'objet était visiblement de faire tressauter et osciller sur une surface rectangulaire des rangées d'Envahisseurs Barbares grossièrement façonnés. Le joueur, au moyen d'un système de leviers et de poulies, manœuvrait une petite catapulte à chargement automatique qui se déplaçait sous les Envahisseurs. Elle lançait de petites billes vers le haut. En même temps, les Envahisseurs (par le biais d'un encliquetage à rochet) laissaient tomber de petites flèches de métal. Régulièrement, une cloche sonnait et un Envahisseur à cheval traversait en tremblotant la partie supérieure du jeu en lâchant des piques. L'ensemble ferraillait et grinçait en permanence, en partie à cause de la machinerie mais aussi parce que l'orang-outan triturait les deux manettes, sautait sur la pédale de tir et braillait à plein gosier.

« J'en voulais pas chez moi, fit le tenancier derrière lui. Mais ç'a beaucoup de succès auprès des clients, vous voyez.

— AUPRÈS D'UN CLIENT, EN TOUT CAS.

— Ben, c'est toujours mieux que la machine avec les fruits.

— OUI ?

— Il les boulottait. »

Un hurlement de rage fusa du côté de l'appareil.

Le bistrotier soupira. « Je comprends pas qu'on fasse tant d'histoires pour un sou, vous êtes pas d'accord ? »

Le primate claqua une pièce d'une piastre sur le comptoir et s'en repartit avec deux poignées de monnaie. Un sou dans une fente lui permit d'actionner un très gros levier ; comme par miracle, tous les Barbares se relevèrent d'entre les morts et reprirent leur invasion tremblotante.

« Il a vidé son verre dedans, dit le serveur. C'est peut-être mon imagination, mais j'ai l'impression qu'ils tremblotent davantage qu'avant. »

La Mort observa le jeu un moment. Il avait rarement vu plus déprimant. Les bidules allaient de toute façon tomber. Pourquoi leur envoyer des projectiles ?

Pourquoi… ?

Il agita son verre en direction des buveurs assemblés.

« S'QUE. S'QUE. DITES, S'QUE VOUS SAVEZ S'QUE C'EST, HEIN, D'AVOIR UNE MÉMOIRE TELLEMENT BONNE, OUI, TELLEMENT BONNE QU'ON SE SOUVIENT MÊME DE CE QUI N'EST PAS ENCORE ARRIVÉ ? C'EST MOI, ÇA. OH, OUI. PARFAITEMENT. COMME SI. COMME SI. COMME S'IL N'Y AVAIT PAS DE FUTUR… SEULEMENT LE PASSÉ QUI N'EST PAS ENCORE ARRIVÉ. ET. ET. ET. FAUT QUAND MÊME CONTINUER COMME SI DE RIEN N'ÉTAIT. ON SAIT CE QUI VA ARRIVER ET FAUT CONTINUER. »

Il passa les visages en revue. Les clients du Tambour avaient l'habitude des discours éthyliques, mais pas de ce tonneau-là.

« VOUS VOYEZ. VOUS VOIJEZ. VOUS VOYEZ DES TRUCS MENAÇANTS SE DRESSER DEVANT VOUS MAIS FAUT RIEN FAIRE PARCE… PARCE… PARCEQUECESTLALOI. ON PEUT PAS VIOLER LA LOI. FAUTQUYAITUNELOI.

» VOYEZ CE VERRE, HEIN ? VOUS L'VOYEZ ? S'COMME LA MÉMOIRE. RAPPORQUESI VOUS CONTINUEZ DE L'REMPLIR, ÇA VA DÉBORDER, PAS VRAI ? S'T'UN FAIT. TOULMONDE A UNE MÉMOIRE COMME ÇA. S'QUEMPÊCHE LES HOMMES DE TOMBER DANS LA MÉD… DANS LA DÉCEN… DE TOMBER FOUS. SAUFMOI. PADCHANCE. JE ME SOUVIENS DE TOUT. COMME SI ÇA S'ÉTAIT PASSÉ DEMAIN. DE TOUT. »

Il baissa la tête sur son verre.

« AH, reprit-il, C'EST MARRANT COMME LES CHOSES VOUS REVIENNENT, HEIN ? »

Ce fut l'effondrement le plus impressionnant qu'avait jamais connu le bistro. Le grand étranger en noir bascula lentement en arrière à la façon d'un arbre qui s'abat. Il n'y eut pas d'affaissement de chiffe molle au niveau des genoux, pas de rebond de dégonflé sur une table en cours de chute. Il passa simplement du plan vertical à l'horizontal en décrivant une courbe géométriquement idéale.

Plusieurs clients applaudirent lorsqu'il s'écrasa par terre. Puis ils lui firent les poches, ou du moins essayèrent mais n'en trouvèrent aucune. A la suite de quoi ils le balancèrent dans le fleuve*.

Dans le bureau noir géant de la Mort, une unique bougie brûlait sans jamais décroître.

Suzanne feuilletait frénétiquement les livres.

La vie n'était pas simple. Elle le savait ; ça faisait partie du métier de le savoir. Il y avait la vie simple des êtres vivants, mais ça, c'était… simple, quoi.

Il existait d'autres sortes de vies. Les villes avaient la leur. Les fourmilières et les essaims d'abeilles aussi, beaucoup plus importante que la somme de leurs parties. De même que les mondes. Les dieux en avaient une composée de la foi de leurs fidèles.

L'univers évoluait vers la vie. C'était une denrée incroyablement commune. Tout ce qui était suffisamment compliqué y semblait prédisposé, de la même manière qu'un corps massif reçoit une bonne portion de gravité. L'univers manifestait une forte tendance à la conscience. Ce qui suggérait une certaine cruauté subtile en filigrane dans le tissu même de l'espace-temps.

* Ou du moins sur le fleuve.

Même une musique peut être vivante si elle est suffisamment âgée. Pourquoi pas ? La vie est une habitude.

On dit toujours : cette saleté d'air me reste dans la tête...

Davantage qu'un simple rythme, un rythme cardiaque.

Et tout ce qui vit cherche à se multiplier.

Planteur Je-m'tranche-la-gorge aimait se lever aux premières lueurs du jour, au cas où il trouverait l'occasion de vendre le monde à ceux qui se lèvent tôt.

Il avait installé un bureau dans un angle d'un des ateliers de Crayeux. Il désapprouvait de façon générale l'idée d'un cabinet permanent. Lequel offrirait l'avantage qu'on l'aurait déniché facilement, mais aussi l'inconvénient qu'on l'aurait déniché facilement. Le succès de la stratégie commerciale de Planteur reposait sur sa capacité à débusquer des clients et non l'inverse.

Un assez grand nombre de personnes l'avaient apparemment déniché ce matin-là.

Beaucoup arboraient des guitares.

« Bon, dit-il à Asphalte dont la tête aplatie dépassait tout juste au-dessus du bureau de fortune. T'as bien compris ? Dans deux jours t'es à Pseudopolis et tu te présentes à monsieur Poulatrix au Pique-boule. Et je veux des reçus pour tout.

— Oui, m'sieur Planteur.

— C'est une bonne idée de prendre un peu de distance avec la ville.

— Oui, m'sieur Planteur.

— Est-ce que je t'ai déjà dit que j'veux des reçus pour tout ?

— Oui, m'sieur Planteur, soupira Asphalte.

— Alors, vas-y. » Planteur se désintéressa du troll et fit signe à un groupe de nains qui poireautaient patiemment. « D'accord, vous autres, approchez. Alors on veut être des idoles de la musique de rocs, hein ?

— Oui, monsieur !

— Alors, écoutez bien ce que j'vous dis… »

Asphalte regarda l'argent. Ce n'était pas beaucoup pour nourrir quatre personnes pendant plusieurs jours. Derrière lui l'entretien se poursuivait.

« Et comment on vous appelle ?

— Euh… nains, monsieur Planteur, répondit le nain en chef.

— “Nains” ?

— Oui, monsieur.

— Pourquoi ?

— Parce que qu'on est des nains, monsieur Planteur, répondit le nain d'un ton patient.

— Non, non, non. Ça va pas, ça. Ça va pas du tout. Vous faut un nom avec du… (Planteur agita les mains dans le vide) qui évoque la musique de rocs, quoi. Pas “Nains” seulement. Faut trouver… oh, j'sais pas, moi… quelque chose de plus accrocheur.

— Mais on est bel et bien des nains, fit l'un d'eux.

— “Bel et Bien des Nains”, répéta Planteur. Oui, Ça pourrait marcher. D'accord. Je peux vous programmer à la Grappe de Raisin jeudi. Et au festival gratuit, évidemment. Comme c'est gratuit, vous serez pas payés, bien entendu.

— On a écrit une chanson, fit le nain en chef d'une voix pleine d'espoir.

— Bien, bien, répliqua Planteur en griffonnant sur son bloc-notes.

— Ça s'appelle *J'ai quelque chose dans la barbe*.

— Bien.

— Vous voulez pas l'entendre ? »

Planteur releva la tête.

« L'entendre ? J'arriverais jamais à rien faire si je m'amusais à écouter d'la musique. Filez. J'vous verrai mercredi prochain. Suivants ! Vous êtes tous des trolls ?

— 'arfaitement. »

Cette fois, Planteur préféra ne pas discuter. Les trolls étaient beaucoup plus gros que les nains. « D'accord. Mais faut l'écrire avec un *z*. Trollz. Ouaip. M'a l'air bien. Tambour Rafistolé, vendredi. Et le festival gratuit. Oui ?

— On a fait une chanson…

— Tant mieux. Suivants !

— C'est nous, m'sieur Planteur. »

Planteur leva les yeux sur Jimbo, Oui-oui, Crash et Salopard. « Vous êtes culottés, dit-il, après hier soir.

— On s'est un peu emportés, fit Crash. On se demandait si on pourrait pas avoir une autre chance ?

— Vous avez dit que le public nous a adorés, ajouta Oui-oui.

— Abhorrés. Le public vous a abhorrés, voilà ce que j'ai dit, répliqua Planteur. Deux d'entre vous passaient leur temps à reluquer la méthode pour débutants de Martial Dadais !

— On a changé de nom, fit Jimbo. On s'est dit… ben, qu'Insanité, c'était nul, pas un nom valable pour un groupe sérieux qui repousse les limites de l'expression musicale et va forcément cartonner un jour.

— Jeudi, opina Oui-oui.

— Alors on s'appelle maintenant Kyste », annonça Crash.

Planteur posa sur le groupe un long regard froid. Les combats d'ours et de chiens, les courses de taureaux, les combats de coqs et les harcèlements de chèvres étaient pour l'heure interdits à Ankh-Morpork, mais le Patricien autorisait sans restriction le jet de fruits avariés sur quiconque était soupçonné d'appartenir à une troupe de théâtre de rue. Il y avait peut-être là un débouché.

« D'accord, dit-il. Vous pouvez jouer au festival. Ensuite… on verra. »

Après tout, songea-t-il, il ne fallait pas écarter la possibilité qu'ils soient encore en vie.

Une silhouette se hissa lentement hors de l'Ankh, prit un pied chancelant sur une jetée près du pont Bâtardi et resta un instant debout tandis que la vase s'égouttait pour former une flaque sous les planches.

Le pont était assez haut. On y avait édifié des bâtiments qui le bordaient de chaque côté, ce qui encombrait considérablement la chaussée. Les ponts étaient des zones à construire en vogue vu qu'ils bénéficiaient d'un système d'égouts très efficace et, bien sûr, d'une source d'eau douce permanente.

L'œil rouge d'un feu luisait dans l'ombre sous le pont. La silhouette se dirigea en titubant vers la lumière.

Les formes sombres qui l'entouraient se retournèrent et, les yeux plissés dans l'obscurité, s'efforcèrent de déterminer la nature du visiteur.

« C'est une carriole de ferme, dit Nore. Je reconnais une carriole de ferme quand j'en vois une. Même peinte en bleu. Et elle est toute déglinguée.

— C'est tout ce que vous pouvez vous permettre, fit Asphalte. Et puis j'vous ai mis de la paille fraîche.

— Je croyais qu'on prenait la diligence, dit Magma.

— Oh, monsieur Planteur a dit que des artistes de votre envergure, ça voyage pas dans un transport en commun… euh… commun. Il a dit aussi qu'il valait mieux réduire les frais.

— Qu'est-ce que t'en penses, Buddy ? demanda Nore.

— M'en fiche », répondit distraitement le jeune homme.

Nore et Magma échangèrent un regard.

« Je parie que si t'allais voir Planteur et que tu lui demandais quelque chose de mieux, tu l'aurais, dit Nore d'un ton où perçait l'espoir.

— Ç'a des roues, fit Buddy. Ça ira. »

Il grimpa à bord et s'assit dans la paille.

« Monsieur Planteur a fait faire de nouveaux maillots, dit Asphalte, conscient que l'ambiance n'était pas au beau fixe. C'est pour la tournée. Regardez, ça donne au dos la liste de toutes les villes où vous passez, c'est pas chouette ?

— Oui, quand la Guilde des Musiciens nous tordra le cou, on pourra voir où on est allés », dit Nore.

Asphalte fit claquer son fouet au-dessus des chevaux. Ils s'ébranlèrent d'un pas tranquille laissant entendre qu'ils comptaient le conserver toute la journée, et ce n'était pas un crétin trop tendre pour manier correctement le fouet qui allait les faire changer d'avis.

« Faichier, faichier ! Le lèche-crotte, j'vous dis ! Faichier. C'est un troussard, c'est sûr. Dix mille ans ! Faichier.

— VRAIMENT ? »

La Mort se détendit.

Une demi-douzaine d'individus entouraient le feu. De bons vivants. Une bouteille circulait de main en main. Enfin, il s'agissait en réalité d'une moitié de boîte de conserve et la Mort n'avait pas encore bien défini ce qu'elle contenait, ni ce que contenait l'autre boîte plus grande qui bouillonnait sur le feu de vieilles chaussures et de boue.

On ne lui avait pas demandé qui il était.

Aucun ne portait de nom, pour ce qu'il en savait. Ils avaient... des étiquettes, comme Ken Dérobade, Henri Cercueil et Ron l'Infect, ce qui donnait des indices sur leur condition, mais n'apprenait rien de leur passé.

La boîte lui parvint. Il la fit passer avec autant de tact qu'il put et s'allongea tranquillement sur le dos.

Des anonymes. Aussi invisibles que lui. Pour qui la Mort n'était jamais loin. Il pouvait rester un moment en leur compagnie.

« De la musique gratis, gronda Clete. Gratis ! Quel idiot aurait l'idée de jouer de la musique gratis ? On pose au moins un chapeau par terre, on demande aux gens d'y lâcher une petite pièce. Sinon, à quoi bon ? »

Il fixa la paperasse devant lui si longtemps que Sachetmou toussa poliment. « Je réfléchis, fit monsieur Clete. Ce minable de Vétérini. D'après lui, c'est aux guildes de faire respecter leurs propres règlements...

— J'ai entendu dire qu'ils s'en vont de la ville, fit Sachetmou. Une tournée. En province, à ce qu'il paraît. C'est pas notre règlement qu'a cours, là-bas.

— La province, fit monsieur Clete. Oui. Dangereux, ça, la province.

— C'est vrai. Déjà, y a des navets. »

L'œil de monsieur Clete tomba sur le livre de comptes de la Guilde. Il se prit une fois encore à penser que beaucoup trop de gens plaçaient leur confiance dans le fer et l'acier quand l'or fournissait certaines des armes les plus efficaces.

« Est-ce que monsieur Sédatiphe dirige toujours la Guilde des Assassins ? » demanda-t-il.

Les autres musiciens parurent soudain nerveux.

« Les Assassins ? fit Herbert "Monsieur Clavecin" Lapompe. Je crois que personne n'a jamais fait appel aux Assassins. C'est une affaire interne, non ? On ne va pas demander à une autre guilde d'intervenir.

— C'est vrai, renchérit Sachetmou. Qu'est-ce qui se passerait si on apprenait qu'on a eu recours aux Assassins ?

— On aurait beaucoup plus de membres, répondit monsieur Clete de sa voix raisonnable, et on pourrait sûrement augmenter les cotisations. Hou. Hou. Hou.

— Hé, minute, fit Sachetmou. Ça m'est égal qu'on s'occupe de ceux qui veulent pas s'inscrire chez nous. C'est du boulot de guilde normal, ça. Mais les Assassins… ben…

— Ben quoi ? fit monsieur Clete.

— Ils assassinent les gens.

— Vous voulez de la musique gratis, dites ?

— Ben, évidemment, je veux pas…

— Autant que je me souvienne, vous ne parliez pas ainsi le mois dernier quand vous sautiez à pieds joints sur les doigts de ce violoniste de rue.

— Ouais, ben… c'était pas… de l'assassinat, quoi, fit Sachetmou. J'veux dire, il était encore capable de s'en aller tout seul. Enfin, de ramper tout seul. Et il pouvait encore gagner sa vie, ajouta-t-il. Pas en travaillant de ses mains, c'est sûr, mais…

— Et le gamin qui jouait du flûtiau ? Celui qui joue maintenant un accord chaque fois qu'il a le hoquet ? Hou. Hou. Hou.

— Ouais, mais c'est pas par…

— Vous connaissez Dadais, le facteur de guitares ? » demanda monsieur Clete.

Le changement de cap dans la discussion déstabilisa Sachetmou.

« On raconte qu'il vend des guitares à tour de bras, poursuivit monsieur Clete. Mais je ne vois aucune augmentation de nos inscriptions, et vous ?

— Ben…

— Si les gens commencent à se mettre dans la tête qu'ils peuvent écouter de la musique gratis, ça va nous mener où ? »

Il lança un regard noir aux deux autres.

« Chaispas, monsieur Clete, répondit docilement Lapompe.

— Très bien. Et le Patricien a fait de l'ironie avec moi, reprit monsieur Clete. Je ne veux plus de ça. Cette fois, j'appelle les Assassins.

— J'trouve pas ça une bonne idée de faire tuer les gens, s'obstina Sachetmou.

— Je ne veux plus rien entendre de vous, fit monsieur Clete. C'est une affaire de guilde.

— Oui, mais la guilde, c'est nous…

— Exactement ! Alors fermez-la ! Hou. Hou. Hou. »

La carriole bringuebalait entre les champs de choux interminables qui menaient à Pseudopolis.

« J'suis déjà allé en tournée, vous savez, fit Nore. Quand je jouais avec Ronflo Ronflocousin et ses Imbéciles de Cuivres. Tous les soirs dans un lit différent. Au bout d'un moment on oublie quel jour de la semaine on est.

— On est quel jour aujourd'hui ? demanda Magma.

— Tu vois ? Et on est partis que depuis… quoi… trois heures ?

— S'arrête où ce soir ? voulut savoir Magma.

— Scrote, répondit Asphalte.

— M'a l'air un coin vachement intéressant, dit Magma.

— J'y suis déjà passé avec le cirque, fit Asphalte. C'est un vrai Trifouillis-les-Oies. »

Buddy regarda par-dessus le bord de la carriole, mais ça n'en valait pas la peine. Les riches plaines limoneuses de Sto, véritable épicerie du continent, n'offraient pas un panorama spectaculaire, sauf pour qui s'extasiait devant cinquante-trois sortes de choux et quatre-vingt-une de haricots.

Des villages ponctuaient en gros tous les deux kilomètres le damier des champs, et des villes de loin en loin. On les qualifiait de villes parce qu'elles étaient plus importantes que les villages. La carriole en traversa deux. Elles se composaient de deux rues qui formaient un croisement, une taverne, une graineterie, une forge, une écurie de louage au nom du style *« Ecurie de Joe »*, deux granges, trois vieux assis devant la taverne et trois jeunes à paresser devant l'*Ecurie de Joe* en se jurant qu'un jour, très bientôt, ils allaient quitter la ville et connaître la gloire dans le vaste monde. Très bientôt. D'un jour à l'autre.

« Rappelle chez toi, hein ? fit Magma en donnant un coup de coude à Buddy.

— Quoi ? Non ! Le Ker-Gselzehc, c'est des montagnes et des vallées. Et de la pluie. Et de la brume. Et des arbres à feuillage persistant. »

Le jeune homme soupira.

« T'avais une grande maison là-bas, j'imagine ? fit le troll.

— Rien qu'une cabane sans cadenas blottie au fond des bois. Une cabane de terre et de rondins. Enfin, de boue et de rondins, en réalité. »

Il soupira encore.

« C'est ça, quand on fait d'la route, dit Asphalte. La mélancolie. On a que les autres à qui parler, j'en ai connu qui sont devenus complètement din…

— Ça fait combien de temps qu'on est partis maintenant ?

— Trois heures et dix minutes », répondit Nore.

Buddy soupira.

Ces gens étaient invisibles, s'aperçut la Mort. L'invisibilité, il connaissait. Elle participait de son travail. Les humains ne le voyaient pas jusqu'au moment où ils n'avaient plus le choix.

D'un autre côté, il était une personnification anthropomorphique. Alors que Ron l'Infect était un humain, du moins techniquement.

Ron l'Infect gagnait tant bien que mal sa vie en suivant les passants jusqu'à ce qu'ils lui donnent de l'argent pour qu'il cesse son manège. Il avait aussi un chien, lequel ajoutait encore à son odeur. Un terrier gris-brun affligé d'une oreille cassée et de méchantes plaques de peau à nu; il faisait le beau en tenant un vieux chapeau entre ce qui lui restait de dents, et comme les gens donnent souvent aux bêtes ce qu'ils refuseraient à leurs semblables, la productivité financière du duo s'en trouvait fortement accrue.

Henri Cercueil, de son côté, gagnait de l'argent en n'allant nulle part. Les organisateurs de réceptions mondaines importantes lui envoyaient des anti-invitations et de petits cadeaux en numéraire afin de s'assurer qu'il n'y mettrait pas les pieds. Cela parce que Henri avait l'habitude, sinon, de se faufiler parmi les invités de la noce et de leur proposer d'admirer sa collection remarquable de maladies de peau. Il était de surcroît affligé d'une toux qu'on aurait dite presque solide.

Il trimballait aussi un écriteau sur lequel il avait gribouillé à la craie : *Contre un peut d'arjent je vous suie pas ché vous. Kof. Kof.*

Arnold le Crabe n'avait pas de jambes. Ce manque ne paraissait pas l'affecter outre mesure. Il attrapait les passants par les genoux, leur demandait « Vous avez la monnaie d'un sou ? » et profitait invariablement de la confusion cérébrale qui s'ensuivait.

Et celui qu'ils appelaient le Canard avait un canard sur la tête. Personne n'y faisait allusion. Personne n'attirait l'attention sur l'animal. C'était pour eux un détail secondaire sans la moindre importance, au même titre que les jambes absentes d'Arnold, l'odeur indépendante de Ron l'Infect ou les crachats volcaniques de Henri. Une telle indifférence tourmentait l'esprit par ailleurs tranquille de la Mort.

Il se demandait comment aborder la question.

APRÈS TOUT, songea-t-il, IL DOIT BIEN ÊTRE AU COURANT, NON ? CE N'EST PAS COMME UNE PELUCHE SUR UNE VESTE OU JE NE SAIS QUOI...

D'un commun accord, ils avaient appelé la Mort « monsieur Chétif ». Il ignorait pourquoi. D'un autre côté, il se trouvait parmi des gens capables de tenir une discussion interminable avec une porte. Il y avait peut-être une raison logique.

Les mendiants passaient leurs journées à déambuler, invisibles, dans les rues où les passants qui ne les voyaient pas effectuaient un détour pour les éviter et leur jetaient une pièce à l'occasion. Monsieur Chétif se mit aisément au diapason. Quand il demandait de l'argent, on trouvait difficile de le lui refuser.

Scrote n'avait même pas de rivière. La ville existait uniquement parce qu'au bout d'un moment on en a par-dessus la tête de voir se succéder des champs et des champs.

Elle avait deux rues qui formaient un croisement, une taverne, une graineterie, deux granges et, pour faire preuve d'originalité, une écurie de louage intitulée *Ecurie de Seth*.

Rien ne bougeait. Même les mouches dormaient. Seules des ombres allongées occupaient les rues.

« D'après toi, c'était Trifouillis-les-Oies, je croyais, fit Magma alors qu'ils s'arrêtaient dans un espace creusé d'ornières et parsemé de flaques d'eau qui se glorifiait sûrement du nom de Grand-place.

— Elles doivent être mortes », fit Asphalte.

Nore se mit debout dans la carriole puis écarta largement les bras. « Salut, Scrote ! » brailla-t-il.

L'écriteau au-dessus de l'écurie de louage se détacha de son dernier clou et atterrit dans la poussière.

« Ce que j'aime dans cette vie sur les routes, dit Nore, c'est les gens fascinants et les villes intéressantes qu'on rencontre.

— J'imagine qu'elle s'anime le soir, fit Asphalte.

— Oui, dit Magma. Oui, je veux bien croire. Oui. Ç'a l'air une ville qui s'anime le soir. Ç'a l'air une ville on devrait enterrer au croisement avec un pieu dans le cœur. Ça animerait les vers, au moins.

— A propos de verres… » fit Nore.

Ils se tournèrent vers la taverne. L'écriteau lézardé, écaillé, portait péniblement les mots « Au chou joyeux ».

« M'étonnerait », fit Asphalte.

A l'intérieur de la taverne chichement éclairée, des clients buvaient à des tables dans un silence morne. Le patron servit les voyageurs. Son attitude donnait à croire qu'il espérait les voir mourir dans des douleurs atroces dès qu'ils auraient mis le pied dehors. Et le goût de la bière qu'elle se félicitait d'être de mèche.

Ils se blottirent à une table, conscients des regards posés sur eux.

« J'ai entendu parler de patelins comme ça, chuchota Nore. Tu te pointes dans une petite ville qui s'appelle Concorde ou Amitié-ville, et le lendemain tu te retrouves à l'état de côtelettes.

— Pas moi, fit Magma. Trop pierreux.

— Ben, tu te retrouves dans le jardin de rocaille, alors », répliqua le nain.

Il regarda derrière lui une rangée de visages ridés et leva sa chope d'un geste théâtral.

« Ça va, les choux ? lança-t-il. J'ai vu dans les champs qu'ils étaient bien jaunes. Mûrs, hein ? Chouette, hein ?

— C'est la mouche à racines, ça, fit quelqu'un dans l'ombre.

— Bien, bien », dit Nore. Il était nain. Les nains n'étaient pas fermiers.

« On aime pas les cirques à Scrote », dit une autre voix. Une voix lente et grave.

« On est pas un cirque, fit joyeusement Nore. On est des musiciens.

— On aime pas les musiciens à Scrote », dit encore une autre voix.

Il y avait, semblait-il, de plus en plus de silhouettes dans la pénombre.

« Euh… vous aimez quoi, à Scrote ? demanda Asphalte.

— Ben, répondit le tavernier qui n'était plus désormais qu'une simple tache dans les ténèbres croissantes, à peu près à cette époque de l'année on fait des grillades dans le jardin de rocaille. »

Buddy soupira.

C'était la première fois qu'il ouvrait la bouche depuis leur arrivée en ville.

« Je pense qu'on devrait leur montrer ce qu'on joue », dit-il. Sa voix avait un son de corde pincée.

Un peu plus tard.

Nore examina la poignée de la porte. C'était une poignée de porte. On refermait la main dessus. Mais ensuite, qu'est-ce qui se passait ?

« Poignée de porte, dit-il, au cas où.

— Faut en pr'chipe faire qu'chose 'vec », l'informa Magma depuis un niveau voisin du sol.

Buddy se pencha près du nain et tourna la poignée.

« 'croyab' », fit Nore qui trébucha en avant. Il se décolla du sol et regarda autour de lui.

« S'que c'est ?

— Le patron de la taverne a dit qu'on peut rester ici gratuitement, répondit Buddy.

— R'garde-moi c'bordel, fit Nore. Qu'on aille m'cher un blai et une brsse à rcurer t'suite. »

Asphalte entra d'un pas chancelant en portant les bagages, le sac de cailloux de Magma entre les dents. Il laissa tomber le tout par terre.

« Ben ça, c'est incroyable, alors, fit-il. Quand vous êtes entré dans la grange et que vous avez dit... Que vous avez dit... Qu'est-ce que vous avez dit, déjà ?

— On va faire le spectacle ici, on va jouer de la musique grange, répondit Buddy en s'allongeant sur une paillasse.

— Inimaginable ! Ils ont dû rappliquer de kilomètres à la ronde ! »

Buddy, les yeux fixés au plafond, gratta quelques accords.

« Et ces grillades ! dit un Asphalte encore rayonnant d'enthousiasme. La sauce !

— L'bœuf ! fit Nore.

— L'charbon d'bois », murmura Magma avec ravissement. Un grand cercle noir lui entourait la bouche.

« Et qu'raicru, reprit Nore, qu'on pvait brasser une bière preille vec des choux-fleurs ?

— Qui fait d'la belle mouche, dit Magma.

— J'nous voyais mal barrés là-bas, avant que vous jouiez, fit Asphalte en secouant une autre paillasse afin d'en déloger les punaises. J'sais pas comment vous avez réussi à les faire danser comme ça.

— Oui, dit Buddy.

— Et on a même pas 'té pyés », murmura Nore. Il retomba en arrière. Des ronflements ne tardèrent pas à se faire entendre, vaguement métalliques à cause des résonances dans son casque.

Une fois les autres endormis, Buddy posa la guitare sur le lit, ouvrit silencieusement la porte, descendit l'escalier à pas de loup et s'enfonça dans la nuit.

Une nuit qu'il aurait préférée avec la pleine lune. Ou même un croissant. Une pleine lune, ç'aurait été l'idéal. Mais il n'y avait qu'une demi-lune, celle qui n'apparaît jamais dans les peintures romantiques ni occultes bien qu'il s'agisse pourtant de la phase la plus magique.

Il flottait une odeur de bière rance, de choux à l'agonie, de braises de barbecue et de système sanitaire déficient.

Il s'adossa contre l'écurie de Seth. Elle bougea légèrement.

Il trouvait agréable de jouer sur scène ou, comme ce soir, sur une vieille porte de grange posée au sommet de quelques briques. Tout lui apparaissait sous des couleurs éclatantes. Il avait l'impression que des images chauffées à blanc lui traversaient le cerveau comme des arcs électriques. L'impression qu'un feu le brûlait mais aussi, plus important encore, qu'il ne pouvait en être autrement. Il se sentait vivant.

Puis, après coup, il se sentait mort.

Il y avait quand même de la couleur dans le monde. Il la reconnaissait en tant que couleur, mais comme vue à travers les verres fumés de Magma. Les sons lui arrivaient comme à travers de la ouate. Les grillades étaient succulentes, Nore en avait témoigné, mais son palais les avait quasiment trouvées insipides.

Une ombre franchit l'espace entre deux bâtiments…

D'un autre côté, il était le meilleur. Il le savait. Ce n'était ni fierté ni arrogance de sa part, mais simple constatation. Il sentait la musique s'écouler de lui et submerger le public…

« Celui-là, monsieur ? chuchota une ombre près de l'écurie de louage alors que Buddy suivait sans se presser la rue au clair de lune.

— Oui. Celui-là d'abord et ensuite les deux autres à la taverne. Même le gros troll. Il y a un point sur la nuque.

— Mais pas Planteur, monsieur ?

— Curieusement, non. Il n'est pas là.

— Dommage. Je lui ai acheté un pâté en croûte une fois.

— Une suggestion alléchante, mais personne ne nous paye pour Planteur. »

Les Assassins dégainèrent leurs poignards dont ils avaient noirci les lames afin d'éviter les reflets révélateurs.

« Je pourrais vous donner deux sous, monsieur, si vous voulez.

— C'est assurément tentant… »

L'assassin en chef se plaqua contre le mur en entendant les pas de Buddy se rapprocher.

Il serra son poignard à hauteur de la taille. Aucun spécialiste du couteau n'utilisait le fameux coup plongeant tant apprécié des illustrateurs. Un coup d'amateur parfaitement inefficace. Le professionnel frappait de bas en haut ; le chemin du cœur passait par l'estomac.

Il ramena le bras en arrière et se tendit…

On lui fourra soudain sous le nez un sablier luisant d'un éclat bleuté.

« SEIGNEUR ROBERT SELACHII ? fit une voix près de son oreille. ÇA, C'EST VOTRE VIE. »

Il plissa les yeux. Il n'y avait pas d'erreur quant au nom gravé sur le verre. Il distinguait chacun des grains de sable qui basculaient dans le passé…

Il se retourna et jeta un seul regard à la silhouette encapuchonnée avant de prendre ses jambes à son cou. Son apprenti le précédait déjà d'une centaine de mètres et continuait d'accélérer.

« Pardon ? Qui c'est ? »

Suzanne renfonça le sablier dans sa robe et secoua la tête pour donner du volume à ses cheveux.

Buddy apparut.

« Vous ?

— Oui. Moi », répondit Suzanne.

Buddy se rapprocha d'un pas.

« Vous allez encore vous évaporer ? demanda-t-il.

— Non. Je viens en fait de vous sauver la vie, si vous voulez savoir. »

Buddy regarda autour de lui la nuit et ne vit âme qui vive en dehors d'eux.

« De quel danger ? »

Suzanne se baissa et ramassa un couteau à la lame noircie.

« Et ça ? fit-elle.

— Je sais qu'on en a déjà parlé, mais qui êtes-vous ? Pas ma marraine fée, tout de même ?

— Il faut être beaucoup plus vieille, je crois », dit Suzanne. Elle recula. « Et sans doute aussi beaucoup plus gentille. Ecoutez, je ne peux pas vous en dire davantage. Vous n'êtes même pas censé me voir. Je ne devrais pas être ici. Et vous ne devriez pas non plus…

— Vous n'allez pas me demander d'arrêter de jouer, hein ? fit Buddy avec colère. Parce que je refuse ! Je suis un musicien, moi ! Si je ne joue pas, je suis quoi, alors ? Autant être mort ! Vous comprenez ? La musique, c'est ma vie ! »

Il s'approcha encore de quelques pas.

« Pourquoi vous me suivez partout ? Asphalte m'a prévenu que je verrais des filles dans votre genre !

— Comment ça, des filles dans mon genre ? »

Buddy se calma un peu, mais pas beaucoup.

« Elles suivent les acteurs et les musiciens partout, répondit-il, à cause… vous savez, du gueulamour, tout ça…

— Du gueulamour ? Une carriole qui pue et une taverne qui sent le chou ? »

Buddy leva les mains.

« Ecoutez, dit-il d'un ton pressant. Je vais très bien. Je travaille, on m'écoute… je n'ai plus besoin d'aide, d'accord ? J'ai bien assez de soucis comme ça, alors je vous prie de rester en dehors de ma vie… »

On entendit un bruit de course, et Asphalte apparut, suivi des autres membres du groupe.

« La guitare hurlait, dit Asphalte. Ça va ?

— Vaudrait mieux lui demander à elle », marmonna Buddy.

Ses trois compagnons regardèrent droit vers la jeune fille.

« A qui ? demanda Magma.

— Vous l'avez sous le nez. »

Nore passa devant lui une main courtaude qui manqua Suzanne de deux doigts.

« Sûrement le chou », dit Magma à Asphalte.

Suzanne recula sans bruit.

« Elle est là ! Mais maintenant elle s'en va, vous ne voyez rien ?

— C'est ça, c'est ça, fit Nore en prenant le bras de Buddy. Maintenant elle s'en va, bon débarras, alors tu vas revenir…

— Maintenant elle monte sur son cheval !

— Oui, oui, un grand cheval noir…

— Il est blanc, crétin ! »

Des marques de sabots brûlèrent d'un rouge vif un instant avant de s'éteindre.

« Et maintenant il est parti ! »

Le Groupe de Rocs fouilla la nuit du regard.

« Oui, je vois ça, maintenant tu le dis, fit Magma. Un cheval, là-bas, c'est sûr.

— Oui, ça m'a bien l'air d'un cheval qu'est parti, fit prudemment Asphalte.

— Aucun de vous ne l'a vue ? demanda Buddy tandis que ses compagnons lui faisaient reprendre le chemin de la taverne dans la grisaille annonciatrice de l'aube.

— J'ai entendu parler de musiciens, mais des vraiment bons, attention, qu'étaient sans arrêt poursuivis par ces jeunes femmes à moitié nues qu'on appelle des muses, fit Nore.

— Comme Cantaloupe, dit Magma.

— On les appelle pas des muses, fit Asphalte avec un grand sourire. J'vous l'ai dit, quand je bossais pour Bébert le Balladin et ses Coquins Roucouleurs, on avait toujours des tas de jeunes femmes à nous tourner autour…

— Incroyable, comment naissent les légendes, quand on y pense, dit Nore. Maintenant tu t'amènes, mon gars.

— Elle était là, protesta Buddy. Elle était là, je vous assure.

— Cantaloupe ? s'étonna Asphalte. T'es sûr, Magma ?

— J'ai lu une fois dans un livre, répondit le troll. Cantaloupe. Suis à peu près sûr. Quelque chose comme ça.

— Elle était là », répéta Buddy.

Le corbeau ronflait doucement au sommet de son crâne en comptant des moutons crevés.

La Mort aux Rats arriva par la fenêtre en décrivant un arc de cercle, rebondit sur une bougie dégoulinante et atterrit à quatre pattes sur la table.

Le corbeau ouvrit un œil.

« Oh, c'est toi… »

Puis une griffe se referma sur sa patte, et la Mort aux Rats sauta du crâne dans l'espace infini.

Le lendemain apporta son lot de champs de choux, mais le paysage commença cependant à changer un peu.

« Hé, c'est intéressant, ça, fit Nore.

— Quoi donc ? demanda Magma.

— Y a un champ de haricots là-bas. »

Ils le contemplèrent jusqu'à ce qu'il disparaisse à leur vue.

« Ils ont quand même été sympas de nous filer toutes ces provisions, dit Asphalte. On manquera pas de choux, hein ?

— Oh, la ferme », lança Nore. Il se tourna vers Buddy qui se tenait assis, le menton posé sur les bras.

« Un peu d'entrain, dans deux heures on est à Pseudopolis, lui dit-il.

— Bien », fit Buddy d'une voix distante.

Nore grimpa de nouveau à l'avant de la carriole et tira Magma vers lui.

« T'as remarqué comme il est devenu silencieux ? chuchota-t-il.

— Ouaip. Tu crois… tu sais… ce sera fait quand on va revenir ?

— Tout peut se faire à Ankh-Morpork, assura Nore d'un ton ferme. J'ai bien dû frapper à toutes les portes de la rue des Artisans-Ingénieux. Vingt-cinq piastres !

— Plains-toi ! Pas ta dent qui paye. »

Ils se retournèrent tous les deux pour observer leur guitariste. Il contemplait d'un regard fixe l'étendue infinie des champs.

« Elle était là », marmonna-t-il.

Des plumes tournoyèrent jusqu'à terre.

« T'étais pas obligé de faire ça, dit le corbeau en voltigeant à la verticale. T'avais qu'à demander.

— COUIII.

— D'accord, mais j'aurais préféré avant. » Le corbeau s'ébouriffa les plumes et regarda autour de lui le paysage luisant sous le ciel noir. « Alors c'est là, hein ? fit-il. T'es sûr de pas être aussi la Mort aux Corbeaux ?

— COUIII.

— La forme, ça veut rien dire. En tout cas, t'as un museau pointu. Qu'est-ce que tu voulais ? »

La Mort aux Rats lui attrapa une aile et tira.

« D'accord, d'accord ! »

Le corbeau jeta un coup d'œil à un nain de jardin. Lequel péchait dans une mare ornementale. Les poissons étaient squelettiques, ce qui ne les empêchait apparemment pas de jouir de la vie. De la vie ou d'autre chose.

Il voleta et sautilla à la suite du rat.

Planteur Je-m'tranche-la-gorge recula.

Jimbo, Crash, Oui-oui et Salopard le regardèrent, dans l'expectative.

« C'est pour quoi, toutes les boîtes, monsieur Planteur ? demanda Crash.

— Ouais », fit Salopard.

Planteur positionna avec précaution la dixième boîte sur son trépied.

« Z'avez déjà vu un iconographe, les gars ? dit-il.

— Oh, oui… j'veux dire, ouais, répondit Jimbo. Ils ont un petit démon à l'intérieur qui peint les images des trucs sur lesquels on les pointe.

— C'est pareil, mais pour le son », dit Planteur.

Jimbo regarda de l'autre côté du couvercle ouvert.

« Je ne vois pas de… j'veux dire, j'vois pas de démon, fit-il.

— C'est parce qu'y en a pas. » Planteur s'en inquiétait aussi. Il se serait senti plus tranquille si les boîtes avaient recouru à un démon ou une quelconque magie. A quelque chose de simple et de compréhensible. L'idée de mettre le nez dans la science ne lui plaisait pas.

« Bon, alors… Kyste… commença-t-il.

— Au Malheur des Hommes, fit Jimbo.

— Quoi ?

— Au Malheur des Hommes, répéta obligeamment Jimbo. C'est notre nouveau nom.

— Pourquoi vous l'avez changé ? Vous avez même pas gardé Kyste vingt-quatre heures.

— Ouais, mais on s'est dit que ce nom-là nous freinait.

— Comment il pourrait vous freiner ? Vous avancez même pas. » Planteur leur lança un regard mauvais et haussa les épaules. « Bon, baptisez-vous comme vous voulez, mais… j'veux que vous chantiez votre meilleure chanson – j'dis vraiment n'importe quoi – devant ces boîtes. Pas encore… Pas encore… attendez un moment… »

Planteur se réfugia dans l'angle le plus éloigné de la salle et se rabattit le chapeau sur les oreilles.

« D'accord, vous pouvez commencer. »

Dans une bienheureuse surdité il ne quitta pas des yeux le groupe plusieurs minutes durant, jusqu'à ce que leur immobilité retrouvée lui fasse comprendre qu'ils avaient commis l'acte auquel ils se livraient.

Il examina ensuite les boîtes. Les fils métalliques vibraient doucement, mais il n'entendit guère de son.

Au Malheur des Hommes s'attroupa autour de lui.

« Ça marche, monsieur Planteur ? » demanda Jimbo.

Planteur fit non de la tête.

« Vous avez pas ce qu'il faut, les gars, dit-il.

— Et faut quoi, monsieur Planteur ?

— Allez savoir. Vous avez tout d'même quelque chose, ajouta-t-il en voyant leurs figures abattues, mais vous en avez pas beaucoup et me demandez pas ce que c'est.

— Euh… ça veut pas dire qu'on pourra pas jouer au festival gratuit, hein, m'sieur Planteur ? fit Crash.

— Peut-être que vous jouerez quand même, répondit Planteur en se fendant d'un sourire bienveillant.

— Merci beaucoup, m'sieur Planteur ! »

Au Malheur des Hommes sortit d'un pas nonchalant dans la rue.

« Va falloir se remuer si on veut faire un tabac au festival, dit Crash.

— Quoi ? Tu veux dire… comme… apprendre à jouer ? s'inquiéta Jimbo.

— Non ! La musique de rocs, ça se fait comme ça. Si on s'amuse à apprendre, on ira jamais loin. Non, j'veux dire… » Il regarda autour de lui. « De meilleures fringues, déjà. Tu t'es renseigné sur les manteaux de cuir, Oui-oui ?

— Comme qui dirait, fit Oui-oui.

— Comment ça, comme qui dirait ?

— Comme qui dirait de cuir. Je suis allé à la tannerie de la rue Phèdre et ils avaient bien du cuir, mais il… sent un peu mauvais…

— D'accord, on pourra s'y mettre ce soir. Et qu'est-ce que ça devient, les pantalons en peau de léopard, Salopard ? Tu sais, on a dit que des pantalons en peau de léopard, ça serait une bonne idée. »

Une ombre d'inquiétude transcendantale passa sur la figure de Salopard.

« J'en ai comme qui dirait trouvé, répondit-il.

— Soit t'en as trouvé, soit t'en as pas trouvé, fit Crash.

— Ouais, mais ils sont comme qui dirait... Ecoute, j'ai pas déniché de boutique qui connaissait ce genre de truc mais... euh... tu t'rappelles le cirque qu'est venu la semaine dernière ? J'ai donc discuté avec le type en haut-de-forme et... ben, c'était comme qui dirait une affaire, alors...

— Salopard, lança Crash d'une voix douce, qu'est-ce que t'as acheté ?

— Si tu veux, expliqua Salopard avec une gaieté forcée sous les gouttes de sueur, c'est comme qui dirait un pantalon en peau de léopard avec un gilet en peau de léopard et une casquette en peau de léopard.

— Salopard, souffla Crash d'une voix résignée à ne plus menacer, t'as acheté un léopard, c'est ça ?

— Comme qui dirait, oui.

— Oh, bon sang...

— Mais c'est comme qui dirait une affaire du tonnerre pour vingt piastres. Il est quasiment en parfait état, d'après le type.

— Pourquoi il s'en débarrassait, alors ? demanda Crash.

— Il est comme qui dirait sourd. L'entendait pas le dompteur, il m'a dit.

— Ben, c'est pas ça qui va nous rassurer !

— J'vois pas pourquoi. Ton pantalon est pas obligé d'écouter.

— Z'AURIEZ PAS UNE 'TITE PIÈCE, JEUNE HOMME ?

— Tire-toi, grand-père, fit tranquillement Crash.

— BONNE CHANCE.

— Mon père trouve qu'il y a trop de mendiants depuis

quelque temps, fit Crash alors qu'ils bousculaient l'importun pour passer. D'après lui, la Guilde des Mendiants devrait faire quelque chose.

— Mais les mendiants font tous partie de la Guilde, objecta Jimbo.

— Ben alors, ils devraient pas laisser tant de monde s'inscrire chez eux.

— Oui, mais ça vaut mieux que rester dans la rue. »

Salopard, le membre du groupe qui avait la plus petite quantité d'activité cérébrale à caser entre l'observation réelle du monde et lui-même, traînait par-derrière. Il avait l'impression désagréable qu'il venait de marcher sur la tombe de quelqu'un.

« Celui-là m'avait l'air un peu maigre, comme qui dirait », marmonna-t-il.

Les autres ne lui prêtaient aucune attention. Ils avaient repris leur sempiternelle discussion.

« J'en ai marre d'Au Malheur des Hommes, fit Jimbo. C'est un nom idiot.

— Très, très maigre », dit Salopard. Il farfouilla dans sa poche.

« Ouais, moi j'préférais quand on était Les Houe, dit Oui-oui.

— Mais on a été Les Houe qu'une demi-heure ! fit Crash*. Hier. Après avoir été les Bœufs Attelés et avant d'être Laide Zibeline, tu te souviens ? »

Salopard découvrit une pièce de dix sous et fit demi-tour.

« Il existe forcément un nom valable, dit Jimbo. Je parie qu'on saura que c'est le bon dès qu'on tombera dessus.

— Oh, ouais. Bon, faut trouver un nom qu'on remettra pas en question au bout de cinq minutes, fit Crash. Ça va pas faciliter notre carrière si les gens savent pas qui on est.

* Côté orthographe, ça n'aurait pas dû tenir plus de cinq minutes.

— Monsieur Planteur dit que si, rappela Oui-oui.

— D'accord, mais une pierre qui roule n'amasse pas mousse, d'après mon père, répliqua Crash.

— Tenez, vieil homme, dit Salopard plus bas dans la rue.

— MERCI », fit la Mort, reconnaissant.

Salopard se dépêcha de rattraper ses collègues, lesquels avaient repris la discussion sur les léopards durs d'oreille.

« Où tu l'as mis, Salopard ? demanda Crash.

— Ben, tu sais, ta chambre, comme qui dirait…

— Comment on tue ces bêtes-là ? fit Oui-oui.

— Hé, j'ai une idée, répondit Crash d'un air sombre. On va laisser s'étouffer ce sale léopard sur Salopard. »

Le corbeau promena sur l'horloge du couloir l'œil exercé du spécialiste qui connaît la valeur des bons accessoires.

Ainsi que Suzanne l'avait remarqué, elle était moins petite que déplacée sur un plan dimensionnel ; elle paraissait petite, mais de la même façon qu'un très gros objet éloigné – c'est-à-dire quand l'esprit rappelle en permanence aux yeux qu'ils se trompent. Mais elle était en même temps proche. Elle était en bois sombre, noirci par le temps. Un balancier oscillait lentement.

L'horloge n'avait pas d'aiguilles.

« Impressionnant, fit le corbeau. Et la lame de faux sur le balancier. Très joli. Très gothique. On ne peut pas regarder cette pendule sans se dire…

— COUIII !

— Oui, oui, j'arrive. » Le corbeau voleta à travers le couloir jusqu'à un encadrement de porte ornemental. Que décoraient des motifs de crânes et de tibias.

« D'un goût exquis, fit-il.

— Couiii. Couiii.

— Ben, n'importe qui est capable de faire de la plomberie, j'imagine, dit le corbeau. Un détail intéressant. Tu savais, toi, que les toilettes doivent leur nom au seigneur Charles Toilettes ? Peu de gens le…

— Couiii. »

La Mort aux Rats poussa la grande porte menant à la cuisine. Elle pivota en grinçant mais, une fois encore, avec un manque de naturel. En entendant le grincement, le visiteur avait la nette impression qu'on l'avait ajouté, persuadé qu'une telle porte avec un tel encadrement devait forcément grincer.

Albert nettoyait l'évier de pierre, le regard dans le vide.

« Oh, fit-il en se retournant, c'est toi. C'est quoi, ce machin ?

— Je suis un corbeau, se présenta nerveusement le corbeau. Entre parenthèses, un des oiseaux les plus intelligents au monde. Pour la plupart des gens, c'est le mainate, mais…

— Couiii ! »

Le corbeau s'ébouriffa les plumes.

« Je viens en tant qu'interprète, dit-il.

— Est-ce qu'il l'a retrouvé ? » demanda Albert.

La Mort aux Rats couina longuement.

« Regardé partout. Rien vu, fit le corbeau.

— Alors, c'est qu'il veut pas qu'on le retrouve », dit Albert. Il étala plutôt qu'il ne fit disparaître du gras d'une assiette à motif de crânes. « J'aime pas ça.

— Couiii.

— Le rat dit que ce n'est pas le pire, fit le corbeau. Le rat dit qu'il faut vous mettre au courant de ce que fait la petite-fille… »

Le rat couina. Le corbeau parla.

L'assiette se fracassa par terre.

« Je l'savais, s'écria Albert. Le sauver ! Elle se rend pas compte ! D'accord ! C'est moi qui vais régler ça. Le Maître s'imagine pouvoir se défiler, hein ? Pas du vieil Albert ! Vous deux, attendez là ! »

Il y avait déjà des affiches à Pseudopolis. Les nouvelles vont vite, surtout quand Planteur J-M-T-L-G paye les chevaux…

« Salut, Pseudopolis ! »

Il fallut appeler le Guet municipal. Il fallut organiser une chaîne de seaux depuis le fleuve. Il fallut qu'Asphalte se poste devant la loge de Buddy, armé d'un gourdin. Hérissé d'un clou.

Albert, devant un fragment de miroir dans sa chambre, se brossait furieusement les cheveux. Des cheveux blancs. Du moins, qui avaient jadis été blancs. Ils avaient désormais la couleur d'un index de fumeur invétéré.

« C'est mon devoir, voilà, marmonnait-il. J'sais pas où il serait sans moi. Il se souvient peut-être de l'avenir, mais toujours de travers ! Oh, il peut bien se mettre martel en tête avec les vérités éternelles, mais qui c'est qu'arrange le coup en fin de compte… ? Ma pomme, voilà. »

Il se lança un regard mauvais dans le miroir.

« Parfaitement ! » ajouta-t-il.

Une boîte à chaussures fatiguée traînait sous le lit. Albert la sortit avec un luxe de prudence et souleva le couvercle. Elle était pleine d'ouate ; niché dans la ouate, tel un œuf d'une grande rareté, reposait un sablier.

Sur lequel était gravé un nom : Alberto Malik.

Le sable à l'intérieur était immobile, figé en pleine chute. Il n'en restait plus guère dans l'ampoule supérieure.

Le temps ne s'y écoulait pas.

C'était une des clauses de l'Arrangement. Il travaillait pour la Mort, et en contrepartie le temps ne s'écoulait pas, sauf quand il se rendait dans le monde.

Une feuille de papier voisinait le sablier. On avait inscrit le chiffre 91 en haut de la page, mais d'autres chiffres moins élevés se succédaient en dessous. 73… 68… 37… 19.

Dix-neuf !

Fallait-il qu'il soit bête ! Il avait laissé sa vie s'enfuir à coups d'heures et de minutes, surtout ces derniers temps. Il y avait eu cette histoire de plombier, évidemment. Et les courses. Le Maître n'aimait pas se charger des courses. Il avait du mal à se faire servir. Et Albert avait pris quelques vacances parce qu'il trouvait agréable de voir le soleil, n'importe lequel, de sentir sur sa peau le vent et la pluie ; le Maître faisait de son mieux, mais il n'obtenait jamais de bons résultats. Même chose rayon légumes, il était incapable d'en cultiver d'acceptables. Ils n'avaient jamais goût de légumes venus normalement à maturité.

Dix-neuf jours seulement à passer dans le monde. Mais c'était plus qu'il n'en fallait.

Albert glissa le sablier dans sa poche, enfila un manteau et redescendit l'escalier d'un pas énergique.

« Toi, dit-il en pointant le doigt sur la Mort aux Rats, t'arrives pas à sentir sa piste ? Doit bien y avoir quelque chose. Concentre-toi.

— Couiii.

— Qu'est-ce qu'il dit ?

— Tout ce qu'il se rappelle, c'est une histoire de sable.

— Du sable, fit Albert. D'accord. Bon début. On va fouiller tout le sable.

— Couiii ?

— Partout où il passe, le Maître laisse une forte impression. »

Magma se réveilla en entendant un frottement régulier. La silhouette de Nore se découpait dans la lumière de l'aube. Elle maniait une brosse.

« Qu'est-ce tu fais, le nain ?

— J'ai envoyé Asphalte chercher de la peinture, répondit Nore. Ces chambres, c'est une honte. »

Magma se releva sur les coudes et regarda autour de lui.

« Comment t'appelles couleur de la porte ?

— Eau-de-nil.

— Joli.

— Merci.

— Rideaux sont bien, aussi. »

La porte s'ouvrit en grinçant. Asphalte entra, un plateau dans les mains, et referma d'un coup de pied le battant derrière lui.

« Oh, pardon, fit-il.

— Je vais repeindre par-dessus la trace », dit Nore.

Asphalte déposa le plateau, tremblant d'excitation.

« Tout l'monde cause de vous, les gars ! annonça-t-il. Et tout l'monde dit qu'il était temps de toute façon de construire une nouvelle salle. Je vous ramène des œufs au bacon, des œufs au rat, des œufs au coke et… et… c'est quoi, déjà ? Oh, oui. Le capitaine du Guet a dit que si vous étiez encore en ville au lever du soleil, il se chargerait lui-même de vous enterrer vivants. Je tiens la carriole prête à la porte de derrière. Des jeunes femmes ont écrit dessus avec du rouge à lèvres. Jolis rideaux, au fait. »

Tous trois regardèrent Buddy.

« Il a pas bougé, dit Nore. S'est effondré juste après le concert et s'est éteint comme une bougie.

— Faut dire il sautait partout hier soir », fit Magma.

Buddy continuait de ronfler doucement.

« Quand on sera rentrés, dit Nore, faudra qu'on prenne de bonnes vacances quelque part.

— C'est vrai, fit Magma. Si on sort d'ici vivants, vais me mettre ma batterie de cailloux sur le dos, m'en aller à pied très loin, et dès on me demandera "C'est quoi vous portez sur le dos ?" c'est là je m'installerai. »

Asphalte jeta un coup d'œil en bas dans la rue.

« Est-ce que vous pouvez manger vite ? fit-il. Y a des types en uniforme dehors. Avec des pelles. »

A Ankh-Morpork, monsieur Clete était étonné.

« Mais on vous a embauchés ! fit-il.

— Le terme est "engagés", pas "embauchés" », rectifia le seigneur Sédatiphe, dirigeant de la Guilde des Assassins. Il regarda Clete sans dissimuler son dégoût. « Mais, malheureusement, nous ne pouvons honorer davantage notre contrat.

— Ce sont des musiciens, fit monsieur Clete. Ça n'est tout de même pas difficile à tuer, des musiciens.

— Mes associés ont du mal à en parler. Ils ont l'impression que les clients sont protégés d'une façon ou d'une autre. Bien sûr, nous allons vous rembourser le solde de nos honoraires.

— Protégés, marmonna Clete alors que Sachetmou et lui franchissaient avec soulagement le porche de la Guilde des Assassins.

— Ben, je vous ai raconté comment c'était au Tambour quand… commença son adjoint.

— Ce n'est que de la superstition », le coupa brutalement Clete. Il leva les yeux sur un mur où trois affiches du festival étalaient leurs couleurs primaires.

« C'était ridicule de votre part de croire que les Assassins seraient efficaces hors de la ville, marmonna Clete.

— Moi ? J'ai jamais…

— A dix kilomètres d'un bon tailleur et de leur miroir, il n'y a plus personne », ajouta Clete.

Il contempla l'affiche.

« Gratuit, grommela-t-il. Avez-vous fait savoir que tous ceux qui joueront à ce festival seront exclus de la Guilde ?

— Oui, monsieur. J'crois pas que ça leur fait peur, monsieur. J'veux dire, certains se sont rassemblés, monsieur. Voyez, comme il y a davantage de monde à vouloir devenir musiciens qu'on peut en accueillir à la Guilde, on devrait…

— C'est la loi de la populace ! s'indigna Clete. Ils se regroupent pour imposer des lois inacceptables à une cité sans défense !

— L'ennui, monsieur, s'ils sont nombreux… s'ils se mettent en tête de s'adresser au palais… enfin, vous connaissez le Patricien, monsieur… »

Clete hocha une tête lugubre. Une guilde n'était forte qu'à partir du moment où elle représentait bien évidemment ses membres. Il imagina des centaines de musiciens se rendant en masse au palais. Des centaines de musiciens non affiliés à la Guilde…

Le Patricien était un pragmatiste. Il ne cherchait jamais à réparer ce qui fonctionnait. Ce qui ne fonctionnait pas, en revanche, filait à la casse.

Une seule lueur d'espoir : tout le monde serait trop occupé à faire l'imbécile avec la musique pour songer au tableau dans son ensemble. Ce qui arrangeait bien les affaires de Clete.

Puis il se souvint que cet enquiquineur de Planteur était dans le coup. Imaginer le camelot ignorant une occasion de réaliser un profit, c'était comme imaginer des rochers ignorant la pesanteur.

« Hého ? Albert ? »

Suzanne poussa la porte de la cuisine. L'immense local était vide.

« Albert ? »

Elle monta voir à l'étage. Sa chambre s'y trouvait, ainsi qu'un couloir de portes qu'elle ne put ouvrir et qui devaient être impossibles à ouvrir – les battants et les chambranles paraissaient façonnés d'un seul bloc. La Mort avait sûrement une chambre, même si proverbialement la Mort ne dormait jamais. Peut-être se contentait-il de lire au lit.

Elle actionna les poignées dans l'ordre et finit par en trouver une qui tournait.

La Mort avait effectivement sa chambre.

Il avait parfaitement reproduit un grand nombre de détails. Normal. Après tout, il voyait beaucoup de chambres. Au centre des kilomètres carrés de plancher se dressait un immense lit à colonnes, mais lorsqu'elle voulut en éprouver le moelleux, Suzanne découvrit des draps aussi durs que la pierre.

Il y avait un miroir en pied et une armoire. Elle jeta un coup d'œil à l'intérieur du meuble, au cas où il contiendrait un assortiment de robes, mais elle n'y découvrit rien d'autre que de vieilles chaussures dans le fond*.

Sur une table de toilette trônait un ensemble broc-cuvette décoré de crânes et d'omégas, ainsi que diverses fioles et autres babioles.

Elle les prit une à une. Lotion après-rasage. Pommade. Désodorisant pour l'haleine. Deux brosses à cheveux à dos d'argent.

Un spectacle tristounet. La Mort s'était visiblement fait une

* Les vieilles chaussures se retrouvent toujours dans le fond des armoires. Si une sirène disposait d'une armoire, on y découvrirait aussi de vieilles chaussures dans le fond.

idée des articles devant figurer sur la table de toilette d'un homme de goût sans mettre en parallèle une ou deux questions fondamentales.

Elle finit par trouver un escalier plus petit, plus exigu.

« Albert ? »

Elle trouva une porte en haut des marches.

« Albert ? Y a quelqu'un ? »

Je ne suis pas vraiment indiscrète si j'appelle d'abord, se dit-elle. Elle poussa le battant.

C'était une petite pièce. Vraiment petite. Elle renfermait quelques pauvres meubles et un petit lit étroit. Une petite bibliothèque contenait une poignée de petits livres qui avaient l'air sans intérêt. Par terre traînait un vieux bout de papier qui, lorsque Suzanne le ramassa, se révéla couvert de chiffres, tous rayés en dehors du dernier : 19.

Un des livres s'intitulait *Jardiner dans des conditions difficiles*.

Elle redescendit dans le bureau. Elle avait tout de suite su qu'il n'y avait personne. La maison lui donnait une impression d'abandon.

Elle retrouva la même impression dans les jardins. La Mort pouvait créer presque tout, sauf en matière de plomberie. Mais il ne pouvait pas créer la vie proprement dite. Il fallait l'ajouter, telle la levure dans le pain. Sans elle, tout était joliment impeccable, ordonné et d'un ennui, d'un ennui, d'un ennui…

Voilà comment ça devait être, songea-t-elle. *Et puis, un jour, il a adopté ma mère. Il était curieux.*

Elle suivit à nouveau le sentier qui traversait le verger.

Et quand je suis née, papa et maman ont eu tellement peur que je me sente ici chez moi qu'ils m'ont élevée pour que je sois... ben... une Suzanne. Ce n'est pas un nom pour la petite-fille de la Mort, Suzanne ! La petite-fille de la Mort, on l'imagine avec des pommettes plus saillantes, des cheveux raides et un nom farci de v *et de* x.

Et elle retomba sur ce qu'il avait fabriqué pour elle. Ce qu'il avait fabriqué tout seul. Mis au point à partir de principes élémentaires…

Une balançoire. Une balançoire toute bête.

C'était déjà la fournaise dans le désert entre Klatch et Malaba.

L'air tremblota puis il y eut un petit claquement sec. Albert apparut au sommet d'une dune. Un fort en briques d'argile se découpait à l'horizon.

« La légion étrangère klatchienne », marmonna-t-il tandis que le sable amorçait l'invasion inexorable de ses chaussures.

Albert prit péniblement la direction du fort, la Mort aux Rats assis sur son épaule.

Il frappa au portail hérissé d'un grand nombre de flèches. Au bout d'un moment, un petit panneau coulissa.

« Qu'est-ce tu veux, offensi ? » lança une voix quelque part derrière le battant.

Albert tendit une carte. « Avez-vous vu quelqu'un qui ressemblait pas à ça ? » demanda-t-il.

Silence.

« Bon, alors : avez-vous vu un mystérieux étranger qui parlait pas de son passé ? redemanda Albert.

— C'est la légion étrangère klatchienne, offensi. Personne parle de son passé. On s'engage pour… pour… »

Comme la pause s'éternisait, Albert comprit que c'était à lui de relancer la conversation.

« Oublier ?

— Voilà. Oublier. Oui.

— Alors, est-ce que vous avez récemment engagé des recrues un peu bizarres, disons ?

— Bien possible, fit la voix avec lenteur. Me rappelle pas. »

Le panneau se referma en claquant.

Albert frappa une nouvelle fois. Le panneau se rouvrit.

« Oui, qu'est-ce que c'est ?

— Vous êtes sûr de pas vous rappeler ?

— Me rappeler quoi ? »

Albert prit une profonde inspiration.

« J'exige de voir l'officier qui commande votre fort ! »

Le panneau se referma. Puis se rouvrit.

« Pardon. J'ai idée que c'est moi l'officier qui commande. Vous êtes pas un D'reg ni un Malabien, dites ?

— Vous savez pas ?

— J'suis… sûr que j'ai dû le savoir. Avant. Vous comprenez… la tête comme… le machin, là… avec des trous dedans… pour essorer la salade… euh… »

Suivirent les bruits de verrous qu'on repousse, et un portillon s'ouvrit dans le battant.

L'officier possible était un sergent, pour autant que pouvait en juger Albert, peu familiarisé avec les grades klatchiens. Il donnait l'impression de devoir ajouter une bonne nuit de sommeil à la liste des choses qu'il n'arrivait pas à se rappeler. S'il y pensait.

Il y avait quelques soldats klatchiens à l'intérieur du fort, certains assis et d'autres debout, mais tout juste. Nombre d'entre eux exhibaient des bandages, et davantage encore gisaient affaissés ou étendus sur le sable durci. Ceux-là n'auraient plus jamais besoin d'une nuit de sommeil.

« Qu'est-ce qui s'est passé ici ? demanda Albert d'un ton tellement autoritaire que le sergent se surprit à exécuter un salut.

— On a été attaqués par des D'regs, monsieur, répondit-il en vacillant légèrement. Des centaines de D'regs ! On s'est battus à un contre… euh… C'est quoi le chiffre après neuf. Y a un "un" dedans.

— Dix.

— A un contre dix, monsieur.

— Je vois que vous en avez quand même réchappé, fit Albert.

— Ah, dit le sergent. Oui. Euh… Oui. C'est là que ça se complique un peu, en fait. Euh… Caporal ? Toi, là. Toi, à côté de lui. Qu'as les deux galons ?

— Moi ? fit un petit gros.

— Oui. Raconte-lui ce qui s'est passé.

— Oh. Bon. Euh… Eh ben, ces salauds nous avaient arrosés de flèches, voyez ? Et on était comme qui dirait foutus. Puis quelqu'un a suggéré de remettre les cadavres debout sur les remparts avec leurs lances, leurs arbalètes et tout l'bataclan pour faire croire à ces salauds qu'on avait encore tous nos effectifs…

— C'est pas une idée originale, remarque, fit le sergent. Ça s'est fait des dizaines de fois.

— Ouais, reconnut le caporal d'un air gêné. C'est ce qu'ils ont dû se dire. Et alors… Et alors… quand ils ont dévalé les dunes au galop… alors qu'ils étaient quasiment sur nous, qu'ils rigolaient et tout, qu'ils disaient des trucs du genre "encore cette vieille ruse éculée"… quelqu'un à crié "feu !" et ils ont tiré.

— Les morts… ?

— J'me suis engagé dans la légion pour… euh… vous savez, dans la tête… commença le caporal.

— Oublier ? souffla Albert.

— C'est ça. Oublier. Et j'y suis bien arrivé. Mais j'vais pas oublier mon vieux copain Coudepousse Malik tout planté de flèches qui flanquait encore la pâtée à l'ennemi, dit le caporal. J'suis pas près de l'oublier, non. Mais j'vais quand même essayer, notez. »

Albert leva les yeux vers les remparts. Ils étaient déserts.

« Après ça, quelqu'un les a mis en formation et ils sont tous sortis au pas, fit le caporal. J'suis allé voir dehors tout à l'heure et j'ai trouvé que des tombes. Ils ont dû se les creuser les uns les autres…

— Dites-moi, fit Albert, qui c'est ce "quelqu'un" dont vous parlez sans arrêt ? »

Les soldats échangèrent un regard.

« On en discutait justement entre nous, dit le sergent. On essaye de se rappeler. Il était au… trou… quand ç'a commencé…

— Grand type, hein ?

— Bien possible, bien possible, fit le caporal en hochant la tête. Il avait une grande voix, ça c'est sûr. » Il parut s'étonner des mots qui lui sortaient de la bouche.

« A quoi il ressemblait ?

— Ben… il avait… avec… et il faisait… à peu près un…

— Est-ce qu'il avait l'air… sonore et grave ? » fit Albert.

Le caporal eut un large sourire de soulagement. « C'est bien lui, dit-il. Le deuxième classe… Le deuxième classe… Beau… Beau… Je retrouve pas son nom…

— Je sais qu'en sortant, quand il passé… commença le sergent qui se mit à claquer rageusement des doigts, le machin qu'on ouvre et qu'on ferme. En bois. Avec des gonds et des charnières. Merci. Le portail. C'est ça… le portail. Quand il a passé le portail, il a dit… Qu'est-ce qu'il a dit, déjà, caporal ?

— Il a dit : "JUSQU'AU MOINDRE DÉTAIL", chef. »

Albert fit du regard le tour du fort.

« Alors il est parti.

— Qui ça ?

— L'homme dont vous venez de me parler.

— Oh. Oui. Euh… Vous avez une idée de qui c'était, offensi ? J'veux dire, c'est incroyable… vous parlez d'un esprit de corps…

— D'un esprit de cadavre, vous pouvez dire, fit Albert qui savait parfois se montrer méchant. J'imagine qu'il a pas dit où il allait ensuite ?

— Où allait qui ? fit le sergent en plissant le front dans un effort sincère de compréhension.

— Oubliez la question », fit Albert.

Il jeta un dernier regard circulaire au fortin. Qu'il survive ou non et que la ligne pointillée sur la carte se déplace d'un côté ou de l'autre n'avait sans doute guère d'importance dans l'histoire du monde. Tout comme les tripatouillages du Maître…

Parfois il essaye aussi de s'humaniser, se dit-il. Et il obtient un beau gâchis.

« Bonne continuation, sergent », dit-il avant de retourner tranquillement dans le désert.

Les légionnaires le regardèrent disparaître par-dessus les dunes puis se remirent à ranger le fort.

« Qui c'était, d'après toi ?

— Qui donc ?

— La personne dont tu viens de parler.

— J'ai fait ça, moi ?

— T'as fait quoi ? »

Albert franchit la crête d'une dune. De là, il distinguait vaguement la ligne pointillée qui serpentait perfidement sur le sable.

« Couiii.

— Toi et moi, tous les deux », fit Albert.

Il tira un mouchoir terriblement crasseux d'une poche, le noua aux quatre coins et se le colla sur la tête.

« Bon, dit-il avec un soupçon d'incertitude dans la voix. J'ai l'impression qu'on manque de logique dans cette histoire.

— Couiii.

— J'veux dire, on pourrait lui courir après indéfiniment.

— Couiii.

— Alors on devrait peut-être réfléchir à la question.

— COUIII.

— Bon… imagine, t'es sur le Disque, tu te sens un peu bizarre et tu peux aller n'importe où, mais vraiment n'importe où… Où t'irais ?

— COUIII.

— Vraiment n'importe où. Mais quelque part où personne se souvient de ton nom. »

La Mort aux Rats regarda autour de lui le désert infini, uniforme et par-dessus tout aride.

« COUIII.

— Tu sais, j'crois que t'as raison. »

Elle pendait à un pommier.

Il m'a fabriqué une balançoire, se souvint Suzanne.

Immobile, elle contempla l'ouvrage.

Un ouvrage plutôt compliqué. Dans la mesure où le résultat final pouvait en donner une idée, le raisonnement du concepteur avait été le suivant :

Manifestement, il fallait accrocher une balançoire à la branche la plus solide. D'ailleurs – on n'est jamais trop prudent –, il valait mieux l'accrocher aux deux branches les plus solides, une pour chaque corde.

Les deux branches en question se trouvaient de part et d'autre de l'arbre.

Ne jamais revenir en arrière. La logique l'imposait. Toujours aller de l'avant, un pas logique après l'autre.

Donc… il avait retiré à peu près deux mètres d'arbre au beau milieu du tronc afin de permettre à la balançoire de… se balancer, quoi.

L'arbre n'avait pas crevé. Il se portait toujours comme un charme, enfin… comme un pommier.

L'absence d'une portion importante du tronc avait pourtant posé un nouveau problème. Résolu par l'adjonction de deux gros supports sous les branches un peu à l'écart des cordes de la balançoire qui maintenaient la partie supérieure de l'arbre à la hauteur adéquate.

Elle se rappelait comme elle avait ri à l'époque. Et lui était resté là, incapable de voir ce qui clochait.

Et alors elle saisit, tout lui apparut clairement.

La Mort fonctionnait ainsi. Il ne comprenait jamais vraiment ce qu'il faisait. Il se lançait dans un projet, et ça capotait. *La mère de Suzanne ; il se retrouvait soudain avec une femme adulte sur les bras et ne savait qu'en faire.* Il avait donc pris d'autres mesures pour redresser la situation, ce qui avait eu pour résultat de l'aggraver. *Son père. Apprenti de la Mort !* Et quand cette initiative avait capoté, que l'erreur s'était comme de juste produite, il avait réagi par une nouvelle mesure.

Il avait retourné le sablier.

Après ça, le reste n'était qu'une affaire de calcul.

Et de Service.

« Salut… Putain, Nore, dis-moi où on est… Sto Lat ! O-yé ! »

Le public était encore plus fourni. Les affiches avaient davantage eu le temps de produire leur effet, de même que le bouche à oreille venu d'Ankh-Morpork. Et, s'aperçurent les membres du groupe, un noyau solide d'amateurs les avait suivis depuis Pseudopolis.

Profitant d'une interruption entre deux morceaux, juste avant le moment où les spectateurs se mirent à sauter sur les sièges,

Magma se pencha vers Nore. « Tu vois la troll au premier rang ? fit-il. Celle sur les doigts Asphalte saute ?

— Celle qui ressemble à un tas de déblais ?

— Etait à Pseudopolis, dit Magma d'un air rayonnant. Elle arrête pas me regarder !

— Vas-y, mon gars, fit Nore en vidant la salive de son cor. Elle te trouve du sexe à la pelle, sûrement.

— Tu crois qu'elle fait partie ces gros pis Asphalte nous a causé ?

— Possible. »

D'autres nouvelles avaient circulé vite, elles aussi. L'aube donna lieu à une chambre d'hôtel redécorée de plus, à une proclamation royale de la reine Keli enjoignant au groupe de quitter la ville dans un délai d'une heure sous peine d'avoir à le regretter et à un départ en quatrième vitesse.

Buddy était allongé dans la carriole qui cahotait sur les pavés en direction de Quirm.

Elle n'était pas venue. Il avait passé le public en revue les deux soirs et il ne l'avait pas vue. Il s'était même levé au milieu de la nuit et avait parcouru les rues désertes, au cas où elle le chercherait. A présent il se demandait si elle existait. Entre parenthèses, il n'était qu'à moitié sûr d'exister lui-même, sauf quand il se trouvait sur scène.

Il écoutait d'une oreille distraite la conversation de ses compagnons.

« Asphalte ?

— Oui, m'sieur Nore ?

— Magma et moi, on a pas pu s'empêcher de remarquer un truc.

— Oui, m'sieur Nore ?

— Tu trimballes tout l'temps un gros sac de cuir, Asphalte.

— Oui, m'sieur Nore.

— Il était un peu plus lourd ce matin, j'ai l'impression.

— Oui, m'sieur Nore.

— L'argent est dedans, hein ?

— Oui, m'sieur Nore.

— Combien y a ?

— Euh… m'sieur Planteur a dit qu'il fallait pas vous embêter avec les questions d'argent, fit Asphalte.

— Ça dérange pas, fit Magma.

— C'est vrai, renchérit Nore. On a envie de s'embêter avec ça.

— Euh… » Asphalte se passa la langue sur les lèvres. Magma avait un air décidé. « A peu près deux mille piastres, m'sieur Nore. »

La carriole cahota encore un moment. Le paysage s'était légèrement modifié. On voyait des collines, et les fermes étaient plus petites.

« Deux mille piastres, fit Nore. *Deux* mille piastres. Deux *mille* piastres. Deux mille *piastres*.

— Pourquoi t'arrêtes pas répéter deux mille piastres ? demanda Magma.

— J'ai encore jamais eu l'occasion de dire deux mille piastres.

— Dis pas si fort.

— DEUX MILLE PIASTRES !

— Chhhut ! fit Asphalte d'un air affolé tandis que le cri du nain rebondissait en écho sur les collines. Le coin est infesté de bandits ! »

Nore reluqua la sacoche. « A qui l'dis-tu ! fit-il.

— J'parle pas de m'sieur Planteur !

— On est sur la route entre Sto Lat et Quirm, fit Nore d'un ton patient. Pas sur une route des montagnes du Bélier. On est ici dans un pays civilisé. Y a pas de voleurs de grand chemin dans les pays civilisés. » Il jeta encore un regard noir à la sacoche. « Ils attendent qu'on arrive dans des villes. Voilà pourquoi on appelle ça la civilisation. Hah, tu peux m'dire quand un voyageur s'est fait voler pour la dernière fois sur cette route ?

— Vendredi, j'crois bien, répondit une voix depuis les rochers. Oh, mer.. »

Les chevaux se cabrèrent avant de s'élancer au galop sur la route. Asphalte avait réagi instinctivement par un coup de fouet.

Ils ne ralentirent que plusieurs kilomètres plus loin.

« Vous parlez plus de fric, d'accord ? souffla Asphalte.

— Je suis musicien professionnel, dit Nore. Je pense forcément à l'argent. C'est encore loin, Quirm ?

— Beaucoup moins maintenant, répondit Asphalte. Trois, quatre kilomètres. »

Et après la colline suivante, la cité s'étendit devant eux, nichée au fond de sa baie.

Un attroupement stationnait devant les portes fermées de la ville. Le soleil de l'après-midi se réfléchissait sur des casques.

« Comment vous appelez les longs bâtons avec des haches au bout ? demanda Asphalte.

— Des hallebardes, répondit Buddy.

— Y en a vraiment beaucoup, constata Nore.

— Pas pour nous, tout de même ? fit Magma. On est seulement musiciens.

— Et je vois des types en robe longue, avec des chaînes d'or et des machins, dit Asphalte.

— Des bourgeois, fit Nore.

— Vous savez, le cavalier qui nous a dépassés ce matin… reprit Asphalte. Je m'dis que les nouvelles ont peut-être circulé.

— Oui, mais c'est pas nous on a détruit ce théâtre, dit Magma.

— Ben, vous leur avez fait que six rappels, fit Asphalte.

— Emeutes dans les rues, pas nous non plus.

— J'suis sûr que les types aux lames pointues vont comprendre.

— Ils veulent peut-être pas on refasse la décoration de leurs hôtels. J'ai pourtant dit, c'est faute de goût, rideaux orange avec tapisserie jaune. »

La carriole s'arrêta. Un homme replet en tricorne et cape bordée de velours jeta au groupe un regard mauvais autant qu'embarrassé.

« C'est vous les musiciens connus sous le nom de Groupe de Rocs ? demanda-t-il.

— Y aurait-il un problème, monsieur le fonctionnaire ? fit Asphalte.

— Je suis le maire de Quirm. Conformément aux lois locales, il est interdit de jouer de la musique de rocs dans cette ville. Tenez, c'est stipulé ici… »

Il brandit un rouleau de papier. Nore s'en saisit.

« Cette encre m'a pas l'air sèche, dit-il.

— La musique de rocs représente un danger public, elle est convaincue de porter atteinte à la santé comme à la morale et de provoquer des girations corporelles contre nature, fit l'homme en récupérant le rouleau.

— Vous voulez dire qu'on peut pas entrer dans Quirm ?

— Vous pouvez entrer au besoin, répondit le maire. Mais vous ne pouvez pas jouer. »

Buddy se leva dans la carriole.

« Mais il faut qu'on joue », déclara-t-il. La guitare qu'il portait en bandoulière bascula autour de son épaule. Il empoigna le manche et leva une main droite menaçante, prête à plaquer un accord.

Nore jeta autour de lui un regard désespéré. Magma et Asphalte s'étaient collé les mains sur les oreilles.

« Ah ! fit-il. Je crois qu'on va maintenant pouvoir négocier, non ? »

Il descendit de la carriole.

« Y a une chose dont monsieur l'maire a pas entendu parler, je pense, dit-il, c'est la taxe sur la musique.

— Quelle taxe sur la musique ? demandèrent en chœur Asphalte et le maire.

— Oh, ça vient de sortir, expliqua Nore. A cause du succès de la musique de rocs. La taxe sur la musique, cinquante sous par billet. Ç'a dû chiffrer à… oh, deux cent cinquante piastres à Sto Lat, d'après moi. Plus du double à Ankh-Morpork, évidemment. C'est le Patricien qu'a imaginé ça.

— Vraiment ? Du Vétérini tout craché », fit le maire. Il se frotta le menton. « Deux cent cinquante piastres à Sto Lat, vous avez dit ? Vraiment ? Une ville grosse comme rien. »

Un agent du Guet qui arborait une plume à son casque exécuta un salut nerveux.

« Excusez-moi, monsieur le maire, mais le mot de Sto Lat disait…

— Une minute, le coupa le maire avec irritation. Je réfléchis… »

Magma se pencha depuis la carriole.

« C'est corruption, non ? souffla-t-il.

— C'est d'la taxation », répliqua Nore.

L'agent exécuta un autre salut.

« Mais vraiment, monsieur, les gardes à…

— Capitaine, fit sèchement le maire qui continuait de fixer Nore d'un œil songeur, c'est de la politique ! S'il vous plaît !

— Ça aussi ? s'étonna Magma.

— Et pour preuve de notre bonne volonté, dit Nore, ce serait une bonne idée qu'on paye la taxe avant le concert, croyez pas ? »

Le maire les regarda avec étonnement, comme s'il se faisait mal à l'idée de musiciens qui auraient de l'argent.

« Monsieur le maire, le message disait…

— Deux cent cinquante piastres, rappela Nore.

— Monsieur le maire…

— Ecoutez, capitaine, fit le maire qui avait visiblement pris une décision, nous savons que les habitants de Sto Lat sont un peu bizarres. Ce n'est que de la musique, après tout. Je l'ai bien dit que je trouvais ce message curieux. Je ne vois pas ce qu'il y a de mal dans la musique. Et ces jeunes ho… gens sont prospères, semble-t-il », ajouta-t-il. Pour le maire, c'était un argument de poids, comme ça l'est pour des tas de gens. Personne n'aime un voleur pauvre.

« Oui, reprit-il, ça ressemblerait bien à Sto Lat de nous faire un coup pareil. Ils nous prennent pour des naïfs parce qu'on vit loin de tout.

— Oui, mais d'après Pseudopo…

— Oh, ceux-là. Une bande de prétentieux. Un peu de musique, ça ne peut pas faire de mal, tout de même ? Surtout… (le maire regarda Nore) quand c'est pour le bien de la communauté. Laissez-les entrer, capitaine. »

Suzanne sella son cheval.

Elle connaissait le coin. Elle l'avait même vu en une occasion. On avait depuis peu installé une nouvelle barrière le long de la route, mais il restait dangereux.

Elle connaissait aussi l'époque.

Juste avant qu'on l'appelle le Virage du Mort.

« Salut, Quirm ! »

Buddy plaqua un accord. Et prit la pose. Une légère lueur

blanche l'entourait, comme un scintillement de paillettes de pacotille.

« Uh-huh-*huh !* »

Les acclamations se muèrent comme d'habitude en un véritable mur sonore.

Je croyais qu'on allait se faire tuer par des gens qui nous détestent, se dit Nore. *Maintenant je crois qu'on risque de se faire tuer par des gens qui nous adorent...*

Il promena à la ronde un regard prudent. Des gardes se tenaient de faction le long des murs tout autour de la salle. Pas fou, le capitaine. *J'espère seulement qu'Asphalte a bien amené le cheval et la carriole dehors comme je lui ai demandé...*

Il jeta un coup d'œil à Buddy qui étincelait dans les feux de la rampe.

Deux rappels, ensuite on descend l'escalier et on se casse, songea Nore. *Je ne fais rien, je me contente de souffler et... ça sort. Qu'on ne me dise pas que c'est normal.*

Buddy fit tournoyer son bras à la façon d'un discobole. Un accord fusa et s'engouffra dans les oreilles des spectateurs.

Nore porta le cor à ses lèvres. Le son qui en jaillit ressemblait à du velours noir embrasé dans un local sans fenêtres.

Avant que la musique de rocs ne lui submerge le cerveau, il songea : *Je vais mourir. Ça fait partie de la musique. Je vais mourir très bientôt. Je le sens. Ça se rapproche. C'est parti tout petit au Tambour d'Ankh-Morpork. Et depuis ça grandit un peu plus chaque nuit...*

Il jeta un autre coup d'œil à Buddy. Le jeune homme passait le public en revue comme s'il cherchait quelqu'un dans la foule hurlante.

Ils jouèrent *Les Cailloux du bagne*. Ils jouèrent *Digito Roc*. Ils jouèrent *Tutti Quanti* (et une centaine de spectateurs jurèrent d'acheter une guitare le lendemain matin).

Ils jouèrent de tout leur cœur et surtout de toute leur âme.

Ils sortirent de scène après le neuvième bis. La foule tapait toujours du pied, en réclamait davantage tandis qu'ils se hissaient par la fenêtre des cabinets et se laissaient tomber dans la ruelle.

Asphalte vida une poche dans la sacoche de cuir. « Sept cents piastres de plus ! annonça-t-il en les aidant à grimper dans la carriole.

— C'est ça, et on en touche dix chacun, fit Nore.

— Z'avez qu'à le dire à monsieur Planteur, répliqua Asphalte alors que les chevaux se dirigeaient vers les portes de la ville dans un claquement de sabots.

— J'y manquerai pas.

— Ça n'a pas d'importance, fit Buddy. Des fois on joue pour l'argent, d'autres fois pour le spectacle.

— Hah ! Pas cette chanson, non, non, non. » Nore farfouilla sous le siège. Asphalte y avait planqué deux caisses de bière.

« Demain, le festival, les gars », grommela Magma. Ils franchirent l'arche de la porte. Ils entendaient encore les tapements de pieds.

« Après ça on va signer un nouveau contrat, dit le nain. Avec des tas de zéros dedans.

— Ça, on a déjà, fit remarquer Magma.

— Ouais, mais sans beaucoup de chiffres devant. Eh, Buddy ? »

Ils se retournèrent. Buddy dormait, la guitare serrée sur la poitrine. « Ecroulé comme une masse », commenta Nore.

Il reprit sa position face à la route. Elle s'étirait devant eux, pâle à la lumière des étoiles.

« Tu disais tu voulais juste bosser, fit Magma. Tu disais tu voulais pas devenir célèbre. Tu crois ça va te plaire, les soucis pour tout cet or tu vas gagner et les filles qui vont balancer sur toi des cottes de mailles ?

— Faudra que je m'y fasse.

— Moi, j'aimerais une carrière, dit le troll.

— Ouais ?

— Ouais. Avec forme de cœur. »

Une nuit sombre, orageuse. Une diligence sans chevaux qui franchit la barrière délabrée et inutile, puis qui bascule et plonge dans la gorge en contrebas. Elle ne heurte même pas de corniche rocheuse avant de s'écraser loin en dessous dans le lit asséché de la rivière et de voler en mille morceaux. Puis l'huile des lampes de la diligence prend feu et il se produit une seconde explosion d'où s'échappe en roulant – parce qu'il faut respecter certaines conventions, même dans une tragédie – une roue en feu.

Le plus étrange, pour Suzanne, c'est qu'elle n'éprouvait rien. Elle pouvait s'imaginer de la tristesse, parce que les circonstances étaient forcément source de tristesse. Elle savait qui se trouvait dans la diligence. Mais l'accident s'était déjà produit. Elle ne pouvait rien faire pour le prévenir car, dans ce cas, il ne se serait pas produit. Et elle était là, elle le regardait se produire. Elle n'avait donc rien fait. Il s'était donc produit. Elle sentait la logique de la situation se mettre en place comme une série d'immenses blocs de plomb.

Peut-être existait-il un ailleurs où il n'avait pas eu lieu. Peut-être la diligence avait-elle dérapé dans l'autre sens, peut-être y avait-il eu un rocher au bon moment, peut-être n'avait-elle pas pris cette route, peut-être le cocher s'était-il rappelé le virage soudain. Mais ces possibilités n'existaient qu'en fonction de la première.

Ce n'était pas elle qui connaissait tous ces détails. Ils lui venaient d'un esprit incroyablement plus ancien.

Parfois, la seule chose à faire pour les gens, c'est d'être là.

Elle dirigea Bigadin vers les ombres plus épaisses au bord de la route à flanc de falaise et attendit. Au bout d'une ou deux minutes elle perçut des bruits de pierres et un cavalier escalada un sentier qui montait presque à la verticale depuis le lit du fleuve.

Les naseaux de Bigadin s'évasèrent. La parapsychologie ne dispose pas de mot pour désigner la sensation désagréable qu'on éprouve en présence de soi-même*.

Suzanne vit la Mort mettre pied à terre et regarder le lit du fleuve en contrebas, appuyé sur sa faux.

Elle songea : Il aurait tout de même pu faire quelque chose.

Non ?

La silhouette se redressa mais ne se retourna pas.

« OUI. J'AURAIS PU FAIRE QUELQUE CHOSE.

— Comment... Comment tu as su que j'étais là... ? »

La Mort agita une main irritée.

« JE ME SOUVIENS DE TOI. A PRÉSENT, IL FAUT QUE TU COMPRENNES : TES PARENTS SAVAIENT QUE LES ÉVÉNEMENTS DOIVENT SE PRODUIRE. QUELQUE PART, TOUT DOIT SE PRODUIRE. CROIS-TU QUE JE NE LEUR EN AI PAS PARLÉ ? MAIS JE NE PEUX PAS DONNER LA VIE. UNIQUEMENT... DES PROROGATIONS. L'IMMUABILITÉ. SEULS LES HUMAINS PEUVENT DONNER LA VIE. ET ILS VOULAIENT ÊTRE HUMAINS ET NON IMMORTELS. SI ÇA PEUT TE CONSOLER, ILS SONT MORTS SUR LE COUP. *SUR LE COUP*. »

Il faut que je demande, songea Suzanne. Il faut que je le dise. Sinon je ne suis pas humaine.

« Je pourrais revenir en arrière et les sauver... ? » Seul un léger tremblement dans la voix laissa entendre qu'il s'agissait d'une question.

* Mais, à vrai dire, l'homme éprouve cette sensation en permanence.

« LES SAUVER ? POUR QUOI FAIRE ? POUR UNE VIE ARRIVÉE À EXPIRATION ? CERTAINES CHOSES ONT UNE FIN. ÇA, JE LE SAIS. IL M'EST PARFOIS ARRIVÉ DE PENSER DIFFÉREMMENT. MAIS... SANS LE SERVICE QUE JE DOIS ASSURER, QU'EST-CE QUE JE SUIS ? IL FAUT UNE LOI. »

Il se hissa en selle puis, toujours sans se retourner vers la jeune fille, éperonna Bigadin et s'éloigna au-dessus de la gorge.

Une meule de foin se dressait derrière une écurie de louage de la rue Phèdre. Elle se renfla un instant et un juron assourdi s'en échappa.

Une fraction de seconde plus tard s'élevèrent une quinte de toux et un autre juron, beaucoup plus distinct, dans un silo à grains voisin du marché aux bestiaux.

Peu après, des lattes de plancher pourri explosèrent à la verticale dans un ancien magasin d'alimentation. Suivit un juron qui rebondit sur un sac de farine.

« Crétin de rongeur ! brailla Albert en se retirant d'un doigt du blé de l'oreille.

— COUIII.

— C'est bien ce que j'pense ! Quelle taille je fais, d'après toi ? »

Albert chassa de la main le foin et la farine de ses vêtements et s'approcha de la fenêtre.

« Ah, fit-il, on va passer au Tambour Rafistolé, alors. »

Dans sa poche, le sable reprit son trajet interrompu de l'avenir au passé.

Hibiscus Ormebrun avait décidé de fermer une heure. Une opération simple. Son personnel et lui commencèrent par récupérer les chopes et les verres intacts. Ce qui leur prit peu de temps. Puis ils se lancèrent dans une recherche superficielle d'armes susceptibles de rapporter un peu d'argent à la revente ainsi que dans une fouille rapide des poches de clients dans l'impossibilité d'objecter pour cause d'ivresse, de mort, voire des deux. Ensuite ils repoussèrent le mobilier et balayèrent tous les détritus restants par la porte de derrière jusque dans le vaste lit brunâtre du fleuve Ankh où ils s'entassèrent avant de sombrer petit à petit.

Enfin, Hibiscus alla verrouiller la grande porte d'entrée…

Elle refusa de fermer. Il baissa les yeux. Une chaussure s'y trouvait coincée. « On est fermés, dit-il.

— Non, c'est pas vrai. »

La porte se rouvrit en grinçant et Albert fut à l'intérieur.

« Vous avez vu cette personne ? » demanda-t-il en fourrant un rectangle en carton sous le nez d'Ormebrun.

Ce qui constituait un manquement grave à l'étiquette. Ormebrun travaillait dans une branche où les imprudents qui racontaient aux gens qu'ils en avaient vu d'autres ne faisaient pas de vieux os. Ormebrun pouvait servir à boire toute la nuit sans voir un seul client.

« Jamais vu, répondit-il automatiquement sans même jeter un coup d'œil au carton.

— Faut m'aider, fit Albert, sinon il va se passer des trucs horribles.

— Casse-toi ! »

Albert claqua la porte derrière lui d'un coup de pied. « Vous direz pas que j'vous ai pas prévenu », fit-il. Sur son épaule, la Mort aux Rats flaira l'atmosphère d'un air méfiant.

Un instant plus tard, le menton d'Hibiscus s'écrasait brutalement sur les planches d'une table.

« Comprenez, je sais qu'il est venu ici, fit Albert qui n'était même pas essoufflé, parce que tout l'monde finit par y venir tôt ou tard. Regardez mieux.

— C'est une carte de carot, fit observer Hibiscus d'un ton indistinct. C'est la Mort !

— Tout juste. C'est lui qu'est sur le cheval blanc. On peut pas le rater. Seulement, il devait pas avoir cette allure-là chez vous, j'imagine.

— Si j'comprends bien, fit le bistrotier en se tortillant désespérément pour se soustraire à la poigne de fer d'Albert, vous voulez que j'vous dise si j'ai vu quelqu'un qui ressemble pas à ça ?

— Il devait être bizarre. Plus bizarre qu'un client normal. » Albert réfléchit une seconde. « Et il a dû boire beaucoup, si je l'connais bien. Il boit toujours beaucoup.

— On est à Ankh-Morpork, vous savez.

— Tirez pas sur la corde, sinon je m'énerve.

— Vous voulez dire que vous êtes pas énervé en ce moment ?

— J'suis impatient, c'est tout. Si vous voulez que je m'énerve, suffit de demander.

— Y a eu… un type… y a quelques jours. M'souviens pas bien de quoi il avait l'air…

— Ah. C'est sûrement lui.

— L'a vidé ma réserve, s'est plaint du jeu des Envahisseurs Barbares, a fini complètement bourré et puis…

— Quoi ?

— M'rappelle pas. On l'a balancé dehors.

— Par la porte de derrière ?

— Oui.

— Mais y a que l'fleuve, derrière ?

— Ben, la plupart des types se réveillent avant de couler.

— Couiii, fit la Mort aux Rats.

— Il a dit quelque chose ? demanda Albert, trop concentré pour prêter attention au rongeur.

— Qu'il se souvenait de tout, un truc comme ça, j'crois. Il a dit… Il a dit que même soûl il arrivait pas à oublicr. L'arrêtait pas de parler de boutons de porte et… dc soleil chevelu.

— De soleil chevelu ?

— Un truc comme ça. »

La pression sur le bras d'Hibiscus se relâcha soudain. Il attendit une ou deux secondes puis, avec une extrême prudence, tourna la tête.

Personne derrière lui.

Tout doucement, Hibiscus se pencha afin de regarder sous les tables.

Albert sortit dans la lumière de l'aube. Il fouilla ses vêtements et en ramena sa boîte. Il l'ouvrit, jeta un coup d'œil à son compte-vie et referma sèchement le couvercle.

« D'accord, dit-il. Et maintenant ?

— Couiii.

— Quoi ? »

Et on lui flanqua un coup sur le crâne.

Il ne s'agissait pas d'un coup pour tuer. Timo Laflemme, de la Guilde des Voleurs, savait ce qui arrivait aux collègues qui tuaient les clients. La Guilde des Assassins venait leur dire deux mots : « Au revoir. » Tout ce qu'il voulait, c'était estourbir le vieux pour lui faire les poches.

Le bruit que produisit sa victime en tombant le surprit. Ça ressemblait à un tintement de verre brisé, mais Timo y perçut des accents désagréables dont les échos lui résonnèrent aux oreilles plus longtemps qu'ils n'auraient dû.

Quelque chose bondit du vieux bonhomme et se jeta à sa figure en vrombissant. Deux griffes squelettiques lui agrippèrent les oreilles et un museau osseux, d'une saccade, le frappa violemment au front. Il hurla et prit ses jambes à son cou.

La Mort aux Rats se laissa retomber à terre et détala vers Albert. Il lui tapota le visage, le bourra de quelques coups de pattes frénétiques puis, en désespoir de cause, lui mordit le nez.

Il le saisit ensuite par le col et s'efforça de le tirer hors du caniveau, mais un tintement de verre le fit se raviser.

Ses orbites affolées se tournèrent vers la porte fermée du Tambour. Ses moustaches ossifiées se hérissèrent.

Un instant plus tard Hibiscus ouvrit la porte, ne serait-ce que pour mettre un terme au tambourinement à tout rompre.

« J'ai dit qu'on était… »

Quelque chose lui fonça entre les jambes, marqua une pause rapide le temps de lui mordre la cheville et détala vers la porte du fond, le museau collé à terre.

Il s'appelait le parc des Prinses non pas parce que des princes s'y rendaient à une époque où les fautes d'orthographe étaient monnaie courante, mais parce que les prinses étaient jadis des métairies à parcelles jointives de vingt à trente hectares créées pour être remises en valeur en l'espace de quinze à vingt ans. Visiblement on n'avait pas eu le courage d'attendre aussi longtemps car le parc ne dépassait pas la taille d'un journal, ancienne superficie qu'un homme pouvait labourer avec trois bœufs et demi par un jeudi de pluie. Les Morporkiens avaient néanmoins conservé le nom de parc des Prinses parce qu'ils s'accrochent aux traditions, entre autres choses.

On y trouvait des arbres, de l'herbe et un lac où vivaient de vrais poissons. Et, par un de ces caprices de l'histoire municipale, c'était un lieu relativement sûr. On se faisait rarement agresser au parc des Prinses. Les malfrats aiment disposer d'un coin où prendre des bains de soleil sans risque, comme tout le monde. C'était comme qui dirait un terrain neutre.

Et déjà il se remplissait, alors qu'il n'y avait pas grand-chose d'autre à voir que des ouvriers en train de monter à coups de marteau une grande scène près du lac. On avait délimité une zone derrière le podium à l'aide de toile de sac bon marché clouée à des piquets. Des excités essayaient de temps en temps d'entrer avant de se faire jeter dans le lac par les trolls de Chrysoprase.

Parmi les musiciens qui répétaient, on remarquait tout de suite Crash et son groupe, notamment parce que Crash avait retiré sa chemise pour permettre à Jimbo de badigeonner ses blessures de teinture d'iode. « Je croyais que tu blaguais, grogna-t-il.

— Je te l'ai bien dit qu'il était dans ta chambre, fit Salopard.

— Comment je vais faire pour jouer de la guitare, maintenant ?

— De toute façon, tu sais pas en jouer, dit Oui-oui.

— Enfin, quoi, regardez ma main. Regardez. »

Ils la regardèrent. La mère de Jimbo l'avait recouverte d'un gant après l'avoir soignée ; les blessures étaient peu profondes parce que même un crétin de léopard préfère éviter un type qui cherche à lui retirer son pantalon.

« Un gant, fit Crash d'une voix catastrophée. Vous avez déjà entendu parler d'un musicien sérieux qui porte un gant, vous ? Comment jouer de la guitare avec un gant ?

— Comment jouer de la guitare tout court ?

— Je sais pas pourquoi je vous supporte, tous les trois, fit Crash. Vous freinez mon développement artistique. Je me demande si je vais pas vous quitter pour monter mon propre groupe.

— Non, tu feras pas ça, dit Jimbo, parce que tu trouveras personne pire que nous. Faut regarder les choses en face. Ce qu'on fait, c'est d'la merde. »

Il exprimait tout haut ce que tous pensaient tout bas. Les collègues musiciens qui les entouraient étaient plutôt minables, il fallait le reconnaître. Mais ça n'allait pas plus loin. Certains jouissaient d'un petit talent musical ; quant aux autres, ils ne savaient pas jouer, point. Ils n'avaient pas de batteur qui tapait à côté des fûts ni de bassiste doté du rythme naturel d'un accident de la circulation. Et ils gardaient en général le même nom de groupe. Des noms pas toujours très originaux, comme « Roc et troll altitude », ou « Suprême Naine ta Mère », mais au moins ils savaient qui ils étaient.

« Qu'est-ce que vous dites de "On est un groupe de merde" ? fit Oui-oui en se fourrant les mains dans les poches.

— On est peut-être de la merde, gronda Crash, mais de la merde de musique de rocs.

— Bien, bien, alors comment ça va ? lança Planteur en se frayant un chemin à travers les sacs. Ça va pas tarder, maintenant... Qu'est-ce que vous fichez ici, vous ?

— On est programmés, m'sieur Planteur, fit Crash d'une petite voix.

— Comment vous pouvez être programmés alors que j'sais même pas comment vous appeler ? répliqua Planteur en agitant une main irritée en direction d'une des affiches. Est-ce que vous voyez votre nom là-dedans, dites ?

— On fait sans doute partie des *Et grouspes de complément*, fit Oui-oui.

— Qu'est-ce qu'est arrivé à ta main ? demanda Planteur.

— Mon froc m'a mordu, répondit Crash en jetant un regard mauvais à Salopard. Franchement, m'sieur Planteur, vous pouvez pas nous donner une autre chance ?

— On verra », répondit Planteur qui s'en repartit à grands pas. Il se sentait trop joyeux pour argumenter plus longtemps. Les saucisses dans un petit pain se vendaient comme... des petits pains, mais ça couvrait seulement les menus frais. Avec la musique de rocs il y avait des possibilités de gagner de l'argent auxquelles il n'avait jamais songé... Et Planteur J-M-T-L-G songeait à l'argent vingt-quatre heures sur vingt-quatre.

Les maillots, par exemple. Ils étaient d'un coton tellement fin et d'une si mauvaise qualité qu'on ne les voyait quasiment pas à la lumière, et ils avaient tendance à se dissoudre au lavage. Il en avait déjà vendu six cents ! A cinq piastres l'unité ! Tout ce qu'il avait à faire, c'était les acheter une piastre le lot de dix au Centre de gros klatchien et payer Crayeux cinquante sous pièce pour l'impression.

Et Crayeux, prenant une initiative inhabituelle pour un troll, avait même imprimé ses propres maillots. Lesquels disaient :

Maison Crayeux
12, rue de la Courante
Fabrique

Et les gens les achetaicnt, déboursaient de l'argent pour faire la publicité de l'atelier de Crayeux. Même en rêve, Planteur n'avait jamais imaginé que le monde pouvait fonctionner ainsi. C'était comme regarder des moutons se tondre tout seuls. Il ignorait ce qui causait pareil revirement des lois en matière de pratiques commerciales, mais il en voulait en quantités industrielles.

Il avait déjà revendu l'idée à Turbineur, le cordonnier de la rue des Nouvelles-Pompes*, et une centaine de maillots étaient sortis

* Les chaussures TURBINEUR
Elles ont des semelles
On en sent les poinstes !

de sa boutique sur le dos de clients, un chiffre qui dépassait les ventes de ses produits habituels. Ils voulaient ces vêtements-là uniquement parce qu'on avait écrit dessus !

Il gagnait de l'argent. Des milliers de piastres par jour ! Et une centaine de pièges à sons s'alignaient devant la scène, prêts à capturer la voix de Buddy. S'il continuait à ce train-là, dans plusieurs milliards d'années il serait riche au-delà de ses rêves les plus fous !

Vive la musique de rocs !

Un seul petit nuage assombrissait son bonheur.

Le festival devait démarrer à midi. Planteur avait prévu de faire passer d'abord un tas de petits groupes minables – ce qu'ils étaient tous – et de terminer avec le Groupe. Il n'y avait donc aucune raison de s'inquiéter si Buddy et ses amis avaient du retard.

Mais ils avaient du retard. Et ça inquiétait Planteur.

Une toute petite silhouette sombre quadrillait les rives de l'Ankh à une telle vitesse qu'on ne distinguait qu'une traînée. Elle zigzaguait désespérément de tous côtés en reniflant.

Les riverains ne la voyaient pas. Mais ils voyaient les rats. Noirs, bruns et gris, tous abandonnaient les entrepôts et les quais en bordure du fleuve, détalaient les uns par-dessus les autres dans leur désir effréné de fuir le plus loin possible.

Une meule de foin eut un haut-le-cœur et donna naissance à un Nore.

Le nain roula jusqu'à terre et gémit. Une pluie fine défilait sur le paysage. Puis il se remit debout sur des jambes flageolantes, regarda autour de lui les collines onduleuses et disparut un instant derrière une haie.

Il revint au petit trot quelques secondes plus tard, explora un moment la meule de foin et tomba sur quelque chose plus gros que la normale qu'il bourra de coups de botte à bout métallique.

« Ouille !

— Si bémol, fit Nore. Bonjour, Magma. Salut, le monde ! J'crois que la vie trépidante, c'est pas fait pour moi, tu vois… Les choux, la bibine, tous ces emmerdeurs sans arrêt sur le dos… »

Magma sortit en rampant.

« Dû tomber sur mauvais chlorure d'ammonium hier soir, dit-il. Mon crâne toujours là ?

— Oui.

— Tant pis. »

Ils tirèrent Asphalte par ses chaussures et le ranimèrent en lui tapant dessus à tour de bras.

« T'es notre directeur de tournée, fit Nore. Normalement, tu dois veiller à ce qu'il nous arrive rien de mal.

— Ben quoi, c'est ce que j'fais, non ? marmonna Asphalte. J'vous tape pas dessus, m'sieur Nore. Où est Buddy ? »

Ils firent tous les trois le tour de la meule, tâtèrent des renflements qui se révélèrent des bouchons de foin mouillé.

Ils le découvrirent sur une petite éminence non loin de là. Quelques buissons de houx y poussaient, courbés sous les assauts du vent. Il était assis sous l'un d'eux, la guitare sur les genoux, les cheveux plaqués sur la figure par la pluie.

Il dormait, trempé comme une soupe.

Sur ses genoux, la guitare jouait des notes à l'imitation des gouttes de pluie.

« Il est bizarre, fit Asphalte.

— Non, dit Nore. Il obéit à une espèce de force qui l'entraîne dans des voies mystérieuses.

— Ouais. Bizarre, quoi. »

La pluie faiblissait. Magma lança un coup d'œil au ciel.

« Le soleil est haut, constata-t-il.

— Oh, non ! fit Asphalte. Vous avez été trop longs à dormir.

— Moi, pas plus long quand j'dors pas, répliqua Magma.

— Il est presque midi. Où est-ce que j'ai laissé les chevaux ? Quelqu'un a vu la carriole ? Et réveillez-moi l'autre, là ! »

Quelques minutes plus tard ils étaient de retour sur la route.

« Et savez quoi ? fit Magma. On est partis si vite hier soir j'sais même pas si elle est venue.

— Comment elle s'appelait ? demanda Nore.

— Chaispas, répondit le troll.

— Oh, alors ça, c'est vraiment de l'amour.

— T'as donc pas romantisme en toi ? fit Magma.

— Des regards qui se croisent dans une salle pleine de monde, dit Nore. Non, pas vraiment… »

Ils furent repoussés de côté lorsque Buddy se pencha entre eux.

« Fermez-la, ordonna-t-il d'une voix basse sans la moindre trace d'humour.

— On faisait que blaguer, dit Nore.

— Evitez. »

Asphalte se concentrait sur la route, conscient de l'hostilité ambiante.

« J'pense que vous avez hâte de jouer au festival, hein ? » fit-il au bout d'un moment.

Personne ne lui répondit.

« J'pense qu'il va y avoir la foule », ajouta-t-il.

Seuls le claquement des sabots des chevaux et le ferraillement de la carriole meublèrent le silence qui suivit. Ils roulaient désormais dans les collines et la route serpentait le long d'une gorge. Pas la moindre rivière ne coulait en contrebas, sauf à la saison des pluies. Une région sinistre. Asphalte eut l'impression qu'elle le devenait de plus en plus.

« J'pense que vous allez bien vous marrer, finit-il par dire.

— Asphalte ? fit Nore.

— Oui, m'sieur Nore ?

— Regarde la route, tu veux ? »

L'archichancelier astiquait son bourdon tout en marchant. Un excellent bourdon d'un mètre quatre-vingts, magique à souhait. Ceci dit, il ne se servait pas souvent de la magie. Il le savait d'expérience, tout ce que deux ou trois coups d'un mètre quatre-vingts de chêne n'arrivaient pas à repousser résistait aussi à la magie.

« Vous ne croyez pas qu'on aurait dû amener les anciens mages avec nous, monsieur ? demanda Cogite qui peinait à rester debout.

— Si on les avait amenés avec nous, vu leur état d'esprit actuel, j'en ai peur, les événements qui s'passent en ce moment… (Ridculle chercha la phrase adéquate et se décida pour :) se passeraient encore plus mal. J'ai insisté pour qu'ils restent à l'Université.

— Mais… Grand-Couillon et les autres ? fit Cogite avec espoir.

— Est-ce qu'ils seraient bien utiles dans le cas d'une déchirure dimensionnelle thaumaturgique d'une ampleur considérable ? Je m'souviens de ce pauvre vieux monsieur Hong. Il servait une commande de double ration de morue à la purée de pois, et la seconde d'après…

— Braoum ? fit Cogite.

— Braoum ? répéta Ridculle en se frayant un chemin dans la rue noire de monde. C'est pas ce que j'ai entendu dire. Ça ressemblait plutôt à "aaaaerrrrhurlement-cartilages-qui-grincent-grincent-crac" et à une pluie de viande grillée. Est-ce qu'Adrien le Grand Couillon et ses copains sont efficaces dans les moments cruciaux ?

— Hum. Je ne pense pas, archichancelier.

— Exact. Les gens crient et courent partout. Ç'a jamais servi à grand-chose. Une poche pleine de bons sortilèges et un bourdon bien chargé, ça vous sort du pétrin neuf fois sur dix.

— Neuf fois sur dix ?

— Exact.

— Combien de fois vous y avez eu recours, monsieur ?

— Ben… y a eu monsieur Hong… l'histoire avec la Chose dans l'armoire de l'économe… puis le dragon, vous vous souvenez… ? » Les lèvres de Ridculle bougèrent en silence tandis qu'il comptait sur ses doigts. « Neuf fois, pour l'instant.

— Ç'a marché à chaque fois, monsieur ?

— Absolument ! Donc, y a pas à s'inquiéter. Dégagez ! Laissez passer le mage. »

Les portes de la ville étaient ouvertes. Nore se pencha vers l'avant alors que la carriole entrait avec fracas.

« Va pas directement au parc, dit-il.

— Mais on est en retard, objecta Asphalte.

— On en a pas pour longtemps. Passe d'abord par la rue des Artisans-Ingénieux.

— C'est carrément de l'autre côté du fleuve !

— C'est important. On doit prendre un truc. »

La foule emplissait les rues. Ce qui n'avait rien d'inhabituel, sauf que cette fois tout le monde suivait la même direction.

« Et toi, tu te couches au fond de la carriole, dit Nore à Buddy. On a pas envie que des jeunes femmes essayent de t'arracher tes fringues, hein, Buddy... ? »

Il se retourna. Buddy s'était rendormi.

« Personnellement... commença Magma.

— T'as qu'un pagne, dit Nore.

— Ben quoi, elles pourraient l'attraper, non ? »

La carriole se faufila par les rues et finit par tourner dans celle des Artisans-Ingénieux.

C'était une rue de toutes petites boutiques. On pouvait s'y faire confectionner, réparer, façonner, remonter, copier ou contrefaire n'importe quoi. Des fours rougeoyaient dans chaque entrée ; des hauts fourneaux fumaient dans chaque arrière-cour. Des fabricants d'œufs à la mécanique compliquée travaillaient auprès d'armuriers. Des charpentiers à côté de sculpteurs sur ivoire qui réalisaient des formes si menues et délicates qu'ils utilisaient des pattes de sauterelle coulées dans le bronze en guise de scies. Au moins un artisan sur quatre usinait les outils dont avaient besoin les trois autres. Les boutiques n'étaient pas seulement contiguës, elles se chevauchaient ; quand un charpentier devait menuiser une grande table, il comptait sur la bonne volonté de ses voisins pour qu'ils lui libèrent de l'espace, si bien qu'il travaillait à un bout du meuble pendant que deux bijoutiers et un potier se servaient de l'autre comme établi. On trouvait des échoppes où le client pouvait se faire prendre les mesures dans la matinée et récupérer une cotte de mailles complète avec pantalon de rechange dans l'après-midi.

La carriole s'arrêta devant un petit commerce. Nore bondit à terre et y pénétra. Asphalte entendit la conversation.

« C'est fait ?

— Voilà, monsieur. Etat neuf.

— Ça marche ? Vous savez ce que je vous ai dit : faut avoir passé quinze jours enveloppé sous une peau de bœuf derrière une chute d'eau avant de pouvoir toucher à un de ces engins.

— Ecoutez, monsieur, pour ce prix-là j'allais pas rester plus de cinq minutes sous la douche avec une peau de chamois sur le crâne. Et venez pas m'raconter que ça suffit pas pour d'la musique traditionnelle. »

Suivit un son agréable dont l'écho se prolongea un instant avant de se noyer dans le vacarme de la rue en pleine activité.

« On a dit vingt piastres, c'est ça ?

— Non, c'est vous qui avez dit vingt piastres. Moi, j'ai dit vingt-cinq.

— Une minute, alors. »

Nore sortit et adressa un signe de tête à Magma.

« Bon, fit-il. Tousse un coup. »

Magma grogna, mais se farfouilla un moment dans le fond de la bouche.

Ils entendirent l'artisan ingénieux demander : « C'est quoi, ce machin-là, merde ?

— Une molaire. Ça doit valoir au moins…

— Ça ira. »

Nore ressortit en portant un sac qu'il fourra sous le siège.

« D'accord, fit-il. Direction le parc. »

Ils entrèrent par une des portes de derrière. Du moins, ils essayèrent. Deux trolls leur barrèrent la route. On reconnaissait la patine de marbre poli des brutes primaires qu'employait Chrysoprase. Il n'employait pas de nervis. La plupart des trolls n'étaient même pas assez malins pour s'énerver.

« L'entrée des groupes, ça, fit l'un.

— Ça, c'est vrai, renchérit l'autre.

— C'est nous, le Groupe, dit Asphalte.

— Quel groupe ? demanda le premier troll. J'ai liste ici.

— Ça, c'est vrai.

— On est le Groupe de Rocs, dit Nore.

— Ah, pas vous, ça. Les ai vus. Y a un gars entouré de lueur, et quand il joue la guitare, ça fait… »

Whauauauaummmmm-eeeee-gngngn.

« Ça, c'est vrai… »

L'accord s'enroula autour de la carriole.

Buddy était debout, la guitare prête à rugir.

« Hou-là, fit le premier troll. Je reviens pas ! » Il fouilla dans son pagne et sortit un bout de papier écorné. « Pourriez pas écrire votre nom, dites ? Mon gamin, Argile, il va jamais croire j'ai rencontré…

— Oui, oui, fit Buddy d'un ton las. Donnez.

— Mais pas pour moi, pour mon gamin Argile… répéta le troll en sautant d'un pied sur l'autre d'excitation.

— Comment ça s'écrit ?

— Pas important, sait pas lire de toute façon.

— Ecoutez, dit Nore tandis que la carriole arrivait bruyamment dans le secteur réservé aux musiciens derrière la scène, y en a déjà qui jouent. Je l'avais bien dit qu'on… »

Planteur fondit sur eux. « Pourquoi vous avez traîné comme ça ? fit-il. C'est bientôt à vous ! Tout d'suite après… les Garçons Couchés. Comment ça s'est passé ? Asphalte, viens par ici. »

Il entraîna le petit troll dans l'ombre juste derrière la scène.

« Tu me ramènes de l'argent ? demanda-t-il.

— Dans les trois mille…

— Pas si fort !

— Mais je chuchote, m'sieur Planteur. »

Planteur jeta un regard prudent à la ronde. Le chuchotement n'existait plus à Ankh-Morpork dès lors que le mot « mille » entrait dans l'énoncé d'une somme d'argent ; il suffisait même de le penser pour que les gens l'entendent.

« Veille à garder l'œil dessus, compris ? On va en rentrer davantage avant la fin d'la journée. J'vais donner à Chrysoprase ses sept cents piastres, et l'reste, c'est tout bén... » Il surprit le petit œil en bouton de bottine d'Asphalte et se reprit. « Evidemment, y a l'amortissement... les frais généraux... la publicité... les études de marché... les p'tits pains... la moutarde... l'un dans l'autre, j'aurai de la chance si j'équilibre. Je m'tranche pratiquement la gorge dans cette affaire.

— Oui, m'sieur Planteur. »

Asphalte jeta un coup d'œil au bord de la scène.

« Qui c'est qui joue en ce moment, m'sieur Planteur ?

— "Hideux."

— Pardon, m'sieur Planteur ?

— Mais ils l'écrivent I2 », expliqua Planteur. Il se détendit un peu et sortit un cigare. « Me demande pas pourquoi. Ce qu'il faut aux musiciens, c'est des noms du genre Blondie et ses Joyeux Troubadours. Ils sont bons ?

— Vous savez pas, m'sieur Planteur ?

— Moi, j'appelle pas ça d'la musique. Quand j'étais gamin, on avait d'la vraie musique avec de vraies paroles... "Mon père avait un p'tit champ d'pois, pin dibilum, cum, cum, mirabilu", des trucs comme ça. »

Asphalte observa encore une fois I2.

« Ben, c'est rythmé et dansant, dit-il, mais ils sont pas très bons. J'veux dire, le public les regarde, mais c'est tout. Il se contente pas de regarder quand le Groupe joue, m'sieur Planteur.

— T'as raison », fit Planteur. Il s'intéressa au devant de la scène. Entre les bougies s'alignait un rang de pièges à sons.

« Vaudrait mieux que t'ailles leur dire de s'préparer. Je crois que ceux-là sont à court d'idées. »

« Hum. Buddy ? »

Il leva le nez de sa guitare. Certains autres musiciens accordaient la leur, mais il avait découvert que lui n'en avait pas besoin. De toute façon, il n'aurait pas pu. Les mécaniques ne bougeaient pas.

« Qu'est-ce qu'il y a ?

— Hum, fit Nore. » Il agita vaguement la main en direction de Magma qui se fendit d'un grand sourire timide et sortit le sac de derrière son dos.

« Ça, c'est… enfin, on a pensé… c'est-à-dire nous tous, reprit Nore, que… ben, on a vu son état, tu comprends, et je sais que d'après toi c'était pas réparable, mais y a des gens dans cette ville qui savent à peu près tout faire, du coup on a demandé autour de nous, vu qu'on savait combien elle comptait pour toi, et puis on a trouvé un type dans la rue des Artisans-Ingénieux qui affirmait pouvoir le faire, alors ç'a coûté à Magma une dent de plus, mais voilà quand même parce que c'est toi qu'as raison, on tient le haut de l'affiche, tout ça grâce à toi, et on sait que t'y tenais beaucoup, alors c'est une espèce de cadeau de remerciement, ben quoi, vas-y, donne-la-lui. »

Magma, dont le bras s'était rabaissé à mesure que la phrase s'éternisait, poussa le paquet vers un Buddy ahuri.

Asphalte passa la tête entre deux pans de toile de jute.

« Vous feriez mieux de monter sur scène, les gars, fit-il. Allez ! »

Buddy reposa la guitare. Il ouvrit le sac et entreprit de tirer sur l'emballage de lin à l'intérieur.

« Elle est accordée et tout », le renseigna obligeamment Magma.

La harpe étincela au soleil lorsque tomba le dernier morceau de tissu.

« Ils font des trucs incroyables avec de la colle et des bidules, dit Nore. Bon, je sais, t'as dit qu'il restait plus personne en Ker-Gselzehc qui pouvait la réparer. Mais on est à Ankh-Morpork. Ici, on répare quasiment tout.

— S'il vous plaît ! insista la tête d'Asphalte en réapparaissant entre deux bouts de toile de sac. M'sieur Planteur dit qu'il faut venir, ils commencent à lancer des machins !

— Je m'y connais pas beaucoup en cordes, dit Nore, mais j'ai tenté le coup. Ça m'a l'air de sonner… plutôt bien.

— Je… euh… Je ne sais pas quoi dire », fit Buddy.

Les mots que scandait la foule tenaient des coups de marteau.

« Je… l'ai gagnée, dit un Buddy perdu dans son petit monde lointain. Avek une c'hanson. *Yannick bez mad*, c'était. J'avais travaillé dessus tout l'hiver. Ça parle… du pays, vous savez. Et du départ, voyez ? Et des arbres et tout. Ç'a… beaukoup plu aux juges. Ils ont dit ke dans cinkante ans j'arriverais à vraiment komprendre la musik. »

Il attira la harpe vers lui.

Planteur se fraya un chemin à travers la cohue des musiciens derrière la scène et finit par trouver Asphalte.

« Alors ? fit-il. Où ils sont ?

— Ils sont là-bas à discuter, m'sieur Planteur.

— Ecoute. T'entends la foule ? C'est de la musique de rocs qu'ils veulent ! Si on leur en donne pas… Vaudrait mieux qu'on leur en donne, pigé ? Laisser grandir l'impatience, c'est bien joli, mais… *j'veux les voir sur scène tout d'suite !* »

Buddy se contempla les doigts. Puis il releva la tête, livide, vers les autres groupes qui grouillaient autour de lui.

« Toi… avec la guitare… fit-il d'une voix rauque.

— Moi, m'sieur ?

— Passe-la-moi ! »

Toutes les formations musicales débutantes d'Ankh-Morpork admiraient autant qu'elles craignaient le Groupe de Rocs. Le guitariste tendit son instrument. Vu sa tête, on aurait dit qu'il donnait une sainte relique à bénir.

Buddy la regarda. C'était un des meilleurs articles de monsieur Dadais.

Il plaqua un accord.

Le son qui sortit de l'instrument donnait l'impression que le jeune homme venait de gratter des cordes en plomb, si on avait pu fabriquer des cordes à partir d'un tel matériau.

« D'accord, les gars, où est le problème ? fit Planteur en se hâtant vers eux. Y a six mille oreilles là-bas qui attendent qu'on les remplisse de musique de rocs et vous restez ici à traîner ? »

Buddy rendit la guitare au musicien et enfila la courroie de son propre instrument. Il joua quelques notes qui parurent scintiller dans l'air.

« Mais je sais jouer de ça, dit-il. Oh, oui.

— Bon, parfait, maintenant tu rappliques là-bas et t'en joues, fit Planteur.

— Qu'on me passe une autre guitare ! »

Les musiciens se bousculèrent pour lui tendre leurs instruments. Il en gratta frénétiquement deux. Mais les notes qu'il en tira n'étaient pas seulement fausses. Si elles n'avaient été que fausses, ça n'aurait déjà pas été si mal.

Le contingent de la Guilde des Musiciens avait réussi facilement à se réserver un espace tout près de la scène en tabassant sans ménagement quiconque empiétait dessus.

Monsieur Clete jeta un regard noir à la scène. « Je ne comprends pas, dit-il. Ça ne vaut rien. C'est toujours la même chose. Que du bruit. Qu'est-ce qu'on lui trouve, à cette musique ?

— Le groupe vedette est pas encore passé, répondit Sachet-mou qui avait dû par deux fois se retenir de taper du pied. Euh… Vous êtes sûr de vouloir…

— On est dans notre droit. » Clete regarda autour de lui la foule hurlante. « Il y a un marchand de saucisses là-bas. Quelqu'un d'autre a envie d'une saucisse ? Saucisse ? » Les hommes de la Guilde hochèrent la tête. « Saucisse ? d'accord. Ça fait trois sauc… »

Le public se mit à applaudir en poussant des acclamations. D'habitude, applaudissements comme acclamations commencent en un point autour duquel ils se propagent plus ou moins vite, mais pas ceux-là : ils démarrèrent partout à la fois, toutes les bouches ouvertes en même temps.

Magma était monté à coups de phalanges sur scène. Il s'installa derrière ses cailloux et lança un regard désespéré derrière lui en direction des coulisses.

Nore arriva en traînant les pieds et cligna des yeux devant les lumières.

Et ce fut tout. Le nain se retourna, dit quelque chose qui se noya dans le bruit puis resta planté sur la scène, l'air embarrassé, pendant que les acclamations se calmaient peu à peu.

Buddy fit son entrée en titubant légèrement, comme si on l'avait poussé.

Jusqu'à présent, monsieur Clete avait cru que la foule criait. Il s'aperçut alors qu'il ne s'était agi que d'un murmure d'approbation à côté de ce qu'il entendait maintenant.

Les hurlements s'éternisaient tandis que le jeune homme restait immobile, la tête penchée.

« Mais il ne fait rien du tout, brailla Clete dans l'oreille de Sachetmou. Pourquoi est-ce qu'ils l'acclament alors qu'il ne fait rien ?

— Aucune idée, monsieur », répondit Sachetmou.

Il passa en revue autour de lui les visages luisants aux regards fixes, des visages avides, et se fit l'effet d'un athée égaré dans une sainte communion.

Les applaudissements continuaient toujours. Ils redoublèrent lorsque Buddy monta lentement les mains vers sa guitare.

« Il ne fait rien du tout ! s'époumona Clete.

— Pour ce qui est des droits, on l'a dans l'os, monsieur, beugla Sachetmou. S'il joue pas, il est pas coupable de se produire sans appartenir à la Guilde ! »

Buddy releva la tête.

Il fixa le public avec une telle intensité que Clete tendit le cou afin de voir ce que regardait ce foutu gamin.

Il ne regardait rien. Il y avait un petit espace vide juste devant la scène. Les spectateurs étaient serrés comme des sardines partout ailleurs, mais là, juste devant la scène, il restait un petit carré d'herbe inoccupé. Qui avait l'air de fasciner Buddy.

« Uh-huh-huh... »

Clete se colla les paumes sur les oreilles, mais la puissance de l'ovation lui résonnait jusque dans la tête.

Puis, tout doucement, petit à petit, les vivats décrurent. Ils cédèrent la place au silence de milliers de personnes, ce qui, songea Sachetmou, était par certains côtés autrement plus dangereux.

Nore jeta un coup d'œil à Magma qui fit la grimace.

Buddy, toujours debout, fixait le public.

S'il joue pas, se dit Nore, on est cuits.

« Psst », fit-il en direction d'Asphalte. Le petit troll s'approcha discrètement. « La carriole est prête ?

— Oui, m'sieur Nore.

— Et l'avoine ? T'as fait l'plein des chevaux ?

— Comme vous avez dit, m'sieur Nore.

— Parfait. »

Un silence de velours. Avec en outre cette propriété de succion commune au cabinet du Patricien, aux lieux saints et aux canyons encaissés qui suscite chez les gens l'envie irrésistible de crier, de chanter ou de hurler leur nom. C'était un silence qui réclamait qu'on le meuble.

Quelque part dans l'obscurité, quelqu'un toussa.

Asphalte entendit qu'on soufflait son nom depuis le côté de la scène. A contrecœur, il gagna furtivement l'obscurité où Planteur lui faisait des signes frénétiques.

« Tu sais, le sac ?

— Oui, m'sieur Planteur. Je l'ai mis... »

Planteur tendit deux autres sacs, petits mais très lourds.

« Verse ceux-là dedans et tiens-toi prêt à filer en vitesse.

— Oui, parfaitement, m'sieur Planteur, parce que Nore a dit...

— Tout d'suite ! »

Nore regarda autour de lui. *Si je balance le cor, le casque et la cotte de mailles,* songeait-il, *j'ai des chances de m'en sortir vivant. Mais qu'est-ce qu'il fiche ?*

Buddy reposa la guitare et gagna les coulisses. Il revint avant que le public ait compris ce qui se passait. Il portait sa harpe.

Il s'immobilisa face à la foule.

Nore, qui était le plus près de lui, l'entendit murmurer : « Rien k'une fois ? Allez ? Enkore une petite fois ? Après je ferai ce ke tu voudras, tu vois ? Je payerai ma dette. »

Quelques accords s'échappèrent faiblement de la guitare.

« Je suis sérieux, tu vois », fit Buddy.

Un autre accord retentit.

« Rien k'une fois. »

Buddy sourit vers une place vide dans le public et se mit à jouer.

Chaque note était aussi claire qu'un son de cloche et simple qu'un rayon de soleil – si bien que dans le prisme du cerveau elle se divisait et fulgurait en un million de couleurs.

Nore en restait bouche bée. Puis la musique se répandit sous son crâne. Ce n'était pas de la musique de rocs, mais elle empruntait les mêmes voies d'accès. La cascade de notes raviva des souvenirs de la mine où il était né, du pain de nain que sa maman pétrissait au marteau sur l'enclume et de l'instant où il avait pour la première fois compris qu'il était tombé amoureux*. Il se remémora la vie dans les cavernes sous le Trigonocéphale

* Il avait toujours la pépite quelque part.

avant qu'il ne succombe à l'appel de la ville, et il eut l'envie impérieuse de se retrouver chez lui. Il ne s'était jamais aperçu que les humains pouvaient chanter avec de la profondeur.

Magma reposa ses maillets à côté de lui. Les mêmes notes s'infiltraient dans ses oreilles corrodées, mais elles devenaient dans sa tête des carrières et des terrains tourbeux. Il se dit, tandis que l'émotion lui noyait l'esprit de sa fumée, qu'aussitôt après le concert il s'en retournerait chez lui voir comment allait sa vieille maman et qu'il ne la quitterait plus jamais.

Monsieur Planteur s'aperçut qu'il lui venait des idées aussi étranges que troublantes. A propos de choses qu'on ne pouvait pas vendre et qui ne devraient rien coûter…

L'assistant des runes modernes tapa sur la boule de cristal.

« Le son ferraille un peu, dit-il.

— Ecartez-vous, je ne vois pas », fit le doyen.

Les runes récentes se rassit. Ils contemplèrent la petite image.

« Ça ne ressemble pas à de la musique de rocs, dit l'économe.

— Taisez-vous », lança le doyen. Il se moucha.

C'était de la musique triste. Mais elle arborait sa tristesse comme un drapeau. Elle disait que l'univers avait fait tout son possible mais qu'au moins on était toujours vivant.

Le doyen, aussi impressionnable qu'une motte de cire chaude, se demanda s'il pouvait apprendre l'harmonica.

La dernière note mourut.

Il n'y eut pas d'applaudissements. Le public s'affaissa légèrement tandis que chaque spectateur redescendait du nuage où l'avaient entraîné ses pensées. Un ou deux murmurèrent : « Ouais, c'est la vie », ou « On en est tous là, mon vieux ». Beaucoup se mouchèrent, parfois sur leurs voisins.

Puis la réalité revint en catimini, comme toujours.

Nore entendit Buddy souffler tout bas : « Merci. »

Le nain se pencha de côté et demanda du coin de la bouche : « Qu'est-ce que c'était ? »

Buddy donna l'impression de se réveiller d'un coup. « Quoi ? Oh. Ça s'appelle *Yannick bez mad*. Comment tu trouves ?

— Y a… d'la profondeur, répondit Nore. C'est sûr, y a d'la profondeur. C'est d'la musique qui chavire, d'la musique qui soûle. »

Magma approuva du chef. Quand on est loin de la vieille mine ou montagne familière, qu'on est perdu au milieu d'étrangers, qu'on n'est qu'un grand vide douloureux à l'intérieur… alors seulement on peut vraiment chanter avec profondeur, et alors la musique soûle.

« Elle nous regarde, murmura Buddy.

— La fille invisible ? fit Nore en fixant le carré d'herbe vide.

— Oui.

— Ah, oui. J'la vois pas, c'est juste. Bon. Et maintenant, si cette fois tu joues pas d'la musique de rocs, on est morts. »

Buddy ramassa la guitare. Les cordes tremblèrent sous ses doigts. Il se sentait rempli d'allégresse. On lui avait permis de jouer de la harpe devant tout le monde. Plus rien ne comptait désormais. Tout ce qui pouvait maintenant arriver n'avait aucune importance.

« Z'avez encore rien entendu », dit-il. Il tapa du pied. « Un… deux… un deux trois quatre… »

Nore eut le temps de reconnaître le thème avant que la musique ne l'emporte. Il venait de l'entendre quelques secondes plus tôt. Mais à présent, ça balançait.

Cogite fouilla des yeux l'intérieur de sa boîte. « Je crois qu'on capte ça, archichancelier, dit-il, mais je ne sais pas ce que c'est. »

Ridculle hocha la tête et passa le public en revue. Tout le monde écoutait bouche bée. La harpe leur avait purgé l'âme, et maintenant la guitare leur court-circuitait la moelle épinière.

Et il y avait un carré d'herbe inoccupé près de la scène.

Ridculle se cacha un œil de la main et fixa la place vide jusqu'à ce que l'autre œil pleure. Puis il sourit.

Il se tourna vers la Guilde des Musiciens et vit avec horreur que Sachetmou épaulait une arbalète. Il avait l'air d'agir à contrecœur ; monsieur Clete l'aiguillonnait.

Ridculle leva un doigt et donna l'impression de se gratter le nez.

Malgré la puissance de la musique, il entendit le claquement de la corde de l'arbalète qui se brisait net et – ce qui le ravit intérieurement – le petit glapissement que poussa monsieur Clete lorsque le bout cassé lui cingla l'oreille. Il n'avait même pas pensé à ça.

« J'suis qu'un vieux sensible, voilà mon défaut, se dit Ridculle. Hou. Hou. Hou. »

« Vous savez, c'est une idée formidable, dit l'économe tandis que les toutes petites images s'animaient dans la boule de cristal. C'est une manière excellente de voir le monde. Est-ce qu'on pourrait jeter un coup d'œil à l'opéra ?

— Et peut-être au Caf' Sconse de la rue des Brasseurs ? fit le major de promo.

— Pourquoi ? demanda l'économe.

— Une idée comme ça, s'empressa de répondre le major de promo. Je n'y suis jamais allé de ma vie, vous comprenez.

— On ne devrait pas faire ça, je vous assure, dit l'assistant des runes modernes. Ce n'est vraiment pas une façon convenable de se servir d'une boule de cristal mag…

— Je ne vois pas à quoi peut mieux servir du cristal magique, fit le doyen, sinon à regarder des musiciens jouer de la musique de rocs. »

Le Canard, Henri Cercueil, Arnold le Crabe, Ron l'Infect, son odeur et son chien déambulaient en bordure de la foule. La récolte s'avérait particulièrement fructueuse. Comme toujours quand Planteur vendait ses saucisses. Il y avait des denrées qu'on refusait de consommer même sous l'influence de la musique de rocs. Des denrées que même la moutarde n'arrivait pas à camoufler.

Arnold rassembla les restes et les remisa dans un panier sur son chariot. On allait servir sous le pont ce soir le *nec plus ultra* d'une soupe primitive.

La musique les submergeait. Ils l'ignoraient. La musique de rocs relevait des rêves, et les rêves n'avaient pas cours sous le pont.

Puis ils s'arrêtèrent pour écouter lorsqu'une autre musique se répandit sur le parc, prit chaque homme, chaque femme, chaque chose par la main et leur montra le chemin de chez eux.

Les mendiants, debout, écoutèrent, bouche bée. Au spectacle de leur figure, en admettant qu'on se soit intéressé aux mendiants invisibles, on se serait senti obligé de se détourner…

Sauf de monsieur Chétif. On ne pouvait pas se détourner de lui.

Lorsque le groupe se remit à jouer de la musique de rocs, les mendiants redescendirent sur terre.

Sauf monsieur Chétif. Il continuait de fixer la scène.

La dernière note retentit.

Puis, à l'instant où déferlait le tsunami d'applaudissements, le Groupe fila en vitesse dans l'obscurité.

Planteur les regarda disparaître d'un œil ravi depuis les coulisses de l'autre côté de la scène. Il avait connu un moment d'inquiétude tout à l'heure, mais tout paraissait à présent rentrer dans l'ordre.

On lui tirailla la manche.

« Qu'est-ce qu'ils font, m'sieur Planteur ? »

Planteur se retourna. « Salopard, c'est ça ? fit-il.

— Crash, m'sieur Planteur.

— Ils donnent pas au public ce qu'il réclame, Salopard, voilà ce qu'ils font. Une pratique commerciale géniale. Attendre que les gens réclament à cor et à cri, et on le leur retire. Tu vas voir. Quand la foule va taper du pied, ils vont se ramener allègrement. Un minutage magnifique. Quand t'auras appris ce genre d'astuce, Salopard…

— Crash, m'sieur Planteur.

— … alors, tu sauras peut-être jouer de la musique de rocs. La musique de rocs, Salopard…

— … Crash…

— … c'est pas que d'la musique, poursuivit Planteur en se retirant de la ouate des oreilles. C'est des tas de trucs. Me demande pas pourquoi. »

Il s'alluma un cigare. Le vacarme fit trembler la flamme de l'allumette. « Vont pas tarder, dit-il. Tu vas voir. »

Il y avait un feu de vieilles chaussures et de boue. Une forme grise tourna autour en reniflant avec excitation.

« Allez, monte, magne-toi !

— M'sieur Planteur va pas aimer, gémit Asphalte.

— Un coup dur pour lui, fit Nore tandis qu'ils hissaient Buddy à bord de la carriole. Maintenant j'veux voir les sabots des chevaux cracher des étincelles, compris ?

— Direction Quirm », dit Buddy alors que la carriole s'ébranlait. Il ignorait pourquoi. Quirm lui paraissait la bonne destination.

« Pas une bonne idée, fit Nore. Les gens vont sûrement vouloir poser des questions sur la carriole que j'ai sortie de la piscine.

— Direction Quirm !

— M'sieur Planteur va pas aimer du tout », répéta Asphalte au moment où la carriole virait pour gagner la route.

« Ça… va… pas tarder, fit Planteur.

— J'espère, dit Crash, parce qu'ils tapent des pieds, j'ai l'impression. »

On distinguait effectivement des coups sourds derrière les applaudissements.

« Tu vas voir, assura Planteur. Ils vont choisir le bon moment. Pas de problème. Aaargh !

— C'est dans l'autre sens qu'il faut vous mettre le cigare dans la bouche, m'sieur Planteur », fit Crash d'une petite voix.

La lune croissante éclairait le paysage lorsque la carriole franchit d'un bond les portes de la ville pour s'élancer sur la route de Quirm.

« Comment tu savais que j'avais fait préparer la carriole ? demanda Nore une fois qu'ils eurent atterri après un court vol plané.

— Je ne le savais pas, répondit Buddy.

— Mais t'es parti en courant !

— Oui.

— Pourquoi ?

— Je… ne pouvais plus… attendre.

— Pourquoi tu veux aller à Quirm ?

— Je… Je peux trouver un bateau pour rentrer chez moi, non ? répondit Buddy. C'est ça. Un bateau pour rentrer chez moi. »

Nore lança un coup d'œil à la guitare. Quelque chose clochait. Ça ne pouvait pas finir comme ça… Ils ne pouvaient pas s'en repartir comme si de rien n'était…

Il secoua la tête. Qu'est-ce qui pourrait clocher, maintenant ?

« M'sieur Planteur va pas aimer du tout, gémit Asphalte.

— Oh, la ferme, dit Nore. J'sais pas ce qu'il va pas aimer.

— Ben, pour commencer, le plus grave, ce qu'il va vraiment pas aimer… hum… c'est nous qu'avons l'argent… »

Magma passa la main sous le siège. Il s'en échappa un tintement sourd, du genre que produit un tas d'or qui se tient bien tranquille.

La scène tremblait sous les vibrations des pieds frappant par terre. Des cris fusaient à présent.

Planteur se tourna vers Crash, la figure fendue d'un sourire horrible.

« Hé, j'ai une idée du tonnerre », dit-il.

Une toute petite forme gravit à toute vitesse la route montant du fleuve. Plus loin devant elle, les lumières de la scène luisaient dans le noir.

L'archichancelier donna un coup de coude à Cogite et brandit son bourdon.

« Dites, fit-il, s'il se produit tout d'un coup une déchirure dans la réalité et que des Choses horribles et hurlantes s'amènent, on va avoir du boulot, va falloir... » Il se gratta la tête. « Comment dit le doyen, déjà ? Botter des ânes usagés ?

— Des anus âgés, monsieur, rectifia Cogite. Il dit : botter des anus âgés. C'est une blague pour faire comprendre que certains vieux imbéciles mériteraient des coups de pied aux fesses. »

Ridculle fouilla des yeux la scène vide.

« J'vois pas d'âne », fit-il.

Les trois membres du Groupe et leur directeur de tournée, tous assis bien droit, regardaient fixement devant eux par-dessus la plaine au clair de lune.

Magma finit par briser le silence. « Combien ?

— Pas loin de cinq mille piastres...

— CINQ MILLE PIA... ? »

Magma plaqua une main gigantesque sur la bouche de Nore.

« Pourquoi ? demanda-t-il tandis que le nain se tortillait sous sa paume.

— MMF MMFMMF *MMFMMFS ?*

— Je m'suis un peu embrouillé, dit Asphalte. Pardon.

— On ira jamais assez loin, fit Magma. Vous savez ça ? Même si on meurt.

— Je voulais vous l'dire ! gémit Asphalte. Peut-être… Peut-être que si on le rapportait ?

— MMF MMF *MMF ?*

— Comment tu veux on fasse ?

— MMF MMF *MMF ?*

— Nore, dit Magma d'un ton raisonnable. Je vais enlever ma main. Et tu vas pas crier. Ça marche ?

— Mmf.

— D'accord.

— LE RAPPORTER ? CINQ MILLE PIA… mmfmmfmmf…

— Je suppose une partie est à nous, fit Magma en resserrant son étreinte.

— Mmf !

— Je sais que moi, j'ai pas touché d'salaire, dit Asphalte.

— Faut aller à Quirm, fit instamment Buddy. On peut prélever ce qui… nous revient et lui renvoyer le reste. »

Magma se gratta le menton de sa main libre.

« Une partie appartient à Chrysoprase, dit Asphalte. M'sieur Planteur lui a emprunté de l'argent pour organiser le festival.

— On lui échappera jamais, fit Magma, sauf si on roule jusqu'au Bord et on se jette par-dessus. Et encore, pas sûr.

— On pourrait… lui expliquer… non ? » dit Asphalte.

L'image de la tête de marbre luisant de Chrysoprase se forma dans leur cerveau.

« Mmf.

— Non.

— Quirm, alors », fit Buddy.

Les dents en diamant de Magma étincelèrent au clair de lune.

« Je crois... fit-il, je crois... j'ai entendu quelque chose sur la route derrière nous. Comme bruit de harnais... »

Les mendiants invisibles commencèrent à quitter le parc d'un pas tranquille. L'odeur de Ron l'Infect resta encore un moment parce que la musique lui plaisait. Et monsieur Chétif ne bougeait toujours pas.

« On a presque vingt saucisses », annonça Arnold le Crabe.

Henri Cercueil toussa à en cracher ses os.

« Fonchier ? lança Ron l'Infect. J'leur ai dit... m'espionner avec des rayons ! »

Quelque chose bondit sur le gazon piétiné vers monsieur Chétif, lui grimpa sur la robe et lui saisit à deux pattes chaque côté du capuchon.

Suivit le son caverneux de deux crânes qui s'entrechoquent.

Monsieur Chétif tituba en arrière.

« COUIII ! »

Monsieur Chétif parut cligner des yeux et s'assit soudain.

Les mendiants regardaient fixement la petite silhouette qui n'arrêtait pas de faire des bonds par terre. Eux-mêmes invisibles, ils excellaient naturellement à voir ce qui échappait aux autres hommes ou, dans le cas de Ron l'Infect, à tout œil connu.

« C'est un rat, dit le Canard.

— Faichier », lança Ron l'Infect.

Le rat tournait en rond sur ses pattes postérieures d'un air important en couinant bruyamment. Monsieur Chétif parut à nouveau cligner des yeux... Et la Mort se releva.

« IL FAUT QUE J'Y AILLE, dit-il.

— COUIII ! »

La Mort partit à grands pas, s'arrêta et revint. Il pointa un doigt squelettique sur le Canard. « POURQUOI, demanda-t-il, EST-CE QUE VOUS VOUS BALADEZ AVEC UN CANARD SUR LA TÊTE ?

— Quel canard ?

— AH. PARDON. »

« Ecoutez, pourquoi ça se passerait mal ? fit Crash en agitant frénétiquement les mains. Ça va forcément marcher. C'est bien connu : quand t'as la chance de ta vie de remplacer la vedette qu'est malade ou autre, le public t'a vachement à la bonne. Ça arrive à chaque fois, non ? »

Jimbo, Oui-oui et Salopard sortirent la tête par le rideau pour jeter un coup d'œil au pandémonium. Ils opinèrent d'un chef hésitant.

Evidemment, ça se passait toujours bien quand on avait la chance de sa vie…

« On pourrait faire *Anarchie à Ankh-Morpork*, dit Jimbo sans grande conviction.

— On l'connaît pas bien, dit Oui-oui.

— Ouais, mais les autres morceaux non plus.

— Je pense qu'on pourrait tenter l'coup…

— Impeccable ! » dit Crash. Il leva sa guitare d'un air de défi. « On peut l'faire ! Pour le sexe, la drogue et la musique de rocs ! »

Il prit conscience de leurs regards incrédules.

« Tu nous as jamais dit que tu te droguais, fit Jimbo d'un ton accusateur.

— Et puis, fit Oui-oui, à mon avis t'as jamais c…

— Un sur trois, c'est pas si mal ! s'écria Crash.

— Ben si, ça fait que trente-trois pour…

— Ecrase ! »

Les spectateurs tapaient des pieds et des mains par dérision.

Ridculle loucha le long de son bourdon.

« Y a eu le bienheureux saint Aliboron, dit-il. J'pense que c'était un âne usagé, à la réflexion.

— Pardon ? fit Cogite.

— C'était un bourricot. Y a des siècles de ça. Nommé évêque de l'Eglise omnienne parce qu'il avait transporté un saint homme, je crois. Et dans le désert, en plus. Difficile de faire plus usagé après ça.

— Non… Non… Non… archichancelier. C'est seulement une blague. Ça veut dire… un… vieux trou du c… vous savez bien, monsieur… un vieux derrière, quoi.

— Je me demande comment on peut leur trouver le derrière, aux bestioles des dimensions de la Basse-Fosse, dit Ridculle. Elles ont des pattes et des machins partout.

— Je ne sais pas, monsieur, fit Cogite d'un ton las.

— On ferait peut-être mieux de flanquer des coups de pied à tout ce qu'on voit, par acquit de conscience. »

La Mort rattrapa le rat près du pont d'Airain.

Personne n'avait dérangé Albert. Comme il se trouvait dans le caniveau, il était devenu aussi invisible que Henri Cercueil.

La Mort se retroussa une manche. Sa main traversa le tissu du manteau d'Albert comme s'il s'agissait d'un rideau de brume.

« LE VIEIL IMBÉCILE L'EMPORTE TOUJOURS AVEC LUI, marmonna-t-il. JE NE VOIS PAS CE QU'IL S'IMAGINE QUE J'EN FERAIS... »

La main réapparut, un morceau de verre bombé posé dans la paume en coupe. Une pincée de sable scintilla dessus.

« TRENTE-QUATRE SECONDES », dit la Mort. Il tendit le bout de verre au rat. « TROUVE-MOI QUELQUE CHOSE OÙ RANGER ÇA. ET NE LE LAISSE PAS TOMBER. »

Il se releva et embrassa le monde du regard.

Bong-bong-bong. Une bouteille de bière vide rebondit sur les pavés tandis que la Mort aux Rats ressortait au petit trot du Tambour Rafistolé.

Trente-quatre secondes de sable décrivaient de vagues orbites capricieuses à l'intérieur.

La Mort remit son serviteur sur ses pieds. Le temps ne s'écoulait pas pour Albert. Il avait le regard vitreux, son horloge biologique tournait au ralenti. Il pendouillait au bras de son maître comme un costume acheté au décrochez-moi-ça.

La Mort arracha la bouteille au rat et l'inclina légèrement. Un peu de vie se mit à s'écouler.

« OÙ EST MA PETITE-FILLE ? demanda-t-il. IL FAUT ME LE DIRE. SINON JE NE PEUX PAS LE SAVOIR. »

Les yeux d'Albert s'ouvrirent avec un déclic.

« Elle essaye de sauver le gamin, maître ! répondit-il. Elle sait pas ce que ça veut dire, le Service... »

La Mort redressa la bouteille. Albert se figea au milieu de sa phrase.

« MAIS NOUS, ON LE SAIT, HEIN ? fit amèrement la Mort. TOI ET MOI. »

Il adressa un signe de tête à la Mort aux Rats.

« VEILLE SUR LUI », ordonna-t-il.

Il claqua des doigts.

Rien ne se produisit en dehors du claquement.

« EUH… C'EST TRÈS GÊNANT. ELLE DÉTIENT UNE PARTIE DE MON POUVOIR. ON DIRAIT QUE JE SUIS MOMENTANÉMENT INCAPABLE DE… EUH… »

La Mort aux Rats couina obligeamment.

« NON. TU VEILLES SUR LUI. JE SAIS OÙ ILS VONT. L'HISTOIRE AIME LES CYCLES. »

La Mort regarda les tours de l'Université de l'Invisible qui se dressaient par-dessus les toits. « ET QUELQUE PART DANS CETTE VILLE IL Y A UN CHEVAL QUE JE PEUX MONTER. »

« Attendez. Y a quelque chose qui vient… » Ridculle fixa la scène d'un œil noir. « C'est quoi, ceux-là ? »

Cogite regarda lui aussi.

« Je crois… qu'ils sont peut-être humains, monsieur. »

La foule avait cessé de taper collectivement des pieds et regardait dans un silence maussade façon « vaudrait mieux que ce soit bien ».

Crash s'avança, un grand sourire dément figé sur la figure.

« Oui, mais d'un moment à l'autre ils vont s'ouvrir par le milieu et des bestioles abominaffreuses vont en sortir », espéra Ridculle.

Crash souleva sa guitare et gratta un accord.

« Ça alors ! lâcha Ridculle.

— Monsieur ?

— Ça ressemblait à s'y méprendre à un chat qu'essaye d'aller aux toilettes avec le cul cousu. »

Cogite parut horrifié. « Monsieur, ne me dites pas que vous avez déjà…

— Non, mais ça y ressemble, pas de doute. A s'y méprendre. »

La foule hésita devant ce nouveau rebondissement.

« Salut, Ankh-Morpork ! » lança Crash. Il adressa un signe de tête à Salopard qui réussit à taper sur ses fûts de batterie au deuxième essai.

« Et grouspes de complément » attaqua son premier et, en la circonstance, dernier morceau. Ses trois derniers, en réalité. Crash s'échinait sur *Anarchie à Ankh-Morpork*, Jimbo était pétrifié parce qu'il ne se voyait pas dans une glace et jouait la seule page qu'il se rappelait du manuel de Martial Dadais, à savoir la table alphabétique, et Oui-oui s'était pris les doigts dans les cordes.

En ce qui concernait Salopard, les titres des morceaux, c'était bon pour les autres. Il se concentrait sur le rythme. La plupart des gens n'en ont pas besoin. Mais pour Salopard, même taper dans ses mains exigeait un effort de concentration. Il jouait donc dans son petit monde, aussi ne remarqua-t-il même pas que les spectateurs se levaient comme un estomac après un mauvais repas et se jetaient sur la scène.

Le sergent Côlon et le caporal Chicque, de service à la porte de Déosil, se partageaient une cigarette amicale en écoutant le rugissement du festival au loin.

« Sacrée soirée, on dirait, fit le sergent Côlon.

— C'est sûr, sergent.

— Y a du grabuge, on dirait.

— Du bol qu'on y soit pas, sergent. »

Un cheval surgit bruyamment dans la rue. Son cavalier avait du mal à ne pas tomber. Lorsqu'il se fut approché, les deux hommes du Guet reconnurent la figure tordue de Planteur J-M-T-L-G qui se tenait en selle avec l'aisance d'un sac de patates.

« Y a pas une carriole qui vient de passer ? demanda-t-il.

— Laquelle, la Gorge ? répliqua le sergent Côlon.

— Comment ça, laquelle ?

— Ben, y en avait deux. Une avec deux trolls à bord, et une autre juste après avec monsieur Clete dedans. Tu sais, le type de la Guilde des Mus…

— Oh, non ! »

Planteur bourra le cheval de coups pour le faire repartir et s'enfonça d'un bond dans la nuit.

« Qu'est-ce qui lui prend ? fit Chicard.

— Quelqu'un qui lui doit un sou, sûrement », dit le sergent Côlon, appuyé sur sa pique.

Ils entendirent approcher un autre cheval. Les hommes du Guet se plaquèrent contre le mur lorsqu'il passa en trombe.

Un grand cheval blanc. La cape noire de la cavalière lui flottait dans le dos, tout comme ses cheveux. Une bouffée de vent, et déjà l'animal galopait sur les plaines.

Chicard le suivit des yeux. « C'était elle, dit-il.

— Qui ça ?

— Suzanne la Mort. »

La lumière dans le cristal se réduisit à un point et s'éteignit d'un coup.

« Trois jours de magie de fichus, se plaignit le major de promo.

— On en a profité jusqu'au dernier thaum, fit le titulaire de la chaire des études indéfinies.

— C'est tout de même moins bien que les voir en direct, dit l'assistant des runes récentes. J'aime ça quand on reçoit les gouttes de sueur.

— Moi, je trouve que ça s'est arrêté juste au moment où ça devenait intéressant, fit le titulaire. Je trouve… »

Les mages se pétrifièrent lorsque le hurlement retentit dans le bâtiment. Un hurlement légèrement animal mais aussi minéral, métallique, en dents de scie.

« Evidemment, finit par dire l'assistant des runes récentes, ce n'est pas parce qu'on vient d'entendre un cri à cailler le sang, glacer l'épine dorsale et geler la moelle des os qu'il se passe automatiquement du vilain. »

Les mages regardèrent dans le couloir.

« Ça venait de quelque part en bas, fit le titulaire de la chaire des études indéfinies en se dirigeant vers l'escalier.

— Alors pourquoi vous montez ?

— Je ne suis pas fou !

— Mais c'est peut-être une émanation abominable !

— Pas possible ? fit le titulaire en accélérant encore.

— D'accord, comme vous voulez. C'est l'étage des étudiants, là-haut.

— Ah. Euh… »

Le titulaire redescendit lentement en lançant de temps en temps des coups d'œil inquiets vers le haut des marches.

« Ecoutez, rien ne peut entrer, dit le major de promo. Ce bâtiment est protégé par des charmes très puissants.

— C'est vrai, confirma les runes modernes.

— Et je suis sûr qu'on les a tous rechargés régulièrement, comme c'est notre devoir, fit le major de promo.

— Euh… Oui. Oui. Bien entendu », dit les runes modernes.

Le rugissement s'éleva de nouveau. On y sentait un rythme, une pulsation lente.

« La bibliothèque, je crois, dit le major de promo.

— Quelqu'un a vu le bibliothécaire ces temps-ci ?

— A chaque fois que je le vois, il porte quelque chose, j'ai l'impression. Vous ne pensez pas qu'il nous mijote un coup occulte, dites.

— On est tout de même dans une université de magie.

— Oui, mais plus occulte, j'entends.

— Faut rester ensemble. Pas de mouron.

— Oui, je ne tiens pas à mourir.

— Si on reste unis, quel mal peut-il nous arriver ?

— Ben, par exemple, un grand…

— La ferme ! »

Le doyen ouvrit la porte de la bibliothèque. Il y régnait un chaud silence velouté. De temps en temps un livre s'ébouriffait les pages ou agitait nerveusement ses chaînes.

Une lumière argentée montait de l'escalier du sous-sol. Ainsi que des « ook » réguliers.

« Il ne m'a pas l'air trop de mauvais poil », dit l'économe.

Les mages descendirent les marches à pas de loup. Ils trouvèrent tout de suite la bonne porte : la lumière s'en échappait à flots.

Les mages entrèrent dans la cave. Ils s'arrêtèrent de respirer.

Sur une estrade installée au milieu du local, entourée de bougies…

… de la musique de rocs.

Une grande silhouette noire vira en dérapant au détour d'une rue sur la place Sator, reprit de la vitesse et franchit bruyamment la porte de l'Université de l'Invisible.

Seul Modo le jardinier nain la vit alors qu'il poussait joyeusement sa brouette de fumier dans la lumière du crépuscule. La journée avait été bonne. Comme presque toutes ses journées, pour ce qu'il en savait.

Il n'avait pas entendu parler du festival. Ni de la musique de rocs. Modo n'entendait pas parler de grand-chose pour la bonne raison qu'il n'écoutait pas. En premier lieu, il aimait le compost. Ensuite, il aimait les roses parce qu'elles donnaient matière à du compost.

C'était par nature un nain satisfait qui acceptait sans sourciller tous les inconvénients annexes que génère un environnement à haute teneur en magie, tels que les pucerons, les aleurodes et les bestioles flageolantes à tentacules. L'entretien d'une pelouse cause parfois bien du souci quand on laisse des choses d'une autre dimension glisser dessus.

Quelqu'un la traversa à grand bruit avant de disparaître par la porte de la bibliothèque.

Modo examina les traces. « Oh là là ! » fit-il.

Les mages se remirent à respirer.

« Ça, par exemple, lâcha l'assistant des runes modernes.

— Dingue… fit le major de promo.

— Alors ça, c'est ce que j'appelle de la musique de rocs », soupira le doyen. Il s'avança d'un air extasié de grippe-sou dans une mine d'or.

La lumière des bougies se réfléchissait sur le noir et l'argent. L'un comme l'autre ne manquaient pas.

« Ça, par exemple », répéta l'assistant des runes modernes. Dans sa bouche, ça ressemblait à une incantation.

« Dites, ce ne serait pas mon miroir pour les poils de nez, ça ? demanda l'économe en rompant le charme. C'est mon miroir pour les poils de nez, j'en suis sûr… »

Si le noir était noir, en revanche l'argent n'était pas vraiment argent. Il s'agissait de miroirs, de bouts de fer-blanc, de paillettes et de fil métallique brillants, tout ce que le bibliothécaire avait pu faucher et mettre en forme…

« … je reconnais la petite monture en argent… Qu'est-ce qu'il fiche sur cette carriole à deux roues ? Deux roues, l'une derrière l'autre ? Ridicule. Ça va se renverser, sûr et certain. Et le cheval, où il se met, le cheval, dites-moi ? »

Le major de promo lui tapota doucement l'épaule.

« Econome ? Un conseil de mage, mon vieux.

— Oui ? Quoi donc ?

— Je crois que si vous ne vous taisez pas tout de suite, le doyen va vous tuer. »

L'engin consistait en deux petites roues de charrette, l'une derrière l'autre, et une selle au milieu. Devant la selle un tuyau décrivait une double courbure tarabiscotée qui permettait à l'éventuel occupant de se cramponner.

Le reste, c'était tout et n'importe quoi. Des os, des branches d'arbre et des babioles qui auraient fait la joie d'un corbeau. Un crâne de cheval était attaché au-dessus de la roue avant. Des plumes et des perles pendaient un peu partout.

Un vrai bric-à-brac, mais qui, dans la lumière tremblotante, paraissait obscurément organique. On n'y sentait pas la vie, mais une dynamique, une puissance inquiétantes qui s'y tapissaient et faisaient vibrer sur pied le doyen. La machine donnait à penser, par sa seule existence et son aspect, qu'elle violait au moins neuf lois et vingt-trois recommandations.

« Il est amoureux ? fit l'économe.

— Faites-la démarrer ! dit le doyen. Il faut qu'elle démarre ! Elle est faite pour ça !

— Oui, mais c'est quoi ? demanda le titulaire de la chaire des études indéfinies.

— Chef-d'œuvre, répondit le doyen. Triomphe !

— Oook ?

— Faut peut-être la pousser avec les pieds ? » souffla le major de promo.

Le doyen secoua la tête, l'air préoccupé. « On est des mages, non ? dit-il. Je pense qu'on pourrait la faire démarrer. »

Il contourna le cercle. Le déplacement d'air de sa robe de cuir clouté fit vaciller les flammes des bougies et l'ombre de la machine dansa sur le mur.

Le major de promo se mordit les lèvres. « Je n'en suis pas très sûr, fit-il. On dirait quelle contient déjà de la magie plus qu'il n'en faut. Est-ce qu'elle… euh… respire, ou je me fais des idées ? »

Le major de promo tourna sur lui-même et agita un doigt en direction du bibliothécaire.

« C'est vous qui l'avez fabriquée ? » aboya-t-il.

L'orang-outan secoua la tête. « Oook.

— Qu'est-ce qu'il dit ?

— Il dit qu'il ne l'a pas fabriquée, seulement assemblée, traduisit le doyen sans tourner la tête.

— Ook.

— Je vais m'asseoir dessus », annonça le doyen.

Les autres mages sentirent une partie de leur cerveau se vidanger et une soudaine incertitude se répandre dans la zone vacante.

« Je ne ferais pas ça si j'étais vous, mon vieux, dit le major de promo. Vous ne savez pas où elle peut vous emmener.

— M'en fous », répliqua le doyen. Il ne quittait toujours pas la machine des yeux.

« Elle n'est pas de ce monde, voyez, fit le major de promo.

— Ça fait plus de soixante-dix ans que je suis de ce monde, dit le doyen, et il est d'un ennui mortel. »

Il pénétra dans le cercle et posa la main sur la selle de la machine. Elle trembla.

« EXCUSEZ-MOI. »

La grande silhouette noire se trouva soudain dans l'encadrement de la porte puis en quelques enjambées dans le cercle.

Une main squelettique tomba sur l'épaule du doyen et le repoussa doucement mais irrésistiblement de côté.

« MERCI. »

La silhouette sauta en selle et tendit les paumes vers le guidon. Elle baissa les yeux sur l'engin qu'elle chevauchait.

Dans certains cas, il faut faire les choses comme il faut…

Un doigt se pointa sur le doyen.

« VOS VÊTEMENTS, J'EN AI BESOIN. »

Le doyen recula. « Quoi ?

— DONNEZ-MOI VOTRE MANTEAU. »

Le doyen, de très mauvaise grâce, se débarrassa de sa robe de cuir et la tendit.

La Mort l'enfila. C'était beaucoup mieux…

« BON, VOYONS VOIR… »

Une lueur bleue lui dansa sous les doigts et se répandit en lignes brisées pour former une couronne au sommet de chaque plume et de chaque perle.

« On est dans une cave ! dit le doyen. Ça ne fait rien ? »

La Mort lui jeta un regard.

« NON. »

Modo se redressa et fit une pause afin d'admirer son massif de roses, lequel s'enorgueillissait des plus beaux spécimens noirs qu'il avait jamais réussi à produire. Un environnement hautement magique offrait parfois des avantages.

Leur parfum flottait dans l'air du soir comme une parole d'encouragement.

Le massif de fleurs entra en éruption.

Modo aperçut fugitivement des flammes et un engin qui monta dans le ciel en décrivant un arc, puis une pluie de perles, de plumes et de pétales noirs duveteux lui bouchèrent la vue.

Il secoua la tête et s'en repartit tranquillement chercher sa pelle.

« Sergent ?

— Oui, Chicard ?

— Tu sais, tes dents…

— Quelles dents ?

— Les dents comme celles que t'as dans la bouche ?

— Oh, d'accord. Ouaip. Et alors ?

— Comment ça s'fait qu'elles s'ajustent dans l'fond ? »

Suivit une pause tandis que le sergent Côlon se fouillait de la langue les recoins de la bouche.

« Hé ho ha… commença-t-il avant de se démêler. Intéressant comme observation, Chicard. »

Chicard termina de se rouler une cigarette.

« J'suis d'avis qu'on devrait fermer les lourdes, sergent, non ?

— On ferait aussi bien. »

En déployant juste l'effort nécessaire, pas davantage, ils firent pivoter les immenses portes. Une précaution qui ne valait guère mieux qu'aucune. On avait depuis longtemps perdu les clés. Même l'écriteau *Merci de ne pas envahire notre ville* était désormais à peine lisible.

« Je trouve qu'on devrait… commença Colon qui regarda soudain du côté de la rue d'un air inquiet. C'est quoi, cette lumière ? s'étonna-t-il. Et qu'est-ce qui fait tout ce boucan ? »

Une lumière bleue scintilla sur les bâtiments à l'autre bout de la longue rue.

« On dirait une espèce de bête sauvage », dit le caporal Chicque.

La lumière se divisa en deux lances bleues actiniques.

Côlon s'abrita les yeux de la main.

« M'a l'air d'un genre de… cheval, un truc comme ça.

— Il fonce droit sur les portes ! »

Le rugissement torturé se répercutait sur les maisons.

« Chicard, j'crois pas qu'il va s'arrêter ! »

Le caporal Chicque se jeta le dos au mur. Côlon, légèrement plus conscient des responsabilités que lui imposait son grade, agita vaguement les mains vers les lumières qui approchaient.

« Non, pas ça ! Pas ça ! »

Puis il se releva de la boue.

Des pétales de rose, des plumes et des étincelles tombaient doucement tout autour de lui.

Et sous ses yeux béait dans les portes un trou aux bords bleus scintillants.

« C'est du vieux chêne, ça, dit-il vaguement. J'espère qu'ils vont pas nous faire payer de notre poche. T'as vu qui c'était, Chicard ? Chicard ? »

Chicard s'avança prudemment le long du mur.

« Il… Il avait une rose entre les dents, sergent.

— Oui, mais est-ce que tu l'reconnaîtrais si tu le revoyais ? »

Chicard déglutit.

« Pour pas l'reconnaître, sergent, dit-il, faudrait une putain de séance d'identification. »

« J'aime pas ça, m'sieur Nore ! J'aime pas ça !

— Tais-toi et conduis !

— Mais c'est pas une route où il faut rouler vite !

— Oh, arrête ! Tu vois pas où tu vas, de toute façon ! »

La carriole prit un virage sur deux roues. Il commençait à neiger. Une neige légère et humide qui fondait sitôt qu'elle touchait terre.

« Mais on est revenus dans les collines ! Y a un ravin, là-dessous ! On va verser dedans !

— T'as envie que Chrysoprase nous rattrape ?

— Hue dia ! »

Buddy et Magma se cramponnèrent aux bords de la carriole qui fonçait dans la nuit en tanguant.

« Ils sont toujours derrière nous ? hurla Nore.

— J'vois rien ! cria Magma. Si t'arrêtais la carriole, peut-être on entendrait quelque chose ?

— Ouais, mais si jamais on entend quelque chose tout près derrière ?

— Hue, yahh !

— D'accord, et si on balançait l'argent ?

— CINQ MILLE PIASTRES ? »

Buddy regarda par-dessus le bord de la carriole. Des ténèbres insondables, évocatrices d'une certaine profondeur, s'étendaient à quelques pas de la route.

La guitare vibrait doucement au rythme des roues. Il la prit d'une main. Curieusement, elle ne restait jamais silencieuse. On n'arrivait pas à la faire taire, même en appuyant fortement sur les cordes des deux paumes ; il avait essayé.

La harpe se trouvait à côté. Ses cordes étaient absolument silencieuses.

« T'es malade ! brailla Nore à l'avant de la carriole. Ralentis ! T'as failli nous faire passer par-dessus bord cette fois ! »

Asphalte tira sur les rênes. La carriole ralentit enfin et roula au pas.

« C'est mieux... »

La guitare hurla. La note était si aiguë qu'elle perçait les oreilles comme une aiguille. Les chevaux tressaillirent nerveusement dans les brancards et se remirent au galop.

« Retiens-les !

— C'est ce que j'fais ! »

Nore se retourna en agrippant le dossier du siège.

« Balance ce truc dehors ! »

Buddy empoigna la guitare, se leva et ramena son bras en arrière pour jeter l'instrument dans la gorge.

Il hésita.

« Balance-la ! »

Magma se mit debout et voulut prendre la guitare.

« Non ! »

Buddy la fit tournoyer autour de sa tête et, d'un coup au menton, renversa le troll.

« Non !

— *Nore, ralentis...* »

Et un cheval blanc les rattrapait. Une silhouette encapuchonnée se pencha et attrapa les rênes.

La carriole heurta un caillou et plana un instant avant de retomber sur la route avec fracas. Asphalte entendit éclater les piquets lorsque les roues percutèrent la barrière, vit les traits se briser net, sentit la voiture faire un tête-à-queue...

... et s'immobiliser.

Tant d'événements se produisirent par la suite que Nore ne parla jamais à personne de l'impression qu'il avait gardée de l'accident : la carriole s'était bel et bien arrêtée en équilibre instable au bord du ravin, mais elle avait aussi plongé dans le vide, tournoyé longuement sur elle-même vers les rochers...

Le nain ouvrit les yeux. L'image le tourmentait comme un mauvais rêve. Mais l'inclinaison de la carriole l'avait précipité à l'autre bout et sa tête reposait sur le panneau arrière.

Il regardait directement dans la gorge. Derrière lui, le bois craqua.

Quelqu'un lui cramponnait la jambe. « Qui c'est ? souffla-t-il au cas où une voix plus forte aurait fait basculer la carriole.

— C'est moi. Asphalte. Qui c'est qui s'cramponne à mon pied ?

— Moi, répondit Magma. Et toi, qu'est-ce tu cramponnes, Nore ?

— Un machin… que j'ai attrapé comme ça, à la volée », répondit le nain.

La carriole craqua une nouvelle fois.

« C'est l'or, hein ? fit Asphalte. Avouez. Vous vous cramponnez à l'or.

— Nain crétin ! s'écria Magma. Lâche ça ou on va mourir !

— Laisser se perdre cinq mille piastres, ça, c'est mourir, répliqua Nore.

— Imbécile ! Tu peux pas les emporter ! »

Asphalte se déplaça tant bien que mal afin de trouver une prise sur le bois. La carriole bougea.

« C'est eux qui vont l'emporter d'ici peu, marmonna-t-il.

— Alors qui tient Buddy ? » demanda Magma au moment où la carriole s'affaissait encore un peu.

Suivit une pause tandis que chacun comptait ses extrémités et ce qui s'y rattachait.

« Je… euh… Je crois qu'il est peut-être passé par-dessus bord », dit Nore.

Quatre accords retentirent.

Buddy, suspendu à une roue arrière, les pieds dans le vide, gigotait tandis que la musique lui jouait dans la tête un riff de huit notes.

Ne jamais vieillir. Ne jamais mourir. Vivre éternellement dans ce dernier instant d'incandescence, quand la foule hurlait. Quand chaque note était un battement de cœur. Etre une étoile filante dans le ciel.

Tu ne vieilliras jamais. On ne dira jamais que tu es mort.

C'est ça, le marché. Tu seras le plus grand musicien du monde.

Vivre vite. Mourir jeune.

La musique lui mettait la mort dans l'âme.

Les jambes de Buddy se balancèrent lentement vers le haut et touchèrent les rochers de la falaise. Il s'arqua, les yeux fermés, et tira sur la roue.

Une main lui toucha l'épaule.

« NON ! »

Les yeux du jeune homme se rouvrirent d'un coup.

Il tourna la tête et découvrit le visage de Suzanne, puis il regarda la carriole au-dessus.

« Qu'est-ce… ? » fit-il d'une voix que l'horreur rendait indistincte.

Il lâcha la roue d'une main, farfouilla maladroitement pour trouver la sangle de la guitare qu'il fit glisser de son épaule. Les cordes hurlèrent lorsqu'il empoigna l'instrument par le manche et le jeta dans les ténèbres.

Son autre main glissa sur la roue glacée et il chuta dans la gorge.

Il y eut comme un éclair blanc. Buddy atterrit lourdement sur une surface velouteuse qui sentait la transpiration de cheval.

Suzanne le stabilisa de sa main libre tandis qu'elle faisait remonter Bigadin à travers la pluie de neige fondue.

L'animal se posa sur la route, et Buddy glissa dans la boue. Il se redressa sur les coudes.

« Vous ?

— Moi », répondit Suzanne.

Elle tira la faux de son étui. La lame jaillit ; les flocons de neige qui tombaient dessus se divisaient délicatement en deux sans ralentir un instant leur descente.

« Allons chercher vos amis, vous voulez bien ? »

Il se produisit un frottement d'air, comme si toute l'attention du monde se concentrait sur un point. La Mort observait l'avenir.

« OH. LA BARBE. »

L'engin tombait en morceaux. Le bibliothécaire avait fait de son mieux, mais de l'os et du bois ne pouvaient pas endurer pareil effort. Des plumes et des perles s'échappaient en tourbillonnant et atterrissaient, fumantes, sur la route. Une roue prit congé de son essieu et rebondit au loin en perdant des rayons au moment où la machine négociait un virage presque à l'horizontale.

Ce qui ne changea pas grand-chose. Des espèces d'esprits des pièces disparues tremblotèrent à la place de celles d'origine.

Si on prend une machine luisante, qu'on braque une lumière dessus pour la faire briller de mille feux, puis qu'on enlève la machine mais en laissant la lumière…

Il ne restait plus que le crâne de cheval. Ainsi que la roue arrière qui tournait désormais dans des fourches de lumière tremblotante et qui fumait.

L'engin dépassa Planteur en ronflant. Du coup, son cheval l'expédia dans le fossé avant de se sauver.

La Mort avait l'habitude de se déplacer vite. En théorie il était déjà partout à attendre l'arrivée des événements. La façon la plus rapide de voyager, c'est de se trouver déjà à destination.

Mais il n'avait jamais été aussi rapide en avançant si lentement. Il avait souvent vu le paysage défiler à toute allure, mais jamais au ras des genoux dans les virages.

La carriole bougea encore. Même Magma plongeait maintenant les yeux dans les ténèbres.

Quelque chose lui tapa sur l'épaule.

« ACCROCHEZ-VOUS À ÇA. MAIS SANS TOUCHER LA LAME. »

Buddy se pencha à côté.

« Nore, si tu lâches le sac, je peux…

— Compte pas là-dessus.

— Un linceul n'a pas de poches, Nore.

— T'as pas de bon tailleur, alors. »

Buddy finit par attraper une jambe libre et tira. Un à un, en se grimpant les uns sur les autres, les membres du Groupe regagnèrent lentement la route. Et se retournèrent vers Suzanne.

« Un cheval blanc, fit Asphalte. Une cape noire. Une faux. Hum.

— Tu la vois aussi ? demanda Buddy.

— J'espère on va pas le regretter », dit Magma.

Suzanne leva un compte-vie qu'elle examina d'un œil critique.

« J'imagine que c'est trop tard pour passer un genre de marché ? fit Nore.

— Je regarde seulement si vous êtes mort ou pas, répondit Suzanne.

— Moi, je crois que je suis vivant.

— Accrochez-vous à cette idée. »

Un grincement les fit se retourner. La carriole glissa en avant et bascula dans la gorge. Ils entendirent un fracas lorsqu'elle heurta un affleurement à mi-descente, puis un bruit sourd plus loin lorsqu'elle s'écrasa dans les rochers. Il y eut un *oumph* et des flammes orange fleurirent quand les lampes à huile explosèrent.

Une roue en feu roula hors des débris en laissant un sillage de flammes.

« On aurait dû se trouver là-dedans, dit Magma.

— Tu crois peut-être qu'un sort plus enviable nous attend ? fit Nore.

— Ouaip. Parce qu'on est pas en train de mourir dans l'épave d'une carriole en feu.

— Oui, mais l'épave m'a l'air un peu… surnaturelle.

— Moi, ça me va. Je préfère tous les jours le surnaturel à la friture. »

Derrière eux, Buddy se tourna vers Suzanne.

« Je… crois que j'ai compris, dit-elle. La musique… a embrouillé l'Histoire, j'ai l'impression. Elle n'est pas censée faire partie de notre histoire à nous. Vous vous souvenez où vous avez trouvé votre instrument ? »

Buddy restait les yeux écarquillés. Quand on vient d'être sauvé par une jolie fille montée sur un cheval blanc, on ne s'attend pas à un sondage commercial.

« Dans une boutique à Ankh-Morpork, répondit Magma.

— Une vieille boutique mystérieuse ?

— Mystérieuse comme tout. Il y…

— Vous y êtes retournés ? Elle était toujours là ? A la même place ?

— Oui, fit Magma.

— Non, fit Nore.

— Des tas d'articles intéressants, vous aviez envie de les prendre et d'en savoir davantage sur eux ?

— Oui, firent en chœur Nore et Magma.

— Oh. Je vois le genre de boutique.

— Je savais qu'elle était pas de chez nous, reprit Nore. Je l'ai pas dit qu'elle était pas de chez nous ? Je l'ai dit qu'elle était pas de chez nous. J'ai dit qu'elle était patibulaire.

— Je croyais que ça voulait dire oblong, comme épaté, quoi », fit Asphalte.

Magma tendit la main.

« Il neige plus, annonça-t-il.

— J'ai lâché la guitare dans la gorge, dit Buddy. Je… Je n'en avais plus besoin. Elle a dû éclater en mille morceaux.

— Non, fit Suzanne, ce n'est pas comme…

— Les nuages… Ils ont une mine patibulaire à présent, dit Nore en regardant le ciel.

— Quoi ? Une mine oblongue ? » fit Asphalte.

Tous l'éprouvèrent… L'impression qu'on avait enlevé les murs qui entouraient le monde. Un bourdonnement se fit entendre.

« C'est quoi, ça, maintenant ? demanda Asphalte tandis qu'ils se serraient instinctivement les uns contre les autres.

— Tu devrais l'savoir, fit Nore. Je croyais que t'étais allé partout et que t'avais tout vu. »

Une lueur blanche crépita dans l'espace.

Puis l'espace devint une lumière pâle comme un clair de lune mais puissante comme le soleil. Un son l'accompagnait, comme le rugissement de millions de voix.

Qui disaient : *Laissez-moi vous montrer qui je suis. Je suis la musique.*

Sachetmou alluma les lampes du carrosse.

« Dépêchez-vous, mon vieux ! cria Clete. On veut les rattraper, vous savez ! Hou. Hou. Hou.

— Pour moi, ç'a pas une grande importance qu'ils nous échappent, grommela Sachetmou en grimpant sur le carrosse alors que Clete fouettait violemment les chevaux pour les mettre en branle. J'veux dire, ils sont partis. C'est tout ce qui compte, non ?

— Non ! Vous les avez vus ! Ils sont… l'âme de toutes ces histoires, fit Clete. On ne peut pas laisser passer des choses pareilles ! »

Sachetmou lança un coup d'œil en coin. L'idée s'imposait à lui, une fois de plus, que monsieur Clete ne jouait pas avec un orchestre au grand complet, qu'il comptait au nombre de ces individus qui bâtissent leur folie furieuse sur des bases saines et glacées. Sachetmou n'avait absolument rien contre le fox-trot des doigts écrasés ou le fandango des crânes meurtris, mais il n'avait jamais assassiné personne, du moins volontairement. Il était conscient de posséder une âme et, même si elle était percée de quelques trous et s'effilochait un peu sur les bords, il nourrissait l'espoir qu'un jour le dieu Reg lui trouverait une place dans l'ensemble céleste. On ratait les meilleurs engagements quand on était un meurtrier. On se retrouvait sûrement à jouer de l'alto.

« Et si on laissait tomber tout de suite ? fit-il. Ils vont pas revenir…

— La ferme !

— Mais ça sert à rien… »

Les chevaux se cabrèrent. Le carrosse tangua. Quelque chose d'indistinct les dépassa en trombe et disparut dans le noir en laissant une traînée de flammes bleues qui tremblotèrent un bref instant avant de s'éteindre.

La Mort sentait qu'il lui faudrait s'arrêter tôt ou tard. Mais il lui venait peu à peu à l'idée que les mots « roule moins vite » étaient aussi inconcevables que « sois prudent », quel que soit le vocabulaire obscur qui avait présidé à la conception de la machine fantôme.

Il n'était pas dans sa nature de réduire la vitesse, sauf dans les cas de catastrophe extrême comme celles qui se produisent en fin de troisième couplet.

C'était ça l'ennui avec la musique de rocs. Elle aimait n'en faire qu'à sa tête.

Tout doucement, sans cesser de tourner, la roue avant décolla de la route.

Des ténèbres insondables emplissaient l'univers.

Une voix parla en ces termes : « C'est toi, Magma ?

— Ouaip.

— D'accord. C'est moi, Nore ?

— Ouaip. On dirait bien.

— Asphalte ?

— C'moi.

— Buddy ?

— Nore ?

— Et… euh… la fille en noir ?

— Oui ?

— Vous savez où on est, mademoiselle ? »

Leurs pieds ne reposaient plus sur la terre ferme. Mais Suzanne n'avait pas l'impression de flotter. Elle se tenait debout sur ses jambes. Que ses pieds ne reposent sur rien n'était qu'un détail. Elle ne tombait pas parce qu'il n'y avait nulle part où tomber, ni nulle part d'où tomber.

La géographie ne l'avait jamais passionnée. Mais elle avait le sentiment très net qu'on n'aurait pu situer leur position sur aucun atlas. « Je ne sais pas où nous sommes physiquement, dit-elle prudemment.

— Oh, bien, fit la voix de Nore. Vraiment ? Je suis ici, mais on sait pas où est mon corps ? Et mon argent ? »

Des pas se firent entendre faiblement au loin dans le noir. Ils s'approchèrent lentement, posément. Et s'arrêtèrent.

Une voix fit : Un. Un. Un, deux. Un, deux.

Puis les pas s'en repartirent.

Au bout d'un moment, une autre voix fit : Un, deux, trois, quatre…

Et l'univers fut.

Rien à voir avec un *big bang* ou un *gros boum*. Il ne s'agirait alors que de bruit, et tout ce que le bruit peut créer, c'est davantage de bruit et un cosmos peuplé de particules vagabondes.

La matière prit naissance dans une explosion, sous forme d'un apparent chaos, mais en réalité sous forme d'un accord. L'accord d'énergie ultime. Tout se déversa d'un coup en une ruée formidable qui contenait en son sein, comme des fossiles à rebours, tout ce qu'elle allait devenir.

Et, zigzaguant dans le nuage en expansion, vivante, la première musique sauvage en direct.

Une musique qui avait de l'allure. Qui avait de l'allant. Qui avait le rythme. Le beat. Dansante.

D'ailleurs tout dansait.

Une voix dans la tête de Suzanne dit : *Et je ne mourrai jamais.*

Elle répliqua tout haut : « Il y a un peu de toi dans tout ce qui vit. »

Oui, je suis la pulsation cardiaque. Le contretemps.

Elle ne voyait toujours pas les autres. La lumière passait à flots devant elle.

« Mais il a jeté la guitare. »

Je voulais qu'il vive pour moi.

« Tu voulais qu'il meure pour toi ! Dans l'accident de la carriole ! »

Quelle différence ? Il serait mort de toute façon. Mais mourir en musique… On se souviendra toujours des chansons qu'il n'a jamais eu l'occasion de chanter. Et ce seront les plus grandes chansons de toutes.

Vivre sa vie en un instant.

Et ensuite vivre éternellement. Ne jamais s'éteindre.

« Renvoie-nous d'où on vient ! »

Vous n'êtes jamais partis.

Suzanne cligna des yeux. Ils se trouvaient toujours sur la route. L'air tremblota, grésilla et se peupla de neige fondue.

Elle se retourna pour voir la mine horrifiée de Buddy.

« Il faut qu'on s'en aille… »

Il tendit la main. Elle était transparente.

Magma avait presque disparu. Nore s'efforçait d'attraper la poignée du sac d'argent, mais ses doigts glissaient à travers. Sa figure exprimait la terreur de la mort, à moins que ce ne soit de la pauvreté.

« Il t'a jetée ! s'écria Suzanne. Ce n'est pas juste ! »

Une lumière bleue éclatante s'approchait sur la route. Aucune carriole ne pouvait se déplacer aussi vite. Elle s'accompagnait d'un rugissement rappelant le hurlement du chameau qui vient de voir deux briques.

La lumière aborda le virage, dérapa, heurta un rocher et bondit dans l'espace au-dessus de la gorge.

Le temps pour une voix caverneuse de lâcher un « OH ME… »

… avant de s'écraser sur la paroi d'en face au milieu d'un cercle de flammes de plus en plus grand.

Des os rebondirent et dégringolèrent jusque dans le lit de la rivière où ils s'immobilisèrent.

Suzanne virevolta, la faux brandie. Mais la musique était dans l'air. Elle n'avait pas d'âme à laquelle s'en prendre.

On pouvait lancer à l'univers que ce n'était pas juste. Et l'univers répondrait : « Oh, pas possible ? Navré. »

On avait les moyens de sauver les gens. D'arriver sur place en un rien de temps. Et quelque chose pouvait claquer des doigts et dire : Non, il faut que les choses se passent ainsi. Je vais te dire comment il faut qu'elles se passent. Voilà comment la légende doit se perpétuer.

Elle tendit la main, voulut prendre celle de Buddy. Elle la sentit, ou plus exactement n'en sentit que la froideur.

« Vous m'entendez ? » cria-t-elle par-dessus les accords triomphants.

Il répondit oui de la tête.

« C'est… C'est comme une légende ! Ça doit arriver ! Et je ne peux rien empêcher… Comment tuer quelque chose comme la musique ? »

Elle courut au bord de la gorge. La carriole brûlait allègrement. Ils n'y apparaîtraient pas. Mais ils y seraient quand même.

« Je ne peux rien empêcher ! Ce n'est pas juste ! »

Elle donna des coups de poing dans le vide.

« Grand-père ! »

Des flammes bleues dansaient par à-coups sur les rochers du lit à sec de la rivière.

Un petit os de doigt roula sur les pierres et buta contre un autre os, légèrement plus grand.

Un troisième dévala d'un rocher et se joignit à eux.

Dans la pénombre des cliquetis retentirent parmi les pierres et une poignée de petites formes blanches rebondirent et dégringolèrent entre les rochers jusqu'à ce qu'une main, l'index pointé vers le ciel, se lève dans la nuit.

Suivit une succession de bruits plus profonds, plus caverneux, lorsque des objets plus longs, plus gros, roulèrent les uns sur les autres dans l'obscurité.

« J'allais tout arranger ! cria Suzanne. A quoi bon être la Mort s'il faut sans arrêt obéir à des règlements idiots ?

— RAMÈNE-LES. »

Au moment où Suzanne se retournait, un os d'orteil sautilla dans la boue et fila retrouver sa place quelque part sous la robe de la Mort.

Il s'avança à grands pas, arracha la faux des mains de Suzanne et, dans le même mouvement, la fit tournoyer au-dessus de sa tête pour l'abattre sur la pierre. La lame vola en éclats.

Il se baissa et en ramassa un fragment. Qui scintilla entre ses doigts comme une toute petite étoile de glace bleue.

« C'EST UN ORDRE. »

Lorsque la musique parla, la neige qui tombait se mit à danser.

Tu ne peux pas me tuer.

La Mort fouilla dans sa poche et sortit la guitare. Il en manquait des bouts, mais c'était sans importance ; la forme de l'instrument tremblotait. Les cordes scintillaient.

La Mort prit une posture qui aurait fait crever d'envie Crash et leva la main. Entre ses doigts le fragment de lame miroita. Si la lumière avait pu produire un son, on aurait entendu un *ting*.

Il voulait être le plus grand musicien du monde. Il y a une loi à respecter. Le destin suit son cours.

Pour une fois, la Mort ne donna pas l'impression de sourire.

Sa main s'abattit sur les cordes.

Il n'y eut aucun son.

Mais plutôt une coupure de son, l'interruption d'un bruit, s'aperçut Suzanne, qu'elle n'avait cessé d'entendre. Tout le temps. Sa vie durant. Un son qu'on remarque seulement lorsqu'il s'arrête…

Les cordes étaient immobiles.

Il existe des millions d'accords. Il existe des millions de chiffres. Et tout le monde en oublie un : le zéro. Mais sans le zéro les chiffres ne sont que de l'arithmétique. Sans l'accord muet, la musique n'est que du bruit.

La Mort joua l'accord muet.

La pulsation ralentit. Et s'affaiblit peu à peu. L'univers, jusqu'à son dernier atome, continua de virevolter. Mais bientôt le tournoiement allait s'arrêter et les danseurs regarder autour d'eux sans savoir que faire.

Ce n'est pas le moment ! Joue autre chose !

« MOI, JE NE PEUX PAS. »

La Mort eut un mouvement de la tête en direction de Buddy.

« MAIS LUI, IL PEUT. »

Il jeta la guitare vers Buddy. Elle lui passa à travers le corps.

Suzanne courut la ramasser et la brandit.

« Il faut que vous la preniez ! Vous devez jouer ! Vous devez recommencer la musique ! »

Elle gratta frénétiquement les cordes. Buddy grimaça.

« S'il vous plaît ! s'écria-t-elle. Ne partez pas ! »

La musique lui hurlait dans la tête.

Buddy réussit à empoigner la guitare, mais la regarda un moment comme s'il ne l'avait encore jamais vue.

« Qu'est-ce qui va s'passer s'il en joue pas ? demanda Nore.

— Vous mourrez tous dans l'accident !

— ET ENSUITE, fit la Mort, LA MUSIQUE MOURRA. ET PUIS LA DANSE. TOUTE LA DANSE. »

Le nain fantomatique toussa.

« On est payés pour cette prestation, dites ? demanda-t-il.

— VOUS AUREZ L'UNIVERS.

— Et la bière gratis ? »

Buddy tenait la guitare contre lui. Ses yeux croisèrent ceux de Suzanne.

Il leva la main et joua.

L'accord unique retentit à travers la gorge et revint en un écho chargé d'harmoniques étranges.

« MERCI », dit la Mort. Il s'avança et prit la guitare.

D'un geste vif, il la fracassa sur un roc. Les cordes se séparèrent de l'instrument et quelque chose s'enfuit à toute allure vers la neige et les étoiles.

La Mort regarda les débris avec une certaine satisfaction.

« ÇA, C'EST DE LA MUSIQUE DE ROCS. »

Il claqua des doigts.

La lune se leva sur Ankh-Morpork.

Le parc était désormais désert. La clarté argentée baignait les décombres de la scène ainsi que la boue et les saucisses à demi consommées qui souillaient le secteur qu'avait occupé le public. Ici et là luisaient des pièges à sons brisés.

Après quelque temps, un tas de boue s'assit et recracha davantage de boue.

« Crash ? Jimbo ? Salopard ? demanda-t-il.

— C'est toi, Oui-oui ? » fit une forme pitoyable accrochée à une des rares poutrelles rescapées de la scène.

Le tas de boue se retira une autre dose de boue des oreilles. « Tout juste ! Où est Salopard ?

— Je crois qu'ils l'ont balancé dans le lac.

— Crash est vivant ? »

Un gémissement s'échappa de sous un tas de débris.

« Dommage », fit Oui-oui d'un ton sincère.

Une silhouette émergea de l'ombre dans un bruit de succion. Crash dégringola autant qu'il rampa hors de ses gravats.

« Vous favez, marmonna-t-il vu qu'à un moment du confert il avait reçu une guitare dans les dents, fa, f'était de la musique de rocs…

— D'accord, dit Jimbo qui glissa de sa poutre. Mais la prochaine fois, si ça vous fait rien, j'aime mieux essayer le sexe et la drogue.

— Mon père a dit qu'il me tuerait si je prenais d'la drogue, fit Oui-oui.

— C'est ton cerveau que ça regarde, la drogue… dit Jimbo.

— Non, c'est plutôt celui de Salopard qui me regarde sur le bout de scène, là.

— Oh, oui. Merci.

— Ce qui me faudrait, là, tout d'suite, c'est un calmant », fit Jimbo.

Plus près du lac, un tas de toile à sac s'écarta.

« Archichancelier ?

— Oui, monsieur Stibon ?

— Je crois qu'on a piétiné mon chapeau.

— Et alors ?

— Je l'ai toujours sur la tête. »

Ridculle s'assit afin de soulager ses os douloureux.

« Allez, mon gars, dit-il. On rentre. J'suis pas sûr que la musique m'intéresse encore. J'en écouterai moins souvent. J'vais réduire la fréquence. »

Une voiture bringuebalait sur la route sinueuse de montagne. Monsieur Clete, debout sur le siège du cocher, fouettait les chevaux.

Sachetmou se leva sur des jambes mal assurées. Le bord de la falaise était si près que ses yeux plongeaient carrément dans les ténèbres. « J'en ai plus qu'assez de tout ça, cria-t-il en voulant s'emparer du fouet.

— Arrêtez ça ! On ne les rattrapera jamais ! brailla Clete.

— Et alors ? On s'en fout ! Moi, elle m'a plu, leur musique ! »

Clete pivota. Sa figure était effrayante. « Traître ! »

Le talon du fouet frappa Sachetmou au ventre. L'homme tituba en arrière, s'accrocha au bord de la voiture et tomba.

Il lança le bras et saisit ce qu'il prit pour une petite branche dans le noir. Il se balança furieusement au-dessus du vide jusqu'à ce que ses chaussures trouvent un appui sur la roche, et son autre main se referma sur un piquet de barrière brisé.

Il eut juste le temps de voir la voiture continuer tout droit. La route, pour sa part, virait brusquement.

Sachetmou ferma les yeux et tint bon jusqu'à ce que le silence recouvre le dernier cri, le dernier éclatement et le dernier craquement. Lorsqu'il les rouvrit, ce fut pour apercevoir une roue en feu qui roulait par bonds dans la gorge.

« Ben merde, fit-il, une veine que j'aie pu… m'accrocher à… un… truc… »

Son regard monta. Et monta encore.

« OUI. UNE VEINE, HEIN ? »

Monsieur Clete s'assit dans les débris de la voiture. Elle était manifestement en feu. Il avait de la chance, se dit-il, de s'en être tiré indemne.

Une silhouette en robe noire traversa les flammes.

Monsieur Clete la regarda. Il n'avait jamais cru à ces histoires-là. Il n'avait jamais cru à rien. Mais s'il y avait cru, il aurait cru à quelqu'un… de plus grand.

Il baissa les yeux sur ce qu'il avait pris pour son corps et s'aperçut qu'il voyait au travers. Qui plus est, le corps en question s'estompait.

« Oh là là, fit-il. Hou. Hou. Hou. »

La silhouette eut un grand sourire et brandit sa faux miniature.

« SNH. SNH. SNH. »

Beaucoup plus tard, des gens descendirent dans la gorge et firent le tri dans les décombres des restes de monsieur Clete. Des restes qui se réduisaient à presque rien.

Certains avancèrent qu'il s'agissait d'un musicien… Un musicien avait bien fui la ville, une histoire comme ça… non ? Ou c'était autre chose ? En tout cas, il était mort, maintenant. Non ?

Nul ne remarqua les autres détails. Tout avait tendance à se regrouper dans le lit à sec de la rivière. Il y avait un crâne de cheval, quelques plumes et quelques perles. Et quelques vestiges d'une guitare éventrée comme une coquille d'œuf. Mais on aurait été bien en peine de dire ce qui s'en était envolé.

Suzanne ouvrit les yeux. Elle sentit le vent sur son visage. Des bras la ceignaient. Ils la soutenaient mais serraient en même temps les rênes d'un cheval blanc.

Elle se pencha en avant. Des nuages défilaient à toute allure, loin en dessous.

« D'accord, fit-elle. Et maintenant, qu'est-ce qui se passe ? »

La Mort resta un instant silencieux.

« L'HISTOIRE A TENDANCE À REPRENDRE SON COURS NORMAL. ILS LA RAFISTOLENT TOUJOURS. IL RESTE TOUT LE TEMPS QUELQUES POINTS DE DÉTAIL À RÉGLER… JE DIRAIS MÊME QUE CERTAINES PERSONNES VONT GARDER DE VAGUES SOUVENIRS D'UN SOI-DISANT CONCERT DANS LE PARC. ET APRÈS ? ELLES SE SOUVIENDRONT D'ÉVÉNEMENTS QUI N'AURONT PAS EU LIEU.

— Mais ils ont pourtant eu lieu !

— AUSSI. »

Suzanne baissa les yeux vers le paysage obscur. Ici et là brillaient les lumières de fermes et de petits villages dont les habitants menaient leur vie sans se douter de ce qui leur passait loin au-dessus de la tête. Elle les enviait.

« Bon, fit-elle, mais c'est juste un exemple, tu comprends… qu'est-ce qui va arriver au Groupe ?

— OH, ILS PEUVENT SE RETROUVER N'IMPORTE OÙ. » La Mort lança un coup d'œil à la nuque de sa petite-fille. « TIENS, LE GARÇON, METTONS. IL EST PEUT-ÊTRE REPARTI DE LA GRANDE VILLE. IL EST PEUT-ÊTRE ALLÉ AILLEURS. IL A TROUVÉ UN BOULOT POUR JOINDRE LES DEUX BOUTS. IL A ATTENDU SON HEURE. FAIT SA VIE À SON RYTHME.

— Mais il devait mourir au Tambour l'autre soir !

— SAUF S'IL N'Y EST PAS ALLÉ.

— Tu peux faire ça ? Sa vie devait s'arrêter ! Tu as dit que tu ne pouvais pas donner la vie !

— MOI, NON. MAIS TOI, SI.

— Comment ça ?

— LA VIE PEUT SE PARTAGER.

— Mais il… est parti. Ce n'est pas comme si je devais le revoir.

— TU SAIS BIEN QUE TU VAS LE REVOIR.

— Qu'est-ce qui te fait dire ça ?

— TU L'AS TOUJOURS SU. TU TE SOUVIENS DE TOUT. COMME MOI. MAIS TU ES HUMAINE ET TA TÊTE SE RÉVOLTE POUR TON BIEN. POURTANT QUELQUE CHOSE PASSE QUAND MÊME. DES RÊVES, PEUT-ÊTRE. DES PRÉMONITIONS. DES SENSATIONS. CERTAINES OMBRES SE PROJETTENT SI LOIN QU'ELLES ARRIVENT AVANT LA LUMIÈRE.

— Je crois que je n'ai rien compris à tes explications.

— LA JOURNÉE A ÉTÉ LONGUE, IL FAUT DIRE. »

D'autres nuages coururent sous eux.

« Grand-père ?

— OUI.

— Tu reviens, là ?

— ON DIRAIT. LE BOULOT, LE BOULOT.

— Alors je peux arrêter, moi ? Je ne suis pas très douée, je crois.

— OUI.

— Mais toi… tu viens de violer je ne sais combien de lois…

— CE NE SONT PEUT-ÊTRE PARFOIS QUE DES RECOMMANDATIONS.

— Mais mes parents sont quand même morts.

— JE N'AURAIS PAS PU LEUR DONNER DAVANTAGE DE VIE. J'AURAIS SEULEMENT PU LEUR DONNER L'IMMORTALITÉ. ILS ONT JUGÉ QUE ÇA N'EN VALAIT PAS LA PEINE.

— Je… crois que je comprends.

— TU ES LA BIENVENUE SI TU VEUX PASSER ME VOIR, ÉVIDEMMENT.

— Merci.

— TU SERAS TOUJOURS CHEZ TOI. SI TU LE VEUX.

— Vraiment ?

— JE VAIS GARDER TA CHAMBRE EXACTEMENT COMME TU L'AS LAISSÉE.

— Merci.

— UNE VRAIE PAGAÏE.

— Pardon.

— JE VOIS À PEINE LE PLANCHER. TU AURAIS PU FAIRE UN PEU DE RANGEMENT.

— Pardon. »

Les lumières de Quirm scintillèrent. Bigadin atterrit en douceur.

Suzanne regarda autour d'elle les bâtiments sombres de l'école.

« Alors... je suis aussi... restée tout le temps ici ? dit-elle.

— OUI. L'HISTOIRE DES DERNIERS JOURS A ÉTÉ... DIFFÉRENTE. TU AS RÉUSSI TES EXAMENS.

— Ah bon ? Qui les a passés ?

— TOI.

— Oh. » Suzanne haussa les épaules. « Quelle note j'ai eu en logique ?

— SEIZE.

— Oh, arrête. J'ai toujours au moins dix-huit !

— TU AURAIS DÛ RÉVISER DAVANTAGE. »

La Mort sauta en selle.

« Attends », fit aussitôt Suzanne. Elle savait qu'elle devait le dire.

« OUI ?

— Qu'est-ce qui est arrivé à... tu sais... changer le destin d'un seul individu, ça revient à changer le monde ?

— LE MONDE A PARFOIS BESOIN DE CHANGEMENT.

— Oh. Euh... Grand-père ?

— OUI ?

— Euh... La balançoire... fit Suzanne. Celle qui est dans le verger. Je veux dire... elle était bien. Une bonne balançoire.

— C'EST VRAI ?

— Seulement j'étais trop jeune pour l'apprécier.

— ELLE TE PLAISAIT VRAIMENT ?

— Elle avait… de l'allure. A mon avis, personne n'en a jamais eu de pareille.

— MERCI.

— Mais… tout ça ne change rien, tu sais. Le monde est toujours autant peuplé d'imbéciles. Ils ne se servent pas de leur cerveau. On dirait qu'ils n'ont pas envie de réfléchir correctement.

— PAS COMME TOI ?

— Au moins, je fais un effort. Par exemple… si je suis restée ici tous ces jours-ci, qui dort dans mon lit en ce moment ?

— JE CROIS QUE TU VIENS DE SORTIR POUR UNE BALADE AU CLAIR DE LUNE.

— Oh. Alors, ça va. »

La Mort toussa.

« JE ME DISAIS… ?

— Pardon ?

— JE SAIS QUE C'EST RIDICULE, VRAIMENT…

— Quoi donc ?

— JE ME DISAIS… TU NE FERAIS PAS UN PETIT BISOU À TON VIEUX GRAND-PÈRE ? »

Suzanne le fixa avec étonnement.

La lueur bleue dans les orbites de la Mort faiblit peu à peu et, lorsqu'elle s'éteignit, aspira le regard de la jeune fille dans les cavités et les ténèbres au-delà…

… qui duraient, duraient, duraient. Il n'existait pas de mot pour les définir. Même le terme d'éternité était une idée humaine. Les affubler d'un nom revenait à leur donner une longueur ; une très grande longueur, il est vrai. Mais ces ténèbres, c'était ce qu'il restait une fois que l'éternité avait mis les pouces. C'était là que vivait la Mort. Seul.

Elle leva la main, lui baissa la tête et lui planta un baiser sur le sommet du crâne. Un crâne lisse et d'un blanc d'ivoire, comme une boule de billard.

Elle se retourna vers les bâtiments indistincts pour essayer de cacher son embarras.

« J'espère seulement que j'ai pensé à laisser une fenêtre ouverte. » Oh, bah, tant pis. Il fallait qu'elle sache, même si elle s'en voulait de poser la question. « Dis, les… euh… les gens que j'ai rencontrés… est-ce que tu sais si je les reverrai… »

Lorsqu'elle se retourna, il n'y avait plus personne. Seulement deux traces de sabots qui s'estompaient sur les pavés.

Il n'y avait pas de fenêtre ouverte. Elle fit le tour jusqu'à la porte et gravit l'escalier dans le noir.

« Suzanne ! »

Suzanne sentit qu'elle s'estompait pour se protéger, par habitude. Elle arrêta le processus. Elle n'avait pas besoin de disparaître. Elle n'en avait jamais eu besoin.

Une silhouette se dressait au bout du couloir dans le cercle de lumière d'une lampe.

« Oui, mademoiselle Derches ? »

La directrice la regarda d'un air interrogateur, comme dans l'attente qu'elle fasse quelque chose.

« Vous allez bien, mademoiselle Derches ? »

L'enseignante se ressaisit. « Savez-vous qu'il est minuit passé ? Quelle honte ! Et vous n'êtes pas au lit ? Et vous ne portez pas l'uniforme de l'école, à ce que je vois ! »

Suzanne baissa les yeux. Difficile de veiller à tous les détails. Elle portait encore la robe noire à dentelles.

« Oui, fit-elle, c'est vrai. » Elle gratifia mademoiselle Derches d'un grand sourire aimable.

« Eh bien, il existe un règlement dans cette école, vous savez », dit mademoiselle Derches, mais avec une certaine hésitation dans la voix.

Suzanne lui tapota le bras. « A mon avis, ce sont plutôt des recommandations, sûrement, non ? Eulalie ? »

La bouche de mademoiselle Derches s'ouvrit et se referma. Et Suzanne s'aperçut qu'elle était franchement petite. Elle avait un maintien altier, une voix haut perchée et de grands airs, elle n'était donc pas petite à bien des égards, sauf pour ce qui était de la taille. Chose étonnante, elle avait réussi à le dissimuler à son entourage.

« Mais je ferais mieux d'aller au lit, reprit Suzanne dont l'esprit gambadait sur de l'adrénaline. Et vous aussi. Il est beaucoup trop tard pour se promener dans des corridors pleins de courants d'air à votre âge, vous ne croyez pas ? Et demain, c'est le dernier jour. Vous ne voudriez pas avoir l'air fatiguée quand les parents vont arriver.

— Euh… oui. Oui. Merci, Suzanne. »

Suzanne fit à l'enseignante désespérée un autre sourire chaleureux et se dirigea vers le dortoir où elle se déshabilla dans le noir avant de se glisser entre les draps.

La salle était silencieuse en dehors des respirations paisibles de neuf filles et de l'avalanche rythmique assourdie qui accompagnait le sommeil de Princesse Jade.

Auxquelles s'ajoutèrent au bout d'un moment les sanglots d'une pensionnaire qui s'efforçait de ne pas être entendue. Ils durèrent longtemps. Ils avaient beaucoup de retard à rattraper.

Loin au-dessus du monde, la Mort hocha la tête. On pouvait opter pour l'immortalité, ou opter pour l'humanité.

On devait prendre sa décision tout seul.

C'était le dernier jour du trimestre, un jour par conséquent chaotique. Certaines filles partaient tôt, un flot de parents d'espèces variées défilait, et il n'était pas question de cours. Il était communément admis que les règles se relâchaient.

Suzanne, Gloria et Princesse Jade descendirent en se promenant à l'horloge florale. Il était marguerite moins le quart.

Suzanne se sentait vidée, mais aussi tendue comme une corde. Elle était étonnée de ne pas voir des étincelles lui jaillir au bout des doigts.

Gloria avait acheté un sac de poisson frit à la boutique de la ruelle des Trois-Roses. L'odeur de vinaigre chaud et de cholestérol consistant montait du papier, sans la pointe de pourriture grillée qui donnait d'ordinaire aux produits de la boutique un petit côté familier.

« Mon père dit que je dois rentrer à la maison épouser un troll, dit Jade. Hé, si tu trouves de bonnes arêtes de poisson là-dedans, je les veux bien.

— Tu l'as déjà rencontré ? demanda Suzanne.

— Non. Mais mon père dit qu'il a une très grosse montagne.

— Moi, je n'accepterais pas ça si j'étais toi, fit Gloria à travers une bouchée de poisson. On est tout de même au siècle de la Roussette. Je taperais tout de suite du poing sur la table et je dirais non. Hein, Suzanne ?

— Quoi ? » Suzanne pensait à autre chose. « Non, pas moi, répondit-elle une fois qu'on lui eut tout répété. Je verrais d'abord à quoi il ressemble. Peut-être qu'il est mignon. Et la montagne, ce serait en prime.

— Oui. C'est logique. Ton papa ne t'a pas envoyé un portrait ? demanda Gloria.

— Oh, si, répondit Jade.

— Alors… ?

— Hum… Il a de jolies crevasses, fit Jade d'un air songeur. Et un glacier permanent même en plein été, d'après mon père. »

Gloria approuva du chef.

« Il m'a l'air d'un gars bien.

— Mais j'ai toujours aimé Crag, de la vallée voisine. Père le déteste. Mais il travaille très dur, il économise et il a presque de quoi s'offrir son pont à lui. »

Gloria soupira. « Des fois, c'est dur d'être une femme », dit-elle. Elle poussa Suzanne du coude. « Tu veux du poisson ?

— Je n'ai pas faim, merci.

— Il est vraiment bon. Rien à voir avec le poisson pourri qu'on avait avant.

— Non, merci. »

Gloria lui donna un autre coup de coude.

« Tu veux aller t'en prendre une portion, alors ? dit-elle en lui jetant un regard polisson derrière sa barbe.

— Pourquoi je ferais ça ?

— Oh, pas mal de filles y sont allées aujourd'hui », répondit la naine. Elle se pencha plus près. « C'est le petit nouveau qui y travaille, ajouta-t-elle. On ne peut pas dire qu'il soit... laid, non. Je le trouve même plutôt... beau, oui. Je jurerais qu'il est elfique. »

Une corde sensible dans Suzanne résonna comme sous un coup de médiator. Elle se leva.

« Alors c'est ça qu'il voulait dire ! Les choses qui ne se sont pas encore passées.

— Quoi donc ? Qui ça ? fit Gloria.

— La boutique de la ruelle des Trois-Roses ?

— Voilà. »

La porte de la maison du mage était ouverte. Le mage avait installé une chaise à bascule dans l'entrée et dormait au soleil.

Un corbeau était perché sur son chapeau. Suzanne s'arrêta et lui lança un regard noir.

« Un commentaire, peut-être ?

— Croa, croa, fit le corbeau qui s'ébouriffa les plumes.

— Bien », dit Suzanne.

Elle passa son chemin, consciente de rougir. Dans son dos une voix lança : « Hah ! » Elle l'ignora.

Un mouvement rapide parmi les débris du caniveau lui attira l'œil.

Caché derrière un emballage de poisson, quelque chose fit :

« SNH, SNH, SNH.

— Ah, oui, très drôle », dit Suzanne.

Elle continua de marcher.

Puis se mit à courir.

La Mort sourit, poussa de côté la loupe, se détourna du Disque-monde et découvrit Albert qui l'observait.

« JE VÉRIFIAIS, C'EST TOUT, dit-il.

— Bien sûr, Maître, fit Albert. J'ai sellé Bigadin.

— TU COMPRENDS QUE JE VÉRIFIAIS, C'EST TOUT ?

— Vous avez raison, Maître.

— COMMENT TU TE SENS EN CE MOMENT ?

— Très bien, Maître.

— TU AS TOUJOURS TA BOUTEILLE ?

— Oui, Maître. » Elle trônait sur l'étagère dans sa chambre.

Il sortit sur les talons de la Mort dans la cour de l'écurie, l'aida à monter en selle et lui passa la faux.

« MAINTENANT, IL FAUT QUE J'Y AILLE, dit la Mort.

— C'est ça, Maître.

— ALORS ARRÊTE DE SOURIRE COMME ÇA.

— Oui, Maître. »

La Mort se mit en route mais s'aperçut qu'il menait le cheval blanc sur le sentier du verger.

Il s'arrêta devant un arbre en particulier et le contempla un moment.

« A MOI, ÇA ME PARAÎT PARFAITEMENT LOGIQUE », dit-il enfin.

Il fit repartir un Bigadin docile qui entra dans le monde au petit trot.

Pays et villes s'étendaient devant lui. Une lumière bleue flamba le long de la lame de la faux.

La Mort se sentit surveillé. Il leva les yeux vers l'univers qui l'observait d'un air intéressé en même temps qu'intrigué.

Une voix qu'il était le seul à entendre lui dit : Alors tu es un rebelle, petite Mort ? Un rebelle contre quoi ?

La Mort réfléchit. S'il existait une réplique bien sentie à lancer, il ne la trouva pas.

Il n'y pensa donc plus et se dirigea vers l'humanité vivante.

Elle avait besoin de lui.

Quelque part, dans un autre monde loin du Disque, quelqu'un empoigna d'une main hésitante un instrument dont la musique fit écho au rythme qui lui soûlait l'âme.

Elle ne mourra jamais.

Elle est là et bien là.

AINSI PREND FIN
« ACCROS DU ROC »,
SEIZIÈME LIVRE DES
ANNALES DU DISQUE-MONDE.

www.pocket.fr
Le site qui se lit comme un bon livre
POCKET
Informer
Toute l'actualité de Pocket, les dernières parutions collection par collection, les auteurs, des articles, des interviews, des exclusivités.
Découvrir
Des 1ers chapitres et extraits à lire.
Choisissez vos livres selon vos envies : thriller, policier, roman, terroir, science-fiction.
Il y a toujours un Pocket à découvrir sur www.pocket.fr
POCKET

Achevé d'imprimer sur les presses de

BUSSIÈRE

GROUPE CPI

à Saint-Amand-Montrond (Cher)
en novembre 2005

POCKET - 12, avenue d'Italie - 75627 Paris Cedex 13
Tél. : 01-44-16-05-00

— N° d'imp. : 52777. —
Dépôt légal : octobre 2004.
Suite du premier tirage : décembre 2005.

Imprimé en France